陕西师范大学优秀著作出版基金资助出版
国家社科基金青年项目"思想史视野下的民间术数信仰研究"（项目批准号：10CZS004）阶段成果之一

古代中国研究丛书／曹胜高 主编

《焦氏易林》文学研究

刘银昌 著

中国社会科学出版社

图书在版编目（CIP）数据

《焦氏易林》文学研究／刘银昌著．—北京：中国社会科学出版社，2016.7

ISBN 978-7-5161-8379-3

Ⅰ.①焦⋯　Ⅱ.①刘⋯　Ⅲ.①古体诗—诗歌研究—中国—西汉　Ⅳ.①I207.22

中国版本图书馆 CIP 数据核字（2016）第 133324 号

出 版 人	赵剑英
责任编辑	张　林
特约编辑	文一鸥
责任校对	郝阳洋
责任印制	戴　宽
出　　版	中国社会科学出版社
社　　址	北京鼓楼西大街甲 158 号
邮　　编	100720
网　　址	http://www.csspw.cn
发 行 部	010-84083685
门 市 部	010-84029450
经　　销	新华书店及其他书店
印　　刷	北京明恒达印务有限公司
装　　订	廊坊市广阳区广增装订厂
版　　次	2016 年 7 月第 1 版
印　　次	2016 年 7 月第 1 次印刷
开　　本	710×1000　1/16
印　　张	22.75
插　　页	2
字　　数	379 千字
定　　价	82.00 元

凡购买中国社会科学出版社图书，如有质量问题请与本社营销中心联系调换
电话：010-84083683
版权所有　侵权必究

《古代中国研究丛书》总序

曹胜高

求木之长者，必固其根本；欲流之远者，必浚其泉源。中华文明经历了五千年的发展，不仅积累了丰富的国家治理经验，成为我们的历史传承；而且形成了许多优秀的文化传统，成为我们的标识。这些经验和传统，已经成为当代中国建设的历史基础和文化积淀，而且必然会成为未来中国发展的思想资源和学理支撑。

研究古代中国，一是要以历史视角观察中华文明的演进过程，更为理性地思考古代中国在国家建构、行政调适、社会整合、文化建制方面的历史经验，清晰地揭示中华文明何以如此，将之作为世界文明史的基本结论。有了准确的自我认知，便能以学术自觉推动文化自觉，广泛地参与未来全球文明的共建。二是要从学理角度辨析古代中国演进的规律性特征，概括出中华文明一以贯之的历史渊源、发展脉络、基本走向，总结出对中华文化的独特创造、价值理念、鲜明特色，作为世界秩序建设的理论支撑。有了清醒的文明定位，便能以学术自信支撑文化自信，全面主导未来世界秩序的重建。

这就需要当代的学术研究者，能以赓续中国学术的学脉为己任，以新的人文主义情怀面对一切历史经验、思想进程、文学创作，注重以新方法、新材料、新思路、新视野审视中国固有之学问，通过对中国古典文献的推陈出新，对中国优秀文化的温故知新，对中国传统学术的守正创新，以历时性的研究、共识性的成果，推动古代中国研究的不断深入。

基于上述考量，我们编辑出版"古代中国研究丛书"，意在对中国传统学术、中国基本典籍与中国优秀文化的一些重要问题、重大关切进行跨学科综合研究，选取古代中国在文学、历史、哲学以及艺术等学科发展演生的关键环节进行深入研究，不仅致力于总结其"所以如此"，而且着力分析其"何以如此"，资助出版一批具有前瞻眼光、原创意识、深厚学理的研究成果。期待与同道者合作。

2015年12月8日于长安

目 录

绪论 ………………………………………………………………（1）

第一章　《焦氏易林》作者及成书因素研究 ………………………（7）
　第一节　《焦氏易林》概貌 …………………………………………（7）
　第二节　《焦氏易林》作者考辨 ……………………………………（14）
　第三节　焦赣身份之确定及其思想刍议 ……………………………（48）
　第四节　《焦氏易林》成书诸因素研究 ……………………………（64）

第二章　两汉社会中的《焦氏易林》透视 …………………………（89）
　第一节　《焦氏易林》与汉代易学 …………………………………（89）
　第二节　《焦氏易林》与汉代《诗》学及《孔子诗论》 …………（107）
　第三节　《焦氏易林》及其文学背景 ………………………………（122）

第三章　《焦氏易林》文学研究 ……………………………………（127）
　第一节　《焦氏易林》与四言诗 ……………………………………（127）
　第二节　《焦氏易林》集兴象之大成 ………………………………（133）
　第三节　《焦氏易林》之游仙诗 ……………………………………（156）
　第四节　《焦氏易林》之咏物诗 ……………………………………（165）
　第五节　《焦氏易林》之寓言诗 ……………………………………（170）
　第六节　《焦氏易林》之咏史诗 ……………………………………（178）
　第七节　"诗可以怨"
　　　　　——《焦氏易林》对现实主义的继承 …………………（187）

第八节　演《易》象而言理
　　　　　——《焦氏易林》之哲理诗 ………………………… (207)

第四章　《焦氏易林》中的鬼神世界与民间信仰 ………… (217)
　　第一节　神仙及人神沟通 ………………………………… (218)
　　第二节　《焦氏易林》的鬼魂精怪世界 ………………… (236)
　　第三节　《焦氏易林》所见天命观念与占卜信仰 ……… (243)
　　第四节　《焦氏易林》与简牍《日书》 ………………… (264)

第五章　《焦氏易林》之影响及其文学史地位 …………… (277)
　　第一节　传统视野下的《焦氏易林》接受与传播 ……… (277)
　　第二节　《焦氏易林》之文学史地位 …………………… (316)

第六章　《焦氏易林》与后世签诗
　　　　　——兼谈文学史的写法及对《焦氏易林》之类
　　　　　　作品的重视 ……………………………………… (327)
　　第一节　从《焦氏易林》到签诗 ………………………… (327)
　　第二节　文学史的写法及《焦氏易林》之类作品的重视 ………… (340)

参考文献 ……………………………………………………… (347)

后记 …………………………………………………………… (356)

绪 论

文学研究是一项很复杂的活动，其研究方法和对象会随着时代的不同而有所变化。对于我们这个有着悠久文学传统的国家来说，文学研究的历史可谓长矣。我们以前传统的研究方法就是"知人论世""以意逆志"的社会学伦理批评或感悟式的点评批注，这些方法无疑有它们的合理性。但是，随着文学活动的复杂（尤其是文体的发展和文学接受的复杂），单一的批评模式无疑不能满足文学发展的需要，于是新时期便有了各种各样舶来的批评方法。对古代文学的研究，新批评方法的运用的确是非常必要的，因为我们目前所面临的社会状况和古代已大有不同，而且这些研究对象有的已经被我们的先辈研究了千百年，在没有新的文献资料出现的情况下，我们如果还是使用以前的方法和眼光来研究这些材料，是很难有新的重大发现的。方法论的呼声也正是基于这样的语境而提出。

事实上，有什么样的方法视角，就有什么样的研究对象，不是我们的研究对象决定了我们选用什么样的研究视角和方法，而是我们的研究视角和方法决定了我们会有什么样的研究对象。

一 选题缘起

尽管我们现在对古代文学的研究已经尝试了多种研究视角和方法，但是，这些方法和视角还远远没有将古代文学的全部纳入本应观照的范围之内。这些被学者遗忘的角落，也都有它们自身存在的价值，有的甚至还有着不为人知的奇异光彩和魅力。由于它们自身的原因或者传统的占主流地位的眼光，使得这些作品和作家被边缘化和作为"他者"而存在，就像山花野草一样，它们独自盛开，独自凋零，然而清香远馨，自足自本。我们现在的很多文学史，尽管以各种不同的方法和视角来网罗各种不同的新资料,可是,它们向我们呈现的是否就是当时真实的文学存在?它们是否有资格来代表当时活生生的文学面貌?是否除了一些所谓的文学大师和他们的代表著作之外,就没有别的文学活动?如果有,我们应该如何来呈现这些复杂的、种类繁多的文学活动?无疑,我们需要一种新的眼光、新的气魄、新的胸怀来面对我们的文学传统。因为只有这样,我们才有可能尽量真实地来反映那些曾经存在过的活生生的文学活动。

毫无疑问,那些优秀的作家和经典的作品,就像一座座高山一样耸立在中国的文学地图上,给中国文学以庄严并为中国文学赢得了尊重,就像一条条大河一样滋润着中国文学的田野,成为衡量中国文学的一系列标准,并规范和制约着中国文学发展演变的方向。但是,我们知道,文学活动一开始就起源于大众之中,尽管文人阶层后来成为文学创作的主体,可他们的创作源泉却大多和普通民众有关。而且,还有一些作家的作品,由于某种原因,只能在特定的范围之内流行,或者由于社会政治的原因,只流传了一个短暂的阶段,后来便默默无闻了。或者,由于审美取向或传播手段的限制,使它们突然消失了,以至于后人无法知道它们真实的存在情况,一如王梵志的诗歌,但这不能代表它们不曾在社会上流传并发挥过文学审美的功能。所以,我们如果还是从单一的维度来叙述文学史,就不可能较为全面和真实地反映文学发展的原貌,也就不可能做到客观、合理。

我们所看到的所有文学史,都会不可避免地遭遇到一种尴尬,即某一种文体或某一种文学思想在某一个特定的阶段出现了停滞的现象或者"空白",或者觉得某种文体或文学形式、手法、思想逃逸出我们的视野了。文学史凡遇到这样的情况,一般都是避而不谈或者给出一种自己的解释,或者是把这些阶段压缩为一个很短的章节一笔带过。事实上,在真正的文学发展过程中到底有没有这样的"停滞"或"空白"呢?这是一个需要认真思考的问题。比如,我们一说起汉代诗歌,为什么总是只会想到乐府诗和《古诗十九首》,除此之外就只有几位零星的成就不大(在诗歌方面)的诗人?汉代诗坛难道果真如此寂寥吗?在一个《诗经》学非常发达的朝代,这样的局面是否合理?另外,我们的文学创作是否只是文人学士的专利,普通的大众阶层是否也有文学创作?如果有,他们的文学创作应该如何看待?他们的文学创作和文人创作到底存在一种怎样的真实关系?诸如此类问题,一般的文学史都没有关注,或者即使提到了,也只是一些平面化的教条式论断，并不能反映文学发展的真实情况。这就要求我们应该换一种视角来关注文学史、叙述文学史。

在史学研究领域，法国年鉴学派①可谓影响甚大。这样一种新的视角对欧洲史学是一种革命，对中国史学来讲，其影响也不可低估，并将在以后产生更为广泛的影响。我们以前的历史叙述，比如二十四史，按照梁启超先生的说法就是一部帝王将相的家谱。这样的叙述无疑不能代表真实的历史。文学史属于专门史的一个分支，自然也可以借鉴年鉴学派的做法，尽可能还原文学发展的丰富性和客观真实性，而不仅仅是"伟大"作家和"经典"作品的谱系排列。

《焦氏易林》在我国文学史上基本上是不被关注的。作为一部占卜之书，按照人类学的视角来看，它的文辞形式与正统文学相比，是一种"异"，但是对这部非主流的、"异"的作品做一种文学研究，无疑对于丰富我们文学史的地图是有益的。而且，其作者是一位生活于底层的文人，其风格和内容又表现出诸多民间性，所以对《焦氏易林》进行一种文学研究，可以对以上的问题做出一些回应，或许可以深化和拓展对以上问题的思考。这就是本书选题的缘起与初衷。

二　研究对象及意义

人类学中有大传统和小传统的概念。所谓大传统，指的就是主流社会和上层社会圈子。与此相对应，小传统指的就是非主流社会和下层民间社会。参考这两个概念，笔者将文学分为大传统内的文学和小传统内的文学。与此相对应的，是雅文学与俗文学，但二者不是完全的对应关系。

本书要研究的《焦氏易林》，便是一部在小传统圈子里流传的占筮之书。它的作者是西汉时期的焦赣（当然，关于本书的作者还有一定的争议，本书的第一部分将对作者进行详细的考辨），在《汉书》当中有关于

---

① 年鉴学派是法国历史学研究中一个重要的理论派别，它得名于1929年创办的《经济与社会史年鉴》，该刊物后来更名为《社会史年鉴》《社会史论丛》，1946年更名为《年鉴：经济、社会、文明》至今。该学派早期主要代表人物有费弗尔（Lucien Febvre）、布洛克（Marc Bloch）等人，他们主要的工作和口号就是对传统的以政治史为中心的历史学传统进行挑战，把研究重心从上层的、中心的、精英的政治史、经济史、大事件、大人物，转到社会生活、环境、经济等这些形而下的、普通的东西，以至于后来专注于对小人物、小事件的研究。

他的简单记载。焦赣的弟子京房是当时的一位经学大师，主要以研究《周易》著称。汉代易学当中有一派叫做"京焦之易"，说的就是他们师徒两个在易学方面的创见。按照《四库全书总目提要·易类提要》当中的说法，把《周易》引向占验一派，焦赣和京房是始作俑者。焦赣曾经做过西汉时期的小黄令，他的易学得自隐士的传承。所以，根据我们对他的了解，可以知道他是一个生活在社会下层的读书人，又由于他做过低级官吏，所以他对于当时的民情是非常了解的。而他所生活的时代，西汉王朝早已失去了往日的雄风，正在一步步走向衰落。作为一位有广大悲悯胸怀的下层文人和官吏，焦赣以他敏感的触觉和过人的智慧写出了《焦氏易林》一书。这本书本来是用于算卦占卜的，它使用《周易》卦变的原理，把《周易》的六十四卦演变为四千零九十六卦，每一卦都模仿《周易》配有卦辞。这些卦辞大都是四言诗的形式，也有个别是三言的，用意大概不外乎判断吉凶。由于其为占筮书，故其占辞讲究暗示性、多义性，而为了便于记忆，又编为歌谣诗词的形式。在这一点上，它同其他的卦歌签诗并无区别。关键是它的作者将它有意识地当作诗来写，作者在书中说："作此哀诗，以告孔忧。"说的就是这种创作意识。并且，其中却也不乏优秀之作。故而，明代的钟惺在《古诗归》中收录其一些繇辞并加按语评析，闻一多先生选编《易林琼枝》，并于其后附录中将《易林》与《史记》并驾齐驱。由此可见，其文学成就被前人评价之高。

我们知道，中国的诗歌一开始是《诗经》的四言诗形式。在四言诗的发展过程中，逐步产生了五言诗。现在一般的观点认为，五言诗的起源和民间乐府诗歌有关。但是，由四言诗变为五言诗，这中间有一个过程。而现在的文学史对于汉代诗歌的演变过程却没有详细的说明，尤其是对于汉代的四言诗发展，所谈到的也只是汉初韦孟《讽谏诗》和汉末的文人四言诗如朱穆《与刘伯宗绝交诗》、仲长统《述志》等。这些诗歌并不能说明汉代诗歌由早期民间行为上升到文人创作的清晰过程。笔者认为，《焦氏易林》在文学史上的意义，就是标志着汉代诗歌从民间向文人的一个过渡状态，典型地体现了民间文学和文人创作的互渗互动。对《焦氏易林》进行研究，可以解决汉代诗歌发展的诸多问题。在汉代的文学活动中，大部分文人在集中精力创作辞赋和实用性很强的散文，而《焦氏易林》的作者却能够在这样一个背景之下潜心于诗歌的创作，这应该说是一个很值得研究的问题。《焦氏易林》以其巨大的内容含量,和同时代的文体都有相涉,因此,研究《焦氏易林》对于更深刻地理解汉代文学也有十分重要的意义。《焦氏易林》还是西汉时期社会生活的一面镜子,我们从中可以了解到当时的很多情况。作为一部有鲜明创作意识的作品,焦赣用他的智慧为后人留下了一份丰厚的文学遗产,后世的很多诗人作品中都或多或少可以找到《焦氏易林》的影子。因此,闻一多先生把《焦氏易林》称作"唐宋诗的滥觞"。通过对《焦氏易林》的研究,可以对中国诗歌发展史中的一些问题有新的理解。而且,对《焦氏易林》这一著作的研究,可以使我们改变对文学研究范围的看法。文学的研究,绝不是仅仅盯在一些文学经典之上,它应该有一个更为宏阔的视野。葛兆光先生在他的《中国思想史·导论》中提到"思想史的写法"这一问题,该书关注小传统、从小传统来阐释思想史的做法足可为重写文学史所借鉴。比如我们以前不太重视的俗文学便属于小传统之列,文学的发展与流变如果仅从一些知名的文人及其作品上来探讨,无疑是不全面的,虽然文学的创作主体是文人群体。由于这一点不同于思想史,我们不可能完全按葛兆光先生的思路来重写一部文学史,但小传统文学作为有生命力的一种文学形式,是绝对不容忽视的。类似于《焦氏易林》的各种占断卦辞及签诗,其中不乏堪称为诗的佳作,正如钱锺书所说,"《易林》之作,为占卜也。诏告休咎,不必工于语言也。……卜筮之道不行,《易林》失其要用,转藉文词之末节,得以不废,如毛本傅皮而存,然虎豹之鞟,狐貉之裘,皮之得完,反赖于毛。……人事代谢,制作递更,厥初因用而施艺,后虽用失而艺存。文学亦然。"① 可见这些散佚民间的材料,有些是可以被写进文学史的。但遗憾的是,迄今为止很多类似的东西尚未被文学史家所注意。对《焦氏易林》进行文学研究,其目的也在于提供一种研究此类作品的尝试。

三 研究现状

关于《焦氏易林》的研究状况,本书第五章第一节会有较为详细的叙述,这里仅对近代以来的研究做一简单的回顾。近代最早对《焦氏易

---

① 钱锺书:《管锥编》第二卷,中华书局1986年版,第539页。

林》进行文学研究的是闻一多先生，他曾把《焦氏易林》写进《四千年文学大势鸟瞰》，对《焦氏易林》的评价甚高。可惜由于先生英年早逝，使得这项研究被搁浅了。另一位值得提起的是钱锺书先生，他在《管锥编》中列专章研究《焦氏易林》的语词、句式、用象等技巧。虽然如此，《焦氏易林》仍未引起文学史家的重视，迄今为止，提到《焦氏易林》的文学史还是寥寥无几，赵义山等先生编撰的《中国分体文学史·诗歌卷》、卞孝萱先生的《两汉文学》和赵敏俐先生的《中国诗歌通史·汉代卷》才提到了《焦氏易林》。但是，《中国分体文学史·诗歌卷》对《焦氏易林》的评价较有偏见，后面两书对于《焦氏易林》的评价较为公允。另外，刘松来先生的《两汉经学与文学》和张新科先生的《文化视野中的汉代文学》作为汉代文学研究专著，对《焦氏易林》均作了精简的分析论述。目前对《焦氏易林》文学研究最为全面的是陈良运先生的《焦氏易林诗学阐释》，书中对于作者的考证以及内容的分类都有很独到的看法。陈先生提出应该在中国诗歌史上给予《焦氏易林》一席之地，这种胆识是非常值得钦佩的。另外还有一些单篇的论文涉及《焦氏易林》，不再一一列举。从语言和易学方面对《焦氏易林》进行研究的著作还有几部，本书第五章会提到它们。

总之，对《焦氏易林》进行全面的研究尤其是文学的研究，还有许多工作需要深入，比如，迄今为止还没有一部完全令人满意的《焦氏易林》注本（尚秉和先生的《焦氏易林注》主要是从易学方面入手，对于没有易学功底的人来说阅读起来很困难），这无疑限制了《焦氏易林》的传播及影响。有什么样的文学眼光就决定了有什么样的文学史。对于《焦氏易林》的研究现状说明，我们对文学的看法尽管已有所改变，但仍然较为狭隘。近些年新传媒的发达，尤迫使我们重新思考文学的内涵与外延。这关系到我们如何重新认识文学，如何重写文学史的问题。

本书选《焦氏易林》为研究对象，正是基于这样一种考虑，为以前不入文学史家法眼的特殊文学文本的解读提供一种尝试，并以这种解读为契机，说明在文学世界中即使小者亦有可观的道理，希望大家能够将眼光与视角"从楼阁转向地窖"。

第 一 章

《焦氏易林》作者及成书因素研究

研究一部专书必须要弄清楚它的作者和文本情况，对于作者有争议的著作更应该是如此。因此，本章将主要考证《焦氏易林》的作者及研究其文本形成的诸多因素。又因为很多人对于这样一部著作还不是太了解，故第一节先交代《焦氏易林》的基本情况。

第一节 《焦氏易林》概貌

《焦氏易林》一书，对于大多数人来说还是比较陌生的。之所以如此，是因为《焦氏易林》以前主要是在小传统中流传的，就像一朵淡淡的野菊，盛开在偏僻的野外。而且，由于《焦氏易林》产生于西汉时期，文字古奥，使用典故繁多且用典方式过于简洁，无形当中就为阅读设置了许多障碍。并且，这本书从外在的形式来看，又和《周易》有很密切的关系，对《周易》的畏难心理也造成了阅读这本书的人数有限。在流传的过程中，很多江湖术士辗转传抄，又造成了该书版本不一，错讹甚多。尽管一些学者和藏书家寓目此书，可是对它却褒贬不一，大多数人只是把它看作术数之学或易学末流。故此，《焦氏易林》不登大雅之堂，难为文人雅士欣赏，影响力自然也便有限。

要了解一本著作，我们首先必须清楚它的作者。《焦氏易林》的作者在明代以后是有争议的。在明代以前，各种典籍对于该书的作者都认为是西汉时期的焦赣，有的把这部书称作《焦氏易林》，有的称之为《易林》，但至少没有怀疑作者的。可是《汉书·艺文志》却没有载录此书，以至于后人怀疑它的作者。明代以后，陆续有人对焦赣的作者地位提出了质疑，造成了这本书的作者归属出现了以下几种情况：

　　第一种便是传统的说法，认为焦赣是《焦氏易林》一书的作者，《隋书·经籍志》以后的历代正史均这么认为。一些典籍中引用此书，一般称其为《焦氏易林》，也有称作《易林》者，但均无对其作者表示异议。焦赣，名延寿（一说是字），是一位生活于西汉中后期的下层读书人，曾经做过当时的小黄县县令。由于历史文献的缺乏，对于他的生卒年月目前还不能确切地考证出来。古人对此有些不同的说法，比如唐代的王俞在给《焦氏易林》写的一篇序言（这也是我们目前所能够看到的最早的可信的《焦氏易林》序言）当中说焦赣是西汉元、成之世的人，元帝和成帝在位的时间段为公元前48年至公元前7年；而顾炎武在《日知录》中认为焦赣生活在西汉昭帝（前86—前74）和宣帝（前73—前49）时期；姚振宗《汉书艺文志拾补》认为焦赣在西汉昭帝的时候就已经是小黄县的县令了。对此问题，近人在古人考证的基础上又有新的进展，余嘉锡先生在《四库提要辨证》中考证焦赣当生于汉武帝天汉、太始之间，也就是公元前96年前后，卒于汉宣帝末年或汉元帝初年，即公元前48年前后。闻一多先生在《中国文学史》讲稿中考证认为焦赣约生于汉武帝太始二年（前95），约卒于汉元帝建昭四年（前35）[①]。陈良运先生在《焦氏易林诗学阐释》中认为焦赣"生于武帝太始元年以后（前96），而卒年在汉成帝河平四年（前25）或稍后，活了七十岁左右"[②]。当然，这些考证出的时间有的相差很近，有的则相差甚远，但都是通过间接的材料推测和判断而已。近年来，马新钦先生在他的博士学位论文《焦氏易林作者版本考》中又对焦赣的生卒年月进行了考证，得出了这样的结论："焦延寿的生卒年史料十分匮乏，故尔我们只能暂定为：焦延寿的生年必在武帝天汉末年（前97）之前，其卒年必在宣帝元康元年（前65）以后。"[③] 相比较而言，马新钦先生的看法最为客观。另外，山东大学的周立升先生通过研究伪费直《焦氏易林序》（周立升先生认为此序不伪）和今本《焦氏易林》的

[①] 闻一多：《闻一多全集》第10册，湖北人民出版社1993年版，第81页。
[②] 陈良运：《焦氏易林诗学阐释》，百花洲文艺出版社2000年版，第597页。
[③] 马新钦，2005年博士学位论文《焦氏易林作者版本考》第一编第一章第二节《焦延寿生卒年》，导师：张善文教授。

内容（主要是考察书中记载史实的年限），认为焦赣当生于公元前86年（昭帝始元元年）左右，卒于公元10年（新莽始建国二年）前后。[①] 照这样推算，焦赣大概活了近百岁，这不是不可能，只是缺乏实证。非常有意思的是，像顾炎武、余嘉锡、胡适等人先是通过一些文献推测了焦赣的生卒年，然后再考察今本《焦氏易林》中的某些内容反映的史实焦赣不可能知道，以此来断定今本《焦氏易林》非焦赣著。而周立升先生则先根据有关文献资料断定今本《焦氏易林》是焦赣所著，然后再根据《焦氏易林》一书的内容来推断焦赣的生卒年。事实上这两种方法都带有先入为主的倾向，即他们的结论虽然相反，但结论推导的前提都是预设的，因此在思维方式上没有任何本质的不同。焦赣的籍贯在正史中没有交代，《汉书·儒林传》和《汉书·京房传》都只是说他是当时西汉时期梁国人，至于是梁国哪个县并无说明。《太平御览》卷二百六十八引《陈留风俗传》中说焦赣是梁国蒙人。姚振宗《汉书艺文志拾补》也认为焦赣是梁国蒙人。马新钦先生在其博士论文《焦氏易林作者版本考》中也专门考证了焦赣的籍贯，赞同这种说法。我们认为焦赣为梁国蒙人是较为可靠的。蒙就在今天的河南商丘东北。至于周立升先生相信《焦氏易林》前面一篇假冒的费直序言，认为焦赣就是建信天水人（学者对此多有疑辞，认为建信和天水相隔甚远，且年代也不相一致。关于这一点，后文关于作者考证部分有详论，此不赘述），并考证焦赣不是当时的梁国人，建新天水在今天山东东营市广饶县北。[②] 这种说法是不成立的，从文献方面讲没有证据。根据《汉书》等文献的记载，焦赣自幼家贫，由于好学而被梁王看重，受其资助得以学习，后来做了小黄县的县令，在任期间把县内治理得非常出色，以至于路不拾遗，监狱空寂，没有盗贼。并且，由于他学识渊博，研究《周易》有得，并受到隐士的传授，他自称自己的《周易》之学来源于当时著名的易学大师孟喜，可是没有得到别人的认可，他还教出了汉代易学史上非常有名的学生京房。

第二种观点认为今本《焦氏易林》的作者是崔篆。第三种观点认为

---

① 周立升：《焦赣易学研究》，刘大钧主编《大易集成》（下），上海古籍出版社2004年版，第529页。

② 同上书，第530页。

今本《焦氏易林》的作者是东汉方士许峻所著。第四种观点认为今本《焦氏易林》是东汉以后人所著。另外,还有一种观点,就是容肇祖先生所提出的,认为《焦氏易林》"确为哀平以后的占筮书。即不然,亦当是慢慢积渐而成"①。这些观点在本书作者考证部分会一一详细介绍。

正是由于《焦氏易林》的作者具有很大的争议,所以很多人认为它是一部伪书。可是,我们从《东观汉记》中的记载可以知道,早在东汉明帝永平五年(62年)的时候《焦氏易林》就已经被用来占卜天时了。由此可知,认为今本《焦氏易林》是东汉方士许峻所著是不成立的,因为许峻是东汉中期人,卒于公元2世纪前半叶,《焦氏易林》在他之前就已经存在了。至于说《焦氏易林》是东汉以后人所著,就更不可信了。我们认为《焦氏易林》的作者问题应尊重传统的说法,即作者为焦赣。

《焦氏易林》的形式非常独特,应该说它是先秦两部经典的嫁接——《周易》和《诗经》的融合,同时它又体现了巫、史文化的统一与回流。从外在形式看,《焦氏易林》一共有4096首四言(有少量三言者)押韵的像短诗一样的"林辞"(其中有重复的若干首,估计是流传过程中有的林辞散佚。后人以同书中的其他林辞补入;或者是像《周易》一样,不同的卦爻而有相同的爻辞。但后一种可能性较小,因为在《易林》成书时代,术数文化已经颇为发达,正如《四库全书总目提要·术数类提要》所言:术数之兴,多在秦汉以后。因此《焦氏易林》为了便于民间占卜的运用,不太可能设置那么多重复的林辞),这一点应该是受到了《诗经》的影响,而且这些林辞使用、化用了《诗经》当中大量的语句或意境,广泛地使用了《诗经》所开创的赋比兴手法,所有的这些都说明《诗经》对《焦氏易林》影响甚大。但在后世的文献分类中,《焦氏易林》一般被分在术数类或易类,反映了古人对于《焦氏易林》的看法。之所以如此,是因为《焦氏易林》的编撰目的是为了社会大众的占卜决疑,虽然作者也声明这些像诗一样的林辞也有抒情言志的作用("作此哀诗,以告孔忧"),但在文学尚未完全自觉的时代,是没有人注意它的文辞之妙的。作为一部术数类的典籍,大家注意的还主要是它的社会实用功

---

① 容肇祖:《占卜的源流》,《历史语言研究所集刊》第一本第一分,江苏古籍出版社1999年版,第64页。

能。该书之所以取名《易林》，是因为它和《周易》有关。它的结构是由《周易》的六十四卦变化而出，它的篇章的排列顺序（其实就是卦变的顺序）和《周易》的卦变哲学有关，它的思想内容是易理的具体显现，它的卦后系辞也受到《周易》卦爻辞的深刻影响，甚至于它的遣词造句，按照尚秉和先生《焦氏易林注》中的观点，也无一不是从《周易》卦象而出，是《周易》运象遣辞思想的实践表现。因此，《焦氏易林》就是以《诗经》的形式仿造《周易》而编撰的衍《易》之作，是当时《诗经》学、易学兴盛和传统占卜方法不能方便民用的背景下的产物。巫史文化是中国文化的源头。按照闻一多先生的看法，"史出于巫。巫术进为宗教，巫乃演为史。卜祝由方伎（术）变为学。""史的职掌是礼。乐是礼的一部分，诗又是乐的一部分，故诗出于史。"[①] 诗歌出于巫史，说的是诗歌的原初形态。《焦氏易林》的林辞属于诗歌的形式，而它的功用在当时却是巫术的占卜，因此，《焦氏易林》体现了巫史文化的统一与回流。这和当时史官意识的觉醒以及巫风的流行不无关系，而且，在《焦氏易林》中，还出现了许许多多历史典故和类似后世咏史诗的林辞，更说明了它的巫史合一性质。

《焦氏易林》一书的体例非常有规律。全书共4096首诗歌，这些诗歌类似《周易》的繇辞，我们称之为林辞。这样的林辞有着悠久的渊源。《左传·庄公二十二年》疏曰："卜人所占之语，古人谓之为繇，其辞视兆而作，出于临时之占，或是旧辞，或是新造，犹如筮者引《周易》，或别造辞。卜之繇辞，未必皆在其颂千有二百之中也。此传……三者皆是繇辞。其辞也韵，则繇辞法当韵也。郭璞撰自所卜事谓之辞（洞）林，其辞皆韵，习于古也。"从这一段话可以看出，占卜者自撰押韵的占卜之辞，早在春秋战国时期就已经开始了。《焦氏易林》当中的这些林辞，当是承袭了这一悠久的传统。那么什么又叫"林"呢？元代胡一桂在《周易启蒙翼传》中解释道："所谓林者，自为韵语占决之辞也。"虽然胡一桂是解释郭璞《洞林》，但同样适用于《焦氏易林》，因为郭璞《洞林》《新林》明显是与《焦氏易林》一脉相承。通俗地讲，林的"实质含义就是一种新制的、以仿古易占辞之韵语为形式特征的、内容较为繁富的占辞

[①] 《闻一多全集》第十册《文学史编》，湖北人民出版社1993年版，第42—43页。

系统"①。《焦氏易林》林辞的排列严格按照《周易》八卦变化的顺序，这些卦变的顺序基本上等同于林辞的目录或标题。比如说当《乾》卦变为《坤》卦时，它的林辞是这样的："招殃来蟹，害我邦国。病伤手足，不得安息。"我们把这一林叫做《乾》之《坤》。《焦氏易林》的林辞排列以今本《周易》六十四卦的顺序为经纬，旧本分为十六卷，每一卷为四卦。比如第一卷的第一卦为《乾》卦，然后在《乾》卦的下面又有六十四卦，这六十四卦均是由《乾》卦变化而来，变化出来的这六十四卦的顺序仍然是今本《周易》的卦序，也即总的顺序按照今本《周易》的卦序《乾》《坤》《屯》《蒙》……排列，在这种排列的每一卦下面又变化出今本《周易》的六十四卦，这样，《焦氏易林》也就有了 64×64＝4096 首林辞。

就数量规模来说，《焦氏易林》4096 首林辞是相当可观的。这些林辞所包括的内容非常广泛，举凡自然万物，芸芸众生，无不囊括。而其辞句则出入经史百家，并采撷讴谣俚语，语言质朴古雅，老辣生狠，自然峭古，体现出西汉时期诗歌语言的淳朴之风。内容的广泛是和它的实际功用相关的。因其为卜筮书，所以要像《周易》一样"知周乎万物"，无所不包，这样才能满足世人各种各样的占卜需求；因其为卜筮书，往往为士大夫所不屑为，所以其民间性导致其语言接近百姓平常生活话语，而其内容又多为普通大众所熟知；因其为卜筮书，故需有预言性，预言性的语言不可具有确定的指向性，否则就难以达到《周易》"象其物宜"的象征性，也就不可能像《周易》一样具有"周流六虚，变动不居，不可谓典要，唯变所适"的诠释的灵活性。因此，卜筮一类的语言大多使用"象"这种特殊的语言。这些象一般分为三类：人世之象，自然之象和虚构（想象）之象。在人世之象中，使用最多的就是过去历史之象，也便是典故，因此，《焦氏易林》对于之前的经史百家融炼化用，像《周易》《诗经》《春秋》及其三传、《荀子》《韩非子》《老子》《庄子》等无不运用自如。典故的运用，可以从历史人物和事件中取得一种类比的解释途径，后世很多占筮之书甚至签诗等均受到这一语言形式的影响。

《易林》中这么多的林辞，内容非常广泛：战争行役，农耕渔猎，商

---

① 赵益：《古典术数文献述论稿》，中华书局 2005 年版，第 83 页。

旅生活，男女爱情，相思怀人，异域风情，天文地理，神话传说，历史故事，贵族贫民……无所不有。在文体风格方面，既有抒情性极强的吟唱，也有春秋笔法的叙事短章，既有富于哲理的警示，又有诙谐幽默的讽刺。其题材之广泛，形式之多样，修辞之巧妙，蔚为大观。《易林》林辞形成于《诗经》和《楚辞》之后，又处于汉乐府的影响之下，因此它的"感于哀乐，缘事而发"的现实主义精神以及想象奇特的浪漫主义精神也显示出自身独有的特征。它的现实主义精神表现出浓郁的忧患意识，所反映的生活多是沉闷的、艰辛的、悲苦的。它的浪漫主义精神主要表现在对神仙的描写和动植物拟人方面，往往出人意表，却又呈现出一种现实的烙印，因此是一种现实的浪漫主义精神。透过《易林》林辞文字的背后，我们可以听到诗人的歌哭，可以看到众生的欢娱。两千年前的生活画面在我们眼前浮现，那些飘飞长寿的神仙，那些劳苦耕作的农人，那些行役艰苦的士卒，那些相思憔悴的男女，还有那些能言诉说的动植物……无一不随着诗歌的韵律在书页间跳动，让今天的我们徜徉于一片浩荡的古诗的海洋。

　　《焦氏易林》自成书之后，便在社会上广泛流传，以至于东汉明帝时期被用来占卜天气的变化，自《隋书·经籍志》载录之后，历代正史均有著录。而且，从《隋志》可以看出，在南朝梁时期，《焦氏易林》还不只一种版本。隋唐时期《焦氏易林》得到较为广泛的传播，像《北堂书钞》《初学记》和《艺文类聚》等大型类书都引用了《易林》中的句子，这无疑促进了《易林》在社会尤其是在士人中的传播。我们现在所能看到的最早的也是可信的一篇《焦氏易林》的序言，就是唐朝王俞所写。由于《易林》和《周易》与术数都有密切的关系，所以《易林》的传播便分为上下两个层面来进行。上层知识分子主要关注它的文辞和易学成就，下层百姓留意的则是它的术数占卜功能。由于宋代读书人对儒家经典的特殊重视，研究《周易》便成为一门重要的学问，那么，和《周易》有关联的《易林》便进入了士人的眼界；再加上宋代术数文化的发达，江湖术士对于《易林》这样一种应用方便的占法备加青睐，这就导致《易林》在下层社会广为流传，以至于出现了术士杜撰卦辞而在百姓面前冒充《易林》的情况。当时很多应用《易林》占卜的事例也被记录下来，而且很多私家书目也都记载了《易林》的情况。有宋一代，人们已经开始注意到《易林》和《诗经》的关系，像《诗总闻》和《慈湖诗说》便是这样的著作。《易林》在元代仍然被两种眼光来解读，一种便是把它看作易外别传，另一种则把它看作江湖术数。但它的文辞还是受到了人们的注意，像明万历年间的处士胡一桂（字百药）曾写下若干首四言诗，便是受到了《易林》的影响所致。明代是《易林》的文学价值被充分肯定的时代，钟惺、谭元春的《诗归》、杨慎的《升庵集》和王世贞的《艺苑卮言》等都对其文学价值做了较高的评价，甚至把它看作"汉诗一派"。清人多治汉学，故研究汉代易学者多论及《易林》，其论褒贬不一，而对于《易林》的文学价值，费锡璜《汉诗总说》则有发挥。值得一提的是，清代时期，《焦氏易林》还传播到了韩国。据张伯伟先生整理的《朝鲜时代书目丛刊》记载，其中有两部目录著录了《焦氏易林》[①]。近代以来，《易林》的传刻翻印仍然不绝，民间的流行更是难以统计。

  作为一部在民间小传统内流传的占筮之书，由于需求量大，刻印自然便多。可是一般人对于《焦氏易林》却秘而不宣，认为它应验奇准，故不愿轻泄。这些原因导致《易林》流传版本的繁多，但却校勘不一，错讹甚多，不同的版本对于相同的一林，林辞有时会有较大的出入，有的版本的林辞句子甚至不可解读。近年来出现了一些校注《易林》的本子，相比较而言，敦煌文艺出版社出版的芮执俭的《易林注译》较为可取，而四川大学刘黎明先生所著的《焦氏易林校注》则更为详尽。

第二节　《焦氏易林》作者考辨

  《焦氏易林》为卜筮之书，一般被归入术数类，即使被看作易书，也是被当作"易外别传"的。至于它在文学方面的价值，则更是不被重视。这种边缘化与冷遇境况的出现，很大的原因在于它的术数性质及其作者的分歧性。当然，也有古人和我们关于文学的观念不同这一原因。孔子曰：

[①] 张伯伟：《朝鲜时代书目丛刊》，中华书局2004年版，第一册中所收《奎章总目·卜筮类》著录的唯一一本书就是《焦氏易林》四本，见该书第231页。该书是朝鲜时代正祖初期奎章阁所藏中国本的图书目录，第一次修撰完成于1779年。该丛刊第五册中的《海东绎史·艺文志三·经籍三·中国书目一》中记载文帝元嘉二十七年百济王表求《易林式占》事，见该书第2551页。

"名不正则言不顺，言不顺则事不成"①，故考辨作者为本书第一要务。本书此一部分的内容大部分完成于我读硕士研究生期间，是我硕士学位论文的一部分。当时对于《焦氏易林》一书作者的考证，已有陈良运先生做了大量的研究（参见陈良运《焦氏易林诗学阐释》）。但是，就这一问题还是有很大的争议。我当时在撰写这一部分时，所能看到的文献有限，基本上凡所能找到的我都详细阅读，进行参考，可是有些地方还是未能满意。这主要是因为详细而明确记载今本《易林》创作情况的记录几乎没有或无法找到。这样的一种考证只能采用很多边缘化的材料来进行佐证或反证的推理，注定是吃力不讨好的。在本书撰写的过程中，我曾到福建师范大学拜访易学专家张善文教授和《易林》研究的前辈陈良运教授，后来又有幸拜读张善文教授2005年毕业的博士研究生马新钦先生的博士学位论文《焦氏易林作者版本考》，受益良多，觉得此一问题似已解决。然而，作为完整的著作，对于有争议的文献进行辨伪和作者考辨还是有必要的，且此部分内容早在2002年底便已定型，今对某些细节进行增删，加入后来发现的一些文献资料，以期更加完善。在此需要提出的是，马新钦先生的论文对于作者的考证已从文献方面提出了很多有力的证据证明今本《易林》的作者为焦赣，读者如有兴趣可以参考。本书所论角度与思路自有不同，可以和马新钦先生的考证相互补充参考。

一 前人关于作者的论争

《焦氏易林》多题为西汉焦延寿著，自《隋书·经籍志三》始见记载，谓《易林》十六卷，焦赣撰，梁又本三十二卷；《易林变占》十六卷，焦赣撰。此后，两《唐书》《宋史》等皆有记载。虽书名小异，而皆题为焦氏所著，由来已久。然而至《旧唐书·经籍志下》五行类，又出现一部未题作者姓名的《崔氏周易林》十六卷，欧阳修、宋祁等修纂《新唐书》时，才在《艺文志丙·五行类》中将《崔氏周易林》之作者考证为东汉人崔篆，即著名文学家崔骃的祖父。又因后世唯见今本《焦氏易林》而不见别种版本之《易林》，后人遂疑此书之作者。清初顾炎武便列举今本《焦氏易林》六首卦辞，考证之后认为似言东汉之事，并且

---

① 杨伯峻：《论语译注》，中华书局1980年版，第134页。

《易林》中有直呼汉高祖刘邦为"刘季"之语，便云"非汉人所宜言也"，"疑为东汉以后人撰而托之焦延寿者"。① 这尚是疑辞，且未指明其究竟归属谁的名下，态度尚甚审慎。据余嘉锡先生《四库提要辨证》中所载，至清嘉庆年间，又有名牟庭相者，断然否定该书为焦氏所著，而判归东汉人崔篆：

> 今世所传《易林》，本有汉时旧序，云六十四卦变占者，王莽时建信天水焦延寿之所撰也。余每观此而甚惑焉。据《汉书·儒林京房传》，焦延寿，梁人也，何为而言建信天水？王莽改千乘郡曰建信，改天水郡曰填戎，则莽时有建信而无天水，且二郡不相属，建信、天水，非可兼称也。又其序假名费直，直生在宣元间，岂知天下有王莽时人哉？传称焦延寿长于灾变，分卦直日用事，以风雨寒温为候，而京房奏考功法，论消息卦气，皆传焦氏学，殊不似《易林》。《易林》乃观象玩辞，非言灾变者也，何以为焦延寿之书？余窃疑此久矣。一日检《后汉书·儒林传》，孔僖拜临晋令，崔篆以《家林》筮之，又检《崔骃传》云，祖篆王莽时为建新大尹，称疾去，在建武初著《周易林》六十四篇。余于是执卷而笑曰：《易林》者，王莽时建新大尹崔延寿之所撰也。新、信声同，大尹误为天水，崔形误为焦。崔篆盖字延寿，与焦即赣名偶同，此所以致误也。既改崔为焦，因复改篆为赣，下文称赣者再，本皆当作篆，写者妄改，又妄意取《儒林传》语"焦延寿独得隐士之说"九字，附益其后，而词理不属，非其本文，甚易见。本系汉人之笔，而不著其名，遭遇妄人，辄加"东莱费直长翁曰"七字以冠之，彼以见《儒林传》焦京之后"费直字长翁，东莱人也"，因此造意，尤莹莹可笑。《隋书·经籍志》，则据之以崔篆之书嫁名焦赣，遥遥千余年遂无觉者。幸而误序犹存，余得寻迹所由，复睹其真，校书得此，旷然有发蒙之乐矣！②

此处牟氏仅凭一篇伪序文中的几个字，便轻易将清代仅存的《焦氏

---

① 黄汝成：《日知录集释》第十八卷《易林》条，上海古籍出版社1985年版，第1435页。
② 余嘉锡：《四库提要辨证》，中华书局1980年版，第743—744页。

易林》(《崔氏易林》已佚)判归崔篆了。在牟氏之前尚有郑晓疑此书作者，所据亦为旧本《易林》前费直之语，只是"疑今之《易林》未必出于焦氏"①。考证亦较牟氏为略。张之洞《书目答问》依牟氏说定为汉崔篆著。

清人丁晏，曾作《易林释文》，因见牟氏《易林较略序》，遂又作《书后》一篇驳之。刘毓崧又为丁晏《释文》作跋一篇，皆主今本《易林》为焦赣撰，而非崔篆。丁、刘二人所据有五：一、西汉未有代人作序之例，旧本前之费直序为伪造，既伪，不足为凭；二、牟氏言崔篆盖字延寿，"盖"者疑辞，又遍检书传，篆无延寿之字，则牟氏为臆说；三、"崔篆《易林》作于光武建武初年，而《易林》不避'秀'字，断不出自篆手"；四、"王莽实陈恒之裔，《易林》言其弑君，篆岂肯触犯猜忌，自蹈诛夷"；五、"昭帝名弗，《易林》四千九十六变而用'不'字者奚啻千余，而无一'弗'字"，则为焦赣作于昭帝时之证。②

此后，近代易学大家尚秉和倾毕生之力研注《焦氏易林》，著《焦氏易林注》《焦氏易诂》等书，王晋卿称前者"将二千年易家之盲词呓语一一驳倒，使西汉易学复明于世"，陈散原称后者为"千古绝作"③，而代表尚先生易学的《周易尚氏学》便是以研究《易林》所得为基而撰。尚秉和又主旧说，断定今本《易林》为焦延寿撰，并驳顾亭林与牟庭相，其论如次：

> 至此书确为西汉人作，且确定为焦氏作者，其证有六：一、所用春秋故事，有为三《传》、《国语》、《韩诗外传》、《说苑》等书所无者，故虽唐人不能注，古书亡也。又所用之字，古义甚多，在在存西汉淳朴之气，文不加修饰，自然峭古，与魏晋之涂缋者异；二、显宗以《周易林》筮雨，遇《蹇》，其词在今《易林》中，以问沛献王辅。当此时，诸王如东平王苍，尤深经学，乃不问苍而问辅，以辅善

---

① 黄汝成：《日知录集释》第十八卷《易林》条，上海古籍出版社1985年版，第1435页。
② 丁晏：《易林释文》，《丛书集成续编》第83册，上海书店出版社1994年版，第1013、1051—1053页。
③ 忤埔：《焦氏易林注叙》，尚秉和遗著，张善文校理《尚氏易学存稿校理》第二卷上，中国大百科全书出版社2005年版。

说京氏《易》。焦赣为京氏师，既善京《易》，必知焦《易》，故独问辅；三、凡京氏《易》说可参见者，如"朋来"为"崩来"、《无妄》为大旱卦，皆与焦氏《易》说同，师弟授受，遗迹分明；四、《易林》卦象，如离东坎西，坤水坤鱼，东汉人若知，则解经不误矣，惟其为西汉，故至东汉而失传，致经诂皆误；五、用韵之古，直同周秦；六、《隋志》即有焦赣《易林》，《唐志》焦《易林》与崔《易林》并存，其名实久定，不应忽误崔为焦。由以上诸证，定今之《焦氏易林》断非费直，亦非崔篆，更非东汉人陆绩、虞翻、管辂所能为，而确为《焦氏易林》。①

此外，参与聚讼者尚有《四库全书·易林提要》的作者，据李善注《文选》中任昉《竟陵王行状》所引《东观汉记》一书材料（见后文）作出结论："则书出焦氏，足为明证。"至于顾亭林及牟庭相所指出的《易林》言王昭君之事，不应为焦氏所知（此涉及焦氏生卒年考，见下文），《提要》则云"昭君之类，或方技家辗转附益，窜乱原文，亦未可定耳"②。余嘉锡《四库提要辨证》则又一反此说，以为"自唐宋以来，皆谓《易林》为焦延寿作，相传无异词，郑氏、顾氏始核之史传，疑非焦氏书，可谓善于读书者。《提要》惟撷拾两家之说，不能博考，故语涉游移。牟氏因读旧序，推其致误之由，知即崔篆之《周易林》，其说至确。翟氏从而证明之，善矣；又为丁氏、刘氏之说所汨。二人著述，皆负重名，而其说皆缭绕穿凿，愈辩愈支，余惧后之读者为其所惑，故详考之如此"③。末又引沈炳巽撰《权斋老人笔记》卷三论《日知录》言《易林》之语"按《易林》乃后汉崔篆所著，见《崔骃传》，不知后人何以忽云焦延寿"证之。至1948年，胡适之先生又发表一篇考证文章《〈易林〉断归崔篆的判决书——考证学方法举例》，洋洋洒洒万余言，大而化之，历判各家所论，"审得今本《易林》确是一千九百多年前的古书；其

---

① 尚秉和：《焦氏易诂》，中华书局1991年版，第68—70页。
② 纪昀等：《四库全书总目》上册，中华书局1965年版，第924页。
③ 余嘉锡：《四库提要辨证》，中华书局1980年版，第757—758页。

著作人可以确定为曾作王莽新朝的建信大尹崔篆"①。

　　因余、胡二人皆为当时名家，故一经判决，遂无人再重提此案。民国易学大家杭辛斋先生所著《易学六种》，亦有谈及《易林》者，以为乃西汉焦延寿撰，并言及其弟子京房。杭先生论中言及古时言《易》凡称为"林"者，皆占筮书，所举有几例，可知称《易林》一类书名者，实不止今本《易林》一书，此论至确，亦对考证作者问题至关重要。实际上"林"就是一种占断方法，可以叫做"林占"。"林"就是一种押韵的占断之辞，类似于后世的签诗卦歌。元代胡一桂在《周易启蒙翼传》中对"林"的解释是："所谓林者，自为韵语占决之辞也。""林占"就是不用《周易》的卦爻辞进行判断，而是用自己编撰的或别人创作的押韵的辞句来做出对事物的预测和判断。这种占法最迟在汉代就已经兴起，我们从《隋书·经籍志》中记录的许多带"林"字或"易林"的书便可以知晓。"林占"在魏晋南北朝时期仍有发展和沿袭，从《魏书·艺术传》耿玄"其所卜筮，十中八九，别有林占，世或传之"及"章武颜恶头善卜筮，亦用耿玄林占，当时最知名"这些记载，以及《梁书·处士列传》记载庾诜撰《易林》二十卷，《北史·艺术传》载吴世遵善于卜筮，著有《易林杂占》百余卷，曾为和士开占卜，"乃出其占书云：'元氏无子，长孙为妃。'士开喜于妙中，于是起叫而舞"等材料看，此种占法影响颇为深远。另外，《经义考》卷二十记载了简文帝《易林》十七卷，《庾氏易林》（庾氏即庾诜）二十卷及《鲁氏易林》（鲁氏即鲁弘度），《云笈七签》卷一百一十一《纪传部》记载扈谦精于《易》占，因晋海西"见赤蛇盘于御床，俄而失蛇。诏谦筮卦，《易林》曰：晋室有磐石之固，陛下有出宫之象"②。可知《易林》绝非仅仅今本《焦氏易林》一家，历史上编撰《易林》者也绝非只有焦赣、崔篆二人而已。故不能因见文献记载某人曾著有《易林》，便认定今本《焦氏易林》为某人著，这种认识逻辑是十分荒谬的。前代学者尚有人认识到历史上曾有多种《易林》，只不过只有《焦氏易林》流传下来而已。如宋人薛季宣《浪语集》卷三十五

---

① 胡适：《易林断归崔篆的判决书》，《历史语言研究所集刊》第20卷上册，江苏古籍出版社1999年版，第47页。

② （宋）张君房著，李永晟点校：《云笈七签》第五册，中华书局2003年版，第2425页。

《叙焦氏易林》云："汉儒传《易》明于占筮者，如赣、费直、许峻、崔篆、管辂数家，《易》俱有《林》，惟《焦氏林》今传于世。"《经义考》卷二十七引戴表元《后序》曰："……汉之《易林》存者，惟焦氏一家，士大夫占筮多用之。"这样一种识度对于我们今天考证今本《易林》的作者意义重大。它关系到我们的论证是否持论公允的问题，故在此强调重申。钱锺书先生对于余、胡之说并未加认可，在《管锥编》第二卷论《焦氏易林》中仍称今本《易林》为《焦氏易林》，且在论述行文中屡称焦氏，在《管锥编增订》中又引李石《续博物志》辨焦崔之争，亦以为今本《易林》书出焦氏。同钱锺书先生一样对《焦氏易林》备加青睐且用力深者又有闻一多先生，他选出《易林》各林辞中以为优秀者，编为《易林琼枝》，并于1939年写《中国文学史讲稿》时列一节专讲《焦氏易林》，且考证出焦延寿之生卒年代，可谓功不可没。

此外，对于今本《易林》的作者，尚有人为是东汉方士许峻所著，其事见于其孙许曼的传记中：

> 许曼者，汝南平舆人也。祖父峻，字季山，善卜占之术，多有显验。时人方之前世京房。自云，少常笃病，三年不愈，乃诣泰山请命。行遇道士张巨君，授以方术。所著《易林》至今行于世。①

许峻也确实著过《易林》一类的书，范晔著《后汉书》时其书尚流传，《隋书·经籍志》、两《唐书》和《宋史》也都曾记录许著，但在之后就失传了。故有人以为今本《易林》即许峻所著。何焯《义门读书记》说：

> 今世所传《焦氏易林》，疑即许峻所著，焦氏不闻有书也。

黄汝成《日知录集释》引时人（道光时）泾县左暄说：

> 崔家《易林》不可考。许峻所著《易林》，范氏以为"至今行于

---

① 范晔：《后汉书·方术传》，中华书局1965年版，第2731页。

世",则后世所传《易林》当即峻书,而人误以为焦延寿也。①

另外,还有一种观点认为今本《易林》的作者不可考。这是容肇祖先生所提出的,他认为《焦氏易林》"确为哀平以后的占筮书。即不然,亦当是慢慢积渐而成"②。

于是,今本《易林》作者之争,便俨然分为五派:主焦说、主崔说、主许说、东汉以后人说、哀平以后人说,真是"愈辩愈支"。今人陈良运先生在其《〈焦氏易林〉诗学阐释》一书中梳理诸说,又考订为焦氏著,其材料较丰,较前人诸说有说服力。然而,陈先生所论的某些细节问题,尚有需要佐证的地方,对于焦氏易"分六十四卦,直日用事"一节,同前人一样皆避而不谈,恐不能驳余嘉锡引牟庭相《雪泥书屋杂志》卷三言"是直日法中添不得《易林》也,此二家必不可强合"之语。

二　本书关于作者之考证

要之,对于一书作者之考辨,甚非易事,况年代久远,史料稀疏,正史虽载诸家《易林》类书,惜多亡佚,今仅存题作《焦氏易林》者,而笔记、类书所零星见载者,或因传抄,不免致误,遂使后人难以据为确然之证,况复有人疑正史书目哉(胡适之疑之)?以博学如钱锺书先生者,尚且说"焦欤、崔欤,将或许欤,姓氏偶留,而文献尠征,苟得主名,亦似于知其人、读此书,无甚裨益。窃欲等楚弓之得失,判儿猫之是非也"③。此本为通达之语,苟费九牛二虎之力徒考其作者,何若观其书,玩其辞,赏其文,会其意。然而因吾人自幼酷爱学《易》,且喜《易林》之隽古,故不揣浅陋,在前人基础之上再考证一二,以期后之学者,再不为此一事徒耗心力。

前文言《易林》作者之争,大致如此。余、胡二文甚长,不具引,后文随用随引。因此事牵连史料及文章甚繁,为便于考索,使人阅之有清

---

① 黄汝成:《日知录集释》,上海古籍出版社1985年版,第1436页。
② 容肇祖:《占卜的源流》,《历史语言研究所集刊》第一本第一分,江苏古籍出版社1999年版,第64页。
③ 钱锺书:《管锥编》第二册,中华书局1986年版,第535页。

晰的眉目，以下考证采用胡适之先生之行文方式，共分如下几步：

第一部分，先判今本《易林》东汉初年已传于世，断非许峻及"东汉以后人"所著；

第二部分，以崔篆生平及其为人为文，结合后世文献，判今本《易林》非崔所著；

第三部分，考焦延寿及其弟子之生平及其易学，结合后世文献，证明今本《易林》最合于焦氏所著，且焦本流传最广，不免有术士杜撰卦文或窜抄者。

在未作考证之前，我们先看一下自《汉书》之后，历代正史所列《易林》类书籍，兹列表如下（此表参考陈良运先生制并有所补充）：

史部类	焦延寿《易林》	崔篆《易林》	其他《易林》类（选录）
《隋书·经籍志》三·子·历数类（长孙无忌等撰）	《易林》十六卷，焦赣撰。梁又本三十二卷。《易林变占》十六卷，焦赣撰。	无	《易守林》三卷，京房撰。《周易集林》十二卷，京房撰，《七录》云伏万寿撰。《易林》二卷，费直撰，梁五卷。《易新林》一卷，后汉方士许峻等撰，梁十卷。《易灾条》二卷，许峻撰。《易决》一卷，许峻撰。梁有《易杂占》七卷，许峻撰，又《易要决》三卷，亡。以上几种标明汉人撰。另有汉以后《周易新林》郭璞撰等十三种，梁元帝《洞林》三卷。
《旧唐书·经籍志》下·五行类（刘昫撰）	《焦氏周易林》十六卷，焦赣撰。	《崔氏周易林》十六卷	《费氏周易林》二卷，费直撰。《许氏周易杂占》七卷，许峻撰。《周易集林》十二卷，伏曼容撰，又一卷，伏氏撰。《易林》十四卷（未署名），另有郭璞《周易洞林解》三卷等五种。梁元帝《洞林》三卷。
《新唐书·艺文志》丙·五行类（欧阳修等撰）	《焦氏周易林》十六卷，焦赣撰。	《崔氏易林》十六卷，崔篆撰。	《许氏周易杂占》七卷，许峻撰。伏曼容《周易集林》十二卷。《伏氏周易集林》一卷，另有郭璞《周易洞林解》三卷等五种，梁元帝《洞林》三卷。

续表

史部类	焦延寿《易林》	崔篆《易林》	其他《易林》类（选录）
《宋史·艺文志》五·蓍龟类（元脱脱等修）	《焦赣易林传》十六卷	无	郭璞《周易洞林》一卷，以上《易林》之名皆失。独许峻著存。《艺文志·五行类》：《易决》一卷，《易林》三卷，《诸家易林》一卷，《易新林》一卷。

由上表可以看出，自汉之后，一直到元代（最早不过修《宋史》时），在社会上流传不只一种名叫《易林》之类的本子，这也正如易学大家杭辛斋所言，凡叫"某某林"之类的易学书籍，大抵都像如今尚流传于民间被用于市井占筮的《火珠林》一样，其主要功能是占筮；这些书的作者，如焦赣、京房、费直、许峻及郭璞，史载都是善于卜筮预言的大家。因此，列此表的目的不仅在于使我们明了历代《易林》流传情况，更在于使我们在未断此公案之前达成一个共识，即据史载，历史上曾流传诸多版本的《易林》一类的书。此至关重要，而却为适之先生所否认，他据唐人赵璘《因话录》卷六云"崔相国群之镇徐州，尝以《崔氏易林》自筮，遇《乾》之《大畜》，其繇曰：'典策法书，藏在兰台，虽遭乱溃，独不遇灾'。及经王智兴之变，果除秘书监也"，便认为"古写本《易林》十六卷，内容相同，而题名有两种：那题作焦赣的、或焦氏的，实在是误题；那题作崔氏的，或崔篆的，是古写本的原题名，是不错的"。这就认定了自唐至宋所流传的仅一本《易林》类书，且为今本《易林》。事实上，《因话录》所述之事，其他文献也有记载。唐人钟辂撰写的《续前定录》和宋人王谠编纂的《唐语林》以及明代人陶宗仪撰写的《说郛》，在记载此事时均作《焦氏易林》而不作《崔氏易林》。精通国史的胡适之无视正史所载，因为他的意思是两《唐书》在记载此类书时其修撰者皆未查阅原书内容，径抄前人书目，这种"大胆假设"未免太过了。查《隋书·经籍志》"总论"叙编纂情况云：

今参见存，分为四部，合条为一万四千四百六十六部，有八万九千六百六十六卷。其旧录所取文义浅俗、无益教理者，并删去之；其旧录所遗辞义可采、有所弘益者，咸附入之。远览马史班书，近观王，阮志录，挹其风流体制，削其浮杂鄙俚，离其疏远，合其近密。……虽未能研几探赜，穷极幽隐，庶乎弘道设教可以无阙焉。夫仁义礼智，所以治国也；方技数术，所以治身也；诸子为经籍之鼓吹，文章乃政化之黼黻，皆为治之具也。

由此可知，《隋书·经籍志》所收者皆"见存"书，且对收载书目有所取舍；对"方技数术"类之书都很重视；京房《周易集林》十二卷又载梁时阮孝绪《七录》考为伏万寿撰，可知梁时便曾对《易林》一类书的各书作者进行过考证。正是由于以上之故，我们可以相信焦氏十六卷《易林》的严肃可靠性及何以不载唐代尚流传的《崔氏易林》的原因（以有所取舍故也）。章怀太子李贤注《后汉书》时（675—680年），焦、崔二人之书尚皆存于世：

《孔僖传》"……诏还京师，使校书东观。冬，拜临晋令，崔駰以《家林》筮之（李注：崔篆所作《易林》也），谓为'不吉'，止僖曰：'子盍辞乎？'曰：'学不为人，仕不择官，吉凶由己，而由卜乎？'"

同时，在《张衡传》中注张衡文章《应间》篇之"鼋鸣而鳖应"一语云：

喻君臣相感也。焦赣《易林》曰："鼋鸣岐野，鳖应于泉。"

由此可知二书李贤亦曾观览，本自不同。胡适先生认为《旧唐书·经籍志》"全抄开元时书目"，故所列十六卷本焦、崔氏《易林》为异名同书者，一为误题书名。修《旧唐书·经籍志》的刘昫等人虽"录开元盛时四部诸书"，诸多书籍虽未必亲自检阅，但开元时的书目，据《旧唐书·经籍志》总论所述，开元间所重修之《群书四部录》都是参与整理、校辑的官员学者逐一检阅、毫无疑问的，况《旧唐书·方伎》中载"京房传焦赣之法，莫不望气视祲，县知灾异之来"，表明修纂者对京焦并非无知。其中不载焦氏《易林变占》，证明此书彼时已散佚（此书下文附辨之),且晚唐"会昌丙寅岁"(846年)王俞作《易林原序》(四库本前存),则更与《因话录》一起并证焦、崔二书在唐时并行于民间。

另据《四库全书总目》卷一"术数类存目"二记载,尚有两部与《焦氏易林》关系密切之书:一为韩邦奇撰《易林经纬》四卷,"三百八十四变为经,四千九十六变为纬。经者《易》之爻辞,纬取《焦氏易林》附之"。一为乔中和撰《大易通变》六卷,"是书一名《焦氏易林补》,删其辞重复者,而以己意补其缺,凡一千余首"①。可知明代今本《易林》的流传情况,其内容大致如今,因今本所重复者正为一千余首。此与判断其归属何人关系不大,列此仅明乎其流传情况。

现在,我们由以上史料文献可知,在以前的社会上曾经流传着多种不同人所著《易林》类占筮书。这是我们断此公案的基本共识,否则会发生"只许州官放火,不许百姓点灯"的争执,即只许此家著《易林》而不许彼家著《易林》。

接下来,我们正式开始审判。

先进行第一步,即断今本《易林》非许峻及"东汉以后人"所著。这一步胡适之先生《判决书》一文已断之甚明,今参考其文,略述如下:

认为《焦氏易林》是东汉许峻所著者,为清人何焯、黄汝成,所据大致为《后汉书·方术传》及《隋书》之后历代正史所载书目,已见上文。认为"东汉以后人"所作者为顾炎武:

《易林》疑是东汉以后人撰,而托之焦延寿者。延寿在昭宣之世,其时《左氏》未立学官,今《易林》引《左氏》语甚多。又往往用《汉书》中事,如曰"彭离胶东,迁之上庸",事在武帝元鼎元年;曰"长城既立,四夷宾服。交和结好,昭君是福",事在元帝竟宁元年;曰"火入井口,阳芒生角,犯历天门,窥见太微,登上玉床",似用《李寻传》语;曰"新作初陵,逾蹈难登",似用成帝起昌陵事;又曰"刘季发怒,命(黄本作禽)灭子婴",又曰"大蛇当路,使季畏惧",则又非汉人所宜言也。②

---

① 纪昀等纂:《四库全书总目》,中华书局1965年版,第945页。
② 黄汝成:《日知录集释》,上海古籍出版社2006年版,第1077—1078页。

胡适先生总结顾炎武的理由有四：（1）《易林》引《左传》语甚多，不似《左氏传》未立学官的昭、宣时代作品。（2）《易林》多用《汉书》里的故事，不像班固以前的书。（3）《易林》用元、成帝时故事，皆在焦氏卒后，延寿不应知道。（4）《易林》称汉高祖为"刘季"，不应是汉代人所宜言。故"疑是东汉以后人撰"。

考李善注《文选》任昉《竟陵王行状》，引《东观汉记》曰：

> 永平五年秋（62年），京师少雨。上（明帝）御云台，召尚席取卦具，自卦，以《周易卦林》占之。其繇曰："蚁封穴户，大雨将集。"明日大雨。上即以诏书问沛王辅曰："道岂有是耶？"辅上书曰："按易卦《震》之《蹇》，'蚁封穴户，大雨将集'。《蹇》，艮下坎上，艮为山，坎为水，山出云为雨。蚁穴居而知雨，将云雨，蚁封穴。故以蚁为兴文。"诏报曰："善哉王次序之！"①

查今本《易林》《震》之《蹇》，有"蚁封穴户，大雨将集"林辞，可知今本《易林》早在东汉明帝永平五年（62年）就已被用来占筮，其成书当更在此之前。许峻之孙及外孙与应劭同时，应劭于桓帝延寿八年（165年）曾介绍其外孙董彦兴为桥玄占卜，事见《风俗通义·怪神篇》。"可见许峻为东汉中期人"，卒于2世纪前半叶，其"著书年代远在永平以后"（胡适语）。故许峻与"东汉以后人"著今本《易林》的说法不成立，许氏《易林》定与今本不同。就笔者所能看到的材料而言，许峻《易林》的形式应当和《焦氏易林》大体相似。《经义考》卷八分别引《北堂书钞》和《初学记》两部唐代文献中关于许峻《易灾条》两条资料，从这两条资料可以看出，《易灾条》或有可能就是许峻编撰的《易林》。两条条文分别如下："母病腹胀，蛇在井旁。当破瓶瓮，井沸泥浮，五色玄黄。""井中有鱼，似虫出流。若当井沸，五色玄珠。"这种四言韵语的风格和《焦氏易林》一致，应当属于同一种占筮方法和体系，难怪乎朱彝尊在所下按语中说它"盖亦《焦氏易林》类也"。从文献中所引许

---

① 萧统：《昭明文选》，中州古籍出版社1990年版，第827页。

氏条文来看，和今本《焦氏易林》并无交叉重叠，亦可佐证今本《焦氏易林》非出许峻之手。《四库提要》据《东观汉记》推论今本《易林》"则书出焦氏，是为明证"，此虽为胡适所驳，但亦有道理（见后文）。

至于顾炎武所提出的"刘季"说法，左暄驳之甚明：

《史记·高祖本纪》言"刘季"者非一，则固汉人所常言也。①

又据胡适之先生观点如下：

这样用避讳作考证的方法，根本就不能用来考证两汉文献的时代，因为我们现在可以无疑地证明两汉文人史家都有"临文不讳，读书不讳"的自由。《史记·周本纪》有"邦内甸服，邦外侯服"，《封禅书》有"五岳皆在天子之邦"。《汉书·韦贤传》有韦孟的谏诗，中有"实绝我邦"，与荒、商、光、同，协韵；又有《在邹诗》，中有"于异他邦"，与恭协韵。此皆可证西汉不讳"邦"字，何况"季"字？《史记》又不讳"盈"字（惠帝名），"恒"字（文帝名），"启"字（景帝名）。（看陈垣《史讳举例》页五六）。《汉书》也屡用"恒"字，"启"字，"彻"字（武帝名）。《汉书》不但不讳前汉帝名，并且不避"秀"字（光武帝名）"庄"字（明帝名）。（看陈垣同上书）王充与班固同时代，《论衡》里屡称"庄蹻"，"庄公"，"楚庄王"，"庄子义"，是不避明帝讳。许慎《说文解字》也不避后汉帝讳。（看《史讳举例》，页一至二，又胡适《两汉人临文不讳考》）②

因此可知，不唯顾炎武，任何人以避讳来考证今本《易林》的年代及作者归属，都是不成立的；今本《易林》早在东汉明帝初年就被用于占筮，任何明帝后的人都不配做今本《易林》的作者了。顺便说一下顾

---

① 黄汝成：《日知录集释》，上海古籍出版社2006年版，第1078页。
② 胡适：《易林断归崔篆的判决书》，《历史语言研究所集刊》第20卷上册，江苏古籍出版社1999年版，第32页。

炎武所说的"'火入井口，阳芒生角。犯历天门，窥见太微，登上玉床'似用《李寻传》语"这一问题。事实上，清人刘毓崧在《易林释文·跋》中就已经驳斥这种观点，《李寻传》中的话和《焦氏易林》所言截然不同，《焦氏易林》这一林辞是和天文相关的。西汉人对于占星是非常信仰的，这从司马迁的《史记·天官书》便可以知晓。而焦赣在当时天文学发达的社会文化背景下，出于研究易学的需要，学习和钻研天文学、占星学的知识是很正常的。我们从今本《焦氏易林》中就可以看到很多关于天文、星象的描写，而在《开元占经》中也引用了一些焦赣占星学的论述。所以，《焦氏易林》中出现"火入井口，阳芒生角。犯历天门，窥见太微，登上玉床"这样的语句没有什么值得惊奇的。

现在，我们可以进行第二步考证了，即依据崔篆生平及其为人为文，结合后世文献，证今本《易林》非崔氏所著。之所以要考其生平及为人为文，正是鉴于孟子"知人论世"的识度。(《孟子·万章下》："以友天下之善士为未足，又尚论古之人。颂其诗，读其书，不知其人，可乎？是以论其世也，是尚友也。")

主崔篆作今本《易林》者，有清代牟庭相、翟云升、沈炳巽（其论述已见上文），另有近代考据大家余嘉锡、胡适之二先生；反对者为清人丁晏、刘毓崧（其论见前）、李慈铭，又有近代易学大师尚秉和及今人陈良运，正反双方所持论据，本书将随引随析。

崔篆的生平及事迹见《后汉书·崔骃传》和《后汉书·儒林传》：

（崔篆）王莽时为郡文学，以明经征诣公车，太保甄丰举为步兵校尉，篆辞曰："吾闻伐国不问仁人，战陈不访儒士，此举奚为至哉？"遂投劾归。……时篆兄发以佞巧幸于莽，位至大司空（见《汉书·王莽传》）。母师氏，能通经学百家之言，莽宠以殊礼，赐号义成夫人，金印紫绶，文轩丹毂，显于新世。后以篆为建信大尹，篆不得已，乃叹曰："吾生无妄之世，值浇羿之君，上有老母，下有兄弟，安得独洁己而危所生哉？"乃单车到官，称疾不视事，三年不行县。门下掾倪敞谏，篆乃强起班春。……平理"县狱"，所出二千余人。……遂称疾去。建武初，朝廷多荐言之者，幽州刺史又举篆贤良。篆自以为宗门受莽伪宠，惭愧汉朝，遂辞归不仕。客居荥阳，闭门潜思，著《周易林》六十四篇，用决吉凶，多所占验。……篆生毅，以疾隐身不仕。毅生骃。①

崔篆的事迹尚见于《后汉书·儒林传》之《孔僖传》（卷一〇九）：

孔僖，……曾祖父子建，少游长安，与崔篆友善。及篆仕王莽，为建新大尹，尝劝子建仕。（子建）对曰："吾有布衣之心，子有衮冕之志，各从所好，不亦善乎？道既乖矣，请从此辞！"遂归，终于家。僖与篆孙骃复友善，同游太学，习《春秋》。……元和二年（85年）……冬，僖拜临晋令。崔骃以其《家林》筮之，谓为不吉。②

胡适先生推断篆卒于东汉光武帝建武十六年（40）左右，约活七十多岁，则以此上溯，其当生于公元前30年左右，即汉成帝建始年间（参见陈良运文），其祖父崔朝在汉昭帝时（前86—前74）曾为侍御史，其父崔舒历四郡太守（当宣、元二帝两朝），其兄崔发在汉平帝即位（公元1年）后与南阳陈崇等"皆以材能幸于莽"，崔篆本人"王莽时为郡文学，以明经征诣公车"，当在二十多岁至三十多岁之间。胡适先生此论颇有道理。胡适先生根据这一生卒年份推断，又考察今本"《易林》里的史事没有王莽以后的事，所以我们可以说《易林》的内容很合于崔篆的年代"。但"《易林》全书总共有四千多首有韵繇辞，也许不是一个短时期里定写成的"，所以"推想《易林》写成的时代是王莽声誉最高的时代"，"成书在西历纪元约八九年。到了王莽'新室'时代（西历九至廿三年），这书渐渐流行，所以汉明帝和沛王辅在永平五年（西历六二年）就用此书占卜了"。③

我们先将史书上得知的关于崔篆的情况作一番梳理：崔篆出身官宦世家，王莽时其家受宠，兄为大司空，本人亦为建信大尹；崔篆本人对于王

---

① 范晔：《后汉书》，中华书局1965年版，第1703—1705、1708页。
② 同上书，第2560、2562—2563页。
③ 胡适：《易林断归崔篆的判决书》，《历史语言研究所集刊》第20卷上册，江苏古籍出版社1999年版，第44页。

莽政权不太合作，然终不能"独洁己而危生"，依附于新莽政权，虽抱愧而犹为之，尚劝友人子建出仕，被讥为"有衮冕之志"；在汉时崔篆"惭愧汉朝"，建武初（25年左右），"客居荥阳，闭门潜思，著《周易林》六十四篇"。

主崔派牟庭相之说已具见前文，针对牟氏所论，丁晏《书翟氏牟氏〈易林〉校略后》曾驳之，要点如下：

（1）牟氏"既知旧序之伪，犹据以为莽时"。

（2）牟氏"且谓崔篆盖字延寿。盖者，疑辞。遍检书传，篆无延寿之字。臆说纷腾，疑误后学，夫何足取焉"！

（3）《后汉书·儒林传》，孔僖拜临晋令，崔骃以《家林》筮之。晏案，李贤此注，"崔篆所作《易林》也"……《张衡传》李贤注又引《焦氏易林》。明焦氏与崔氏各自为书，章怀之注甚晰。

（4）《唐书·艺文志》，《焦氏周易林》十六卷，注云焦赣；《崔氏易林》十六卷，注云崔篆。焦、崔志别为二，未尝溷为一也。①

又有尚秉和先生驳之，已见前。丁氏所驳，皆有道理，其所驳之一，即旧本《易林》原序乃伪作，不足为凭。对于伪序，诸家意见皆一，但一说不足凭，一说却凭之证今本《易林》崔氏著。胡适与余嘉锡皆认同牟氏依伪序所作推论。丁氏所驳第二点，一语中的，连胡适也承认牟氏此推论是"小疵"。最后两点，皆在证明焦、崔各自为书，所传并非仅一本《易林》。胡适以为丁氏所论"都是颇有力量的反驳"。但胡适执意认定牟氏从伪序所得推论"只有熟悉考据学方法的人才能了解，一般人决不能赏识"。并分析牟氏的推论过程，今本"《易林》原本（古写本）必是题着'王莽时建信大尹崔某'，后来姓崔的错成姓焦了，'大尹'也错成了'天水'了，但是那上半截'王莽时建信'等字还不曾磨灭，……说明《易林》作者正是那做过王莽时建信大尹的崔篆。伪序全文足够证明做序的人决不是有心作伪，只是无意之中留下了一点痕迹。……有证据价

---

① 丁晏：《易林释文》，《丛书集成续编》第83册，上海书店出版社1994年版，第1050页。

值。"胡适于是便认定，"大概古本原文题着崔篆，故两《唐书》均录《崔氏易林》十六卷。……但一般人都不知道那位曾做过王莽大官的崔篆，故抄本有误题作'崔赣'的，后又有通人强作解释，改为'崔赣'，故自梁至隋唐，目录皆称'焦赣'而不称焦延寿。……第三个通人知道赣是字而延寿是名，故改为焦延寿了。"① 这一番推理过于主观。

我们先看胡适之先生所欣赏的牟氏推论。此篇伪序，显系有意作伪，从其伪造作序人名费直即可知，并非如适之所言"不是有心作伪"。只有伪造出懂易学的费直才可使人信服此序"不伪"，可见是作伪用心良苦。关于这一篇序言，大多数学者皆认为伪造，今人马新钦先生在其博士论文《焦氏易林作者版本考》中已经明确考辨，读者可以参考，此不赘述。但是，正如前文所说的一样，山东大学的周力升先生却认为这篇所谓的费直序言是可靠的，并据此考证焦赣的生卒年和籍贯。至于胡适先生云"王莽时建信"为古本原有，后面"焦延寿之所撰也"乃伪序附加上去的，此说无稽。且何以不云后者为原古文所有而前者为伪序所加？若果如此，有意用原古文残文作伪，岂非更是有心？且"篆"字何以恰好奇误为"赣"字？何以史载崔作《易林》而人竟不知崔篆其名其书？又何以如胡适先生所言"通人"们改得那样毫不犹豫？明系伪作之人知《焦氏易林》为焦氏著，而对焦氏之书亦有印象，将二人之生平互混（焦氏事不显）。焦、崔二字实极易误，但篆、赣二字相差极大。余嘉锡先生在考察《修文殿御览》引今本《易林》文多题为崔赣（有一例题焦赣）后说，"可见焦、崔两人之书以姓氏笔画相近往往互混为一"。此言有理，二书因书名、功用及时代相近，发生混淆，情理之中。余先生又言"疑古本《易林》有误题崔赣者，非抄书人偶然误笔也。然则何以见此书必属焦氏乎？"② 则言原古本既已混焦、崔，后来抄书人照抄从之而混也，此亦近理，只是发问无理，亦可云"然则何以见此书必属崔氏乎"？且余氏亦认同牟氏伪序"本系东汉人之笔"，又云致误原因为"后人不知崔某为何人，第习闻有《焦氏易林》，疑崔为焦字之误，因妄改作焦延寿"，则以

---

① 胡适：《易林断归崔篆的判决书》，《历史语言研究所集刊》第20卷上册，江苏古籍出版社1999年版，第39页。

② 余嘉锡：《四库提要辨证》，中华书局1980年版，第760页。

此推论，此东汉人伪作序时，《焦氏易林》已流传于世矣，此又反证《焦氏易林》在东汉已存。比起胡适否认焦氏有《易林》则更客观矣。

至于伪序之题"建信天水"，或如牟氏所言，"天水"为"大尹"之误，伪序混焦、崔二人于一；或"建信天水"不误而为伪序后附加的。余嘉锡先生不禁要问："此序若非费直所作，然作者既知有焦延寿，何至以建信天水两不同时之地名，加之焦延寿之上乎？"则伪序诚若如牟氏言为东汉人之笔，不知汉武帝间出生（此胡、余二人皆同意此说）之焦氏的年代及籍贯，又不查史书，致此伪序露出破绽，实不足怪，因相距近二百年矣。总之，伪序有信之者，有据之而疑之者，有全疑之者，既如胡适之先生，也觉得牟氏依伪序"提出的证据，无论如何聪明可喜，究竟还不够叫人心服"①。

之后，胡适转求内证，但其前提是焦氏不曾著《易林》。此点余嘉锡先生尚不认为如此，云："《隋志》不录崔氏书者，盖隋时中秘无其书，至唐始出，非以崔篆之书嫁名焦赣也"。此言近理，或其书有而不符合隋志著录的条件亦未可知（有取舍故也）。又，对牟氏之论，《越缦堂读书记》亦不甚认同：

> 其校正《崔氏易林》者，即《焦氏易林》，以旧序有王莽时建信天水焦延寿所撰之言，谓据《后汉书·崔骃传》及《孔僖传》，当是王莽时建新大尹崔篆所撰。延寿是篆之字，因大尹误为天水，崔误为焦，后人遂以为焦延寿，《隋志》据以著录。此说稍为近理，近儒亦有言之者，然亦不得竟改为《崔氏易林》。②

李慈铭在同书中亦倾向于主焦说（详见下文）。适之先生的内证是如前文所引《东观汉记》一类涉及今本《易林》内容的证据，其一便是唐代赵璘的《因话录》（内容见前文），据此便认定《唐书》两志所录《焦

---

① 胡适：《易林断归崔篆的判决书》，《历史语言研究所集刊》第20卷上册，江苏古籍出版社1999年版，第38页。

② 李慈铭：《越缦堂读书记》（六）之牟氏《雪泥书屋遗书》，辽宁教育出版社2001年版，第1446页。

氏周易林》及《崔氏周易林》为内容相同而题名不同的同一部书，乃崔篆所撰。胡适认定彼时仅流传一种今本《易林》之误，前文已驳，此不赘言。因《因话录》明言以《崔氏易林》筮，而繇辞又确在今本《易林》中可以查到，只是卦序不同，故连余嘉锡也认为今本《易林》乃崔氏著。至于《因话录》所引卦序为《乾》之《大畜》，而今本《易林》为《坤》之《大畜》，余先生仍以为"《因话录》乾字盖坤之误，此可为今本实崔篆书之佳证"，此论实在是绝对化了。刘毓崧之跋亦曾论及此例，推测曰："意者，《崔氏易林》即就焦氏之本而稍加移改。"余氏以为其"可谓遁辞知其所穷矣"。倘刘氏不认为《崔氏易林》的《乾》之《大畜》为借用或窜入《焦氏易林》《坤》之《大畜》之文，一如牟氏、余氏、胡适的"焦"乃"崔"之误的形近易混逻辑推下去，认定《因话录》所引《崔氏易林》实乃《焦氏易林》，"焦"误作"崔"，"坤"误为"乾"，且据今本题《焦氏易林》者，又实有其繇辞，牟、余、胡等人又复何言哉？实际上，我们上文已经交代，《因话录》这则材料在别的文献中都写作《焦氏易林》而非《崔氏易林》，因此，依据这一材料来判断今本《焦氏易林》的作者归属问题是不确凿的。现在，我们且不作如是推理，仅依正史焦、崔之书并传及余嘉锡先生二书往往互混为一之论推之，可能早在唐前，因此类皆为占筮书，术士之辗转传抄，就已经有条文互窜致误者，此《提要》已言之。这种情况就像时下流传的数术书如《铁板神数》者，其条文亦两万多条，形似诗文，类《易林》，然各派条文有异，彼此互窜移用者实为不少，以此推《易林》，则其互窜致误亦可知矣。且《因话录》所引乃《乾》之《大畜》，今本《易林》此条林辞为"三羊争妻，相逐奔驰，终日不食，精气劳疲"。而《因话录》所引"典册法书"之辞却在今本《易林》的《坤》之《大畜》、《大过》之《大过》、《豫》之《蒙》、《大有》之《恒》、《中孚》之《恒》等目下，可知并非完全像胡、余二人所言"乾字盖坤之误"如此巧合。又况崔书所作，据史传乃"闭户潜思"所为，而今本《易林》之大量写实抒情之作（除去重复，尚近二千五百首），绝非闭门造车之可为者。

又，《管锥编增订》引北宋李石《续博物志》云：

李石《续博物志》卷四："《易林》曰：巽为鸡，鸡鸣节时，家乐无忧"亦不见今本《易林》。《续博物志》卷六又曰:"后汉崔篆《易林》六十四篇",岂所引语出崔书欤?①

《易林》的这一则材料在唐代类书《初学记》卷三十"鸡第三"中也曾被引用。李石是宋代易学家,《四库全书总目提要》易类存目载有李石所著《方舟易学》二卷。《续博物志》引《易林》之语不曰《焦氏易林》且不见于今本题作《焦氏易林》,有可能李石是从《初学记》一类的类书引出,亦有可能是李石读过所引《易林》原书,而原书未题作者名姓,因为我们在前文已经交代,历史上著《易林》的人很多。而钱锺书先生依据李石在《续博物志》卷六又记载"后汉崔篆《易林》六十四篇",推测其所引《易林》之语可能出自《崔氏易林》,这似乎不大可能。李石序录《崔氏易林》,不见得他就阅读了《崔氏易林》,因为按照《浪语集》等文献记载,《崔氏易林》等书在宋代就已亡佚了。即便李石所引《易林》之语真的出自《崔氏易林》,也只能证明今本《易林》非崔著,焦、崔各自为书,本不相同,并传于世。李石所在之宋代,为中国数术发展之鼎盛时代,星命相术、堪舆神数,名家著作层出不穷。在此氛围之下,《易林》类占筮书亦流传甚广,传刻甚多,如记录、刊校《焦氏易林》者就有几家:晁公武《郡斋读书记》云:"汉天水(按:此当为误记)焦延寿传易于孟喜,此其所著之书也。"叶梦得亦云:"吾家有焦贡《易林》、京房《易》二书,大抵卜筮、阴阳、气候之言,不复及易道。"② 陈振孙《直斋书录解题》在焦氏书目下亦言及两则实用占例。这些记录与季沧苇《宋版书目》所记吻合。在宋代数术兴盛的氛围下,一如胡适所言,"《崔氏周易林》的写本,不久就被那《焦氏易林》的刻本完全压倒了,埋没了"③。崔氏之书也可能就是在这一时期被淘汰的,其原因也许是其"浮杂鄙俚",也许是其数占不验或占而不便,不合宋人实用。这也正是《宋史》不见《崔氏周易林》的原因,崔氏书很可能在南

---

① 钱锺书:《管锥编》第五卷,中华书局1986年版,第43页。
② 马端临:《文献通考·经籍考·文部》,华东师范大学出版社1983年版,第1082页。
③ 胡适:《易林断归崔篆的判决书》,《历史语言研究所集刊》第20卷上册,江苏古籍出版社1999年版,第28页。

宋就被弃而不用消失了。

《焦氏易林》在宋代数术兴盛的环境下广为流传,《管锥编》引刘斧《青琐高议》后集卷一〇《僧卜记》云:

> 言张圭、马存求异僧占"食禄"之地,得《溃》卦与《散》卦,张曰:"《易》中无《溃》《散》二卦",僧曰"此乃焦贡《易林》言也"。《易林》初无此二卦,而亦徵焦书在宋为流俗之所熟闻,卜筮者杜撰卦文,至托其名以售欺哗众矣。①

此言极是。此不唯见焦书流传之广,知者之众,亦可见术士杂撰卦文,窜改原书以售欺哗众的恶习由来已久,则焦、崔二书并行时互窜其文,更是难免。按,此所引《易林》二卦,非焦书无疑,或如钱先生言乃杜撰售欺;然亦未必不是别家《易林》之卦。考《宋史·艺文志》除有《焦赣易林传》十六卷外,五行类中尚有许峻《易林》三卷等占筮类书。许峻之学,得于道士张巨君②,其所著《易林》,当属以道家黄老之学说《易》者。西汉后期,此学派亦有中坚人物严君平(严之前有《淮南子》等,参见朱伯崑先生《易学哲学史》),君平传扬雄,皆以黄老解《易》。雄著《太玄》,仿《易》而别立卦名,条文亦如《焦氏易林》为四言。《僧卜记》所言之卦名似仿《易》卦名而设,如《散》卦与《易》之《涣》卦义同。以此派演《易》之例推之,《僧卜记》所引或似为许峻《易林》亦未可知。

胡适先生考证今本《易林》内容,亦觉其撰写年代与《后汉书》所言著于东汉建武初年不能吻合,遂又否定范晔《后汉书》所言,以书中内容,断言乃崔氏撰于王莽当政前,其成书当在"王莽声誉最高的时代",即公元8—9年。这明系先主观认为今本《易林》为崔所撰,但明知其书内容与史载崔著书于"建武初"不能一致,故又特意推翻正史所载,强提出自己的一系列著书、成书年代。这种观念先行、自设证据的考证是不能令人信服的。因此,他所找的今本《易林》的几条内证亦不能

---

① 钱锺书:《管锥编》第二卷,中华书局1986年版,第535页。
② 范晔:《后汉书·方术传》,中华书局1965年版,第2731页。

成立。

　　崔篆撰《易林》在东汉光武帝建武初年，《后汉书》已明言，余嘉锡先生尚且信其所载。光武中兴之世，"惭愧汉朝"的崔篆是不可能写出带有大量揭露社会现实阴暗面的今本《易林》的，且今本《易林》内容，大量又与西汉以灾异言政相关，与东汉光武帝提倡符命全不相同；今本《易林》出入六经，言《诗》者多主齐诗今文说，与东汉重《毛诗》古文不同。此二者皆西汉经学中齐学兴盛所致（详见下文）。至如疑焦氏者所言及的昭君事，亦在胡汉和亲之时，汉与匈奴关系和睦，而《汉书·匈奴传》云：

> 及莽挠乱匈奴，与之构难，边民死亡系获；又十二部兵久屯而不出，吏士罢弊。数年之间，北边虚空，野有暴骨矣。①

可知王莽至东汉皆与匈奴关系破裂，无论崔氏在莽时或建武初撰书，皆不敢言匈奴之友善。况今本《易林》之中尚有如下之辞：

> 鸣条之灾，北奔大胡。左衽为长，国号匈奴。主君旄头，立尊单于。
>
> 　　　　　　　　　　　　　　　（《屯》之《无妄》）

　　考王莽建国之第二年（公元 10 年），采取民族歧视政策，改匈奴王之号为"降奴服于"，惹恼匈奴。而今本《易林》全称"单于"，是违王莽之命，且上引林辞"北奔大胡"亦有投敌之象，若果为崔篆作成于王莽声誉最高之时，崔岂不又"危所生"乎？

　　按史载崔篆生平，又考其为人尚不失正直，然性情懦弱，不敢与莽抗衡，苟且隐忍，甚或屈从王莽而仕，以至于建武之时，"惭愧汉朝"，其晚年所作《慰志赋》可见其心态，"庶明哲之末风兮，惧大雅之所讥；遂愈翼以委命兮，受符守乎艮维；恨遭闭而不隐兮，违石门之高纵；扬娥眉于复关兮，犯孔戒之冶容；懿氓蚩之悟悔兮，慕白驹之所从"。其中又不

---

① 班固：《汉书》，中华书局 1962 年版，第 3826 页。

乏对光武帝的颂扬,"皇再命而绍恤兮,乃云眷乎建武;运搀枪以电扫兮,清六合之土宇;圣德滂以横披兮,黎庶恺以鼓舞"。而胡适却将今本《易林》本为古人歌颂尧舜周公之辞推测为崔篆迎合王莽歌颂王莽者:

方啄广口,圣智仁厚。释解倒悬,唐国大安。

(《小畜》之《噬嗑》)

讽德诵功,美周盛隆。旦辅成周,光济冲人。

(《明夷》之《蒙》)

这岂与崔之《慰志赋》相符?苟如此,建武之时崔又何能安然无恙,不被东汉罚处?《慰志赋》尚有对王莽篡政的不满,"氛霓郁以横厉兮,羲和忽以潜晖;六柄制于家门兮,王纲漼以陵迟;黎共奋以跋扈兮,羿浞狂以恣睢;睹嫚藏而乘衅兮,窃神器之万机"。今本《易林》若果为崔氏著,则应有他对成帝以后外戚专政及王莽乱政的揭露,但今本《易林》却无此内容。

崔篆之兄崔发,"以佞巧幸于莽",官至大司空,其奸佞被列入《汉书·佞幸传》,而今本《易林》有大量斥责奸佞小人之语:

阴雾作匿,不见白日。邪径迷道,使君乱惑。

(《复》之《鼎》)

葛藟蒙棘,华不得实。逸佞乱政,使恩雍塞。

(《节》之《蹇》)

豕生鱼鲂,鼠舞庭堂。奸佞施毒,上下昏荒,君失其邦。

(《蒙》之《比》)

沐猴冠带,盗在非位。众犬共吠,仓狂躐足。

(《剥》之《随》)

青蝇集蕃,君子信谗。害贤伤忠,患生妇人。

(《豫》之《困》)

蟒蝀充侧,佞人倾惑。女谒横行,正雍道塞。

(《蛊》之《复》)

即使崔篆不与其兄同道，王莽之时他也断不敢作如此露骨之辞。则胡适推断崔氏撰书之年代以合于崔撰之据，岂不尽失？

刘毓崧跋中尚有驳崔氏作今本《易林》之语：

> 且崔杼、棠姜之乱，乃崔姓所当深讳，而《易林》再四言之（《乾》之《夬》云"东郭棠姜，武氏以亡"，《需》之《剥》云"东郭棠姜，武氏破亡"，《睽》之《解》云"东郭棠姜，武子以亡"，《坎》之《夬》云"入宫无妻，武子哀悲"，《升》之《剥》云"入室无妻，武子悲哀"），篆又何必举此事以为美谈？况篆既濡迹伪朝，内怀惭德，较诸延寿以经师而兼循吏者，高下悬殊，若必改焦为崔，诚恐以人废言者将有覆瓿之诮也。①

此言《左传》所载崔武子自娶棠公遗孀棠姜，而庄公继位与棠姜私通为武子所弑事，亦可补为一证。

总之，班固云崔篆建武初年（公元25年）辞仕，"客居荥阳，闭门潜思，著《周易林》六十四篇，用决吉凶，多所占验"，此当可信。其自述《慰志赋》亦云："乃称疾而屡复兮，历三祀而见许；悠轻举以远遁兮，托峻崎以幽处。净潜思于至赜兮，骋六经之奥府。"故非如胡适所言在此二十多年前（西汉平帝元始二年）就已成书。而考今本《易林》内容，与后世文献载崔著和崔之生平、为人及著书年代，二者绝不相符，可知今本《易林》断非崔篆所著。

另外，附带说明一点，考汉代易学传承情况，有田何后之施、孟、梁丘、焦京（今文），另有费直古文《易》及以黄老解《易》的严君平、扬雄一派，在"前汉重师法，后汉重家法"②的汉代师承关系中，查不到崔氏之《易》所属，其学大概在当时不登大雅之堂。

接下来，我们要断此公案的最后一步，即考焦赣及其弟子生平及其易学，结合后世文献，断今本《易林》最合于焦氏著。

---

① 丁晏：《易林释文》，《丛书集成续编》第83册，上海书店出版社1994年版，第1053页。

② 皮锡瑞：《经学历史》，中华书局1959年版，第136页。

本来，自《隋志》以来，《易林》皆有题作焦赣撰者，且后人笔记提及者（如宋代）亦复不少，前人作序（如唐王俞序，宋黄伯思序等）亦皆云焦著，不意却见疑于郑晓、顾炎武及牟庭相。牟氏之说，已驳如前，郑、顾二氏所据者，皆今本《易林》之辞，按辞系事，云所言之事皆在延寿卒后，故断非焦著。余嘉锡氏则更进一步，云"王昭君、傅太后事，延寿断不及见，而书中言之甚明，其必出于崔篆之手无疑也"①，则径非焦而是崔。这便用错了书中的史实。在这一点上，胡适是明智的，他说，"这些史事，可以考证本书的年代，而不一定可以考证本书的作者。因为他们可以考证年代，故有反证作用，可以证明死在这些史事之前的某人绝不会著作这部书。又正因为他们可以考证年代，故这些史事又有助证作用，可以用来试验作者的年代是否适合于本书的内容，又还可以用来帮助考定作者著书的年代"。郑、顾正是基于第一点而利用所寻史事反证今本《易林》非焦氏著的。余、胡二人亦循此路。而主焦者却又力辩其非，一时聚讼不解，殊难辨其是非。

　　然则此公案果不可破解？

　　余嘉锡《四库提要辨证》云："欲考《易林》中所用之事，某事在焦赣生前，某事在焦赣身后，则当知赣生卒之年月。虽书阙有间，不能大彰明较著，亦必约略推得其年代，然后可论其是非，否则徒聚讼耳。"② 此甚有见地。然而就焦赣生卒年月，各家意见又不一，故而分歧仍在。

　　顾炎武《日知录》认为，"延寿在昭、宣之世"，而余嘉锡先生《提要辨证》推断年代与顾炎武"可谓暗合"，认为"当生于武帝天汉太始间"，"元帝初年延寿已卒于小黄矣"③。胡适径取此说。

　　而不同于此的是，刘毓崧在其跋中云：

　　　　唐王俞序谓延寿当元、成之世，谅非无据。《日知录》谓延寿在昭、宣之世，更属有征。盖昭帝时《易林》已行，成帝时焦氏犹在。

---

① 余嘉锡：《四库提要辨证》，中华书局1980年版，第754页。
② 同上书，第748页。
③ 同上书，第752页。

顾氏原其始，王氏要其终耳。①

姚振宗《汉书·艺文志拾补》又云：

> 赣实梁国蒙人，其为小黄令，在昭帝时。京房死于元帝建昭二年，年四十一。其受业于赣，当二十余，在宣帝五凤甘露中。唐王俞序谓元、成之间先生或出或处，亦卒于官次。盖昭帝时始补官，其后或出或处，至元、成间乃卒。卒时，后京房数年，其言可信。②

又有闻一多先生在其《中国文学史》讲稿中考证的焦氏生卒年代，谓其约生于汉武帝太始二年（前95），约卒于汉元帝建昭四年（前35），可见其推断生年与余氏论约同（武帝天汉太始之间），其推断卒年与姚振宗殆同（卒时后京房数年），惜乎其未将考证资料留下。今人陈良运亦推焦氏生卒时间，与闻一多先生略同，以为"生于武帝太始元年以后（前96），而卒年在汉成帝河平四年（前25）或稍后，活了七十岁左右"③。

何去何从？我们且先看关于焦赣的史料。因焦赣功名不著，而其弟子京房以学干政，影响颇大，为汉《易》代表人物，故其传记附于京房之下。《汉书·京房传》及《汉书·儒林传·京房》皆有其简要记述。

> 京房，字君明，东郡顿丘人也。治《易》，事梁人焦延寿。延寿字赣（颜师古曰：赣音贡），赣贫贱，以好学得幸梁王，王共其资用，令极意学。既成，为郡吏察举，补小黄令。以候司先知，奸邪盗贼不得发，爱养吏民，化行县中。举最当迁，三老官属上书，愿留赣。有诏：许增秩，留。卒于小黄。赣常曰：得我道以亡身者，京生也。其说长于灾变，分六十四卦，更值日用事，以风雨寒温为候，各

---

① 丁晏：《易林释文》，《丛书集成续编》第83册，上海书店出版社1994年版，第1052页。
② 余嘉锡：《四库提要辨证》，中华书局1980年版，第751页。
③ 陈良运：《焦氏易林诗学阐释》，百花洲文艺出版社2000年版，第597页。

有占验。房用之尤精……①

　　京房受《易》梁人焦延寿。延寿云：尝从孟喜问《易》。会喜死，房以为延寿《易》即孟氏学。翟牧、白生不肯，皆曰"非也"。至成帝时，刘向校书，考《易》说皆祖田何、杨叔、丁将军（即丁宽），大谊略同，唯京氏为异党；焦延寿独得隐士之说，托之孟氏，不相与同。②

此外，余嘉锡先生在论及其生平时尚引及一重要资料，出自《太平御览》卷二百六十八中所引的《陈留风俗传》：

　　昭帝时蒙人焦贡，为小黄令，路不拾遗，囹圄空虚。诏迁贡（即赣）。百姓挥涕守阙，求索还贡。天子听，增贡之秩千石。

从以上材料中，我们可知焦赣爱民惜吏，治绩卓然，"奸邪盗贼不得发"，"路不拾遗"；出身贫贱，受梁王资助成学，曾向当时易学大家孟喜请教《易》学；其学说"长于灾变，分六十四卦，更值日用事，以风雨寒温为候"。至其生卒年代，只云"昭帝时（前86—前74）人"，"卒于小黄"，而其著《易林》一事，只字未提。这正是为人所疑的原因。

焦赣的籍贯不成问题，蒙为梁国属县，梁都睢阳，在今河南商丘南，蒙在商丘东北，二地相距甚近；小黄为汉时陈留郡辖县之一，陈留在今河南开封市境内，今尚留陈留地名，小黄便在今开封境内兰考县一带，距商丘亦不远（参见《汉书·地理志》）。故其能"以好学得幸于梁王"，因所居甚近故也。前文我们曾提及周立升先生认为焦赣为山东建新天水人，建新天水在今山东东营市广饶县北③，这种说法是不成立的，从文献方面讲没有证据。关于他的生年，我们可以依据与他有关系的人而推其大略。余嘉锡先生依据《陈留风俗传》，"姑以延寿于昭帝末年为小黄令二

---

① 班固：《汉书》，中华书局1962年版，第3160页。
② 同上书，第3601页。
③ 周立升：《焦赣易学研究》，刘大钧主编《大易集成》（下），上海古籍出版社2004年版，第530页。

十余计之，亦当生于武帝天汉太始之间"①，即生于公元前95年前后；闻一多先生推断其生于武帝太始元年（前95）与余先生之下限同；今人陈良运又据焦氏与京房的师徒关系推焦氏生年，因《汉书·京房传》明言京房卒于建昭二年（前37），年四十一，故可知房生于汉昭帝元凤四年（前77），"焦延寿为京房师，年龄肯定长于京房（京房生于前77），他出生年估计在汉武帝太始元年以后，亦梁顷王刘毋伤元年（前96）以后"。他又据《汉书·儒林传》中"延寿尝从孟喜问《易》，会喜死"推测，焦氏小孟喜许多，而孟喜于汉宣帝甘露（前53—前50）中参加过石渠阁"五经诸儒杂论同异"讨论会，时其同门梁丘贺已死，梁之子参加，则此时孟喜必亦至于老年，延寿生于武帝太始间，此时亦四十余岁，按姚振宗《汉书·艺文志拾补》云京房"受业于赣，当二十余"，其时京房正是焦氏的学生。此说与闻、余先生殆同亦较近理。焦氏之卒年，余嘉锡先生据《续汉书·律历志》以考之：

> 《续汉书·律历志》云："元帝时郎中京房，房字君明，知五声之音，六律之数。上使太子太傅韦玄成（字少翁）、谏议大夫章杂试问房于乐府，房对受学故小黄令焦延寿。"《志》虽不著其为元帝某年，然以京房、韦玄成二人仕履参互考之，《房传》言初元四年以孝廉为郎，建昭二年出为魏郡太守。《玄成传》云："元帝即位，以玄成为少府，迁太子太傅，至御史大夫。"《百官表》云："永光元年七月辛亥，太子太傅韦玄成为御史大夫。"《志》称房为郎中，玄成为太子太傅，必在初元四年以后，永光元年七月以前。房于是时已称延寿为故小黄令，明当元帝初年延寿已卒于小黄矣。（以京房受业年龄推之，知延寿宣帝中年犹在，其卒当在宣帝末或元帝初。案汉人凡已去官者，皆可称为故某官，不必其人已卒。）然《京房传》明言延寿卒于小黄，此称故小黄令，可见其时已卒于官矣。②

此论焦氏卒年与闻一多先生所论（卒于元帝建昭四年即前35）不同。余

---

① 余嘉锡：《四库提要辨证》，中华书局1980年版，第752页。
② 同上书，第753—754页。

氏所据实即京房一句话"受学故小黄令焦延寿"及《京房传》言焦氏"卒于小黄",云焦氏在京房卒前便已卒于官。此处是明将"故"解为"亡故",而非其所言另一种情况,即去官后的一种尊称,犹今语"原某某长"之类。这样理解亦当有两个前提:其一,焦氏补小黄令后一直在任至死;其二,依据其一的条件,将"卒于小黄"理解为"卒于小黄令"即卒于官讲,而不作"卒于小黄县"讲。实则这第一个前提如同余氏驳姚振宗谓焦赣补官后"或出或处"一样"亦无稽也"。然则"卒于小黄",依理推之,言焦氏卒于小黄之地更为合理。余嘉锡先生又对前人云焦氏卒于京房卒后数年之说提一反证性推论:"赣之初任小黄,一举最即迁秩,其后乃三十余年不迁,已为必无之事。"① 此亦坚持焦氏卒于官(小黄令)之见。关于这一点,陈良运先生引《汉书·儒林传》"焦延寿独得隐士之说"已释之。按,西汉社会后期,政治腐败,外戚奸佞充斥朝廷,《汉书·王商传·赞》云:"自宣、元、成、哀,外戚兴者,许、史、三王、丁、傅之家,皆重侯累将,穷贵极富,见其位矣,未见其人也。"②《汉书·佞幸传·赞》亦云:"汉世衰于元、成,坏于哀、平。"③实则在汉武帝中后期,由于武帝穷兵黩武,喜好神仙,汉世已见衰败之兆。焦赣当此之世,文士借灾异批评时政而致坎坷者可谓多矣,此时士人与政治疏离或隐退而冷眼旁观,道家思想回归已见端倪,此亦为西汉后期文士一总体心态。焦氏又得隐士之传,于此时又怎不生"自卫反鲁,时不我与。冰炭异室,仁道闭塞"(《井》之《旅》)之叹?作为文士,他也只能"作此哀诗,以告孔忧"(《大有》之《贲》)了。他这种"邦有道则仕,无道则隐"④ 的思想,在今本《易林》亦为一道闪亮的景观:

　　鹤鸣九皋,避世隐居。抱朴守贞,竟不随时。

(《师》之《艮》)

　　雄圣伏名,人匿麟远。走凤飞北,扰乱未息。

---

① 余嘉锡:《四库提要辨证》,中华书局1980年版,第753页。
② 班固:《汉书》,中华书局1962年版,第3382页。
③ 同上书,第3741页。
④ 杨伯峻:《论语译注》,中华书局1980年版,第163页。

泛泛柏舟，流行不休。耿耿寤寐，公怀大忧。仁不遇时，退隐空居。

(《咸》之《大过》)

扬风偃草，尘埃俱起。清浊涸散，忠直隐处。

(《蹇》之《履》)

荷蕡隐居，以避乱倾。终身不仕，遂其清洁。

(《蹇》之《井》)

石门晨开，荷蕡疾贫。遁世隐居，竟不逢时。

(《革》之《旅》)

耄老蒙钝，不见东西。少者弗慕，君不与谋。悬舆致仕，退归里居。

(《家人》之《讼》)

像这样表达"生不逢时，困且多忧"的诗句还有很多，况史载其"举最当迁"，因父老百姓挽留而放弃高升呢？因此，后来的焦赣，如姚振宗所云"或出或处"亦属合理，晚年他辞官隐居当不为强辩之辞。故京房"故小黄令"云云，则可解作"原小黄令"了，不必其卒，正如余先生所说的"汉人凡已去官者，皆称为'故某官'"。况陈良运又引《荀子·性恶》："凡礼义者，是生于圣人之义，非故生于人之性也"之杨倞注："故，犹本也"，并举《后汉书》范氏句例，亦有训"故"为"本"者，以为"故小黄令"之"故"为"固"或"原本"讲，以示不容置疑之义。① 焦氏既研《易》，而《易》教"洁静精微"，《易·蛊》卦上九爻辞亦云："不事王侯，高尚其事"，他退而研《易》，复归隐士之迹亦于学为宜。"进仕为官，不若复田，获寿保年"（《姤》之《困》），隐者多善养生，故延寿"获寿保年"亦非不可能之事。若如胡适推断崔篆活七十多岁的年龄推断焦赣，如陈良运先生所言，焦氏"卒年在汉成帝河平四年（前25）或稍后，活了七十岁左右"②，此亦不为过。但是，这些都是一

---

① 陈良运：《焦氏易林诗学阐释》，百花洲文艺出版社2000年版，第511页。
② 同上书，第597页。

些推论而已，没有确凿的证据。在对待焦赣生卒年问题上，马新钦先生的说法还是比较客观的："焦延寿的生卒年史料十分匮乏，故尔我们只能暂定为：焦延寿的生年必在武帝天汉末年（前97）之前，其卒年必在宣帝元康元年（前65）以后。"①

如果依上述闻一多先生和陈良运先生推定的焦氏生卒年，则为顾炎武、郑晓及胡适、余嘉锡所诟病的几件史事，有几件是焦赣所能知的。其所列有如下几林：

长城既立，四夷宾服。交和结好，昭君是福。

(《萃》之《益》)

昭君死（有版本作"守"）国，诸夏蒙德。异类既同，崇我王室。

(《萃》之《临》)

新作初陵，逾陷难登。三驹推车，跌顿伤颐。

(《明夷》之《咸》)

皇母多恩，字养孝孙。脱于褟袩，成就为君。

(《节》之《解》)

安（有版本作"按"）民呼池，玉杯文案。泉如白蜜，一邑获愿。

(《鼎》之《节》，另《同人》之《豫》作"按（一本作'案'）民湖池，鱼如白云，一国获愿"。)

元后贪欲，穷极民力。执政乖互，为夷所逼。

(《艮》之《讼》)

高阜山陵，陂陁颠崩。为国妖祥，元后以薨。

(《旅》之《姤》)

其中前两例言昭君事，在汉元帝竟陵元年，第二例之"死"，他本多作"守"，据尚秉和先生言，"死"字于卦象无征（林辞皆有卦象对应），且

---

① 马新钦，2005年博士学位论文《焦氏易林作者版本考》第一编第一章第二节《焦延寿生卒年》，导师：张善文教授。

于"崇我王室"史实不合;第三例言初陵事,在汉成帝建始二年;以上皆焦氏所知者。其第五例,翟云升及胡适以为指汉平帝时"元始二年罢安定呼池苑,以为安民县"(《汉书·平帝纪》)事,当为焦氏所不能知。从上面引文,我们便可知今本《易林》异文甚多,早在宋代黄伯思《校定易林原序》中就说《易林》"字误"极多,并自己校定一次。今人尚秉如先生据易卦象又作校定。然我们现在看到的《易林》本子,版本不同,异字仍很多,有的异字可解,有的则于句中不知所云。"安民"一例,据尚秉和按卦象考订,当为"按民"(艮为手为指,有"按"意,坎为水,有"民"意,见《焦氏易林注》下卷十三),如此,则与《平帝纪》所载无关了。第六及第七例,余嘉锡诸人以"元后"实指汉元帝之"元后"、皇母指抚养汉哀帝的傅太后;而刘毓崧、尚秉和先生又皆以为泛指,陈良运亦认为泛指,并从谥号用字法角度解释,亦可取。① 如此,则此二例指责又不足凭矣。余嘉锡先生言:"《易林》之言,皆与史合。"此论甚有见地。《易林》之作,正西汉之世,此时中央设乐府,广采民谣,此时之乐府,尚能"缘事而发",所言多与史合。② 指陈时弊的《易林》亦秉承这一传统,如言昭君事(见上)、建初陵事等。但言史有用典与写实之分,二者在功用与性质上是不同的,用典须与史合,写实则往往用影射,闪烁其词。倘若将古诗一一按诸史实,不免索然无味,太绝对化了,亦有穿凿之嫌。若用典,若影射诸法,皆须大而化之,视之为《易》象,而会其象外之旨。若执象泥象,则死于象下矣。

值得一提的是,关于上述昭君之事,尚有不同的看法。比如尚秉和先生便认为"昭君"一词是从卦象而来,指明君;即使是顾炎武也在《日知录》中认为昭君未必是指汉代的王昭君,比如《日知录》卷二十三"称王公为君"条云:"称鲁昭公为昭君,《焦氏易林》:'乾侯野井,昭君丧居。'"今人林忠军先生也认为《焦氏易林》中的"昭君"指的就是春秋时期的鲁昭公:"《易林》中的'昭君',非指汉王嫱昭君,而是春秋时鲁国君主鲁昭公。"③ 而马新钦先生则认为《易林》中的"昭君"所指

---

① 陈良运:《焦氏易林诗学阐释》,百花洲文艺出版社2000年版,第520页。
② 萧涤非:《汉魏六朝乐府文学史》,人民文学出版社1984年版,第71页。
③ 林忠军:《象数易学发展史》第一卷,齐鲁社1994年版,第70页。

不一："《萃之临》'昭君'指齐桓公，《萃之益》'昭君'疑指汉昭帝。"① 这样的话，一些对《焦氏易林》的指责就更是不得要领了。对于其他的一些驳斥焦赣为《焦氏易林》作者的"论据"，马新钦先生也有分析，均认为不能成立，无法动摇焦赣的作者地位，这里不再一一引述。

前面我们还提到，何焯在《义门读书记》中曾经说：

> 今世所传《焦氏易林》，疑即峻所著，焦氏不闻有书也。

焦赣到底有没有书呢？回答是肯定的。除了今天我们能看到的《焦氏易林》以外，焦赣一定还有其他的著作，只不过这些著作已经失传了。何以见得呢？唐代李鼎祚在《周易集解》中引用多家易说，其中就包括焦赣的说法，该书卷五对"随"卦卦辞的集解下，引有"焦赣曰：'汉高帝与项籍其明征也'"之语，由此可以想见，焦赣易学除了公认的讲阴阳灾异之外，还喜欢借助史实来使易理具体化。这在《焦氏易林》中最为常见，从大量用典以及对汉代历史事件的叙述便可以看出他的这种以历史之象显现易理的一贯之风。另外，唐代的《开元占经》引用焦赣的占星和天文学说二十二条，这些谈论星象和人事关系的论述，和《周易集解》中引用的用历史事实来演绎易理的做法，在实质上都是一样的，都是《周易》易理贯通天道、人事的一种体现。尤其是《开元占经》当中的占星和天文理论，和《焦氏易林》大量描写星象的林辞相映成趣，表现了焦赣对"推天道以明人事"这一易学思维方式的运用和他的阴阳灾异思想。而正是因为他认为一定的天象和一定的社会现象相一致，并且这些非正常天象的形成与朝廷的行为相关，所以，透过他在《焦氏易林》中关于星象的论述，我们可以觉察出他皮里阳秋的意味。当然，这些关于星象的描写以及焦赣的这种思想是和当时"天人感应"以及天文学的高度发展这一背景分不开的。所以，通过以上的分析，我们认为《周易集解》和《开元占经》所引用的焦赣著述是可信的，而何焯所说的"焦氏不闻有书也"是错误的。

---

① 马新钦，2005 年博士学位论文《焦氏易林作者版本考》第一编第四章第三节，导师：张善文教授。

最后，像容肇祖先生那种说法，认为《焦氏易林》不是西汉人所著，而是哀平以后的占筮书，至少也是累积而成的，通过以上的论证，会发现这种看法对于《易林》成书年代的推断是没有依据的，并不可靠。而认为《焦氏易林》一书是"积渐而成"，虽然有些合理因素，但却太绝对化了，完全抹杀了作者焦赣的创造活动。后人对《焦氏易林》进行改写或者增删，是不可避免的，但不能因此就认定全书是累积而成的。关于今本《易林》的作者及后人增删等问题，还是当代易学大家潘雨廷先生的说法较为客观：《焦氏易林》"其辞质朴古雅，绝非后人所依托。若后人之略改其辞以神其说，或亦难免，然何可因之而疑及焦氏之著《易林》哉。或谓焦氏此书无与于《易》，则非知言。盖凡所系之辞，莫不渊源于《易》，且以《诗》《书》《左传》及史迹以实其象，可谓善于文矣"。"可知焦氏实深通易象而著此，孰谓无与于《易》哉？或仅以卜筮视之，亦小视焦氏者也。"①

总之，考察今本《易林》，其中言灾异、责时弊、斥奸佞、哀农人、叹孤寡、恤征人处举不胜举，此种"作此哀诗，以告孔忧"的著作，恰合于焦赣的生活时代，亦与他出身贫贱、为吏爱民的身份吻合，更与他重灾异的易学思想一致。《易林》中即使如余、胡诸先生所言有一两首不合于焦氏的年代，亦如《提要》所言，因术家辗转传抄致误或他著窜入，抑或如明代乔中和著《焦氏易林补》一样，原文残缺或重复，后人又撰新辞补入，不当浑视近二千五百首揭露现实的林辞于不顾，而妄谓非焦氏所著。

以上，我们判别了今本《易林》的作者，综合比较，唯焦延寿最为合适。接下来，我们将尝试着界定一下作者焦赣的身份，并采用"以意逆志"的方法来粗略描述其思想特征。这些对于我们更好地理解《焦氏易林》这一特殊文本有重要意义。

第三节　焦赣身份之确定及其思想刍议

我们在考证了《焦氏易林》的作者之后，就要对焦赣这个人物进行

---

① 潘雨廷：《读易提要》，上海古籍出版社2003年版，第3—4页。

一番了解。这样的一种对于作者的考察是非常必要的。因为我们理解或欣赏一件艺术品的同时，我们的思维定式要求我们对创作者进行了解，以期将这种对创作者的了解作为理解或欣赏艺术品的背景知识，并从这种背景知识中来揣测作品的内涵。虽然国外的新批评派早就指出这是一种"意图谬误"，但是，我们毕竟不能切断作品与作家的联系，更何况在我们这样一个倡导"知人论世"的社会文化传统之中呢？当然，这并不是说一个人对于作家的了解越多，他对这个作家的作品理解就越透彻、越到位，因为文本的阅读实在不是一种通过作家信息而进行的侦破活动。一个对作者一无所知的读者，只要他有足够的文学修养和对语言的敏锐的感知能力，是可以比一位熟知作家生平掌故而不懂文学审美的人更能说出一首诗或一部小说的妙处的。在现象学中，也有一种"悬置"的理论，按照这种理论，我们也完全可以把作家放在括号中不作考虑，而是做一种本体论的研究，直奔文本本身。在对《焦氏易林》的研究和理解过程中，我们将把中国的"知人论世"的优点和上述西方的文论思想结合起来，既不陷入传统的社会历史学的研究窠臼，拿作者的经历和所处的时代背景来生搬硬套对作品的理解，也不陷入唯文本论的"文本中心"主义，对作品进行貌似客观地肢解生剥。之所以采取这种策略，也是不得已而为之，因为就目前我们所能看到的史料来讲，我们对焦赣实在不能了解得太多太细。

　　一个作家或诗人，只有面对他的作品时他才可以当此称号。在这个称号之外，他一定还要扮演其他不同的社会角色，在中国文学史上的文学尚未自觉时代，那些所谓的作家或诗人更是如此。这些其他的社会角色势必会影响他们的文学创作，故此对于一个作家或诗人的考察一定要从多个方面进行。这些不同的侧面，共同构建成了一个复杂的创作个体。《焦氏易林》的作者焦赣，在历史上并不是以一个诗人身份出现的，这不仅在古代人眼中如此，就是在现在很多人的眼里也是如此，这一点从我们众多的文学史中不见焦赣之名便可以略见一斑。我们今天要考察焦赣的生平情况，比较可信的资料就是《汉书》和唐代王俞为《易林》所写的序言以及《陈留风俗传》对焦赣的简单介绍。由于前文我们已经交代了《汉书》和《陈留风俗传》的资料，故此处仅录王俞的序言。

　　王俞序言如下：

大凡变化象数，莫逃乎《易》。唯人之情伪最为难知。筮者尚占，忧者与处。赣明且哲，乃留其术。俞岩耕东鄙，自前困蒙。客有枉驾蓬庐，以焦辞数轴出示。俞尝读班史列传，及历代名臣谱系、诸家杂说之文，盛称自夫子授《易》於商瞿，仅余十辈；延寿传经于孟喜，固是同时。当西汉元、成之间，凌夷厥政。先生乃或出或处，辄以《易》道上干梁王，遂为郡察举，诏补小黄令。而邑中隐伏之事，皆预知其情，得以宠异蒙迁秩，亦卒于官次。所著《大易通变》，其卦总四千九十六题，事本弥纶，同归简易。辞假出于经史，其意合于神明。但斋洁精专，举无不中。而言近意远，易识难详，不可渎蒙以为辞费。后之好事知君行者，则子云之书为不朽矣！①

综合以上材料我们可以知道，焦赣是西汉中后期（焦赣的生卒年见前文考证）梁国蒙（今河南商丘东北）人，自幼家境贫寒，但是却勤奋好学，因此受到梁王的重视，资助他完成了学业。按照焦赣的生活年代，这里的梁王应该是梁敬王刘定国。从刘定国资助焦赣这件事来看，梁敬王一定是秉承了梁孝王喜爱养士的传统。从《史记·梁孝王世家》可以知道，梁孝王曾经修筑了方圆三百多里的东苑来招养宾客，其宾客之多，盛极一时。比较著名的文人邹阳、枚乘、严忌、羊胜、公孙诡以及辞赋大家司马相如，都做过梁孝王的宾客，以至于梁园成为"当时文学活动的中心，其文学气氛，远非朝廷所能及"。所以，徐复观先生说："后来武帝广招文学之士，我以为是受了梁孝王的影响。"② 这种招纳贤士的传统和梁园浓郁的文学氛围，对于成就作为诗人的焦赣是非常必要的。当然，这种影响是潜移默化的，梁园前辈文人的文学创作之风以及这些梁园作家的作品风格都有可能成为他学习和模仿的对象。这种推论应该是符合情理的，因为他们属于同一个小的文化传统，有着相同的地域色彩，过着相同的宾客生活。这种文学圈子内部是很容易形成相互借鉴、比试和因袭之风的。

---

① 序言文字依据王云五万有文库本，商务印书馆印行。
② 徐复观：《两汉思想史》第一卷，华东师范大学出版社 2004 年版，第 108 页。

通过多年的学习，焦赣的学业基本完成。在焦赣的知识结构中，应该包含多种门类的知识和技术，比如像天文历法、星象之学、经学——然经学之中主要着力的是易学、《春秋》学、《诗》学和神仙养生等等。从《易林》取材方面的出入经史可以看出他学问的驳杂。当然，这正是焦赣勤奋好学的结果。这些知识的来源我们无从考证。只是就易学方面讲，他自称得自当时易学大师孟喜的传授，可是当他的弟子京房在向别人讲述焦赣的这种易学师承时，孟喜的弟子却不予认可。在注重经学传授师法的西汉时期，师承关系是非常重要的，即使一个人学问再大，如果没有严格明确的师承关系，世人和朝廷是不会认可的。而一旦和一位名师拉上了关系，身价便不可同日而语。焦赣声称自己的易学来自孟喜，原因可能有两个，一是他确实得到过孟喜的传授，二是他想通过攀上孟喜而得到主流社会的认可。但是，孟喜的弟子并不买他的账，则可能焦赣根本没有向孟喜学习过，或者是学习过而焦赣擅改了师法，在易学当中加入了别的非孟喜传授的东西，以至于遭到孟喜弟子的排斥。我们考察了《焦氏易林》相关内容，发现焦赣易学中确实有"卦气说"的成分（详见后文），至于言阴阳灾异者更是比比皆是，所以，焦赣易学应该受到过孟喜的传授，或者至少受到过孟喜的影响。因为在两汉易学史上，"卦气说"是孟喜提出来的，孟喜易学也是专讲阴阳灾异的。然而，刘向在考察当时诸家易学之后，发现焦赣的弟子京房的易学独树一帜，而京房之学又来自乃师焦赣，于是刘向又考察焦赣易学，并把焦赣易学和孟喜易学进行比较，发现二者不尽相同，故而认为焦赣易学乃得自民间隐者传授。刘向的说法应该是有根据的。我们认为，焦赣易学是在孟喜易学和隐者传授基础上融会贯通而成的。

焦赣学成之后，也可能像王俞的序言中所说的那样，"辄以《易》道上干梁王"，用他的易学来向梁王发表一些看法，这种风气在当时是非常盛行的。焦赣生活之世，正是西汉经学极盛之时，读书人通一经而得利禄者不乏其人。并且，当时的儒生研读经典，并不完全是为了讲学和文化的传承，而是用经学来干预时政，这种积极入世的心态在西汉强盛时期是很多文人所具有的。由于焦赣的才学和为人处世等方面的突出表现，焦赣被举荐为小黄县的县令，由一名贫贱子弟转而变为一名下层官吏。这样的一种身份转变对于焦赣来说是非常重要的：第一，实现了汉代很多读书人通经以干利禄之路的梦想，使自己的社会地位有所提升，同时又解决了衣食温饱问题。这些对于读书做学问或写诗都是必要的。第二，使自己的所学可以派上用场，也即《汉书》中所说的，"以候司先知，奸邪盗贼不得发"。所谓的先知，靠的就是他对《周易》占筮之学的高深造诣，所以辖区之内的盗贼奸邪不敢轻举妄动，因为在他们没有作奸犯科之前，他们的父母官焦赣对他们的意图已经了如指掌，或者即使他们冒险顶风作案，焦赣的易学造诣也会让他们无处遁迹。所以，焦赣通过自己的学识达到了辖区内的清平，同时也通过他的为官实现了他学问的价值。治学和为官，在他这里似乎成了一种相互成就的关系。最后，焦赣身为小黄县令这样的低级官吏，处于底层大众和上流官僚之间的夹缝之中，既要关心百姓的疾苦，又要向上级负责，在处理这样一种上下级关系中，焦赣比别人有更加便利的条件来了解当时的社会整体，既可能看清了上层社会的运作规则，又了解了大众社会的世相百态，这样深广的社会认识在《焦氏易林》中表现得非常突出。

　　按照上述文献的记载可知，焦赣在做小黄县令的过程中政绩非常突出，他"爱养吏民"，并且教化一县百姓，反映出他的仁慈与善良。在《焦氏易林》当中，有大量林辞是称赞仁德和对老百姓表现怜悯之情的，这和《汉书》"爱养吏民，化行县中"的记载是一致的。由于焦赣的治理，小黄县内"路不拾遗，囹圄空虚"，也就是说，东西不小心被遗失在路上也没人捡拾，更不要说抢劫偷盗了，百姓无人犯法，以至于县内的监狱空无一人。这该是一种多么令人向往的清平世界！中国古代有良知的读书人的愿望，也就是学而优则仕，为官一任，教化一方。焦赣当属众多有良知的读书人之一。焦赣之清贫出身，影响了他的为官理念。焦赣的卓然政绩受到了上级的重视与肯定，朝廷决定升迁他的官职。但是，由于他为官清正爱民，具有一定的人格魅力，所以在他就要调离的时候，"三老官属上书，愿留赣"，当地德高望重的长者代表一县百姓向上级写信申请挽留焦赣，希望焦赣能继续留在这里教化百姓。这种对爱民如子的官吏的描述在中国古籍中是很常见的。《陈留风俗传》则对这样一件事进行了颇富文学性的描写："百姓挥涕守阙，求索还贡。"老百姓挥泪把守路口关卡，不让焦赣赴任，向上级官员请求留下焦赣。这是一个非常感人的场面。后来朝廷听从了百姓的请求，让焦赣继续留在小黄做县令，但是却增加了他的俸禄。

　　焦赣的行事状大概只能如此写了，因为我们对于他的了解仅限于此。从上面的介绍，大致可以看出焦赣的身份。首先，他出身底层，虽然他后来做了小黄令，但仍然没有脱离社会的基层。这种和草根天然的亲密关系，决定了焦赣所关注对象的范围和思考社会问题的立场与视角，同时也影响了他的语辞特色。《焦氏易林》中大量对社会普通大众的描写以及扑面而来的清新质朴之风，无疑是草根熏陶所致。而他以普通大众之心态、眼光看万物的视角，同他与草根的心理相通有关。作为一个读书人，焦赣也许渴望跻身社会的上流，但是，从他的升迁就可以看出，他深爱着脚下这片也许贫瘠的大地，他舍不得与自己水乳交融的普通大众。但是，由于他的学识和受到的教育不同，导致他不完全等同于底层百姓，因为，他也许思考了很多哲学的形而上的问题，这对一个衣食尚无着落的农民来讲无疑是一种奢侈。正是在这个意义上，焦赣和主流社会以及普通的劳力阶层始终保持着一种距离。这种距离使得焦赣在整个社会中的身份一直是一种边缘化的存在。正是这种边缘化的存在，使得他可以较少顾忌地、较为自由地思考一些问题，并较为真实地把自己的感受和看法表达出来——使用一种较为接近大地的声音。生活在西汉王朝由盛转衰之际的焦赣，和其他很多读书人一样，内心深处也会有关于出处的矛盾，这正如唐代王俞所说，"当西汉元、成之间，凌夷厥政。先生乃或出或处"。有一件事我们不能放过，那就是焦赣声称自己的易学来自孟喜，可是却被孟喜的弟子否定了。对于此同一件事，人们的解释是可以不同的。易学大师尚秉和先生说："其白生、翟牧不肯焦、京为孟学者，仍经师嫉妒之私。"① 这是为焦赣澄清事实。可是，如果我们从另外一个角度来理解，我们便不难发现焦赣的微妙心态。焦赣之所以声称自己的易学来自当时易学大师孟喜的传授，是因为他在内心深处还是想得到主流社会的认可。焦赣也许真的隐居过，也许干脆像人们所说的那样"大隐隐于朝"，在做低级官吏的同时完成他的隐逸。在渴望得到主流社会文化认可的同时，他还希望保持自己独立的人格。也许他是对当时的社会失望了才不得已向往归隐，也许出于自

---

① 尚秉和：《焦氏易诂》，张善文校理《尚氏易学存稿校理》第一卷，中国大百科全书出版社 2005 年版，第 3 页。

己特殊的学问背景（易学之阴阳之学），他需要保持一种相对的独立。可他并没有忘怀人间世，在《焦氏易林》中既有对人间世的深切关怀，也有对隐逸的向往与赞叹，应该说是这种矛盾心理隐晦的折射。

除了是一个出身底层的低级官吏之外，焦赣还应该是一个文人，他为我们留下了非常可观的文字。焦赣不仅仅是一名普通的文人，他还应该是一名经师。虽然他的易学没有被主流文化所认可，但是他的得意门生京房却以乃师所授之学干政，在汉元帝时被立为博士。并且，后人在称道京房易学的时候，每每京焦连称，实在是师以弟传的佳话。通过弟子京房，焦赣的易学得以传承并发扬光大，无论是在主流文化中的易学还是在小传统中的术数文化中，都影响深远。而且，从《焦氏易林》中涉及的经学内容和门类来看，焦赣的经学造诣绝不亚于当时所谓的经学大师。

但是，后世对焦赣的评价却不像我们今天所理解的那样，在很多传世的文献中，焦赣和他的《焦氏易林》成为江湖术数文化的代名词，焦赣自然被看作一位精通占筮的术士。关于这些文献的具体说法，这里不一一列举，后文介绍《焦氏易林》的传播与接受时会有所交代。这里谨将《四库全书总目提要》中的说法作为一种典型："盖《易》于象数之中别为占候一派者，实自赣始。"这就把焦赣当作了以《周易》占候的始作俑者。正是因为这样，《四库全书》才把《焦氏易林》放在了子部术数类。从《焦氏易林》的创作目的和功用来看，把焦赣看作占筮术士并无不可，而且，这并不损害他作为一名诗人而存在。焦赣的术士身份和诗人身份的结合，其实牵涉《易》和《诗》的关系问题。术士就是巫，在中国文化的早期，巫的地位是非常尊贵的。按照人类学的看法，人类社会的早期，巫和王是合一的。巫也是人类社会上最早的知识分子。中国文化有着悠久的巫史传统，在官学没有散落民间之前，巫史的地位颇高。但是，在焦赣生活的时期，作为巫之一种的占卜术士，地位实在是卑贱低下，尽管这些人内心当中还有"为王者师"或"究天人之际"的崇高信仰。巫自然又和原始的宗教相关，就是在普通民众的眼中，善于占卜的人也往往兼具宗教家的性质。闻一多先生在研究《焦氏易林》时，对于焦赣的这种既是精通占筮的预言家，又是诗人并具有宗教情怀的特殊身份进行了颇为精当的分析：

《易》在古代由卜人掌管，卜人便是后世所谓预言家。这种预言家常处在超然地位以观察人生，仿佛是上帝的代言人，颇带些神秘性，故《易·系辞传》说："易者，探赜索隐，钩深致远。"用今天的话说，就是以超然态度静观宇宙人生的秘密。所不同的是，预言家是个冷酷的人，观察事物，漠然无动于心；而诗人则是以设身处地的态度对人生世相认真加以描写。所以西洋神话里，曾比喻卜人是从水晶球中观察宇宙的倒影，态度是漠然的；诗人则富于同情心；而宗教家又比诗人更积极，能进一步由悲天悯人发展而为舍身救人的具体行动。①

焦赣是一位卜人，所以他的观察万物无所不至，透析万物之理极尽精微，这正是《周易》所要求的"知周乎万物"。由于一名优秀的卜人在进行预言时要避免个人主观情感的渗入，所以预言家多是近乎冷酷的理智。在《焦氏易林》中，我们也可以看到焦赣对很多人生悲剧不动声色的描写。这种不动声色常令我联想到庄子的文章。庄子是将他火一样的激情掩藏在了他冷嘲热讽的冰冷的文字下面，这难道就是庄子所谓的"哀莫大于心死"吗？如果真是这样，庄子为何心死？而焦赣又为何心死呢？也许，在庄子和焦赣的内心深处，都有着一种救世情怀，只是在当时的客观环境中无法实现而已，所以才这样处理了他们的文字。这种有些近乎冷静客观的写实性文字，有时又让人想起艾略特的"诗人逃避感情"的理论。无疑，我们认为焦赣具有宗教家的救世情怀不是故意为了抬高他，因为在《焦氏易林》中处处都洋溢、涌动着一种悲天悯人的精神，他所关注的也大多是为人所忽视的没有英雄人物的小百姓的悲剧。这一点让我有理由相信焦赣具有形而上的宗教意识和救世精神，正像我相信司马迁具有这种品格一样——有意味的是，闻一多先生也早就提出，"汉代有着两部分非文学的文学杰作，一部分在《史记》里，一部分在《易林》里"②，"西汉焦延寿作《易林》一书，经过考察研究，我认为这位作家在文学史上应

---

① 郑临川记录，徐希平整理：《笳吹弦诵传薪录——闻一多、罗庸论中国古典文学》，上海古籍出版社2002年版，第34页。

② 《闻一多全集》第十册，湖北人民出版社1993年版，第61页。

当占重要地位,要像《史记》的作者司马迁一样受到重视"①。可见,一位作家或诗人,只有具备了这种博大的悲天悯人的精神和深沉的救世情怀,才有可能写出厚重感人的作品。但是,焦赣却也有诗人的敏感,具有诗人的同情心,这种同情心,加之预言家和宗教家的两种品格,调剂了焦赣独特的思想和人格,从而使《易林》显示出丰富的内涵和格调。

对于宗教家、诗人和预言家这三种人物,闻一多先生也进行了比较:

> 宗教家、诗人、预言家三者比较,诗人是介乎二者之间,宗教家与预言家都以神秘性的文字为主,因为不能泄露天机。所以《系辞》说:"其称名也小,其类也大,其旨远,其词文,其言曲而中,其事肆而隐。"因此,处于中间状态的诗人所写,既不能过分显露,又不能过分带宗教色彩,而常偏向预言家方面。白乐天《新乐府》所以失败,原因正在这里。须知诗人不是没有感情,而是不轻易暴露自己的同情心,并带着宿命论观点写作。它类似古希腊的悲剧精神,使人读了并不感觉人生可悲,反而因之认识人性的尊严伟大,从中受到激发,奋起战斗,因为他是从冷酷中静观纷纭万象,向人们宣示宇宙永恒的真理。所以诗人必须具有这种预言家的精神,悲哀时并不怨天尤人,一概归之于命运,这是最高的神秘,西方文学的伟大成就便是由此发展来的;中国文学所缺少的也在这一点。②

焦赣是一位预言家,但同时又兼具诗人的气质和宗教家的情怀,所以他的《焦氏易林》中充满了神秘的象征含义,众多的意象聚合在一起,形成一首充满张力和矛盾的复杂多义的林辞。他的诗人的感情被包裹在象中,形成了独具特色的写实与浪漫风格。我们说他具有宗教家的情怀,并不是说他一定要成为什么教主,或者像后世的宗教家一样到处教化世人宣喻教旨,而是说他同宗教家在精神实质上有相同之处。正像闻一多先生说的那样,诗歌"不能过分带宗教色彩",否则诗歌就成了宗教的附庸。《焦氏

---

① 郑临川记录,徐希平整理:《笳吹弦诵传薪录——闻一多、罗庸论中国古典文学》,上海古籍出版社 2002 年版,第 33—34 页。

② 同上书,第 35 页。

易林》虽然也反映了一些神仙思想，但却不是宗教的宣扬，而是对一种社会思潮的描述和一种美好愿望的追求。

另外，在唐代的王俞看来，焦赣还是一位哲人智者，"明且哲"。之所以如此，是因为焦赣继承了占筮之术。在中国人的传统当中，预言家总是智慧的化身，就像三国时期的诸葛亮。而这些睿智的预言家还有一个大致相同的倾向，就是与隐逸发生过关系，不管是长期隐逸还是短暂的隐逸。大概人们认为，只有和红尘保持一定的距离，才有可能看清世事沉浮，也就是所谓的"旁观者清"。我们曾经说过，《焦氏易林》中具有隐逸的思想，而且唐代的王俞也说他"或出或处"，出便是出离人间事，也就是隐逸。而《汉书》说焦赣预知未来的易学来自隐士的传授，这话的用意一是说焦赣易学毫无来历，授受不明，不登大雅之堂；二是暗示只有隐者才可能传授这样高深莫测的学问或技术，这方面最明显的例子就是留侯张良之遇隐士黄石公。得自民间隐者传授易学的焦赣具有隐逸思想，这一点和西汉中后期的士人心态相一致。这种隐逸思想也在某种程度上影响了《易林》的内容、思想和风格。

因为焦赣的卜人身份非常明显，以致后世多目之为术士之流，这在某种程度上导致人们轻视《焦氏易林》的应有价值。所以，我们对焦赣这种术士身份便不能不做进一步的考察。焦赣生活的时代，巫风盛行，正如吕思勉先生所说，"若两汉，固仍一鬼神术数之世界也"①。当时对于术数，上至朝廷，下至普通百姓，信奉者甚众。从《汉书·艺文志》的"术数类"可以看出当时术数之学的种类以及何种术数在社会中占有重要的地位。《艺文志》所列举的第一类是与古代天文学相关的占星之术，第三类则为阴阳刑德、五行灾异之术，第四类则为蓍龟，和《周易》相关。这三类术数焦赣都有掌握和运用，并且在《焦氏易林》中都有明显的体现。通过考察《艺文志》所载术数的情况，我们可以知道"'术数'这类技术在汉代既包罗万象，又流传极广，而且是人们普遍接受的知识。它的存在本身就证明，古代思想土壤并不像我们所理解的那么'纯洁'和'高雅'"②，这种丰富和复杂的文化土壤使术士阶层历代传续不衰，至今

---

① 吕思勉：《秦汉史》，上海古籍出版社2005年版，第729页。
② 葛兆光：《中国思想史》第一卷，复旦大学出版社2001年版，第282页。

犹然。西汉的术数文化之盛,就连一向"不语怪力乱神"的儒生也都沾染了一些术士的习气。东汉许慎在《说文解字》中将"儒"解释为"术士"应该说带有一定的时代色彩。吕思勉先生也说:"此类术数,后世亦恒有之,汉世所异者,则儒者信之者殊多。"① 因此,汉代儒生的术士化应该是区别于后世儒生的一大特点。读书明理的儒生尚且如此,一般的普通百姓则更是难免。考察《论衡》和《潜夫论》等书,可以知道当时民间关于术数一类的忌讳尤多。正是在这样一个大的文化背景下,焦赣才成为当时读书人的一个缩影——儒生兼术士。在经学兴盛之时,受到"天人感应"和术数文化的影响,儒生大多从《周易》当中来寻求自己的思想和技术资源。这当然是由《周易》自身的两重性所决定的:哲理性和术数性。考察西汉易学的传授,"今文有施孟梁京四家,而皆出于田何。他们的说禨祥,实从占卜家、方术家、阴阳家里面来的。《易》本来只是一部卜筮之书,所以秦焚六书,而《易》以卜筮之书得存。在西周巫史未分家的时候,巫者流作了《易》,浸入民间很深。至东周巫史分了家,史的地位渐高,向士大夫阶级一边走,巫只有落在下层了。《易》本是卜筮的专利品,史与巫结合,还把《易》抓在手中。一部《易》在战国以至秦汉就各家都生影响。儒家,道家,阴阳家,以及方士、谶纬,都是言《易》的"②。除了专门治易者之外,其他的儒士也深受《易》的阴阳之学影响,"汉代大儒如贾谊,董仲舒,杨雄,刘歆,都不是孔门所谓儒学。贾谊杂阴阳道家,董仲舒更言阴阳五行灾异。杨雄《太玄》模仿《易》,全是阴阳。这是《易》的流变,于是各家都变了对于《易》的解释"③。儒生士大夫的相信阴阳之学,当然可以上升为一种系统的理论。然而,阴阳之学又未尝不可以具体实践操作而形成一种术,这便是《易》的义理之学和占筮之术的分流。就汉代较有代表性的易学家而言,孟喜"得易家《候阴阳灾变书》",梁丘贺"以筮有应,繇是近幸为大中大夫给事中",京房"以明灾异得幸",费直"长于卦筮",高相"专说阴阳灾

---

① 吕思勉:《秦汉史》,上海古籍出版社 2005 年版,第 733 页。
② 余永梁:《易卦爻辞的时代及其作者》,《历史语言研究所集刊》第一本第一分,江苏古籍出版社 1999 年版,第 44—45 页。
③ 同上书,第 45 页。

异",而焦赣则"独得隐士之说",更是精通占筮术数一类（参见《汉书·儒林传》）。由此可见,《易》的占筮之术仍然被一些术士甚至士大夫所保留。就龟卜来说,根据《史记》和《后汉书》的记载,当时"官与民间皆有其术"。而"筮尤盛,汉宣帝将祠昭帝庙,旄头剑落泥中,刃乡乘舆,令梁丘贺筮之"①。当时的士大夫信仰这种术数者,并不乏聪明睿智之辈,然而他们为何对此确信不疑呢?难道是这些读书人一时犯了糊涂不成?这样一个问题值得我们思考。此类久相传授而且多是私下里秘密传授的学问或技术,一定有它们深刻的道理,尽管里面也有许多附会和糟粕的东西。正如吕思勉先生所说:"然因士夫信之者多,其说亦时有理致,与一味迷信者不同,后人概目为愚夫愚妇之流,则有过矣。"②

尽管士大夫中有很多人信仰术数之学,但是当时术士的地位却非常低下。这与巫史不分家的时代相去甚远。在《史记·龟策列传》中,有这样一段话:

> 至高祖时,因秦太卜官。天下始定,兵革未息。及孝惠享国日少,吕后女主,孝文、孝景因袭掌故,未遑讲试,虽父子畴官,世世相传,其精微深妙,多所遗失。至今上即位,博开艺能之路,悉延百端之学,通一伎之士咸得自效,绝伦超奇者为右,无所阿私,数年之间,太卜大集。

从这里可以看出,西汉王朝因袭秦代制度,设立太卜一职,并且在汉武帝时期朝廷拥有很多专事占卜之士。可是,这些太卜所掌握的技术却不甚精微,与前代相比,失传很多。这些被朝廷录用的术士,地位也并不高,不再是像以前的"为王者师",而只是相当于倡优而已。司马迁在汉武帝时期身为太史,按照容肇祖先生的看法,在巫史分家之后,史向士大夫阶层靠拢,而巫则流落民间下层。可是,由于巫与史的天然亲缘关系,司马迁也掌握了很多术数之学,这在《史记》当中并不是什么秘密。以司马迁太史而兼有术士的身份,其地位尚卑贱低下,一如他在《报任安书》中

---

① 吕思勉:《秦汉史》,上海古籍出版社2005年版,第730页。
② 同上书,第733页。

所说，"仆之先人非有剖符丹书之功，文史星历，近乎卜祝之间。固主上所戏弄，倡优畜之，流俗之所轻也"。可见，朝廷以太卜为倡优，世俗对术士亦轻贱。为朝廷所用者尚且如此，流落民间街头者更可想而知。虽然论者以为《史记·日者列传》非司马迁亲撰，然其亦必有所本，故从中可以了解当时对于占卜术士的看法。在《日者列传》中，贾谊说了一句话，"吾闻古之圣人，不居朝廷，必在卜医之中"，可见有道君子，如果不在朝廷做官，便大多混迹于卜者或医生之中，在天下无道时期尤其如此。也正是这样一种传统的思维定式，使得大家认为在占卜术士之中有高人存焉。宋忠和贾谊也是因此而来长安市中以寻有道。结果在长安卜肆之中，他们见到了司马季主。虽然贾谊他们认为在占卜术士之中有德才杰出的君子，但是他们的问话还是暴露出普通士人对于卜者的态度："今何居之卑，何行之污？"在他们看来，卜者地位卑下，行为猥琐。关于卜者卑污的原因，二人也有一番自己的道理：

尊官厚禄，世之所高也，贤才处之。今所处非其地，故谓之卑。言不信，行不验，取不当，故谓之污。夫卜筮者，世俗之所贱简也。世皆言曰："夫卜者多言夸严以得人情，虚高人禄命以说人志，擅言祸灾以伤人心，矫言鬼神以尽人财，厚求拜谢以私于己。"此吾之所耻，故谓之卑污也。

他们认为，真正的贤才应该处于大家都羡慕的社会上层，而不是做一名世人都瞧不起的算命先生，因为算命先生都是一些靠欺骗来敛财的人。这种看法在我们当今的社会仍是如此，而对卜者的指责也不是没有道理。尽管司马季主进行了一番洋洋洒洒的辩解，但是当时社会对于卜者的看法却不能改变。司马季主的辩解颇有形而上的理论色彩，事实上他是为了摆脱这种在社会当中的非主流地位，是在"有意识地为自己的知识与技术寻找一个公认的、主流的、系统的理论依据和经典依据"。"司马季主可以说是一个象征，象征着方术及方士试图提升自己文化品格，并赋予方术以总体的哲理体系与经典依据，以进入社会意识主流的趋势。"这说明当时"除了少数知识精英外，还有相当多类似巫祝的术士，他们活跃在社会生活的各个层面，上至朝廷下至村落，而支配秦汉时期的思想与行为的，除了颇具哲理意味的精英思想外，还有相当丰富的、可以付诸实用的经验和技术以及与之相关的故事"①。这些地位低下的卜者，活跃在社会的底层，整天面对的是鲜活而复杂的社会生活，他们的自由姿态和知识背景，使他们优游地观察着整个社会的瞬息万变，除了他们关心的技术的哲学支撑——大道流行之外，他们还担当了心理医生和人生教师的角色，用司马季主的话来说就是："今夫卜者，导惑教愚也。夫愚惑之人，岂能以一言而知之哉！言不厌多。"在《日者列传》的最后，宋忠和贾谊听了司马季主的一番话，大有归隐之意，两人不禁感慨："夫卜而有不审，不见夺糈；为人主计而不审，身无所处。此相去远矣，犹天冠地屦也。"从褚先生的补记中，我们可以知道当时颇有君子之风的卜者，亦有"隐居卜筮间以全生者"。可见，当时的卜者众多，虽地位不高，且内心有渴望主流社会认可的想法，但其中并不乏像司马季主一样的有道君子。我们所要研究的《焦氏易林》的作者焦赣便正是这样一个人。《焦氏易林》中言阴阳天道的内容不必说了，但看其中大量具有劝诫、教化意味的林辞，便可以体会他"导惑教愚"的苦口婆心了。

最后，通过上面的分析，我想对焦赣的身份进行一种界定：他是一位出身底层爱吏养民的下层官吏，一位具有隐逸思想、悲天悯人的占筮操作者，一位了解多种经学知识的明哲的经师、哲人，一位用诗一样的语言来感受、诉说这个世界的诗人。

下面对焦赣的思想做一个简单的梳理。事实上，关于他的思想，我们也没有多少资料可参考。但是作为一个有文字流传下来的诗人，我们只需要阅读他的作品也就够了。从他的文字中，我们会感受到他心灵的脉动，这远比我们用概念化的语言来表述真切得多。可是，还是请允许我做这样一种冒险吧，因为从他的文字中来追寻他的思想实在是一种乐趣，一种不同于形象性的审美的智慧之乐。

通过作品来总结作者的思想，在中国便是"以意逆志"，这个高明的方法是孟子提出来的。而对于"以意逆志"的理解，论者各有不同，"'以意逆志'之意为作者意为读者意，历来有歧说，予赞同前说，更以为乃文中之意。盖'诗者志之所之也'，'在心为志，发言为诗'。'以意

---

① 葛兆光：《中国思想史》第一卷，复旦大学出版社2001年版，第283—284页。

逆志'者，由文之意迎合作者内心之志也。"① 所以，本书决定通过分析《易林》中的内容来归纳出焦赣的一些主要思想——虽然这种做法颇有些新批评派所反对的"意图谬误"的嫌疑。

从《焦氏易林》来看，焦赣的思想是相当复杂的。张涛先生在《秦汉易学思想研究》中曾对焦赣的思想做了研究，认为"通过《易林》，我们也可以感受到焦延寿本人的思想倾向，感觉到《周易》对他的深刻影响"②。根据张涛先生的研究，焦赣看到当时自然变故和社会的危机，具有浓烈的忧患意识，并且受到《周易》变化之道的影响，对事物的运动、发展具有辩证的看法，认为治乱兴衰是可以相互转化的，这就对当时的统治者提出了警告。比如《颐》之《随》云："生不逢时，困且多忧。无有冬夏，心常悲愁。"这表现出一种忧患意识；《明夷》之《比》："深谷为陵，衰者复兴。乱倾之国，民得安息。"表现了对自然、社会运动、变化的辩证看法；《坎》之《解》"寒露所凌，渐为坚冰。草木疮伤，华落叶亡"和《乾》之《大壮》"隙大墙坏，蠹众木折。虎狼为政，天降罪罚。高弑望夷，胡亥以毙"，表现出焦赣见微知著、居安思危的思想；而《乾》之《泰》"不风不雨，白日皎皎。宜出驱驰，通利大道"、《坤》之《乾》"谷风布气，万物出生。萌庶长养，华叶茂生"和《益》之《恒》"鹿得美草，鸣呼其友。九族和睦，不忧乏饥"等，则表现出焦赣追求自然和谐、社会和谐乃至天人和谐的思想。在焦赣看来，要想达到一种高度的和谐，统治者必须顺应天道，实施仁德："据斗运枢，顺天无忧。所行造德，与乐并居"（《乾》之《小畜》）、"仁政不暴，凤凰来舍。四时顺节，民安其处"（《乾》之《姤》）、"三德五材，和合四时。阴阳顺序，国无咎灾"（《师》之《解》）。此外，在《焦氏易林》中，焦赣对当时的社会黑暗也进行了颇为深刻的揭露，如"草木黄落，岁暮无室。虐政为贼，大人失福"（《蹇》之《大壮》）、"机父不贤，朝多谗臣。君失其政，使我久贫"（《中孚》之《艮》）、"行役未已，新事复起。姬姜劳苦，不得休息"（《小畜》之《困》）、"赋敛重数，政为民贼"（《否》之《丰》）等。除此之外，焦赣更进一步指出，如果朝廷昏暗，国君无道，还将导致

---

① 蒋寅：《金陵生小语》，广西师范大学出版社2004年版，第112页。
② 张涛：《秦汉易学思想研究》，中华书局2005年版，第131页。

国家破灭："无道之君，鬼哭其门。命与下国，绝不得食"（《大过》之《否》）、"贼仁伤德，天怒不福。斩刈宗社，失其土宇"（《大过》之《井》）。在张涛先生看来，"焦延寿社会政治理想的基础仍是维护宗法等级制度和君主专制政权"①。以上仅是就焦赣的社会政治思想作了归纳概括。焦赣的社会政治思想其实是正统的儒家思想，他在《易林》中赞颂、倡导仁德之处甚多，而对于暴政、逸人，他则进行了很多讽刺和批判。只不过和孔孟之说不同的是，在倡导仁政的同时，焦赣的思想还具有鲜明的时代特色，那就是受董仲舒"天人感应"思想的影响，把仁政、暴政同阴阳灾异联系起来进行考察。当然，这也是汉代思想的一大趋势。

关于焦赣的政治思想，陈良运先生也指出："《焦氏易林》以《易经》为本，它的爻辞所表现的政治腐败、朝野黑暗的状况，所负载的作者沉重的忧患意识，实有'殷之末世'之感，此正是西汉政治'衰于元、成'的近距离反映。如果说，《易经》是一部总结殷、周历史教训和经验的书，那么，《焦氏易林》则是一部直接干预时政的书。"②

焦赣的思想是非常复杂的。除了上述社会政治思想之外，在《焦氏易林》中还表现出对《周易》"生生之谓易"和"天地之大德曰生"的重生思想。正是这种思想，使得焦赣可以平等地看待宇宙的一切生命，并以尊重生命为出发点，形成一种悲天悯人的情怀。他的隐逸思想也非常明显，应该受到了道家思想的影响，在前文我们进行作者考证的时候已经列举，此不赘述。

作为一名术士，他还具有阴阳五行、灾异感应等思想，并且在《焦氏易林》中对巫术和神仙养生进行描写。在后文相关章节，我们会详细介绍分析。值得一提的是，焦赣的经济思想在当时也是比较进步的，他重农而不抑商，这可能与西汉时期的经济发展状况有关。

通过以上的介绍，我们对焦赣其人也许就有了一些粗略了解。如果我们还需要了解更深入一些，那只能依靠对《焦氏易林》文本的阅读和有关焦赣的新史料的发现了。

---

① 以上参见张涛《秦汉易学思想研究》，中华书局2005年版，第131—134页。
② 陈良运：《焦氏易林诗学阐释》，百花洲文艺出版社2000年版，第549页。

第四节　《焦氏易林》成书诸因素研究

　　《焦氏易林》无论在易学史上还是在文学史上都是一个非常特殊的文本，探讨这一文本的生成应该是一件很有趣的事情。前文已经指出：《焦氏易林》就是以《诗经》的形式仿造《周易》而编撰的衍《易》之作，是当时《诗经》学、易学兴盛和传统占卜方法不能方便民用的背景下的产物。这一文本的形成有其必然性，而其采用的形式也有其传统和时代的影响基础。

一　《焦氏易林》与卦变

　　就当时易学和术数文化发展的角度来讲，《焦氏易林》的出现是顺应了时代发展的需要。正如林忠军先生所说：

>　　《易林》的成书，是易学发展的必然产物。《易经》产生以后，易学朝着"学"和"术"两个方向发展。将《周易》作为一门学问，探求其蕴藏在内的博大精深的道理，是谓学；将《周易》视为沟通人神的桥梁，专致于预测人生祸福吉凶，是谓术。《易林》是对《周易》之术的发展与完善。从早期大衍筮法运用看，遇到了许多问题，如筮法的繁琐与《周易》卦爻辞过于简单形成反差。……行筮的结果仅用几个字或几句话来断复杂的社会生活，往往使筮占者处于难堪的境地。如果有"变卦"，卦爻的取舍也成为筮占者一大障碍。因而《周易》筮法有待于改进和完善。就社会发展而言，到了汉代，由于官方极力倡导，易学研究蔚成风气，其应用范围不断扩大。原有的《周易》卦爻辞已经不能满足当时人们日益增长的预测社会生活的需要。在这种情况下，《易林》应运而生。[①]

　　这就把《易林》产生的根本原因解释得相当透彻。而如果把《焦氏易林》看作一种单纯的占卜之书，就需要从占卜方法发展演变的历史来考察

[①] 林忠军：《象数易学发展史》第一卷，齐鲁书社1994年版，第74页。

《易林》产生的基础了。就占卜的方法来讲，"比较起来，最初是用龟卜，后来用筮法，儒家用'禨祥''象数''义理'去解释《易》，离《易》的本义愈远，所以《易》遂'不切于用'。在汉有《易林》，后来有签诗，都因为《易》不能切用了，才应民间的需要而发生"①。这样看来，《易林》的出现，完全是民间占卜的需要使然。根据历史的记载，龟卜在西汉还有应用，但是操作起来颇为麻烦。而传统的《周易》占法费时烦琐，并且卦爻辞过于简洁，在实际运用过程当中也不好操作，尤其是对于一卦之中变爻数见的情况，取舍哪一爻相当不易。如果多爻合参，有时又会出现卦爻辞相互矛盾冲突的情况，而《易林》在运用中却简便易行。

对于《焦氏易林》自为繇辞的做法，后世褒贬不一，如宋代李纲在《梁溪集》卷一百三十四中说：

> 而京房、郭璞、焦赣之流，又各以其术制《易林》，春秋占法殆废。至近世则诸家之术亦失其传，所谓以卜筮尚其占者，或几乎绝，可胜慨哉。

这是认为《焦氏易林》新占筮方法的出现，使得以前春秋时期的占筮方法受到冲击而失传。元代的钱义方在《周易图说》卷上认为：

> 愚按：一卦变六十四卦，自汉儒焦贡始发其义，然焦贡所作《易林》之书，每卦之变为六十四辞以断之，如神庙签语相似。是每卦真有六十四卦，而实为四千九十六卦，于圣人卦变分合往复之妙，懵然不识也，可笑甚矣。

清代毛奇龄在《春秋占筮书》卷一也认为：

> 大抵作筮词法或散或韵，总任揲筮者临占撰造之语，非旧有成文如是也。焦赣见他传有全用韵者，疑为成文，因造《易林》一书，

---

① 余永梁：《易卦爻辞的时代及其作者》，《历史语言研究所集刊》第一本第一分，江苏古籍出版社1999年版，第45页。

预为韵词，一如神祠之签经以待人来占，则可笑甚矣。若郭璞亦自造龟卜繇辞，名曰《辞林》，则皆其自记己卜之事，与筮辞同。

钱义方认为《易林》中的卦变是不懂"圣人卦变分合往复之妙"，所作的繇辞一如神庙中的签语，而毛奇龄则认为焦赣撰写《易林》是想模仿《春秋》等典籍中的韵文卜辞，而事实上那些所谓的韵文不辞都是占卜者随机编造的，所以《易林》有些像后世的签经一样可笑。清代陈廷敬在《午亭文编》卷二十四中说：

> 焦赣《易林》，言吉凶与圣经绝相悖，盖术数之学谬妄乖离之尤可鄙者。沙随程氏偶有验，乃神奇其书，以为与《左氏传》载"凤皇于飞，和鸣锵锵"、《汉书》所载"大横庚庚，予为天王"之语相类。今考其言多俚谚，如程氏所称，亦未之能及也。

陈廷敬则认为《焦氏易林》与《易经》相去甚远，属于非常粗鄙的术数之学，其中的林辞多为"俚谚"，和前世所传的卜辞绝不相类。《经义考》卷六引王弘撰语云：

> 自焦氏为诗以代占辞，而后之筮者不复用文王、周公、孔子之辞矣。此焦氏之罪也。

王弘撰则明确指出，《焦氏易林》之辞乃诗，且诗乃焦赣所作以代占辞，然而焦赣作为自为占辞的始作俑者，使后世的术数之士不再使用《周易》的卦爻辞，这应该是焦赣的罪过。可是从这则材料我们也可以推知《焦氏易林》在后世术数界影响之大。清人赵继序《周易图书质疑》卷十七云：

> （京房）盖因分官之古法而自起义例，犹之《焦氏易林》一卦变六十四卦，共四千九十六卦，此亦是古法，而占辞则焦氏所造也。

这是说《焦氏易林》的四千九十六卦变化之法来自古人，然而四千九十六卦的占辞则是焦赣自己创作。宋代丁易东撰《周易象义》十六卷，该书中的《易统论》云：

> 以术论《易》者，若《易林》、《轨革》是也。《易林》之繇，既自别成一家，而不合于《易》。至于《轨革》，则以直年直事归之一定之数，而人事无与可乎？

丁易东也认为，《焦氏易林》乃以术数论《易》者，但是其占辞则自成一家。南宋朱震在《汉上易传》上卷云：

> 所谓之卦者，皆变而之他卦也。《周易》以变为占，七卦变而为六十三卦，六十四卦变而为四千九十六卦，而卜筮者尚之。此焦延寿之《易林》所以兴也。圣人因其刚柔相变，系之以辞焉以明往来、屈信、利害、吉凶之无常也。故君子居则观其象而玩其辞，动则观其变而玩其占。占与辞一也。

这里指出了《焦氏易林》产生的理论基础即卦变理论，因为卜筮者卜于变化，所以焦赣受此影响而创作《易林》。从以上各家所论可以看出，不管对《易林》是褒是贬，几乎都承认《易林》之辞的创造性，而且更有将这些占辞看作诗者，如上面提到的王弘撰。

现在，我们需要考察的是，《焦氏易林》中内容丰富的这些占辞，是不是完全出自焦赣的创作。如果是他的创作，他又为何采取这种独特的语言形式？

我们认为，《焦氏易林》虽然参考了很多先秦文献以采撷其说，出经入史，广涉诸子，有一些占辞是编撰而非创造。但就整体而言，很多占辞还是经过了焦赣锤炼和加工创造的。上述材料已经说明，古人已经认识到了《焦氏易林》的首创性。另外，在我们上面所引用的材料中，多数人谈到卦变的理论，这其实牵涉焦赣创作《易林》的理论基础问题。如果没有卦变理论，也就没有《易林》中的四千零九十六卦，自然也就不会有《易林》颇可观玩的占辞了。从《左传》和《国语》的记载看，当时用《周易》占筮已经涉及卦变的问题。因为《周易》本身也强调，"爻者，言乎变也"，有变化才有吉凶悔吝，才有得失成败，所以，《周易》占筮重在变爻。前辈学者对《左传》和《国语》中运用《周易》占筮的例子进行了详细的研究，像尚秉和先生的《周易古筮考》和李镜池先生的《周易探源》等。根据前辈学者的研究可知①，在上述两种典籍中，一爻发生变化的共见到十次，均出现在《左传》中；三爻变者出现两次，均出现在《国语》中；五爻变者出现一次，在《左传》中；六爻皆不变者出现三次，其中《国语》一次，《左传》两次。通过以上的总结可以看出，文献记载中没有出现二、四和六爻变化者。根据《周易》卦画的构成和占筮的实际操作情况，《周易》每一卦都是由六爻构成，在演蓍成卦的过程中，卦画的阴阳以及变化与否取决于所得到的蓍数，而蓍数的获得具有很大的偶然性。根据数学的原理，在每一卦的六爻之中，每一爻都有变化的可能性，并且这些变化可以同时发生。这样，每一卦就会有以下的几种情况：六爻之中一爻变化，六爻之中二爻变化，六爻之中三爻变化，六爻之中四爻变化，六爻之中五爻变化，六爻之中全部变化，六爻之中皆不变（不变也是变化的一种特殊情况）。所以，虽然文献中没有记载二、四、六爻发生变化的例子，但不代表这样的变化不可能发生。而在发生卦变的情况下，文献一般这样表述：（遇）某卦之某卦。其中前面的一卦是占筮所得，后面的一卦是通过爻的变化而得来的变卦。前面的一卦又叫"遇卦"，后面的一卦又叫"之卦"。这种由遇卦而之卦的卦变思想，对焦赣创作《易林》一定是有影响的，古人也有很多论及此者。但是，虽然在先秦典籍中出现了卦变的情况，却没有出现有较为系统的卦变论述或排列，尽管宋人晁说之在《景迂生集》卷十五《答钱申伯书》中说：

> 虽然，《左氏》之卦变恐自有一书，如《焦氏易林》之类，今不复存，则亦难为乎其言也。一卦必具八变，三《易》不相为用，七事不著于当时，九师自擅于淮南，则又亦亡言可也。

因此，《焦氏易林》这种由六十四卦变化出四千零九十六卦的严密的体系

---

① 参见李镜池《周易探源·〈左〉、〈国〉中易筮研究》，中华书局1978年版，第407—413页。

对于卦变思想应该是有创造和发展的。先秦典籍中的卦变占断之法我们已经很难搞清楚了，目前所能看到的也都是后人的推测之辞，如宋代的朱熹就曾在他的《周易本义》中总结推断先秦卦变的不同情况和运用卦爻辞的对应关系，可是却遭到很多人的质疑。可见，先秦卦变占法久已不传，而且在应用实践中也可能非常烦琐，带有一定的随意性，这就给《周易》之术的运用带来了很大的不便。正是在这样一个基础之上，焦赣受先秦卦变思想的影响，自己编撰创造繇辞，使每一卦的变化都有六十四种情况，六十四卦共变化出四千零九十六卦，而且每一种变化情况都附以较为具体的占断之辞。这不仅实现了筮法的改革，而且方便民用，以至于后世广为流传。

二 《焦氏易林》与卜筮繇辞

焦赣发展先秦卦变思想，也只是确定了《易林》的内在结构和骨架，具体占辞的编撰和创作，还和此前的占断之辞的形式有关。宋人晁公武在《郡斋读书记》（卷一上）中说：

> 《焦氏易林》十六卷：右汉天水焦赣延寿传《易》于孟喜，行事见《儒林传》中，此其所著书也。费直题其前曰"六十四卦变"，又有唐王俞序。其书每卦变六十四，总四千九十六首，皆为韵语，与《左氏传》所载"凤皇于飞，和鸣锵锵"、《汉书》所载"大横庚庚，予为天王"之语绝相类，岂古之卜者各有此等书耶？

宋人陈振孙也在《直斋书录解题》卷十二"卜筮类"中说：

> 《易林》十六卷：汉小黄令梁焦延寿赣撰，又名《大易通变》，唐会昌丙寅越之云溪王俞序，凡四千九十六卦，"其辞假出于经史，其意雅通于神祇"，盖一卦可以变六十四也。旧见沙随程迥所记南渡诸人以《易林》筮国事多奇验，求之累年。宝庆丁亥，始得之莆田，皆韵语古雅，颇类《左氏》所载繇辞，或时援引古事。间尝筮之，亦验，颇恨多脱误。嘉熙庚子，从湖守王寺丞侑借本，两相校，十得八九，其中亦多重复，或诸卦数爻共一繇，莫可考也。

顾炎武在音学五书之《易音》中说：

> 考《春秋传》所载繇词，无不有韵，说者以为《连山》、《归藏》之文。然汉儒所传，不过《周易》，而《史记》载大横之兆，其繇亦然。意卜筮家别有其书，如焦赣《易林》之类，非《易》之本书。而《易》之本书，则如周秦诸子之书，或韵或不韵，本无定体。其韵，或杂方音，亦不能尽求其读。故象词、爻词，不韵者多，韵者亦间有。《十翼》则韵者固多，而不韵者亦错出其间，非如《诗三百》篇协咏歌，被管弦，非韵不可以成章也。

以上的文献资料表明，在《焦氏易林》出现以前，就有以韵语为占辞的传统，像《左传》中的"凤皇于飞，和鸣锵锵"等便是如此。并且，前人认为《焦氏易林》的林辞和这些先秦韵文占辞很相似，似有一定的渊源关系。

在先秦时期，占断吉凶一般采用两种手段：一是卜，用龟；二是筮，用蓍，二者皆有占断之辞。就卜来说，起源甚早，《尚书·金縢》篇云："乃卜三龟，一习吉。启籥见书，乃并是吉。公曰：'体，王其罔害。'"孔颖达《正义》云："占书在于藏内，启藏以籥，见其占书，亦与占体，乃并是吉。"其中又引郑玄语曰："籥，开藏之管也。开兆书藏之室以管，乃复见三龟占书，亦合，于是合。"可知当时就已经出现了专门记载卜辞的专书以供占卜查阅，然其卜辞是否押韵尚不可知。而《周礼·春官·太卜》云："太卜掌三兆之法，一曰玉兆，二曰瓦兆，三曰原兆。其经兆之体皆百有二十，其颂皆千有二百。"郑玄注曰："颂，谓繇也。三法体繇之数同，其名占异耳。百二十，每体十繇。"贾公彦《疏》云："云颂谓繇者，《繇》之《说兆》若《易》之《说卦》，故名。占兆之书曰《繇》。"清代孙诒让《周礼正义》云："卜繇之文皆为韵语，与《诗》相类，故亦谓之颂。"从以上文献可知，占卜所用的繇辞或者颂，是押韵的。

繇这个词在《周易》当中也出现过，一般是指占卜之辞。但是从根本上讲，繇应该就是"谣"，在古代"繇"与"谣"同音可通用，二者都是整齐的韵语，只不过谣是用来唱的，故从"言"，而繇则是专门用来占断吉凶的，所以从"系"，"系"也就是《周易》中的《系辞》之"系"，即系于一定的占断象征符号之后的像歌谣一样的占断之辞，它的形式应该和"谣"相同。比如高亨先生就认为："因为《周易》卦爻辞多有短歌，所以《左传》、《国语》都称它为'繇'，繇便是借做'谣'字。大概称'繇'或'爻'的意思发展经过三个阶段：起初仅指所引的歌谣，后来扩展到指引的有歌谣的整个爻辞，最后又扩展到不仅指爻辞，而且指爻符。"① 而这些整齐的韵文占辞，又和《诗经》中的句子很相似，所以又叫做"颂"，颂似乎就是"风雅颂"当中的颂，占卜之辞之所以又叫做颂，是因为颂就是"诵"。在杜文澜的《古谣谚》中便收录了一些"诵"，如卷二所引《郑舆人诵》："我有子弟，子产诲之。我有田畴，子产殖之。子产而死，谁其嗣之？"可知被称作诵的文字也是整齐的韵文，大概是便于诵读，因此得名。而在早期，《诗经》也是诵读的对象。颂最早大概有向神灵祝祷、赞美之意，而祝祷的主角是巫，其形式则为"诵"，所以《诗经》中的颂多为郊庙祭祀之辞。我们今天还有"歌颂"一词，现代汉语的意思就是赞美，这应该是指古时候歌和颂的内容而言。而在古时候，"歌颂"连用是因为它们的形式相同，歌就是颂，颂就是歌，而歌又是谣，所以歌谣连用，这样，颂自然也是谣了。又繇与谣通，故繇可称为颂。

从另外一个角度看，用龟占卜亦为巫之专职，其辞类于祝祷之辞，或经祝祷所得，故亦称"颂"。不管是繇也好，谣也好，或者是颂和诵，在形式上都是韵文，这当然是为了便于记忆和诵读。而诗之为言，志也。按照闻一多先生的研究，志的第一种意思就是记忆，为了便于记诵，最早的诗必须是押韵及整齐的句法（这一点后文还会涉及）。这样，那些整齐的繇、谣、颂和诵，便都可以叫做诗了。李镜池先生在《周易通义·明夷》指出："引诗（包括民歌）为占，叫做谣占，属象占之一。"这里的"引诗为占"的诗，也就是上面我们提到的繇、谣、诵和颂等押韵之语，它们要么是俗语，要么是已经现成的句子。这样一种以韵语为占辞的传统颇为悠久，至今我们还可以看到那些粗通文墨的算命先生会使用一些或现成

---

① 黄玉顺：《易经古歌考释》，巴蜀书社1995年版，第15—16页。

或现编的整齐的韵语来为别人"占断吉凶祸福",甚至有的算命先生在告诉求测者的时候,依然使用一种半吟半唱的形式,这应该是卜者口耳相传的古老传统。在筮占系统中,所使用的主要参考书籍是三《易》。《周礼·春官·太卜》云:"(太卜)掌三《易》之法,一曰《连山》,二曰《归藏》,三曰《周易》。其经卦皆八,其别皆六十有四。"可是我们现在只能看到《周易》,《连山》和《归藏》已经失传。在《周易》中,我们也可以看到古代歌谣的影子,黄玉顺先生的《易经古歌考释》一书,对此进行了较为详细的研究。① 关于《连山》和《归藏》的情况,汉人桓谭在《新论·正经》当中说:"《连山》八万言,《归藏》四千三百言。"不知桓谭本人是否亲自阅读过这两部书。后来在郭璞的著作中我们还可以看到《归藏》的影子,其在注释《尔雅》和《山海经》中便多次引用《归藏》之文。这样看来,似乎汉魏晋之际《连山》《归藏》尚流传于世。清人马国翰曾辑录《连山》《归藏》佚文,但却真伪莫辨。下面,我们摘录一些占卜的繇辞和《连山》《归藏》佚文,以说明《焦氏易林》林辞的渊源所自。

占卜繇辞数条如下:

(1)初,懿氏卜妻敬仲,其妻占之,曰:"吉,是谓'凤皇于飞,和鸣锵锵,有妫之后,将育于姜。五世其昌,并于正卿。八世之后,莫之与京。'"(《左传·庄公二十二年》)

(2)成季之将生也,桓公使卜楚丘之父卜之。曰:"男也。其名曰友,在公之右。间于两社,为公室辅。季氏亡,则鲁不昌。"又筮之,遇《大有》之《乾》,曰:"同复于父,敬如君所。"(《左传·闵公二年》)

(3)初,晋献公欲以骊姬为夫人,卜之,不吉;筮之,吉。公曰:"从筮。"卜人曰:"筮短龟长,不如从长。且其繇曰:'专之渝,攘公之羭。一薰一莸,十年尚犹有臭。'必不可。"(《左传·僖公四年》)

(4)初,晋献公筮嫁伯姬于秦,遇《归妹》之《睽》。史苏占

---

① 黄玉顺:《易经古歌考释》,巴蜀书社1995年版。

之曰:"……为嬴败姬,车说其輹,火焚其旗,不利行师,败于宗丘。《归妹》《睽》孤,寇张之弧,侄其从姑,六年其逋,逃归其国,而弃其家,明年其死于高梁之虚。"(《左传·僖公十五年》)

(5) 卜徒父筮之,吉。涉河,侯车败。诘之,对曰:"乃大吉也,三败必获晋君。其卦遇《蛊》,曰:'千乘三去,三去之余,获其雄狐。'……"(《左传·僖公十五年》)

(6) 在《易》卦,雷乘《乾》曰《大壮》,天之道也。昔成季友,桓之季也,文姜之爱子也,始震而卜。卜人谒之,曰:"生有嘉闻,其名曰友,为公室辅。"及生,如卜人之言,有文在其手曰"友",遂以名之。(《左传·昭公三十二年》)

(7) 公筮之,史曰:"吉。其卦遇《复》,曰:'南国戚,射其元王,中厥目。'国戚王伤,不败何待?"(《左传·成公十六年》)

(8) 故郑皇耳帅师侵卫,楚令也。孙文子卜追之,献兆于定姜。姜氏问繇。曰:"兆如山陵,有夫出征,而丧其雄。"(《左传·襄公十年》)

(9) 晋赵鞅卜救郑,遇水适火,占诸史赵、史墨、史龟。史龟曰:"是谓沈阳,可以兴兵。利以伐姜,不利子商。伐齐则可,敌宋不吉。"史墨曰:"盈,水名也。子,水位也。名位敌,不可干也。炎帝为火师,姜姓其后也。水胜火,伐姜则可。"史赵曰:"是谓如川之满,不可游也。郑方有罪,不可救也。救郑则不吉,不知其他。"阳虎以《周易》筮之,遇《泰》之《需》,曰:"宋方吉,不可与也。微子启,帝乙之元子也。宋、郑,甥舅也。祉,禄也。若帝乙之元子归妹,而有吉禄,我安得吉焉?"(《左传·哀公九年》)

(10) 卫侯贞卜,其繇曰:"如鱼赪尾,衡流而方羊。裔焉大国,灭之将亡。阖门塞窦,乃自后逾。"(《左传·哀公十七年》)

(11) 丙辰,天子南游于黄□室之丘,以观夏后启之所居。乃□于启室,天子筮猎苹泽,其卦遇《讼》,逢公占之,曰:"《讼》之繇,薮泽苍苍,其中□,宜其正公,戎事则从,祭祀则憙,畋猎则获。"(《穆天子传·卷五》)

(12) 巫马子谓子墨子曰:"鬼神孰与圣人明智?"子墨子曰:"鬼神之明智于圣人,犹聪耳明目之与聋瞽也。……是使翁难雉乙卜于白若之龟，曰：'鼎成三足而方，不炊而自烹，不举而自臧，不迁而自行。以祭于昆吾之虚，上乡！'乙又言兆之由曰：'飨矣！逢逢白云，一南一北，一西一东，九鼎既成，迁于三国。'夏后氏失之，殷人受之。殷人失之，周人受之。夏后、殷、周之相受也，数百岁矣。使圣人聚其良臣与其桀相而谋，岂能智数百岁之后哉？而鬼神智之。是故曰，鬼神之明智于圣人也，犹聪耳明目之与聋瞽也。"（《墨子·耕柱第四十六》）

（13）文王将田，史编布卜曰："田于渭阳，将大得焉。非龙非螭，非虎非罴，兆得公侯。天遣汝师，以之佐昌，施及三王。"（《六韬·文韬·文师》）

（14）丞相陈平、太尉周勃等使人迎代王。……代王报太后计之，犹与未定。卜之龟，卦兆得大横。占曰："大横庚庚，余为天王，夏启以光。"（《史记·孝文帝本纪》）

以上从古代文献中摘录的14条卜筮记录，既有龟卜，又有筮占，但是它们的繇辞有一个共同的特点，那就是多为韵文，且韵文多为四言句式，同《焦氏易林》相似。从最后一条《史记》中的龟卜之辞可以知道，龟卜在汉代尚且使用，且其繇辞尚存，这种四言韵语的繇辞形式对于西汉熟知术数占筮的焦赣不能没有影响。

对于龟卜之繇辞，宋代沈括在《梦溪笔谈》卷七《象数一》中说：

> 古之卜者，皆有繇辞。《周礼》："三兆，其颂皆千有二百。"如"凤凰于飞，和鸣锵锵"；"间于两社，为公室辅"；"专之渝，攘公之羭，一薰一莸，十年尚犹有臭"；"如鱼窥尾，衡流而方羊，裔焉；大国灭之，将亡，阖门塞窦，乃自后逾"；"大横庚庚，予为天王，夏启以光"之类是也。今此书亡矣。汉人尚视其体，今人虽视其体，而专以五行为主，三代旧术，莫有传者。

由此可知这种系统的龟卜繇辞古籍在宋代就已经失传了。然而，对于那些韵文繇辞，有的学者认为可能是出自《连山》《归藏》，比如同是生活在宋代的洪迈就在《容斋续笔》中指出：

《左氏传》所载懿氏占曰:"凤皇于飞,和鸣锵锵。有妫之后,将育于姜。"成季之卜曰:"其名曰友,在公之右。同复于父,敬如君所。"晋献公骊姬之繇曰:"专之渝,攘公之羭。"嫁伯姬之繇曰:"车说其輹,火焚其旗。寇张之弧,侄其从姑。"秦伯代晋曰:"千乘三去,三去之余,获其雄狐。"文王纳王,遇黄帝战于阪泉之兆。鄢陵之战,晋侯筮曰:"南国蹙,射其元王,中厥目。"宋伐郑,赵鞅卜救之,遇水适火,史龟曰:"是为沈阳,可以兴兵,利以伐姜,不利子商。"史墨曰;"盈,水名;子,水位。名位敌,不可干也。"杜氏谓"鞅姓盈,宋姓子",盖言"赢"与"盈"同也。史赵曰:"是谓如川之满,不可游也。"卫庄公卜梦,曰:"如鱼窥尾,衡流而方羊裔焉。阖门塞窦,乃自后逾。"此十占皆不可得其说,故杜元凯云:"凡筮者用《周易》,则其象可推。非此而往,则临时占者或取于象,或取于气,或取于时日王相以成其占,若尽附会以多象,则架虚而不经。"可为通论,然亦安知非《连山》、《归藏》所载乎![1]

当然,这也是一种推测,因为在宋代的时候《连山》和《归藏》就已经失传了。南朝的阮孝绪在《七录》中说:"《归藏》杂卜筮之书杂事。"文论家刘勰也在《文心雕龙·诸子》中说:"按《归藏》之经,大明迂怪,乃称羿毙十日,嫦娥奔月。"《隋书·经籍志》:"《归藏》汉初已亡,按《晋中经》有之,惟载卜筮,不似圣人之旨。"可知当时人们所看到的《归藏》内容驳杂,记载有玄虚怪诞之事,与《山海经》相仿,故而郭璞在注解《山海经》时引用书中的资料。这样一种形态的《归藏》,是否就是《周礼》中所讲到的太卜所执掌的三《易》之一呢?《经义考》卷三引吴莱之语云:"《归藏》三卷,晋薛贞注,今或杂见他书,颇类焦赣《易林》,非古《易》也。"则明确断定内容驳杂之《归藏》非古代三《易》之《归藏》。在旧题宋代郑樵所撰的《六经奥论》卷一论"易之遗书"中,也有一段话可堪注意:

---

[1] (宋)洪迈:《容斋续笔》上册,上海古籍出版社1978年版,第307页。

"差若毫厘，缪以千里"，《经解》以为《易》（司马、东方朔并云），而《易》则无之；"同复于父，敬如君所"，《左氏》以为《易》，而《易》则无之；"正其本，万事理"，杜钦以为《易》（东方朔亦云），而《易》则无之；"九变复贯，知言之选"，武帝以为《易》，而《易》则无之。案：颜师古注《司马迁传》"差若毫厘"之言引裴骃曰："今《易经》及《彖》《象》《系辞》并无此语，所谓《易纬》者有之。"然则诸儒所言，无乃亦犹是也？汉儒明经，即《易纬》以为经，岂不谬哉？尝观《左氏》所载占筮之辞，此类甚多，窃意其谓《易》者曰，特卜筮之流决其所占者，否则《连山》、《归藏》，与今不同，故概以为经。汉焦延寿作《易林》，如《乾》之九三则曰："道陟多阪，胡言连謇"，亦犹是也。（按：括号内的文字为原书作者所加）

上面一段文字中的占卜之辞，也多为整齐的韵文，在《六经奥论》看来，这些所谓的出自《易》的文字，包括《左传》中的繇辞，并不是真的来源于《周易》，而是引自一些纬书或占卜家的书籍，就是《连山》《归藏》，也恐怕不是后世所看到的这种样子。和吴莱一样，《六经奥论》也认为《焦氏易林》和后世见到的《连山》《归藏》是一类的，它们应该属于一个相同的系统。

我们不妨看一下马国翰所辑录的《连山》和《归藏》佚文：

（1）《剥》上七曰："数穷至剥而终吝。"象曰："至剥而终，亦不知变也。"

（2）《复》初七曰："龙潜于神，复以存身，渊兮无眹，操兮无垠。"象曰："复以存神，可与致用也。"

（3）《姤》初八曰："龙化于蛇，或潜于窟，兹孽之牙。"象曰："阴滋牙，不可与长也。"

（4）《中孚》初八曰："一人知女，尚可以去。"象曰："女来归，孚不中也。"

以上是保留有爻题者四条，另外还有无爻题者数条，仅举四条：

(1) 有崇伯鲧伏于羽山之野。

(2) 鲧封于崇。

(3) 禹娶塗山之子名曰攸女,生启。

(4) 有冯羿者得不死之药于西王母,姮娥窃之以奔月,将往,枚筮于有黄,有黄占之曰:"吉。翩翩归妹,独将西行,逢天晦芒,毋恐毋惊,后且大昌。"姮娥遂托身于月。

从保存爻题的四条来看,《连山》古《易》与《周易》相似,就是卦名也多相同。然而,后面四条无爻题者却类似于神话传说,颇多诡异之辞。但以上的几条中,包含了一些较为整齐的韵文占辞,颇可注意。马国翰也说,"淳风所引'姮娥奔月枚筮有黄',与张衡《灵宪》同,决为古之佚文,其它以韵为爻,与《易林》颇似"。可是有的学者却从前四条有爻题的占辞押韵情况分析,认为似乎出自隋唐人之手。《归藏》的佚文和《连山》一样,也有整齐的韵文和类似神话传说者,香港学者邓立光在《象数易镜原》中将马国翰所辑录的佚文分为三类:一是关于古代圣王和神话人物者,二是与《焦氏易林》相似者,三是与《山海经》相似者。[①]下面,我们摘录类似《焦氏易林》者数条:

(1) 瞿有瞿有,鱼瓜宵梁为酒,尊于两壶,两羚饮之,三日然后苏,士有泽我,取其鱼。

(2) 鼎:鼎有黄耳,利取鳣鲤。

(3) 上有高台,下有雝池,以此事君,其贵若化。若以贾市,其富如何。

(4) 有凫鸳鸯,有雁鹅鹔。

(5) 有人将来,遗我货贝。以正则彻,以求则得,有喜将至。

(6) 《剥》:良人得其玉,小人得其粟。

(7) 君子戒车,小人戒徒。

(8) 有人将来,遗我钱财,自夜望之。

---

① 邓立光:《象数易镜原》,巴蜀书社1993年版,第14—26页。

（9）《节》：殷王其国，常毋若谷。

（10）虽有丰隆，茎得云气而结核。

（11）不利出征，惟利安处。彼为狸，我为鼠，勿用作事，恐伤其父。

（12）荣荣之华，徽徽鸣狐。

如果我们对比一下《焦氏易林》中的林辞，会发现《归藏》中的这些句子和它们在风格上有很多相似之处，无怪乎明人杨慎认为，《归藏》"皆用韵语，奇古可诵，与《左传》所载诸繇辞相类，《焦氏易林》源出于此"①。尽管对于《归藏》佚文有相信者，有质疑者，历来争论不休，但是20世纪90年代秦简《归藏》的出土，使大家没有理由再怀疑《归藏》的古老性。今见《归藏》佚文纵非古《易》之一，但其渊源亦颇为悠久，观其文辞自可理会此点。《焦氏易林》与《连山》《归藏》以及先秦龟卜繇辞的关系，前人也多已注意到，如前面我们所提到的古人言论。在《焦氏易林》之后，还有郭璞的《洞林》，学者以为乃是受到《焦氏易林》的影响而撰写的，而郭璞本人在《客傲》一文中却说，"徒费思于钻味，摹《洞林》乎《连山》"，声称他是模仿古易《连山》而作的《洞林》。从我们上边所摘录的《连山》佚文来看，《连山》《归藏》、先秦龟卜繇辞以及《焦氏易林》和郭璞的《洞林》，应该有一定的渊源关系，盖术者私下授受不绝，由来甚古。

当然，我们上面摘录的先秦龟卜繇辞以及《连山》《归藏》佚文，有些不一定就如上面所说出于哪一部典籍，只是意在说明，在先秦时期，用于占筮的参考资料不仅是一本《周易》，而且其占断之语自有以韵为尚的传统。余永梁先生曾经对《左传》和《国语》中的繇辞进行了研究，认为"春秋以后的占筮，大多数都是袭用《周易》的成文。间有随意遣辞，不从《周易》一书，其中亦有辞异而意义相合的。……疑筮师相传，其法到春秋时已小有变异，不尽沿用六爻的名称。间有卜师不依据《周易》的成文，疑其源亦必定有所受。这样看来，则《周易》只是占筮家

---

① （清）马国翰：《玉函山房辑佚书》经编《易》类《归藏·序》引，清光绪九年长沙嫏嬛馆刊本。

的参考书,汇集古占辞而成"①。由此可知,占筮之辞可以出自《周易》,可以出自其他占卜之书的成文,也可以自己根据实际情况自撰断辞。而作断辞却有一定的原则,即如毛奇龄所说:

> 大抵作筮词法,或散或韵,总任撰著者临占撰造之语,非旧时有成文如是也。……若郭璞亦自造龟卜之䌷词,名曰辞林,则皆其自记已卜之事,与筮词同。②

但是,从郭璞的《洞林》和之前的䌷辞来看,均是以有韵者为主,且韵文是占断的核心所在。《左传·庄公二十二年》疏曰:

> 卜人所占之语,古人谓之为䌷,其辞视兆而作,出于临时之占,或是旧辞,或是新造,犹如筮者引《周易》,或别造辞。卜之䌷辞,未必皆在其颂千有二百之中也。此传……三者皆是䌷辞,其辞也韵,则䌷辞法当韵也。郭璞撰自所卜事谓之《辞林》,其辞皆韵,习于古也。

这种认为"䌷辞当韵"的观点无疑是正确的,后世民间广为流传的签诗、卦歌以及各种课法、神数的占断条文等,无一不受这一原则的影响。在中国古人看来,有韵谓之文,所以,中国的文类或文体当中也便有了䌷这一家族系列的成员,很多诗话也对䌷这种特殊形式的诗歌进行了论述,比如明代费经虞在《雅伦》卷八"格式六"中就单立"䌷"体,说:"䌷辞简奥,依《易》为体,先事立占,《焦氏易林》皆本于此。"③那么,古人作䌷辞为何要用韵文呢?宋人项安世在《项氏家说》卷七"用韵语"条中有这样一段论述:

---

① 容肇祖:《占卜的源流》,《历史语言研究所集刊》第一本第一分,江苏古籍出版社1999年版,第55—56页。
② (清)毛奇龄:《春秋占筮书》卷一,《四库全书》本。
③ 吴文治主编:《明诗话全编》第九册,江苏古籍出版社1997年版,第9752页。

> 古人教童子多用韵语，如今《蒙求》《千字文》《太公家教》《三字训》之类，欲其易记也，《礼记》之"曲礼"、管子之《弟子职》、史游之《急就篇》，其文体皆可见。古人垂训多用韵语，亦欲其易记也。又文字整齐，听者易晓，如大禹之训及《洪范》等书可见，凡官箴及盘杆、几杖之铭皆然。古之卜筮专用韵语，至今犹然，《易》之爻辞、象辞，《左氏传》所载繇辞，《史记》之《龟策传》，焦氏之《易林》，东方朔、管辂射覆之辞，及今之签词、课词，皆韵语也。伊训、太甲、旅獒命语多对偶，或用声律，盖欲其分明浏亮，便于人主之听也。

可见古人使用韵文多是从实际的功用考虑，并非像后世一样单纯为了修辞或声律上的要求，而是为了便于使用者记忆、便于听者明白和铭记，这和一些口诀的韵语形式的功能是一样的。占筮之辞使用韵语的形式，其一方便了占筮术士的掌握和记忆，其二就是引起求占者的注意力，使他们一下子能注意到并领会、记住术士所说的话。像一些上古的歌谣以及最早形态的诗歌，也应该是本着这一目的使用韵文这种形式的。从后世流传的最初是为了让人们记住而创作的铭文来看，这一点应该是可以讲通的。

三 《焦氏易林》与四言句式

《焦氏易林》的语言既然受到古代占筮之辞韵语形式的影响，然而为何又偏偏以四言为主而不用长短不齐或其他三言、五言或六言、七言的韵语形式呢（《易林》中有少量的三言，后文会论述之）？我个人认为，其原因大概有如下几点：

第一，在焦赣之前，就已经有很多四言韵语的占筮之辞，而焦赣之学，又和隐士术数文化系统有一定的渊源。因此，他所编撰创作的《易林》便不能不受到这种术数文化传统中四言韵语为占的影响，职是之故，《易林》借鉴前代祖师的做法是可以理解的。

第二，《易林》以四言韵语为主，还和当时汉人崇经的观念有关。焦赣生活的时代，正是西汉经学繁荣极盛之时，而在经学当中，也只有《诗经》是较为整齐的韵语形式，所以，焦赣模仿《诗经》这样一部儒家经典是很自然的事情。而且，《易林》化用、引用《诗经》之处甚多，以至于清代有些学者从中辑佚三家诗中的齐诗（焦赣受到齐诗学的影响是可以肯定的，但《焦氏易林》涉《诗》处非尽为齐诗，此一问题后文有述），所以，《易林》模仿《诗经》四言形式的痕迹是非常明显的。

第三，《焦氏易林》四言韵语的形式，和焦赣的创作心态以及汉人关于诗的概念有关。《焦氏易林》的创作情况，我们现在还不能详细地知道，但是，从《焦氏易林》一书当中我们却可以觉察到焦赣创作这部特殊文本的某些意图。在《焦氏易林》中，有这样一首林辞颇值得注意：

> 楚乌逢矢，不可久放。离居无群，意昧精丧。作此哀诗，以告孔忧。（《大有》之《贲》）

我们通过逐字检索《焦氏易林》，发现其中涉及"诗"字者仅此一处，陈良运先生把这一林辞作为他所选释的《易林》诗诗序，是颇有眼光的。这首诗从表面看是写一只被箭射伤的乌鸦的悲剧遭遇，和汉乐府一些以鸟为题材的诗歌一样。其后两句的抒情可以看作乌鸦自言之辞，但是，又未尝不可认为是焦赣自比于楚乌，"作此哀诗，以告孔忧"便成为焦赣编撰创作《易林》的内心独白，结合《易林》中的内容是以忧伤悲苦为主，这就更加印证了我们这种看法。"以此可见，作者是将占卜的繇辞当作诗来写的。"[1] 那么，焦赣所谓的诗又是什么样子呢？我们不妨来了解一下汉人眼中的诗的概念。"在汉朝人的观念中，'诗'和'歌'是两个内涵颇为不同的概念。我们今天笼统地称作'汉诗'的大部分汉代诗歌，如乐府诗、楚歌、歌谣，事实上都因该叫做'汉歌'。在汉代人的话语系统中，《诗经》是诗，《诗经》之外汉人的创作，只有模仿《诗经》体的叫做'诗'，如韦孟《讽谏诗》、《在邹诗》，韦玄成《自劾诗》、《戒子孙诗》。"[2] 所以，焦赣要把《易林》之辞当作诗来写，就只能是写成像《诗经》那样的四言形式了。

---

[1] 陈良运：《焦氏易林诗学阐释》，百花洲文艺出版社2000年版，第17页。
[2] 钱志熙：《汉魏乐府的音乐与诗》，大象出版社2000年版，第71页。

四 《焦氏易林》与观象系辞

《焦氏易林》一书形式的形成我们大致已经可以明白了，可是《易林》一书丰富驳杂的内容又是怎么产生的呢？从文辞形成的表层机制来看，《易林》之辞是继承《周易》"观象系辞"思想的产物。《周易·系辞上》云："圣人设卦观象，系辞焉而明吉凶。"这就是说，《周易》的卦爻辞是圣人通过观察卦象和天地万物之象而撰写的，每一句卦爻辞都是和卦象对应的。这种思想其实也就是"运象遣辞"。从整体而言，《焦氏易林》就是《周易》"运象遣辞"思想的具体实践和发展。按照尚秉和先生的观点，《易林》之辞无一字不是从《易》象而来（详细论述请参阅尚秉和先生所著《焦氏易诂》），我们前文曾经引用当代易学大家潘雨廷先生对《焦氏易林》的看法，他也认为"焦氏深通易象而著此"。事实上对于《焦氏易林》文辞和《易》象的关系，前人早有论及者。清人朱彝尊《经义考》卷六十五引《唐氏易通》唐元竑《自序》云：

> ……彼焦氏之《易林》，杨氏之《太玄》，其人不必圣人也，乃悉屏先圣之辞而别为之辞者，得诸象也。

这里所谓的"得诸象也"，说的就是《焦氏易林》文辞乃从《易》象所出。《周易》的卦象是由符号组成的，每一卦有六爻，其中每相邻的三爻都可以形成一个卦象群，按照这个原则，如果不忌重复，每一卦最多可以有四个卦象群。如果这一卦发生了变化，所得的变卦也同样最多有四个卦象群。这样，得出的本卦和变化而出的变卦最多可以形成八个卦象群，而每一个卦象群都可以按照"象其物宜""以类相从"的原则推衍出许许多多的卦象。因此，以《焦氏易林》这种卦变方法，每一林都可以有众多的《易》象来供遣词造句。这样，焦赣在编撰、创作《易林》林辞的时候，虽然遵循于《易》象这个大的原则，但是自由度还是很大的，这就好比唐宋以后的人按照格律进行诗词创作一个道理。但是，我们说《易》象也只是一个原则而已，在进行创作的时候，为了不影响意义的表达，作者也可以创造、推衍出新的《易》象或者甚至"破象"，这就和诗词创作中的"破格""出律"或自创新格是一个道理。因此，"运象遣辞"绝对不是拘泥于象。在创作当中如此，在阅读当中也是这样。如果我们在欣赏《焦氏易林》时字字拘泥于象，就会把诗意肢解得惨不忍睹。当然，有的时候稍微懂一点《易》象的知识，也会增加一种别样的阅读快感。就一般的文学接受来说，不懂易学知识者要远比懂得易学知识执象以求者更能领会《焦氏易林》的独特文学魅力和诗歌韵味，只要他是一个合格的诗歌读者并兼了解先秦及汉代的典故。尚秉和先生认为《焦氏易林》之辞无一字不出自《易》象的观点曾受到一些学者的质疑，在这里笔者不想对此进行过多的评价，也不想把这一观点推到极致。笔者只是意在说明，《焦氏易林》之辞与《易》象有绝大的关系。象数易学学者林忠军先生曾说：

> 诚然，《易林》之辞与卦象有着某种联系，即作者作《易林》之时，非常熟悉《周易》固有的和春秋以来说易者所阐发的象数思想。而《易林》的作者，自觉不自觉地受到这些象数思想的启发和影响，使林辞与象有着千丝万缕的联系，许多林辞由象而生。但是，绝不能将其绝对化，把林辞每个字全归于象。[①]

这种看法对尚秉和先生的观点进行了部分修正，相对较为客观许多。

五 《焦氏易林》与民间歌谣

《焦氏易林》一书中四千零九十六首林辞的内容来源，学者们已有注意者。书中这样丰富繁杂的内容，到底是焦赣编撰前人的成文成句而成还是完全出自他个人的创作呢？对此，学者有不同的看法。陈良运先生认为，"焦延寿发挥了他善于联想、类推、旁及、引申的本领，再加上有丰富的见闻经历，超于常人的想象力，于是'推广'出难以胜计的无数物象和意象，自由、自如地创造所有繇辞的新境界"。"《焦氏易林》之辞运用的形象、意象特别丰富和生动，不但充分调动了八个形象、意象系列，还大量运用了作者自己创造的形象和意象（近代尚秉和撰《焦氏易林注》称为'逸象'，列出八个'逸象'系列），不仅仅是还原一个个生活场景，

[①] 林忠军：《象数易学发展史》第一卷，齐鲁书社1994年版，第73页。

而且与汉代现实生活密切联系起来，使这些生活场景极富时代感。"①这就认为《焦氏易林》一书的内容完全出自焦赣一人的创作。林忠军先生也认为《易林》的内容取材十分广泛，"有取材于经史典籍的"，"有取材于自然现象的"，"有取材于社会生活的"。②但这仅是就《焦氏易林》文辞所表现的内容种类而言，林忠军先生没有解释这些林辞是否创作这一问题。针对陈良运先生提出来的"创造说"，有人提出了不同的看法，比如杜志国先生就认为陈良运先生"忽略了《易林》文辞多出于编撰而非创造的实事"③。和陈良运先生观点不同的是，有人认为《焦氏易林》的文辞基本上是在前人的基础之上加工、制作而成的，比如邓球柏先生就说：

> 我认为《焦氏易林》是焦延寿在编辑纂录前人诗歌的基础上进行了大量的加工、制作。这些诗歌的来源有五：一、吸收改编《诗经》；二、收集民间牙牌神签之类的韵语判词；三、继承和发展三兆之法、三易之法，将"三兆之法"的三千六百颂（这些颂又称为繇辞，孙诒让《正义》称："案卜繇之文皆为韵语，与（笔者按：邓氏引文误作'每'字，今改）《诗》相类，故亦称之颂。"）编入书中；四、吸收《周易》卦爻辞、《左传》《国语》《尚书》中的史料以及八卦卦象进行加工制作；五、吸收各类杂占韵语。汇集而成今天我们能够看到的这样一部大型的巧妙的神韵的诗歌总集，赋予了算卦艺术以优美的文学艺术。④

诚然，《焦氏易林》中确实有很多以前文献中出现过的东西，有时候《易林》稍微更改一下字眼，有时候就干脆直接镶入林辞之中，而且，这种引用或化用或者用典不仅仅局限于邓球柏先生所列举的史书和《诗经》《周易》，对于先秦诸子甚至在焦赣之前的西汉文献也有化用。但是，不能因此就否定焦赣的个人创作。相对来说，芮执俭先生的看法就要公允客

---

① 陈良运：《焦氏易林诗学阐释》，百花洲文艺出版社2000年版，第393、633页。
② 林忠军：《象数易学发展史》第一卷，齐鲁书社1994年版，第71页。
③ 杜志国：2002年硕士毕业论文《焦氏易林研究》第四部分《焦氏易林与象数易学》，第29页，四川大学中国古代文学专业先秦西汉文学方向，导师：刘黎明。
④ 邓球柏：《白话焦氏易林·自序》，岳麓书社1996年版，第8页。

观得多：

《易林》4096首古诗的来源，是作者在长期观察西汉社会生活的基础上，吸收改编《诗经》，引用经史子集经典，收集整理民间歌谣，进行大量加工、制作，汇集而成的一部"神韵的诗歌总集"（邓球柏《白话焦氏易林·自序》），赋予了它优美的文学欣赏价值。①

《焦氏易林》对于民间歌谣的吸收亦是一个重要的来源。焦赣作《易林》之时正是汉乐府诗歌的黄金时代，当时乐府影响甚大，《焦氏易林》当有受类似乐府之歌谣影响者（后文《易林》与乐府之比较会有论及，此不赘述）。今仅举数例，以见其大概。如冯惟讷之《古诗纪》、杨慎之《风雅遗篇》与《古今谚》、张玉縠之《古诗赏析》、沈德潜之《古诗源》以及今人逯钦立之《先秦汉魏晋南北朝诗》均收录了两个被《易纬》引用的古诗断句："一夫两心，拔刺不深"、'蹩马破车，恶妇破家'。"而这四句均见于今本《焦氏易林》中（《豫》之《临》曰："一夫两心，拔刺不深。所为无功，求事不成。"《观》之《随》曰："马蹩破车，恶妇破家。青蝇汙白，共子离居。"），所以，钱锺书先生认为《易纬》是引用《易林》之语，②陈良运先生亦如此认为，且批评沈德潜、逯钦立不知有《焦氏易林》③。事实上，我们在《易纬·坤灵图》中也可以找其原文："古语曰：'一夫两心，拔刺不深。'又曰：'蹩马破车，恶妇破家。鹎必匹飞，鸩不单栖。'"④比较《易纬》和《易林》的文辞可知，《易纬》中的"鹎必匹飞，鸩不单栖"两句不见今本《焦氏易林》，而以上诸家选录时，均认为其最早源头亦不在《易纬》，而是把它们看作"古诗"，可见这几句确是流传已久的民间古语，《焦氏易林》所用者，只不过亦选其数句而已。而《易纬》和《焦氏易林》所产生的时代大体相同，性质亦有相似之处，二者有着相同的哲学思想渊源和基础，引用相同的资源完全可

---

① 芮执俭：《易林注译·前言》，敦煌文艺出版社2001年版，第3页。
② 钱锺书：《管锥编》第二册，中华书局1986年版，第566—567页。
③ 陈良运：《焦氏易林诗学阐释·自序》，百花洲文艺出版社2000年版，第1—2页。
④ ［日］安香居士、中村璋八辑：《纬书集成》，河北人民出版社1994年版，第310页。

以理解。再者，或许在《易纬》和《焦氏易林》成书以前的易学传授中便有此语，只不过二者各据之以立说而已。抑或《易纬》引古语，《易林》又引《易纬》（笔者认为，《易纬》之产生不晚于孟、京易学，其思想及具体解说有着颇为悠久的源头）。逯钦立先生《先秦汉魏晋南北朝诗》卷二还录有《左传·哀公十三年》中的《申叔仪乞粮歌》："佩玉䘨兮，余无所系之。旨酒一盛兮，余与褐之父睨之。"焦赣将这首歌谣稍加改编，成为《焦氏易林·需之蛊》的林辞："佩玉䘨兮，无所系之。旨酒一盛，莫与笑语。孤寡独特，常愁忧苦。"在《先秦汉魏晋南北朝诗》的卷六"逸诗"中，逯先生还录有一首《国语·周语下》中相传为武王伐纣胜利之后所作的歌谣，逯先生将其命名为《支诗》："天之所支。不可坏也。其所坏，亦不可支也。"而沈德潜《古诗源》卷一"古逸"录有《汉书·王嘉传》中王嘉所引里谚："千人所指，无病而死。"焦赣将这两首歌谣、谚语加以综合改编，成为《焦氏易林·蒙之夬》的林辞："天之所坏，不可强支。众口指笑，虽贵必危。"又比如《左传·僖公五年》卜偃答晋侯问曰："童谣云：'丙之晨，龙尾伏辰；均服振振，取虢之旗。鹑之贲贲，天策焞焞，火中成军，虢公其奔。'"焦赣将之用于《焦氏易林》中的《小畜》之《涣》林辞："鹑尾奔奔，火中成军。虢叔出奔，不失其君。"在《左传·僖公五年》中，还有宫之奇谏阻假道于晋的话："谚所谓'辅车相依，唇亡齿寒'者，其虞、虢之谓也。"焦赣直接引用了其中民间谚语中的一句，如《未济》之《遯》："唇亡齿寒，积日凌根。朽不可用，为身灾患。"对于汉代的民间谣谚，焦赣也有采用者，如沈德潜《古诗源》卷四载成帝时歌谣："邪径败良田，谗口乱善人。桂树华不实，黄爵巢其颠。昔为人所羡，今为人所怜。"焦赣将其第一句化用在《易林·噬嗑之未济》的林辞中："径邪贼田，政恶伤民。夫妇咒诅，泰山覆颠。"

由上述可知，《易林》对于流传的民间歌谣、谚语、俚语等多有借鉴化用。

总之，《焦氏易林》是焦赣学识、经验和他对西汉社会深刻观察、体认的结晶，我们从中既可以看到他渊博的、雅俗并包的学识，也可以了解西汉的某些历史。但是，必须指出的是，我们不能认为书中所写完全就是西汉社会各个方面的真实再现，这是因为，《焦氏易林》毕竟是一部为了民间术数占卜而作的书，不能像正史那样苛刻地要求于它。而且，占筮之辞的游戏规则也不要求它严格按照历史现实来组织语言。

最后，我还想再补充一下《焦氏易林》受《周易》的影响，权且以林忠军先生的话作结：

  （一）《易林》四千零九十六卦的求出是受启于《周易》筮法运用。（二）《易林》之辞有取材《周易》者。（三）《易林》模仿《周易》观象系辞。①

《焦氏易林》的版本非常复杂，由于各种原因，在流传和刊刻过程中，各种版本之间差异颇多，甚至两种版本相同一林之文辞有完全不同者，这种情况为其他古籍所少见。要对各种流传的版本进行详细的研究殊非易事，没有充分的时间和版本资源是不可能的。马新钦先生已就版本问题做了较为深入的研究，故本书对此从略。

由于《焦氏易林》的版本众多，而且各种版本之间相差有时很大，所以，使用不同的版本，研究得出的结果就会受到影响，有时会得出错误的结论。从宋代黄伯思的序言中我们可以知道，早在宋代的各种版本中，《易林》的文辞就已经出现了相当多的讹误，所以，今天的《易林》研究如果仅仅单纯依靠某一种版本，很难得出较为客观的结论，必须要对各版本进行比较和鉴别。本书所引用的《焦氏易林》文辞，以芮执俭先生的《易林注译》和刘黎明先生的《焦氏易林校注》为主，并参考《四库全书》本、《四部丛刊》本、《丛书集成初编》本和尚秉和先生的《焦氏易林注》。

在这一节中，我们主要探讨了《焦氏易林》一书的形成。不同于一般的专书研究的是，一般的专书研究探讨成书时，大多是介绍作者创作的准备及过程，这种研究模式无疑不适合于《焦氏易林》，一是因为作者创作《易林》的原始资料没有为我们提供这样一种研究的可能；二是就文本的性质来说，《焦氏易林》是一种不同于一般文学文本的特殊文本形

---

① 林忠军：《象数易学发展史》第一卷，齐鲁书社1994年版，第71—72页。

式。因此，我们就必须把这一文本特殊形式的形成原因做一番较为详细的研究，只有这样，才有可能使我们在阅读和领会这一文本时抓住它的要害所在。而对于《焦氏易林》版本的介绍，则更多地参考了一些学者的研究成果，特此说明。

另外，在我们所能看到的最早的元本中，《焦氏易林》的文辞有很多异体字和俗体字，这一点似乎说明，《焦氏易林》成书的西汉时期虽然经过了秦朝的统一文字工作，但对于文字的使用尚未完全统一。这和汉代早期辞赋中的文字混乱现象是一致的。这种现象同时又说明了《焦氏易林》的民间性和俗文学性，因为在民间流传的资料中，这种看似不规范的文字使用现象也是普遍存在的。

第 二 章

两汉社会中的《焦氏易林》透视

在第一章，我们对《焦氏易林》的作者及成书情况做了一个大致的研究，但是为了对这部著作有更深一步的理解，还需要将它放入时代背景下做一宏观把握。《焦氏易林》并不是一个纯文学的文本，它的成书体现了经学与文学的高度融合。因此，在这一章中，我们把《焦氏易林》分别置入经学背景和文学背景下来考察。因为《焦氏易林》和六经中的《周易》及《诗经》关系最为密切，所以，本书先将之纳入汉代易学源流中考察，然后再比较它和汉代《诗》学的关系，并将其和竹书《孔子诗论》比较，以考察其复杂的《诗》学渊源。

第一节 《焦氏易林》与汉代易学

我们将《焦氏易林》放入其时代来做一个客观的把握，亦在佐证焦氏的作者地位，兼释诸家所疑延寿之其他问题。

西汉自刘邦建国，初以黄老为治，与民休息，遂有文景之治，《易林》云此阶段为"天之德室，温仁受福。衣裳所在，凶恶不起"（《坤》之《讼》），说是像黄帝一样垂衣裳无为而治。至武帝时，董仲舒独倡儒学，武帝采其言，"罢黜百家，独尊儒术"，于是儒家经典地位陡升，"六艺之门，仁义俱存"（《蹇》之《否》）。董仲舒进天人三策，其本人又精今文《春秋》公羊学，广采方士阴阳家之说，著《春秋繁露》，大倡"天人感应"之学，常以灾异言政讽君。一时儒生地位提高，儒家经典被确定出五经，并立五经博士于学官。这样一来，儒生所赖以发达的"禄利之路"（《汉书·儒林传·赞》）——经学便兴盛起来。

西汉经学，是以今文为主的，古文未能得立于学官，这是经学史的一个常识。于是，顾炎武便以此为据，以为《春秋左氏传》为古文经学，西汉时未立学官，而今本《易林》却多用其中之事，故非焦赣所著。此《四库提要》已辨甚明：

> 《左传》虽西汉未立学官，而张苍等已久相述说。延寿引用传语，亦不足致疑。①

在这一点上，胡适先生亦很明智，以为西汉经师所争的是《左传》"不传春秋"的问题，作为历史的记录，司马迁可以引用它，《易林》亦可化用其典故，并不涉及其是否传《春秋》问题，故而在今文经学昌盛的西汉，《易林》用古文经《左传》的典故，真正是"不足致疑"。

由于自汉武帝始，儒生及儒典地位一改汉初作为装饰的性质，在汉大一统的氛围下，儒生多治经以干政治，求利禄，此与西汉重事功的入世思想是一致的。儒家这种重事功的精神，实在得力于荀子。而西汉的儒术，也在很大程度上是法术之儒。这种与政治亲合的儒学是汉代经学一大特征，而今文经善言"微言大义"，是圣人改制的产物，故而以今文经学干预政治便自然顺理成章。在西汉今文经学中，又以天人之学为显著特色，这自然是董仲舒开创的传统，今文经学家多善此学；而言此天人之学者，又以齐学为最。关于这一点，皮锡瑞分析了其原因及效果，讲释甚明：

> 汉有一种天人之学，而齐学尤盛。伏传五行，齐诗五际，《公羊春秋》多言灾异，皆齐学也。《易》有象数占验，《礼》有明堂阴阳，不尽齐学，而其旨略同。当时儒者以为人主至尊，无所畏惮，借天象以示儆，庶使其君有失德者犹知恐惧修省。此《春秋》以元统天、以天统君之义，亦《易》神道设教之旨。汉儒藉此以匡正其主。其时人主方崇经术，重儒臣，故遇日食地震，必下诏罪己，或责免三公。虽然未必能如周宣之遇灾而惧，侧身修行，尚有君臣交儆遗意。此亦汉时实行孔教之一证。后世不明此义，谓汉儒不应言灾异，引谶

---

① 纪昀等：《四库全书总目》，中华书局1965年版，第924页。

纬，于是天变不足畏之说出矣。近西法入中国，日食、星变皆可预测，信之者以为不应附会灾祥。然则，孔子《春秋》所书日食、星变，岂无意乎？言非一端，义各有当，不得以今人之所见轻议古人也。①

这样一种天人之学，正是汉儒干预政治的一种有效手段，而尤以齐人所授之学最显著，如上述皮锡瑞所举。然亦不仅于此，日本学者本田成之在《中国经学史》中也提到了"齐学"，并举《易》学几种，如孟喜易学，京房易学等，"传《鲁诗》及《谷梁传》的申公除外，从伏生的《尚书》开始，《齐诗》《韩诗》《公羊春秋》后之《谷梁》《左氏》《易》之诸学，都是齐学，其共通之点，就是以阴阳五行灾异来判断实际上发生的事"②。治齐诗的学者匡衡在上汉成帝书中曾说：

> 六经者，圣人之所以统天地之心，著善恶之归，明吉凶之分，通人道之正，使不悖于其本性者也。故审六艺之指，则人天之理，可得而和，草木昆虫，可得而育，此永永不易之道也。③

由以上材料我们可以知道，在西汉士人眼中，天人感应是大道之示，"永永不易"。因此，儒家的经典，如"《易》之阴阳，《诗》之比兴，《春秋》的灾异天变，都成了容纳与推衍天人感应的空间，他们通过征兆或象征，引入望气、星占、物验等等知识，借助阴阳五行的理论，采纳方术中的卦爻、干支与天象历算方法，把它们附会到政治问题上，以此来调节政治的运作"④。这种风气，实在是西汉学术思想一大特色，即经学与政治相结合。以灾异言政，既成一大氛围，且亦有徵验，皮锡瑞在《经学历史》之《经学极盛时代》中亦言"汉儒言灾异，实有徵验"⑤，否则，当政者也许不会接受。今文经学，尤其是齐人所授之学讲灾异，以阐天人

---

① 皮锡瑞：《经学历史》，中华书局1959年版，第106页。
② [日] 本田成之：《中国经学史》，上海书店出版社2001年版，第131页。
③ 班固：《汉书》，中华书局1962年版，第3342页。
④ 葛兆光：《中国思想史》第一卷，复旦大学出版社2001年版，第286页。
⑤ 皮锡瑞：《经学历史》，中华书局1959年版，第108页。

之际之甚可畏者，然在儒家经典中，言灾异之著者，首推《易》《春秋》；以灾异言政者，亦自成一体系：

> 幽赞神明，通合天人之道者，莫著乎《易》《春秋》。然子贡犹云，"夫子之文章可得而闻，子之言性与天道，不可得而闻"已矣。汉兴，推阴阳灾异者，孝武时有董仲舒、夏侯始昌，昭、宣则眭孟、夏侯胜，元、成则京房、翼奉、刘向、谷永，哀、平则李寻、田终术。此其纳说时君著明者也。察其所言，仿佛一端；假经设谊，依托象类，或不免乎"臆则屡中"。①

这是班固列出的以灾异言政的传承系列，可知西汉习此学者代不乏人。清人赵翼《廿二史札记》卷二《汉重日食》《汉诏多惧词》亦证明灾异之学于当政者影响甚巨。

既然《易》著天人之际最著，而言灾异者中焦赣弟子京房又列其中，《易林》又为演《易》之作，故我们不妨先看一下汉代易学之传承。

根据《史记·儒林列传》可知，《易》至孔子之后，传于商瞿，经六世传齐人田何。汉兴，田何后又传杨何。《汉书·儒林传》也记载了《易》的传承：汉兴，田何传易于周王孙、丁宽、胜生，皆著《易传》数篇，后又授易杨何。此为汉初传易系统。又说，丁宽传易于田王孙，田王孙又授易施雠、孟喜、梁丘贺，于是"易有施、孟、梁丘之学"。其中，孟喜又传易于焦延寿，焦又传京房，于是"易有京氏之学"。此西汉中后期易学传授系统。对于这个传易系统，《汉书·艺文志》评价说："汉兴，田何传之，讫于宣、元，有施、孟、梁丘、京氏，列于学官。"此为官方易学代表。又说："至成帝时，刘向校书，考易说，以为诸易家说皆祖田何、杨叔（杨何）、丁将军（丁宽），大谊略同，惟京氏为异党。焦延寿独得隐士之说，托之孟氏，不相与同。"② 此又以京房易为别传。此外还有一个易学传授系统，以费直为代表，称费氏易，《汉书·儒林传》说其

---

① 班固：《汉书》，中华书局1962年版，第3194—3195页。
② 同上书，第3601页。

"长于卦筮，亡章句，徒以彖象、系辞十篇文言解说上下经"①。《汉书·艺文志》云："民间有费高（高相）二家之说。"又说，刘向校经，"唯费氏经与古文同"。可知此为民间古文《易》系统。另有以黄老解《易》者，西汉后期有严君平及其弟子扬雄。下面以图表来说明汉代的易学传承关系：

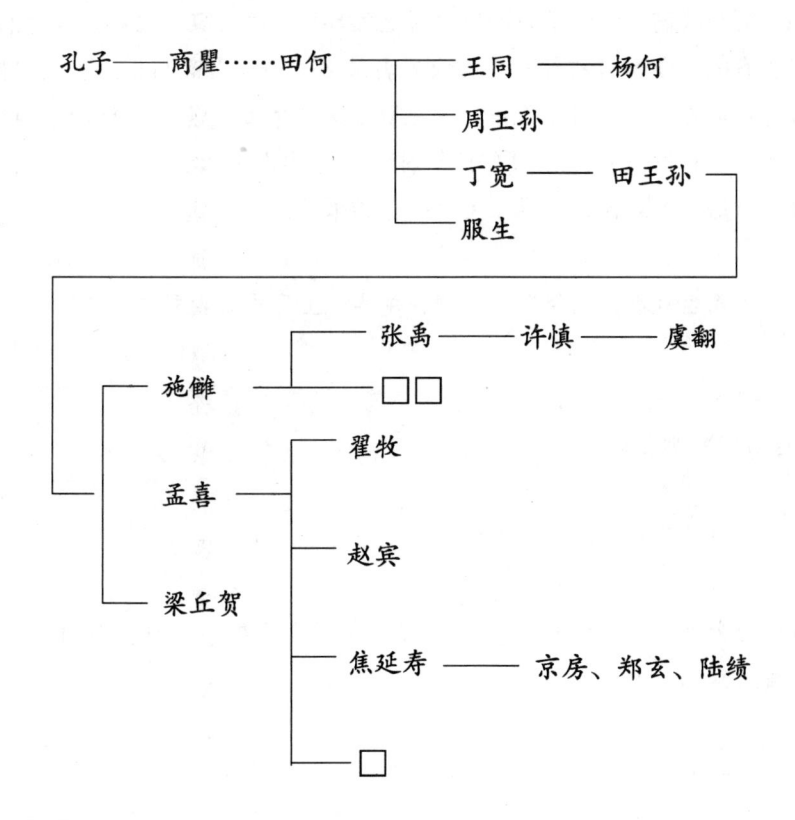

```
孔子——商瞿……田何┬──王同 ── 杨何
                  ├──周王孙
                  ├──丁宽 ── 田王孙
                  └──服生
                         │
     ┌───────────────────┘
     │
     ├──施雠──┬──张禹 ── 许慎 ── 虞翻
     │       └──□□
     │
     ├──孟喜──┬──翟牧
     │       ├──赵宾
     │       └──焦延寿 ── 京房、郑玄、陆绩
     │
     └──梁丘贺
              □
```

费直（费氏易）——王璜……马融、郑玄、荀爽、王肃、王弼、高相（高氏《易》）

……严君平——扬雄（以黄老解《易》者）

（以上图表参考日本学者本田成之《中国经学史》及朱伯崑先生《易学哲学史·汉代的象数之学》）

---

① 班固：《汉书》，中华书局1962年版，第3602页。

在以上易学传承中，孟喜与京房代表了汉易的一般面貌，即象数易（实则二者一源，孟喜传焦赣，焦又传京房）。而焦京易学，又以灾异著称。《汉书·京房传》介绍焦赣的易学为："其说长于灾变，分六十四卦，更直日用事，以风雨寒温为候，各有占验，房用之尤精。"[①] 在后人所辑的《京房易传》中，我们还可以看到他以《易》言灾异的思想。他这种思想，既与汉儒以经学干政的灾异说之大环境有关，又与乃师焦延寿的易学思想有关。今本《易林》中言灾异者甚多，而大多又与京房言灾异同，今人陈良运先生曾做对比分析（详见陈良运先生著《焦氏易林诗学阐释》下编·二·京房《易》与《焦氏易林》），今参考陈著，将《易林》言灾异者与京房一一对比，以示二者之一脉相承关系。

豕生鱼鲂，鼠舞庭堂。奸佞施毒，上下昏荒，君失其邦。
（《蒙》之《比》）

《京房易传》则云：

诛不原情，厥妖鼠舞门。

实则汉昭帝元凤元年九月，确有鼠舞于燕王宫之事："宴，有黄鼠衔其尾，舞王宫端门中。"

兴役不休，与民争时。牛生五趾，行危为忧。
（《否》之《艮》）

《京房易传》云：

兴徭役，夺民时，厥妖牛生五足。

则所言又同。

[①] 班固：《汉书》，中华书局1962年版，第3160页。

群虎入邑，求索肉食。大人卫守，君不失国。

（《履》之《丰》）

有鸟来飞，集于古树。鸣声可悲，主将出去。

（《屯》之《姤》）

鸦鸣庭中，以戒灾凶。重门击柝，备不速客。

（《师》之《颐》）

国将有事，狐嘈向城。三日悲鸣，邑主大惊。

（《困》之《兑》）

鸟飞狐鸣，国乱不宁。下强上弱，为阴所刑。

（《中孚》之《大畜》）

《隋书·五行志》引《京房易飞候》则云：

野兽群鸣，邑中且空虚。
狐入君室，室不居。未几而国灭。
野兽入邑，及至朝廷，若道上官府门，有大害，君亡。

《京房易传》又云：

众心不安君政，厥妖豕入居室。

二者所言物象及理论一致，只是表述方式不同而已。另，《全汉文》中京房《别对灾异》亦有言灾异可与《焦氏易林》互证者，列于下：

（一）"国有谗佞，国有残臣，则日无光，昧不明。《易》曰：'日中见斗'……"

日在阜颠，向昧为昏。小人成群，君子伤伦。

（《随》之《明夷》）

阴雾作匿，不见白日。邪径迷道，使君乱惑。

（《复》之《鼎》）

阳明失时，阴凝为忧。主君哀泣，丧其元侯。

（《震》之《颐》）

郁怏不明，为阴所伤。众雾集聚，共夺日光。

（《噬嗑》之《艮》）

（二）"人君好用奸佞，朝无忠臣，则日月失其行。"《焦氏易林》曰：

昧昧暗暗，不知白黑。风雨乱扰，幽王失国。

（《小过》之《损》）

（三）"虹霓近日，则奸臣谋；贯日，则客代主专政，大臣乘枢。不救则兵至，宫殿战。"《焦氏易林》云：

蟏蛸充侧，佞人倾惑。女谒横行，正道雍塞。

（《蛊》之《复》）

（四）"狂风发何？人君政教无德，为下所逆。"《焦氏易林》曰：

风怒漂木，女惑生疾。阳失其服，阴逆为贼。

（《大过》之《无妄》）

（五）"雷连鸣而不绝者何？人君行政事无常，民不恐惧也。"《焦氏易林》曰：

雷行相逐，无有攸息。战于平陆，为夷所覆。

（《坤》之《泰》）

（六）"久旱何？人君无泽惠利于下人，则致旱也。不救，则蝗虫害谷。"《焦氏易林》云：

阳旱炎炎，伤害禾谷。稽人无食，耕夫叹息。

(《乾》之《睽》)

妄怒失理，阳孤无辅。物病焦枯，年饥于黍。

(《泰》之《艮》)

俱为天民，云过吾西。风伯雨师，与我无恩。

(《否》之《家人》)

(七)"五谷无实何？君无仁德，臣怀叛戾，华实虚举，荐贤名实不相符。……朝廷无贤，害气伤稽，不收，国大饥。"《焦氏易林》云：

螟虫为贼，害我五谷。中霤空虚，家无所食。

(《坤》之《革》)

上政摇扰，虫螟并起。害我嘉谷，季岁无稷。

(《解》之《既济》)

苛政日作，螟食华叶。割上啖下，秋无所得。

(《离》之《萃》)

下忧上烦，蠹政为患。岁饥无年。

(《解》之《损》)

岁饥无年，虐政害民。乾溪骊山，秦楚结怨。

(《谦》之《睽》)

葛藟蒙棘，华不得实。逸佞乱政，使恩壅塞。

(《节》之《蹇》)

(八)"江河沸者，有声无实，此谓执政者怀奸不公，众邪并聚。"京房《易传》又云："令不修本，下不安，金母(水)故自动，若有音。"《焦氏易林》云：

阴雾不清，浊政乱民。孟春季夏，水坏我居。

(《家人》之《晋》)

渊泉溢出，为城邑祟。道路不通，孩子心愦。

(《夬》之《中孚》)

其中后一首与《元帝时童谣》相应:"井水溢,灭灶烟,灌玉堂,流金门。"①

(九)《隋书·五行志》又引京房《别对灾异》:"君不正,臣欲篡,厥妖狗冠,出朝门。"《焦氏易林》云:

> 狗冠鸡步,君失其所。出门抵山,行者忧难。水灌我园,高陆为泉。
>
> (《坎》之《需》)

(十)"山者,三公之位,台辅之德也。兴云出雨,漫溉万物,助天成功。今崩去者,此谓大臣怀叛不忠也。"京房《易传》又云:"山崩,阴乘阳,弱胜强也。""地裂者,臣下分离,不肯相从也。"《焦氏易林》则云:

> 忧在腹内,山崩为疾。祸起萧墙,竟制其国。
>
> (《豫》之《随》)
>
> 山石朽弊,消崩坠落。上下离心,君受其祟。
>
> (《谦》之《姤》)
>
> 高阜山陵,陂阤颠崩。为国妖祥,元后以蔑。
>
> (《旅》之《姤》)

此外,还有和京房《易传》相对应者数条。

《京房易传》云:"兴兵妄诛,兹谓无法。厥灾霜,夏杀五谷,冬杀麦。"《焦氏易林》云:

> 草凋被霜,花叶不长。非时为灾,稼受其殃。
>
> (《蒙》之《中孚》)
>
> 早霜晚雪,伤害禾麦。损功弃力,饥无所食。

---

① 逯钦立:《先秦汉魏晋南北朝诗》上,中华书局1983年版,第125页。

(《需》之《咸》)

夏麦麸麦黄，霜击其芒。疾君败国，使民夭伤。

(《泰》之《贲》)

实则汉元帝永光元年三月，霜杀桑；九月，霜杀庄稼。当时石显专权，后伏诛。

京房《易传》云："废正作淫，大不明，国多糜。"又云："鱼去水，飞入道路，兵且作。"又云："臣易上，政不顺，厥妖马生角。"《焦氏易林》则云：

阴生麋鹿，鼠舞鬼哭。灵龟陆处，釜甑草土。仁智盘桓，国乱无绪。

(《坎》之《离》)

国马生角，阴孽萌作。变易常服，君失于宅。

(《咸》之《蒙》)

京房《易传》云："妇人专政，国不静；牝鸡雄鸣，主不荣。"《焦氏易林》则云：

裸裎逐狐，为人观笑。牝鸡司晨，主母乱门。

(《涣》之《小畜》)

京房《易候》云："鸾见于国，天下大安。"《焦氏易林》则云：

麒麟凤凰，善政得祥。阴阳和调，国无灾殃。

(《大有》之《旅》)

京房《易传》云："枯杨生稊，枯木复生，人君无子。"《焦氏易林》则云：

阴配阳争，卧木反立。君子所行，丧其官职。

(《渐》之《未济》)

二者所言似均指汉昭帝无子，昭帝元凤三年，上林苑一僵卧枯柳自立复生枝叶，当时学者眭弘推断当有匹夫为天子者，后即验在宣帝起自民间为天子事。

由于焦氏之书除《易林》外皆散佚，而京房之书亦佚，故我们不能就二人在灾异方面的见解做更多的了解。但仅从上述的对照我们便不难看出二者的渊源关系。二者虽表述不同，一个讲究辞文旨远，一个注重实用实证，但内在思理一致，此亦可证《易林》出自焦氏。

西汉讲灾异，东汉则喜言符命，实则灾异与符命的理论与思路是一样的。所不同者，灾异乃言自然界的反常现象且多为造成灾害的自然现象，并将其出现的原因归于人事尤其是人君的行为，二者是天人感应关系；符命则含有更多具有意志化的神或天帝的因素，一般以文字或瑞应物出现，基本不涉及自然灾害一类，常与谶纬相关联，体现的是权力神授观念。王莽及光武帝均以符命起家，故皆倡之甚力，对于灾异说却不提倡，恐危及其帝位。班固在《李寻传》中所列的最后一个言灾异者，是在西汉哀平之际做过长安令的田终术，但已基本不言灾异而转言符命了，此乃时势使然。《易林》言灾异不言符命，亦可证非东汉时人崔篆所著。

焦氏易学及京氏易学，所长者正是阴阳灾异。考《焦氏易林》，以阴阳阐释事物者比比皆是：

  冬无藏冰，春阳不通。阴流为贼，国被其殃。
(《需》之《豫》)
  阴衰老极，阳建其德。离阳载光，天下昭明。
(《大有》之《临》)
  阴升阳伏，桀失其室。相饿不食。
(《噬嗑》之《随》)
  岁暮花落，阳入阴室。万物伏匿，藏不可得。
(《剥》之《家人》)
  长夜短日，阴为阳贼。万物空枯，藏于北陆。
(《夬》之《明夷》)

天覆地载，日月运照。阴阳允作，方内四富。

（《困》之《升》）

从以上林词可以看出，焦氏正是以阴阳二气的消长变化来解释四季的变化及灾异、人事的否泰。其实，焦、京易学中的灾异、以风雨寒温为候及以卦爻值日用事，其重要的理论工具均为阴阳二气，这也符合"《易》以道阴阳"的本旨。这些理论，又均与卦气说有关，即以卦爻之阴阳模拟自然界阴阳二气的消长。卦气说却又是孟喜、京房的专利，而焦赣，正是由孟到京的一个桥梁人物。此亦可证《易林》出于焦氏。

京房之所以在汉代易学中独树一帜，是因为他发展了孟喜的卦气学说，并且将天干地支五行和《周易》卦爻配合起来，丰富了《周易》的筮法。《周易》筮法，在《易传》中讲得很明确，用蓍草五十根，虚其一而用四十九根，三变成爻，十六变成卦，甚为烦琐。其占断依据主要是卦爻辞、卦象及爻位，与经结合甚密。京房易则不然，分六十四卦为八宫，又以五行统之，卦爻纳干支，干支分五行，又以五行生克定六亲，此外尚有飞伏、世应之说，系统宏大而严密，其占断除用卦象外，最重五行旺相休囚及生克，几乎不用卦爻辞。目前流行社会的为术士习用的以钱代蓍之法及占断的理论体系均出自《火珠林》，而《火珠林》则又用焦、京遗法也。易学大师杭辛斋先生在《读易杂识》中说，"《火珠林》未知撰自何人，宋时盛传其术。《朱子语类》中屡称及之，谓：'今人以三钱当揲蓍，乃汉京房、焦赣之学'。项平甫云：'以京《易》考之，世所传《火珠林》即其遗法'。……盖汉魏以来占卜之书，如焦氏《易林》、郭璞《洞林》，皆以'林'为名，《火珠林》亦其例也。……但以三钱代蓍，相传已久。盖以占者必凝神一志，而后与卦爻相感格，方可明得失之报。揲蓍求卦，必三揲始成一爻，三六十有八变，始成一卦，历时过久。今人意志纷若，不能历久而神志不分，则所占亦将无效。故以一钱代一揲，三钱当三揲，以六次尽十又八变，可节时三分之一，神志尚可勉持，亦不得已之法也"[①]。由此可知宋时术士所习用者为京房易学系统的《火珠林》。《朱子语类》六十六卷中说："今人以三钱当揲蓍，此是以纳甲附六爻。纳甲

[①] 杭辛斋：《读易杂识》，辽宁教育出版社1997年版，第261—262页。

乃汉焦赣京房之学。"又说："《火珠林》尤是汉人遗法。"皮锡瑞《经学通论》亦有一节《论筮易之法今人以钱代蓍亦古法之遗》，所论亦此意。由此可知，纳甲法在后世流传之广以及京房《易》学与小传统的亲和力。杭辛斋《学易笔记·初集·月建积算》中云："今所传卜筮之书，大都出于唐宋之后，溯其渊源，终不出京氏世应飞伏之范围，而取用分类，或视昔较繁。世事纷纭，孳乳递演，累进无已，机械之用，尤日出不穷。故推算之术，往往今密于古，但按于理而可通，徵诸道而不悖者，正不妨变通以宜民，必执旧法以相绳，无谓也。"① 宋时《易林》类书多失（如《崔氏易林》），而《焦氏易林》独存，正是与京房易学纳甲法一样，是"变通以宜民用"的结果。其实，焦京易学作为易之别传，其实用性在汉已属翘楚，故自《汉书·五行志》，历代正史多征引京房《易传》以言特异现象。前文所引《东观汉记》载明帝以林辞与今本《易林》相同的《周易卦林》占雨之事，其中提到沛王辅解释占辞，另据《四库全书》中史部别史类之《东观汉记》，其《沛献王辅传》亦云："辅矜严有法度，好经书，善说《京氏易》"。焦、京之学本为一脉相承，辅既善《京氏易》，则所用《周易卦林》必为焦氏所著，即今本《焦氏易林》，此亦证明焦京之学在汉代已被广泛使用。

京房易学的纳甲，与《说卦》理论及十二律有关，亦与月相变化周期有关，此不赘述。纳甲之说，必有所承，按杭辛斋的说法，纳甲之法"《周易》经传固尽有之"②，此说正误不论，要之，一种学说绝不会凭空而出，一定有其渊源所属。焦氏易得隐士之说，京房又受《易》于焦赣，则纳甲之说一定受乃师影响。考《焦氏易林》中言纳甲者数见：

鬼泣哭社，悲伤无后。甲子昧爽，殷有绝祀。

（《大过》之《坤》）

神之在丑，逆破为咎。不利西南，商人止后。

（《恒》之《临》）

筑室水上，危于一齿。丑寅不徙，辰巳有咎。

---

① 杭辛斋：《读易杂识》，辽宁教育出版社1997年版，第45页。
② 同上书，第176页。

(《大壮》之《离》)

六甲无子，以丧其戌。五丁不亲，庚失曾孙，癸走出门。

(《家人》之《大壮》)

以上林辞中凡言天干地支处，均为卦爻纳甲，此类林辞还有很多，不一一举出。尚秉和在《焦氏易诂》中说："纳甲之说，始见于《乾凿度》，更见于《京房易传》，最古之易说也。兹《易林》《家人》之《大壮》云，'六甲无子，以丧其戌。五丁不亲，癸走出门'。又若'甲戌己庚，随时转行'，林中尤数见。又凡遇乾坤则曰东者，亦指纳甲也，实乾甲震庚离己，《易》原有也。"① 由此可知焦赣易学亦讲纳甲，京房纳甲，或由焦授；抑或如杭、尚二先生云，纳甲本《易》所具，焦氏得易外别传，又授于京，故汉易言纳甲者，焦京而已。此亦可佐证《易林》出于焦氏。京房易学中之卦气说，上承孟喜，而孟喜卦气说中有十二辟卦一说，即以十二卦分指十二月，以卦爻的阴阳众寡说明十二个月阴阳消长的情况，甚为简明，此说京房亦屡用，而《易林》中也用辟卦：

将戌击亥，阳藏不起。君子散乱，太山危殆。

(《姤》之《归妹》)

戌为九月，其卦为剥（上☶下☷），是阳气将尽而伏藏之象，亥为十月，其卦为坤（上☷下☷），乃阳尽极阴、阳藏不现之象，故林辞谓"将戌击亥，阳藏不起"。

咸阳辰巳，长安戌亥。邱陵生子，非鱼蜎市。不可辞阻，终无悔咎。

(《需》之《晋》)

林辞中"辰巳""戌亥"亦用辟卦，尚秉和《焦氏易诂》以为"以乾居辰巳，以坤居戌亥，此焦氏已言辟卦之证也"。

---

① 尚秉和：《焦氏易诂》，中华书局1991年版，第54—55页。

将五行同《周易》联系起来，是京房的创举。而《易林》已屡言之：

五胜相残，火得水息。精光消灭，绝不长续。

(《恒》之《损》)

异国殊俗，情不相得。金木为仇，百战檀谷。

(《旅》之《升》)

背北相憎，心意不同，如火与金。

(《乾》之《归妹》)

上述林辞皆用五行相克关系：水克火、金克木、火克金。第一首恒卦（上☳下☴）大象为坎（☵），坎为水，损卦（上☶下☱）大象为离（☲），离为火，故曰"火得水息"。第二首旅卦（上☲下☶）之三、四、五爻互兑（☱），兑为金，升卦（上☷下☴）二至四爻亦互兑为金，下卦巽（☴）为木，故"金木为仇"。第三首乾卦（☰）为金，归妹（上☳下☱）二至四爻互离（☲），离为火，故"如火与金"。以上林辞将战国以来的五行学说与《周易》之八卦互相对应的做法虽然早在《易传》中就已萌芽，但明确地将八卦分为八宫并以五行将之贯穿与分类的却是京房。而由上可见，焦氏书中亦以五行来取象拟辞，只不过焦延寿以五行配卦是巧妙地将之暗含于辞句中而已。要之，由此亦可见以五行说《易》，焦、京之间自有渊源。

焦、京易学，自刘向校书以为乃易之别传，到《四库提要》一直都这样认为。当代易学学者刘大钧在其为徐志锐《宋明易学概论》写的序中认为："焦、京之学，为易之别传。本人以为'图''书'之学，非宋人所造，应当属汉人谈阴阳灾异的别传系统。恐因受到易之正传的压制排斥，后被道家吸收在民间秘传，遂至宋代复出而大行天下。"[①] 而尚秉和先生在《焦氏易诂》中考证出《易林》屡用先天卦位，可知宋人邵雍之先天图非其自创，或言受于陈抟所传，正符合刘大钧与尚秉和之论，则《易林》为"长于灾变"的焦氏所著，于理甚合。

以上就西汉易学，分析了《易林》与孟、京易的关系。可知其并非

---

① 徐志锐：《宋明易学概论》，辽宁古籍出版社 1997 年版，第 2 页。

如叶梦得所言"不复及易道"。《管锥编》中《焦氏易林》卷云:"《礼记·月令》孔《正义》引《易林》:'震主庚、子、午,巽主辛、丑、未'云云(笔者按:《管》引文'丑'作'丘',疑形近而误),与此书(笔者按:指《焦氏易林》)体制迥异,是别有《易林》,不知即出谁手。"①《正义》所引之文,实与京房易学纳甲有关:震卦纳庚,子、午分别配其初爻、四爻;巽卦纳辛,丑、未分别配其初爻、四爻。而京房《易传》中又说:"惊蛰二月节在子,震卦初九,白露同用;芒种五月节在午,震卦六四,大雪同用。雨水正月中在丑,巽卦初六,处暑同用;小满四月节在未,巽卦六四,小雪同用。"可知《正义》所引《易林》,乃焦、京系统之《易》,或为唐后失传之焦赣《易林变占》,或为京房所撰《易林》类著作。

《易林》与汉易学之关系既明,则其为焦氏之《易》自不当复疑,然余嘉锡先生《四库提要辨证》引牟庭相《雪泥书屋杂志》卷三曰:"冬至日起颐四爻,第二日颐五爻云云,此亦后人承误附会之说,强以分卦直日之法,合之《易林》。说似巧辨,而实非也。盖直日占验以日为卦爻,以风雨寒温为占,不用卦具者也。若合以《易林》,则有卦具,有卦具则所得有本卦,有之卦,而以直日管事卦为本卦,以所得之本卦为之卦,则余不知所得之之卦,将置之何处也?是《易林》中添不得直日法也。直日占验,六日一爻,若合以《易林》,则以管事卦为本卦,以所得卦为之卦,而管事爻将不得管事乎。余又不知一日一爻之法,欲留作何用也。是直日法中添不得《易林》也。此二家必不可强合。"余氏以此为据,认为"《易林》既非以六十四卦直日用事,愈日见非焦延寿所作矣"。此论似言之有理,然亦可谓经生不解《易》事也。

焦赣传京房"分六十四卦,更直日用事,以风雨寒温为候",后人对此多揣测之辞。此当与其"长于灾变"联系起来,而其核心则是卦气学说,即以卦之阴阳爻模拟天地之间的阴阳消长。朱伯崑先生《易学哲学史》引僧一行言,以为即"以卦爻配期之日",用六十四卦各爻,配一年之日数。此当为京房易的积算学说。据黄宗羲《易学象数论》"卦气二",焦氏之以卦值日,乃从孟喜所受,以坎离震兑四正卦分值二至二分,其余

---

① 钱锺书:《管锥编》第二册,中华书局1986年版,第535页。

六十卦各以六十甲子当之，周而复始，故曰"更直日用事"。黄氏云："有自乾至未济，并依《易》书本序，以一卦一日，乾直甲子，坤直乙丑，至未济直癸亥，乃尽六十日。六周而三百六十日，四正卦则直二分二至，……焦氏之法也。"尚秉和先生以为"焦氏为别立占法，非关卦气"。其实焦氏以卦直日，纳入干支五行，若进行占断，亦必借助卦象爻象，而爻象之阴阳爻亦当与天地之阴阳相对应，如此斯当，则亦可谓受孟喜卦气之影响，为卦气说的另一种用法。其"以风雨寒温为候"，仍是卦气说的应用。《汉书·天文志》曰："一曰月为风雨，日为寒温。"即"月亮运行偏离中道而有风雨之征兆，太阳失暑度而有寒温之异常"①。这符合《周易》"阴阳之义配日月""悬象著明莫大乎日月"② 的思想。而日月之运行又可以由卦象表示，因此焦、京认为"八卦告人以吉凶，是本于气候的变化，即风雨寒温的变化。而气候的变化又本于天时，而天时的变化又以日月星辰的运行来显示"，于是"以《易》之卦爻与历法结合"，"以风雨寒温与卦爻间的关系进行占测"便是"以风雨寒温为候"，其应用主要在于节候占测。

　　从以上分析可知，焦氏易学的核心是以卦气说的卦爻阴阳来模拟天地阴阳二气，以卦象的变化来占测节候是否反常，并以此解释灾异（变）。若以此来看焦氏易的占筮，自然可以不用卦具，但这只能应用于占测灾异反常的节候以阐释国家的大运，若平常百姓占测日常事务的成败或荣枯，便不合用。《易林》正是为百姓日用而设，其筮法或已失传，或失传之《易林变占》正是其筮法，或其筮法极平常：或用揲蓍，或用钱代揲蓍，得出本卦之卦，查其林辞。无筮法而徒有占断条文者，如社会上流传之《铁板神数》，算法与条文分开，多不可得兼，《易林》或如此耶？要之，筮法在乎存诚凝神，不在乎形式，焦氏或明乎此，故以通行筮法占测，亦未可知。故牟氏云《易林》添不得值日法，是不解《易》之语，二者所用各异，自然不合，不得以此断《易林》非焦氏著也。

　　然而何以《汉书》不载焦氏著书。此又与西汉学术传承规矩相关。皮锡瑞在《经学历史》中说"前汉重师法，后汉重家法"，师法也好，家

---

① 卢央：《京房评传》，南京大学出版社1998年版，第211页。
② 周振甫：《周易译注》，中华书局1991年版，第235、247页。

法也罢，都在申明师徒传授的派系性，不得擅改师之所授。《汉书·儒林传》曰："孟喜好自称誉，得《易》家《候阴阳灾变》书，诈言师田生，且死时枕喜膝，独传喜。诸儒以此耀之。博士缺，众人荐喜，上闻喜改师法，遂不用喜。京房受《易》梁人焦延寿。延寿云，尝从孟喜问《易》，会喜死。房以为延寿《易》即孟氏学，翟牧、白生不肯，皆曰非也。"由此可见西汉易学之传授，更是法度森严。焦氏既自立占法，便自然不为学者首肯，因此刘向校书，以为其学得于隐士。渊源既改，则自不被称为一家，其书自不被录，此其一。其二，《易林》书中大量描写或影射当时的浊政，又有大量直斥君上昏庸的作品，自不宜在当时奸佞、宦官、外戚专权之世刊布流传，故为人所不知。其三，焦氏为小黄令，且出身卑微，自然人微言轻，不如其弟子京房，故师以弟传，为其弟子所掩盖，况焦氏或后来隐居，著《易林》只是冷眼旁观，自当不为人知。像这样在易学方面师以弟传者，尚有严君平，他整日卖卜成都市中，对《老子》和《周易》研究颇深，然而传世著作仅有《老子指归》，其弟子扬雄则在易学方面影响甚大，所著《太玄经》流传于世。

关于焦赣易学同孟喜易学之间的关系，徐复观先生进行了较为详尽的考察，认为"从两人《易》学的内容看，可以肯定焦延寿是曾从孟喜问《易》，而将孟说向前发展了一大步"①，可以参看。此外，皮锡瑞的《易林证文》认为东汉末年的虞翻传孟喜之学，而《焦氏易林》中所用卦象多与虞翻相合，因此也可证明焦赣易学与孟喜有一定的关系。

第二节　《焦氏易林》与汉代《诗》学及《孔子诗论》

《易林》与《诗经》的关系是非常明显的，闻一多先生曾经说："《易林》用《诗》多于《易》，盖事虽《易》，其辞则《诗》也。"② 据初步统计，《焦氏易林》直接、间接涉及《诗经》者有500多首林辞，所涉之《诗》有130多首。对于《诗经》中的作品，《易林》有用其诗意者，有直接引用诗句者，有间接引用诗句进行加工改编者，由此可见二者

---

① 徐复观：《徐复观论经学史二种》，上海书店出版社2002年版，第78页。
② 《闻一多全集》第10册，湖北人民出版社1993年版，第65页。

的关系非常密切。这当然与作者的崇经意识有关。但从其涉及《诗经》之内容，尤可考见其中所包含的汉代《诗》学信息。《焦氏易林》与汉代《诗》学之间的关系，学者已有关注，如李昊《〈焦氏易林〉与汉代〈诗〉学研究》一文认为，"焦氏《诗》学至少是以齐诗说为主导，兼采各家之长，时有独创之见"[①]；张玖青则认为，"《易林》说《诗》与《毛诗序》有同有异，《毛诗》之外，《易林》说《诗》多同于《韩诗》"[②]。笔者认为，《易林》中的《诗》说，涉及汉代四家《诗》，并与上博楚简《孔子诗论》有关，兹论述如下。

一 《焦氏易林》与汉代四家《诗》

焦赣生活的时代，正是今文三家诗盛行之际，因此《易林》涉及三家诗似乎是难免的。然而由于三家《诗》的亡佚，我们在做《易林》引《诗》和三家《诗》比较时，难度很大。从清代以来，学者从焦赣学术渊源考察，认为其学有着浓郁的齐学色彩，于是将《易林》涉《诗》之处一律看作齐诗，像清代陈乔枞的《三家诗遗说考》曾从《易林》考察出《齐诗》，王先谦的《诗三家义集疏》中的《齐诗》基本上都出自《易林》，此外还有魏源的《诗古微》。尚秉和先生也认为"焦氏所说，皆齐诗"[③]。今人陈子展的《诗经直解》《诗三百解题》和程俊英、蒋见元的《诗经注析》均引用《易林》以和《诗经》比较。《易林》中涉《诗》之处是否均为《齐诗》呢？在焦赣生活之际尚未立于学官的古文《诗》学《毛诗》果然就和《易林》没有关系吗？这是我们需要思考的问题。

学者认为《焦氏易林》为《齐诗》，其主要理由即如陈乔枞在《齐诗遗说考自序》中所说：

> 《易》有孟、京"卦气"之候，《诗》有翼奉"五际"之要，《尚书》有夏侯"洪范"之说，《春秋》有公羊"灾异"之条，皆明于象数，善推祸福，以著天人之应。渊源所自，同一师承，确然无

[①] 李昊：《〈焦氏易林〉与汉代〈诗〉学研究》，《社会科学研究》2009 年第 1 期。
[②] 张玖青：《论〈易林〉的〈诗〉说》，《文学评论》2010 年第 2 期。
[③] 张善文：《尚氏易学存稿校理》第一卷，中国大百科全书出版社 2005 年版，第 6 页。

疑。孟喜从田王孙问《易》，得《易》家候阴阳灾变书。喜即东海孟卿子，焦延寿所从问《易》者，是亦齐学也。故《焦氏易林》皆主《齐诗》说，岂仅"甲戌己庚，达性任情"之语与翼氏《齐诗》言"五性六情"合，"亥午相错，败乱绪业"之辞与《诗泛历枢》言"午亥之际为革命"合已哉？①

尚秉和先生所据亦大致如此。这样推论的依据便是所谓汉人学术授受之际的师法问题。赞同师法的清代学者认为，汉人讲学，有一定之法，受业弟子不得擅自更改老师的传授，包括对某一具体问题的说法。可是，只要我们考察一下《汉书·儒林传》，就会发现擅改师法者大有人在，所以师法并不是不可逾越的铁律。徐复观先生就认为汉儒中很多人并不讲师法这一套，"清乾嘉学派对师法意义的夸张，只是在学术进途中自设陷阱，没有历史上的根据"②。如此说来，认为《易林》说《诗》为《齐诗》，乃推测之辞，无必然之据。因此针对陈乔枞的做法，徐复观先生说："陈乔枞《齐诗遗说考》特划定《礼记》、戴《记》、《汉书》、荀悦《汉纪》、《春秋繁露》、《易林》、《盐铁论》、《申鉴》诸书中的有关《诗》的材料，作为齐《诗》的范围，采辑成《齐诗遗说》，可谓荒谬绝伦。"③ 然此话稍显偏激，因齐派《诗》学当时有一定影响，且焦赣确也与齐学有些渊源，以焦赣之刻苦治学，吸收《齐诗》的某些因素也是有可能的。但不可一概视之为《齐诗》，亦不可完全抹杀它与《齐诗》的联系。

在三家《诗》中，《鲁诗》亡于西晋，《齐诗》亡于三国魏，《韩诗》亡于宋，今仅存《韩诗外传》一书。通过《韩诗外传》，我们可以比较《易林》涉《诗》与《韩诗》之间的关系。尚秉和先生在《焦氏易诂》卷九中有一条结论曰"由《易林》推焦氏习《韩诗》"：

《易林·噬嗑之渐》云："鸤鸠鸤鸠，治成遇灾。周公勤劳，绥德

---

① 陈乔枞：《齐诗遗说考自序》（续修四库全书第76册），上海古籍出版社1997年版，第325页。
② 徐复观：《徐复观论经学史二种》，上海书店出版社2002年版，第76—77页。
③ 同上书，第117页。

安家。"《毛传》："鸱鸮，鹠鸠也。"陆机云："似黄雀而小，幽州人谓之鹠鸠。"则非恶鸟也。《韩诗》："鹠鸠所以爱其子者，适以害之"，说周公《鸱鸮》诗意也。依《韩诗》意，则以"鸮"为"枭"，《说文》所谓"不孝鸟"、陆机所谓"其子长大，还食其母"也，故曰"爱子适以害之"。按《诗·大雅·瞻卬》云："有枭有鸱。"《毛传》："枭鸱，恶声鸟。"《鲁颂》"翩彼飞鸮"，《毛传》亦训为恶声鸟，是"鸮"即"枭"。然《毛传》不训《鸱鸮》诗之"鸮"为"枭"者，以周公不宜以枭喻所亲也，《韩》则不然。《易林》云："治成遇灾"，正母被子害之意，故知焦习《韩诗》。①

另外，在《焦氏易林》中，还有几首仿佛《韩诗》，如《萃》之《渐》：

乔木无息，汉女难得。橘柚请佩，反手难悔。

据李善注《文选》中郭璞《江赋》"感交甫之丧珮"时引《韩诗内传》曰："郑交甫遵彼汉皋台下，遇二女，与言曰：愿请子之佩。二女与交甫，交甫受而怀之，超然而去，十步循探之，即亡矣，迴顾二女，亦即亡矣。"可知"橘柚请佩"与此相关。《焦氏易林·噬嗑之困》："二女宝珠，误郑大夫。交父无礼，自为作笑。"亦本此。又如《无妄》之《剥》及《大壮》之《姤》：

《行露》之讼，贞女不行。君子无食，使道壅塞。
昏礼不明，男女失常。《行露》反言，出争我讼。

此两首认为《行露》是说男女双方因婚礼而发生的争讼，亦与汉代《韩诗》说合。《韩诗外传》卷一第二章曰："夫《行露》之人许嫁矣，然而未往也。见一物不具，一礼不备，守节贞理，守死不往。君子以为得妇道之宜，故举而传之，扬而歌之，以绝无道之求，防污道之行乎？《诗》曰：'虽速我讼，亦不尔从。'"

---

① 张善文：《尚氏易学存稿校理》第一卷，中国大百科全书出版社2005年版，第140页。

由于三家《诗》的亡佚，我们只能将《易林》所涉之《诗》与《毛诗》相比较，经过比较，会发现有与《毛诗》相类似者。《毛诗》传人毛亨在西汉初年就开始授徒讲学，只不过当时其学在民间流传。焦赣易学中尚有民间隐士的传授，则其习《诗》不限于官学亦情理中事。且一些学者考证《毛诗》源于荀子，而焦赣对于先秦诸子又无不涉猎，在《易林》中有许多化用《荀子》典故和语句者，则荀子说《诗》，亦当为焦赣所熟知，故其接受《毛诗》影响亦有可能。杨慎也说《易林》"辞皆古韵，与《毛诗》、《楚辞》叶音相合"。我们可以随意举几首与《毛诗》诗旨相近似者：

（1）《小雅·无将大车》。《毛序》曰："无将大车，大夫悔将小人也。"《焦氏易林·井之大有》云：

大舆多尘，小人伤贤。皇甫司徒，使君失家。

二者均认为是后悔推荐小人的诗。

（2）《邶风·柏舟》。《毛序》曰："言仁而不遇也。卫倾公之时，仁人不遇，小人在侧。"《焦氏易林·屯之乾》云：

泛泛柏舟，流行不休。耿耿寤寐，心怀大忧。仁不逢时，复隐穷居。

二者均认为写仁人不遇时。

但是，《易林》中对于《诗》旨的阐发更多的是和《毛诗》不同，这使《易林》涉《诗》的情况变得异常复杂。三家《诗》既不可考，而《毛诗》又是一家之言，《易林》涉《诗》亦当是百家兼采。在《易林》对《诗经》的阐发之中，有一些理解已经非常接近于《诗经》作品的本旨，类似于我们现在所说的文学性理解了。如：

（1）对《周南·卷耳》的阐释，《焦氏易林》曰：

玄黄虺隤，行者劳疲。役夫憔悴，逾时不归。

（《乾》之《革》）

玄黄虺隤，行者劳疲。役夫憔悴，处子畏哀。

（《贲》之《小过》）

　　顷筐卷耳，忧不得伤。心思故人，悲慕失母。

（《鼎》之《乾》）

《毛序》以为《卷耳》乃写"后妃之德"，而《易林》则将之解释为，男子行役，怨妇思夫，较为合理。

（2）对《卫风·伯兮》的阐释，《焦氏易林》曰：

　　伯去我东，发扰如蓬。瘖寐长叹，展转空床。内怀怅恨，摧我肝肠。

（《姤》之《遯》）

《毛序》以为《伯兮》"刺时也。言君子行役，为王前驱，过时而不返焉"。《易林》则以为乃妻子思念从军丈夫之诗，与当代学者认识一致。尤可嘉者，《易林》在准确把握诗旨的基础上，将这一文学性的主题进行了极尽文学性的再创作。此类情况，在《易林》中亦为常见。

（3）对《邶风·北风》的阐释，《焦氏易林》曰：

　　《北风》相牵，提笑语言。伯歌叔舞，燕乐以喜。

（《噬嗑》之《乾》）

　　《北风》牵手，相从笑语。伯歌季舞，燕乐以喜。

（《否》之《损》）

《毛序》认为《北风》"刺虐也。卫国并为威虐，百姓不亲，莫不相携持而去焉"。现代学者亦有认同《毛诗》者，然而从原文看，其言"惠而好我"，其言"同行""同归""同车"，显系男女嬉戏交游之作。张衡《西京赋》亦云："慕贾氏之如皋，乐《北风》之同车。"闻一多先生亦认为此诗为情诗。①《易林》阐释亦作情诗，伯、季或伯、叔当指嬉戏的男女。

---

① 闻一多：《闻一多全集》第 10 册，湖北人民出版社 1993 年版，第 476 页。

(4) 对《周南·桃夭》的阐释，《焦氏易林》曰：

春桃生花，季女宜家。受福且多，在师中吉，男为邦君。

（《师》之《坤》）

春桃生花，季女宜家。受福孔多，男为邦君。

（《解》之《归妹》）

春桃萌生，万物华荣。邦君所居，国乐无忧。

（《复》之《解》）

《毛序》认为《桃夭》"后妃之所致也。不妒忌，则男女以正，婚姻以时，国无鳏民矣"。现代学者陈子展在《诗经直解》中则认为是一首祝婚歌，《易林》所释殆同。

分析《易林》与汉代四家《诗》的关系，会发现《易林》关于《诗经》的说法并非专取一家，而且也不仅仅局限于四家《诗》，有些对于《诗经》的解读，应为焦氏独创。

二 《焦氏易林》与竹书《孔子诗论》

在焦赣之前或他生活的同期，汉代社会关于《诗经》的传授当不止我们所熟知的四家，比如阜阳汉简中的《诗经》，另外还有近年来被热烈讨论的上博简《孔子诗论》。在《焦氏易林》中，尚有和上博简《孔子诗论》一致或相似者，而上博简《孔子诗论》经专家考证为战国楚简。下面列举《易林》与《孔子诗论》一致或相似者数首以证焦氏《诗》学来源之广博。

第八简：《雨亡正》、《节南山》，皆言上之衰也，王公耻之。①

《易林·乾之临》：《南山》昊天，刺政闵身。疾悲无辜，背憎为仇。

---

① 简文参考黄怀信《上海博物馆藏战国楚竹书〈诗论〉解义》（社会科学文献出版社 2004 年版）及陈桐生《〈孔子诗论〉研究》（中华书局 2004 年版）、于茀《金石简帛诗经研究》（北京大学出版社 2004 年版）。

《雨无正》和《节南山》是《诗经·小雅》中的两首诗，《孔子诗论》与《焦氏易林》均将它们放在一起讨论，《易林》所说的"昊天"即《雨无正》中的"浩浩昊天"。这两首诗《毛序》均以为"刺幽王"："《雨无正》，大夫刺幽王也。雨，自上下者也。众多如雨，而非所以为政也。""《节南山》，家父刺幽王也。"相比较而言，《孔子诗论》《毛诗》和《焦氏易林》均认为二诗与政治有关，其中《毛诗》论《雨无正》较符合诗旨，而论《节南山》则有些牵强。《孔子诗论》和《焦氏易林》有相似之处，《诗论》所谓的"耻"，也就是《易林》所说的"疾悲无辜，背憎为仇"，二者皆揭示出了诗歌的感情色彩，《易林》又著一"闵"字，情感体验则更加丰富。

第八简：《小弁》、《巧言》，则言谗人之害也。
《易林·讼之大有》尹氏伯奇，父子生离，无罪被辜，长舌所为。
《易林·巽之观》：谗言乱国，覆是为非。伯奇流离，恭子忧哀。
《易林·随之夬》：辩变白黑，《巧言》乱国。大人失福，君子迷惑。

此二诗《毛序》亦以为"刺幽王"："《小弁》，刺幽王也。太子之傅作焉。""《巧言》，刺幽王也。大夫伤于谗，故作是诗也。"从《小弁》的内容看，确似父子分离之诗，然所指何人，不可考证。《诗论》和《焦氏易林》对此诗的概括相同，认为乃写小人谗言之危害。

第九简：《祈父》之责，亦有以也。
《易林·谦之归妹》：爪牙之士，怨毒祈父。转忧与己，伤不及母。

《毛序》曰："《祈父》，刺宣王也。"我们认真阅读分析原诗，会发现并无"刺"意，和宣王也没有多大关系。《孔子诗论》认为这首诗主要是士兵对祈父的责问或指责，并且认为这种指责是有原因的，而《焦氏易林》

则更进一步指出，这种指责非常强烈，已经达到了一种"怨毒"的程度，并且指责的原因是士兵不能够奉养老母。《诗论》和《焦氏易林》的解读较为可取。

  第九简：《黄鸟》，则困而欲反其故也，多耻者其病之乎？
  《易林·乾之坎》：《黄鸟》《采绿》，既嫁不答。念我父兄，思复邦国。
  《易林·乾之噬嗑》坚冰黄鸟，常哀悲号。不见白粒，但睹藜蒿。数惊鸷鸟，为我心忧。

《小雅·黄鸟》一诗，乃是写一个异乡人在外地感到不如意的思乡之歌，《毛序》以为"刺宣王也"非诗本旨。《孔子诗论》认为是写一个穷困潦倒的人想返回故土，"多耻者其病之乎"是说那些多蒙耻辱的人大概会担忧诗中所描写的事情发生吧。《易林·乾之坎》把这个异乡人具体化为一个远嫁他乡的女子，说她已经出嫁了，可是在男方家不受欢迎，以至于怀念父兄，希望回家；《易林·乾之噬嗑》则直接运用原诗中的兴象黄鸟，以鸟比人，写黄鸟在外没有食物可吃，还经常受到凶猛鸷鸟的惊吓，这些都是比喻异乡人在外地的穷困潦倒并受到当地人的排斥。综观《易林》所述，和《孔子诗论》基本一致。

  第十简：《燕燕》之情，曷？曰：童（终）而皆贤于其初者也。
  第十六简：《燕燕》之情，以其蜀（独）也。
  《易林·萃之贲》：泣涕长诀，我心不快。远送卫野，归宁无子。
  《易林·恒之坤》：燕雀衰老，悲鸣入海，忧不在饰，差池其羽。颉颃上下，寡位独处。

《邶风·燕燕》一诗，《毛序》谓"卫庄姜送归妾也"，《毛传》曰："庄姜无子，……戴妫于是大归，庄姜远送之于野，作诗见己志。"《燕燕》一诗确实表达了依依别情，《孔子诗论》认为情感的触发是因为独自一人。《焦氏易林》似乎将《毛诗》和《孔子诗论》融会在了一起，《萃》之《贲》写诀别的伤心难受，"远送卫野，归宁无子"则与《毛诗》说法一致，《恒》之《坤》则使用了原诗中的兴象以鸟比人，而"独处"则显然与《孔子诗论》"以其独也"相一致。

  第二十一简：《湛露》之益也，其犹驰与？
  《易林·屯之鼎》：区脱康居，慕义入朝。《湛露》之欢，三爵毕恩。后归野庐，与母相扶。

《小雅·湛露》一诗，《毛诗》认为乃"天子燕诸侯也"。从原诗内容来看，确实与宴饮有关，然未必是天子之事。《孔子诗论》则认为"益也"。从《湛露》原诗内容来看，写的是上层贵族的宴饮，那么这种宴饮和招待就是一种"益"，也就是恩惠或恩赐、恩泽。《毛诗》谓"天子燕诸侯也"，大概也是意在说明此诗表现天子对臣下的恩泽。不过《孔子诗论》讲得很简明扼要，并且说"其犹驰与"，意为难道还要远离、背弃而去吗？合在一起是说，《湛露》表现的是一种恩惠，难道还要不顾这种恩惠背弃而走吗？《焦氏易林》的"《湛露》之欢"，其实就是《诗论》的"《湛露》之益"，"三爵毕恩"更是和《孔子诗论》所论一致。焦赣将这样一种恩惠来比喻汉朝对区脱、康居等少数民族的恩泽，认为这种绥靖政策可以使这些少数民族不至于背叛大汉。

  第二十六简：《邶·柏舟》，闷。
  《焦氏易林·屯之乾》：泛泛柏舟，流行不休。耿耿瘖瘶，心怀大忧。仁不逢时，复隐穷居。

《邶风·柏舟》，《毛序》认为"言仁而不遇也。卫倾公之时，仁人不遇，小人在侧"，《焦氏易林》的看法与其相近，二者均认为写仁人不遇时。《孔子诗论》仅仅用一个"闷"字来概括诗意，认为是写一个人的郁闷之情，当然是不错的。《焦氏易林》与之并不相悖，但《易林》将诗理解为"复隐穷居"，想必和《周易》所谓的"遁世无闷"有联系。这里明显是在反用之，也就是《孔子诗论》所说的"闷"了。

  第二十七简：《北风》，不继人之怨。

《易林·晋之否》：北风寒凉，雨雪益冰。忧思不乐，哀悲伤心。

《易林·否之损》：《北风》牵手，相从笑语。伯歌仲舞，燕乐以喜。

《孔子诗论》中的《北风》即《邶风·北风》，乃是一首爱情诗，《焦氏易林》的阐释也是把它当作情诗的。周凤武先生通过比较，认为"《易林》在三家诗为齐诗，与简文相同，其说盖前有所承也"[①]，则《诗论》与《易林》吻合。

第二十八简：《墙有茨》，慎密而不知言。

《易林·小过之小畜》：大椎破毂，长舌乱国。墙茨之言，三世不安。

《墙有茨》一诗是写男女两人的夜半床第之言，诗中认为这些话是不应该向外人说起的。《孔子诗论》也认为这些话是应该"慎密"不欲人知的。《焦氏易林》则认为这些床第之言不可乱说妄听，尤其是会破坏一个家庭的团结甚至一国的安宁，这些话会让人几辈子不安。从床第之言不可妄传乱说的角度来理解，《易林》和《诗论》有相似之处，而《毛诗》所谓"《墙有茨》，卫人刺其上也。公子顽通乎君母，国人疾之，而不可道也"，则寻找史事以解诗，有附会之嫌。

关于《焦氏易林》和《孔子诗论》的关系，陈桐生先生在《〈孔子诗论〉研究》中曾列有一小节"《孔子诗论》与《齐诗》"，将《诗论》中涉及的《诗经》篇目和《焦氏易林》所涉者进行罗列，并说："《齐诗》对《诗经》的总体观点，诸如对诗歌性质的认识、对各类诗歌特点的看法、《齐诗》的理论思路等，均不得而知，而《齐诗》所谓'四始''五际''六情'概念都是西汉中期经学谶纬化后的说法，与《孔子诗论》格格不入，没有任何可比性。因此本节的比较只能限于具体作

---

① 周凤武：《孔子诗论新释文及注解》，《上博馆藏战国楚竹书研究》，上海书店出版社2002年版，第164页。

品。"① 我们在前文也已经说明，将《焦氏易林》一概视为《齐诗》是不正确的，而且在《焦氏易林》中，诸如所谓《齐诗》的"四始""五际""六情"以及借《诗》言阴阳灾异（《易林》中确实有很多阴阳灾异的思想，但这和汉代易学有关，且焦赣并无用阴阳灾异解说《诗经》的地方），并不可见，所以，不可以《焦氏易林》代表《齐诗》来和《孔子诗论》作比较，因为陈桐生先生自己也说，按照传统对《齐诗》的理解来看，《齐诗》和《孔子诗论》没有任何可比性。所以，上文的比较只能是《焦氏易林》和《孔子诗论》的比较，而不是《齐诗》和《孔子诗论》的比较。通过以上对比，我们发现《焦氏易林》的一些说法是和《孔子诗论》相一致的。因此，我们可以做出这样一个推测，那就是《孔子诗论》在焦赣生活时期尚有传本，因此焦赣受其影响，接受了它的部分说法将之运用到了《易林》之中。陈桐生先生也说："《孔子诗论》在汉代究竟有没有传本，我并不敢肯定，只是在此将问题提出来，供学者们参考讨论。"② 本文的粗略比较，可以为陈先生的问题提供一些肯定性的佐证。

对于《孔子诗论》说诗的特点，学者已有较多论述，其中很多学者认为《诗论》在解读《诗经》时已经注意到了诗歌的性情即文学性，比如陈桐生先生就认为，"竹书作者吸收《性情论》崇尚真性情的思想，高扬《诗三百》中性情的价值，伸张诗歌抒写'民性'的合理性"，"《孔子诗论》以'民性'论《诗》，可以说抓住了诗歌创作的根本特征，在两千多年之前就有这样的深刻认识，真是难能可贵"。③ 在《孔子诗论》中，关于文学性及诗歌情感的论述如第一简："孔子曰：'《诗》亡隐志，乐亡隐情，文亡隐言。'"这里将诗歌文学、音乐等艺术并列论述，并提到志、情、言，可知《诗论》的作者并没有忽视这些艺术的情感本质。第三简曰："《邦风》，其纳物也溥，观人俗焉，大敛材焉；其言隐，其声善。"这是说《国风》记载、容纳的事物非常广博，可以从中观看民风民俗，可以从中汲取很多材料；它的语言含蓄隐约而富有文采，它的音律非常悦

---

① 陈桐生：《孔子诗论研究》，中华书局2004年版，第234页。
② 同上书，第223页。
③ 同上书，第188、189页。

耳。第三简又曰:"□□□[《小夏(雅)》,□德]也,多言难而怨怼者也;衰矣,小矣!"这是说《小雅》的特点就是多言灾难和寄托怨愤之情,是衰世之文学,故篇幅短小了。第四简曰:"与贱民而豫之,其用心也将何如?曰:《邦风》是也;民之有戚患也,上下之不和者,其用心也将何如?[曰:《小雅》是也。]"这句话是说,和下层百姓一起体会忧患与喜乐,这种用心将怎么样呢?回答说:这是《国风》的功能;百姓有了忧患,社会出现了上下不和,这种用心将怎么样呢?回答说:这说的是《小雅》。

结合学者的研究和《孔子诗论》的简文,我们可以发现《诗论》对《诗经》的理解是非常到位的。焦赣之接受《孔子诗论》极有可能,则对《诗论》上述观点也一定会有所吸收扬弃。《焦氏易林》中的很多作品都富于情感性,并且这种情感性有的还非常激烈,似乎突破了儒家"温柔敦厚"的诗教。即便是《焦氏易林》引用、化用、改写《诗经》的句子,也大多是选择《诗经》当中最有感情色彩和表现力的语言。《易林》这种对情感的重视,和《孔子诗论》所谓的"《诗》亡隐志,乐亡隐情,文亡隐言"是否有关,是值得思考的问题。在《焦氏易林》中,很多作品的风格是模仿《国风》和《小雅》的,而按照《孔子诗论》的观点,《国风》涉及的内容非常广泛,语言含蓄而有文采,而《易林》内容之广博,涉及面之宽,在整个汉代文学乃至后世的任何一部诗集都无法与其相比。又由于其占筮语言的特性,含蓄的象征、暗示也是比比皆是,这和《诗论》所述岂不又很巧合?而《诗论》所认为的《小雅》中的怨愤、不和之情,在《易林》中更为多见,此又可注意者也。

虽然《孔子诗论》重视诗歌与性情之间的关系,但是在文学尚未自觉的时代,这种重视毕竟还是有条件的。陈桐生先生就说,"《孔子诗论》在以性情说《诗》的同时,又强调以礼节情"[①]。这种以礼节情的诗学观,在汉代应该是一种主流意识。比如《毛诗》,便认为诗应该"发乎情,止乎礼义";《齐诗》在说诗时,也重视诗歌的性情,如《汉书·翼奉传》载翼奉上书云:"故《诗》之为学,情性而已。"而在被王先谦认为《齐诗》的《诗含神雾》中则又云:"诗者,持也,在于敦厚之教,自持其

---

① 陈桐生:《孔子诗论研究》,中华书局2004年版,第192页。

心，讽刺之道，可以扶持邦家者也。"① 可见《齐诗》虽亦讲性情，但也要求"自持其心"，不可违背礼义。在这样一种诗学观念下，《焦氏易林》的重视情感或曰性情，自然也会考虑到礼义的问题，所以在《易林》之中虽然有大量情辞急切之作，但更多的还是要升发到礼义层面，多有劝诫教诲之义。

综合以上的分析可知，《易林》直接、间接引用或化用《诗经》，不仅仅局限于汉代四家《诗》中的任意一家，认为《易林》中的《诗》说为《齐诗》或《韩诗》，都是不确切的。《易林》的《诗》说，涵盖了传统意义上的汉代四家《诗》，和楚竹书《孔子诗论》亦有一定关系，同时还有作者自己对《诗经》的独到理解，这些资料对于研究汉代《诗》学具有重要的学术文献价值。这种指涉《诗经》或曰与《诗经》的互文方式，既有文学创作遣词用典方面的需要，同时还反映了焦赣对《诗经》的看法。这种对《诗经》的看法，影响了《易林》的创作倾向乃至方法和手段。

三 《焦氏易林》受《诗》学之影响

汉代《诗》学的"止乎礼义"，其实就是汉人所说的"美刺"。"美刺"观念不是《毛诗》的专利，程廷祚在《清溪集》卷二中便说："汉儒说《诗》，不过美刺两端。"这句话在某种程度上概括了汉代《诗经》研究的特色。"美刺"便是把《诗经》的理解联系到政教、伦理等问题，《焦氏易林》有时候也未能免俗，如在《咸》之《涣》中它对《诗经》中《采薇》《出车》和《鱼丽》的解读："《采薇》《出车》，《鱼丽》思初。上下从急，君子免忧。"便颇有宣讲政教义理的色彩。

汉代《诗》学中还有一个最为经典的概念就是"诗言志"。汉代各家诗学对此多有阐发，尽管各有不同。我们之所以要在此讨论这一观念，是因为考虑到《焦氏易林》在对《诗经》进行模仿的时候，当受此一观念的影响。所以考察这一观念对于研究《易林》诗歌的文辞及内容形态是很有帮助的。"诗言志"的研究成果非常丰富，这里我采用闻一多先生的观点。闻一多先生认为，"志有三个意义：一记忆，二记录，三怀抱，这

---

① ［日］安香居士、中村璋八辑：《纬书集成》，河北人民出版社1994年版，第464页。

三个意义正代表诗的发展途径上三个主要阶段"。按照这种解释，最初的诗都是为了便于记忆的整齐韵语，类似于后世的歌诀。文字产生以后，要记忆的东西便可以被记录下来，"一切记载既皆谓之志，而韵文产生又必早于散文，那么最初的志（记载）就没有不是诗（韵语）的了。……承认初期的记载必须是韵语的，便承认了诗训志的第二个古义必须是'记载'。《管子·山权数篇》'诗所以记物也'，正谓记载事物，《贾子·道德说篇》'诗者志德之理而明其指，令人缘之以自戒也'，志德之理亦即记德之理。前者说记物，后者说记理，所记之对象虽不同，但说诗的任务是记载却是相同的，可见诗字较古的涵义，直至汉初还未被忘掉"。闻一多先生还考察出"古书又有称《诗》为志的"，于是得出"原来《诗》本是记事的，也是一种史"，"诗即史，当然史官也就是'诗人'"，"《毛诗》好牵合《春秋》时的史迹来解释《国风》，其说虽什九不可信，但那种以史读诗的观点，确乎有着一段历史背景"。① 至于把志解释为情志、怀抱，则是后来的观念。

考察汉代诗学，我们会发现闻一多先生将"志"解释为记载或记录事情是有道理的。《毛诗序》就说："是以一国之事，系一人之本，谓之风；言天下之事，形四方之风，谓之雅。"在被看作是《齐诗》的《春秋说题辞》中也说："诗者，天地之精，星辰之度，在事为诗，未发为谋，恬淡为心，思虑为志，故诗之为言志也。"② 这些都将诗的记载或曰叙事功能提了出来。志之为记事，在汉代还有明证，比如班固《汉书》中的"志"，和司马迁《史记》中的"书"在性质上是一样的，书就是书写、记录、记载，志也是如此。明人徐师曾《文体明辨序说》对此有解释：

> 按字书云："志者，记也，字亦作誌。"其名起于《汉书》"十志"，而后人因之，大抵记事之作也。③

---

① 闻一多：《闻一多全集》第十册《文学史编·歌与诗》，湖北人民出版社1993年版，第8—12页。
② ［日］安香居士、中村璋八辑：《纬书集成》，河北人民出版社1994年版，第856页。
③ 徐师曾：《文体明辨序说》，人民文学出版社1962年版，第146页。

这种观念的形成，自然会使得汉儒说《诗》多附会史事，但同时也说明，在汉人眼中，诗就是一种兼具叙事和抒发怀抱功能的文体，这种文体还必须承载"美刺"的社会功能。诗需要一种叙事，哪怕这种叙事是作为一种背景而不出现在诗歌之中，否则，所谓的"礼义"或"微言大义"便没有一个承载的基础。即使是班固评价汉乐府"缘事而发"，我想也和汉人对于诗和记载、叙事的关系认识有一定联系。受这种观念的影响，《焦氏易林》中的林辞多和叙事有关，哪怕这些叙事按照严格的叙事理论显得不太规范，不太完整，或者只是一些片断或只言片语，但它毕竟是叙事或叙事因素，这种不完整或只言片语是受制于它的短小的篇幅的。《易林》中所叙之事，要么是历史往事，要么是神话传说，要么就是诗人当时耳闻目睹或虚构之事，正是在这些"事"的基础上，《易林》完成了它的抒情、劝诫、教诲、警告、说理或诏告吉凶的功能。这种密切的诗与事的联系，是《易林》受到汉代诗学影响所致，充分显示出中国诗歌的古老形态。但是在后世"诗缘情"主导下的诗歌传统下，《易林》这种古老的诗歌形态便被看作正统诗歌的"另类"而不被欢迎或不被看作诗，事实上最早的诗应该是《易林》这种形态而不是后者。

《焦氏易林》在汉代诗学背景之下，受到《诗经》的影响是非常明显的：

其一，《易林》的句式受到《诗经》的影响，前文已述。

其二，《易林》的写实主义受到《诗经》的影响，后文详论。

其三，《易林》在表现手法方面借鉴了《诗经》赋比兴的手法，尤其对比兴进行了开拓和发展，并将它同《周易》的象学结合在一起，后文详论。

其四，《易林》引用、化用《诗经》者极多，前文已述。

第三节 《焦氏易林》及其文学背景

要考察《焦氏易林》的文学价值，需将之放在整个汉代文学发展流变的过程中做一宏观把握。汉代文学的发展流变，很多文学史已有较为详细的论述，故本文对于文学背景之介绍，仅述其大概，且择与《焦氏易林》最有关系者进行论述。

焦赣生活的时代,是在武帝后期及昭、宣、元、成之间。西汉建立之初,文士多在文章中沉浸于对历史的反思,以期得到一种治乱的规律,而且,由于新的王朝刚刚建立,人心思治,社会安宁,在文士之间到处洋溢着一种积极乐观、参与社会政治的热情。这种价值取向,使得汉代文学体现出一种昂扬向上、自强不息的精神。尽管焦赣生活的时代已经是西汉王朝由盛转衰的开始,但是受这种士人价值取向的影响,在《焦氏易林》中也随处可见他对社会生活的极大关注和对国家政治的关心,讽谏之辞以及对现实美好生活的歌颂兼具其中,和整个汉代文学肯定现实生活的总体风格相一致。

　　汉代文学之中,成为一代之文学的是辞赋。辞赋之广泛流行,是和一个时代的客观社会背景以及人们的好尚分不开的。汉赋之发达也只能出现在汉代,因为后世的朝代基本上已经不再具备这些主客观条件了。汉代初期受楚文化的影响,解读楚辞成为一种专门的学问,再加上统治者的喜好,辞赋的创作便蔚然成风。因此,在汉武帝时代乃至以后,凡有大事,必有与之相应的辞赋产生。文人学士向朝廷献赋,朝廷或藩王、贵族在宴乐之际以辞赋作为娱乐文化之一种,这些都使得辞赋的创作在当时成为一件雅事。文人学士在辞赋方面相互竞争或模仿,使辞赋的创作和影响几乎统治了整个文坛。

　　就在大多数的文人把精力投入到辞赋创作中的时候,焦赣唯独钟情于诗歌的创作,这不能不说是一件值得重视的事情。关于汉代的诗歌创作,一般学者都认为非常薄弱。早在钟嵘的《诗品序》中就说,汉代"吟咏靡闻",就是近代以来的著名学者,对汉诗的发展也不无遗憾,比如郑振铎先生就说:"汉代乃是诗思最消歇的一个时代。"[①] 余冠英先生也说:"汉乐府民歌被搜集的时候正是诗歌中衰的时代,那时文人的歌咏是没有力量的。"[②] 这些先生或许由于时代的原因而对汉诗如此评价,在文学研究较为深入的今天,仍有人持这种类似的观点,如傅庚生先生在为杨生枝的《乐府诗史》写的序言中就说:"《诗经》以后400年左右的汉代,正

[①] 郑振铎:《中国俗文学史》,商务印书馆2005年版,第38页。
[②] 余冠英:《汉魏六朝诗论丛》,上海古典文学出版社1956年版,第14页。

是中国诗坛中衰和落寞的时代。"① 这些先生的论断,也不是没有道理,他们立论的基础大概是针对文人创作的诗歌。于是乎本着这一逻辑,最近还有学者这样总结汉代诗坛:汉代"四百年诗史,却大致是一片空白(不知名的乐府和古诗除外)。这令人产生疑惑,为什么汉代在《诗经》、《楚辞》文学的基础上,诗歌却没有得到继续的开拓和发展?"② 持这种观点当不止以上数家。我们翻检逯钦立先生的《先秦汉魏晋南北朝诗》,录存的汉代诗歌(包括残缺者和童谣)大概有六百三十多首,这无疑和两汉四百年的历史不相匹配,况且,属于有名姓可考的文人诗则更少。赵敏俐先生认为两汉创作的诗歌当不止这些,湮灭的应有很多,认为"汉帝国的统一强盛,促进了汉诗创作的空前繁荣,同时也开创了独具特色的时代创作局面"③。这种观点应该是可取的。在这样的诗歌创作背景下来考察《焦氏易林》,它的文学史意义无疑是非常重大的,甚至夸张一点说,《焦氏易林》的出现,可以改变人们对汉代诗歌的习惯性认识,那就是汉代诗坛的文人创作并非一片空白,尚有《易林》这样精彩的作品照亮汉诗的天空,尚有焦赣这样一位诗人以一种沉郁忧患、老辣平实的调子在吟咏歌唱。

焦赣虽然在当时以一种非常强烈的自主意识不顾大家纷纷创作辞赋的做法而进行诗歌的创作,但是《焦氏易林》在汉赋鼎盛时期出现,不能不受到这种文学精神的影响。我们说汉大赋是和西汉的大一统相一致的,这体现在汉赋篇幅的宏大,气势的恢宏和描写事物的不遗巨细。受这种大一统时代精神的影响,《史记》也体现出这种磅礴和巨丽之美。《焦氏易林》的篇幅是短小的,但它的四千零九十六数之卦变及其林辞,相对于《周易》的六十四卦来说,无疑是一种涵盖宇宙的广博。如果把《焦氏易林》看作一个有机的整体的话,它一样具有汉大赋的恢宏磅礴。而且,在《易林》当中,还有一些赋法的运用和汉赋的笔法结构,它的某些诗篇和辞赋中的诗体赋也很相似,而其中的某些题材和汉赋也有相同之处。汉赋虽然篇数众多,但它们有一个共同的特点就是"讽劝",并且是"曲

---

① 傅庚生:《乐府诗史·序》,青海人民出版社1985年版,第2页。
② 汪春泓:《从铜镜铭文蠡测汉代诗学》,《文学遗产》2004年第3期,第20页。
③ 赵敏俐:《周汉诗歌综论》,学苑出版社2002年版,第211页。

终奏雅",多在篇末点明,而《焦氏易林》的"讽劝"之作亦复不少,且也多在末尾说明意旨。这些都足以使我们将《焦氏易林》和汉赋联系起来进行研究。

说到汉代的诗歌,就不能不提汉乐府诗。焦赣生活的时期也是汉乐府最为鼎盛的阶段,朝廷不仅组织相关人员到民间搜集歌谣乐曲,还组织文人进行诗歌创作以供乐府使用。生活在民间的焦赣自然不会逃逸这一全国性的风气之外。就一般文人来讲,他们面对着民间乐府民歌这种新鲜的艺术形式,总是按捺不住内心的兴奋与激动的,于是也纷纷进行模仿的尝试。与民间生活保持近距离的焦赣,自然也大量汲取了民间乐府的艺术营养,比如像民间乐府的语言形式、民间乐府的题材,甚至民间乐府的诗句,焦赣都兼蓄并包地为我所用。比如汉乐府当中以禽兽为题材的寓言诗,在《易林》中数量极大,且二者很多写法和表现的思想一致,乐府中的神仙题材诗歌在《易林》当中也数量可观。尤其重要者,汉乐府的"感于哀乐,缘事而发"的现实主义精神,在《易林》当中得到了淋漓尽致的体现。汉乐府所表现的深广的社会生活面在《易林》当中则更为开阔。当然,这一点和汉代社会的制度不无关联。因为汉代社会作为一个封建社会,其主要的社会构成是平民和地主,因此汉代文学中平民化的趋势是比较明显的,这在《史记》写人不局限于王公贵族方面就已初露端倪,像汉乐府和《焦氏易林》更是如此。它们表现了社会的底层生活,代表了一种平民百姓的歌哭,所写的题材有求仙、饮酒、疾病、游玩、歌舞、巫医、商人、囚犯、农民、士卒、泼妇、孤寡等各个方面。

如果说汉代文学发展存在着民间创作和文人创作的互渗互动的话,诗歌创作应该最能体现这一特征。而在诗歌创作方面,《焦氏易林》无疑是体现这一民间创作和文人创作互渗互动的最为典型最为直接、明显的成功个案。

西汉自武帝后期,渐趋衰败,且政治黑暗,已是基本的史实。而西汉之学术(经学)与文学的最大特色是与政治结合或曰干预政治、经世致用。政治风气一变,则文学自不能不随之一变。"君权旁落,外戚中宦交替专权,政局多变,给这一时期的思想文化及士人心态带来巨大影响。"[1]

---

[1] 张峰屹:《西汉文学思想史》,南开大学出版社2001年版,第208页。

于是文人们开始从大一统的精神当中生发出了朦胧的自觉意识,一部分人因此疏离政治或归隐,一部分人却以所学讥斥黑暗势力。文人因政治原因遭受迫害者越来越多,个体命运的悲剧成为这一时期文学中较为集中的慨叹,作品之中时常流露出忧患之语。《易林》中处处流露出的悲天悯人、"作此哀诗,以告孔忧"的基调,亦与西汉中后期的文学思想有关。退隐思想也正是这一时期在文人之中抬头的。焦赣在这种时代风气之下,隐于卜筮之中,然而以一种超越的姿态,借助于卜筮刻意为文,流露出强烈的"造艺意愿"。焦氏之著,正是疏离政治而又不失社会道义的产物,故而有大量以灾异斥浊政之作,大量哀农伤孤之叹,大量忧患深思之语。唯其疏离政治冷眼旁观而又对人世作大注目,故其境界阔大,闻一多先生称其为"悲天悯人""同情心—博大",故可称为一种佛教所谓的"大悲心"。而《易林》中的一些反映隐逸思想的作品,也正是这一时期时代的烙印。

西汉中后期的文风,也开始由汉初大一统天下热衷于功名、经世的重群体、政治而回归到自我个体。重抒情,去华赡,尚质朴自然的文风开始流行。《易林》的文风以及大量关于个体命运偶然性悲剧的哀叹,正是这一时期西汉文风和文学思想的一种折射。

此外,考察汉代文人可以发现,他们中的很多人是依附于朝廷或者王公贵族的,加之在汉武帝之后朝廷对文人以倡蓄之,文人的侍从身份格外明显。这些侍从文人为了迎合朝廷或主人,一味地歌功颂德,缺乏应有的个性特征。西汉后期的文人开始出现了个性的意识,生活于此际的焦赣,再加上他特殊的身份,自然而然就保持了一种自主的个性,在作品中显得非常突出。

第三章

《焦氏易林》文学研究

在以上的两章当中，我们主要是从作者和文本的生成及其外部环境进行了研究。在这一章当中，将以文本为基础，做一种纯文本的文学研究。研究的对象主要是《焦氏易林》对兴象系统和现实主义的继承与发展、《焦氏易林》在摄象明理方面的造诣——哲理诗方面的成就等。其中，在探讨兴象系统时，本书采用广义的兴象理论，认为游仙诗、咏物诗、寓言诗和咏史诗在本质上都是以文本表面所构筑的事象、物象来寄寓一种幽隐之意，它们所要表达的重点，不是呈现在读者眼前的具体之象，而是要作者透过具体之象，领会其象外之意。所以，本书将以上诸种诗作看做《焦氏易林》在兴象方面的成就体现。在论述《焦氏易林》的现实主义时，本书按照诗歌内容的不同将之分为五类，即政治讽喻诗、悯农劳动诗、人生感悟诗、底层世相诗和对征夫、女性的描写及其爱情诗，通过这些具体作品的考察，分析《焦氏易林》的现实主义精神。通过以上种种分析研究，认为《焦氏易林》实为《诗经》之后四言诗的又一座丰碑。

第一节 《焦氏易林》与四言诗

中国四言诗的源头，应上溯到上古的四言歌谣，如《吴越春秋》所载《弹歌》："断竹续竹，飞土逐肉。"《礼记·郊特牲》中的《蜡辞》："土反其宅，水归其壑，昆虫毋作。草木归其泽。"后者则杂一句五言。在《周易》中，四言而似诗者更为增多，如"龙战于野，其血玄黄"（《坤·上六》）、"鹤鸣在阴，其子和之。我有好爵，吾与尔靡之"（《中孚·九二》）、"密云不雨，自我西郊"（《小畜·六五》）、"贲如皤如，白马翰如，匪寇婚媾"(《贲·六四》)、"虎视眈眈，其欲逐逐"(《颐·六四》)、"鸿渐于磐，饮食衎衎"、"鸿渐于陆，夫征不复，妇孕不育"(《渐·六二、六三》)等。上古二言、三言的歌谣，是从劳动中产生的，其节奏由两方面的因素决定："一是在原始社会，生产技术幼稚，从而劳动动作也很简单，而歌的拍子总是十分精确地适应于这种劳动所特有的生产动作的节奏。这时劳动的节奏是短促的、鲜明的、整齐的，因而伴随劳动动作产生出来的诗歌，它的句式也必然是简短的。""第二是与本民族的语言特点紧密相联的"，汉语在当时多为单音节词，二字或三字便可成句表意。①"随着社会和语言的向前发展，诗歌的内容和形式都会多样化起来，同时，诗歌创作中的单纯的功利目的，也会逐渐渗透进更多的审美需要和审美趣味。"②四言诗正是在这种背景下发展起来的。

说到四言诗，便不能绕过《诗经》，它代表着我国四言诗的最高成就。作为群体创作的我国第一部诗歌总集，它的现实主义精神，它开创的比兴手法及四言句式、重章叠句的结构和叠音词的出神入化的运用，都为我国诗歌的发展产生了十分重要的影响。这种四言体，"虽体漫于战国，却流行于汉魏六朝"③。汉代四言诗，亦颇兴盛。"汉初四言，韦孟首唱。匡谏之义，继轨周人"④。汉末又有曹操、曹植四言诗，皆见功力，后继者又有王粲等人，"《雅》流而为汉韦孟、韦玄成、魏曹操、王粲之四言"⑤。以四言见长者，又有魏末之嵇康，如其《赠秀才入军》十八首皆四言。至东晋，四言诗亦被很多诗人尝试，其卓著者，为陶渊明，如其《时运》，颇有古雅之韵。有唐以降，四言诗之运用者，尚有李白、王维、柳宗元等人，但就创作总体来看，四言诗已现式微之势。除了单独成篇的四言诗之外，一些正史的论赞及碑志中的铭或颂也为整齐押韵的四言形式，它们大多模仿《诗经》中的雅颂，典丽庄重，因其非独立成篇，故不论。以上为四言诗之发展大略。

既然四言诗流行于汉魏六朝，我们不妨取一横截面，看一下汉代四言

---

① 褚斌杰、谭家健：《先秦文学史》，人民文学出版社1998年版，第25—26页。
② 同上书，第26页。
③ 同上书，第158页。
④ 刘勰：《文心雕龙今译·明诗》，周振甫今译，中华书局1986年版，第58页。
⑤ 许学夷：《诗源辩体》，人民文学出版社1987年版，第1页。

诗。在考察汉代四言诗时，只有屈指可数的文学研究论著提到《焦氏易林》。如上海古籍出版社 2001 年出版、赵义山与李修生主编的《中国分体文学史·诗歌卷》中谈到四言诗时云："西汉文人四言诗较少个人抒情，故缺乏生机。值得提到的，有韦孟《讽谏诗》，篇幅颇长，体近《小雅》，而情辞少逊；而《焦氏易林》以四言韵语作爻辞，有一些生动的短篇。到汉末，文人四言诗又恢复抒情传统，如朱穆《与刘伯宗绝交诗》、仲长统《述志》诗、秦嘉《赠妇》诗等，或大展玄风，或清词丽句，实开魏晋诗先声。"① 我们且看《易林》的"一些生动短篇"与西汉"较少个人抒情，缺乏生机"的文人四言诗有何不同。

关于四言诗，钟嵘《诗品·序》云："夫四言，文约意广，取效风骚，便可多得，每苦文繁意少，故世罕习焉。"可见四言之难作。而汉代四言诗，前人又分两派："汉四言自有二派：《安世》、《讽谏》、《自劾》等篇，典则淳深，商周之遗轨也；《黄鹄》、《紫芝》、《八公》等篇，瑰奇风藻，魏晋之前驱也。"② "典则淳深"一类，当是上承《雅》《颂》而来；"瑰奇风藻"一类，当是"取效风骚"。《易林》中的四言诗，属于后者居多。姑比较一二。

韦孟四言，仅存二首：《讽谏诗》《在邹诗》。《讽谏诗》其实是一篇训诫词，其最后一段云：

> 瞻惟我王，时靡不练。
> 兴国救颠，孰违悔过。
> 追思黄发，秦穆以霸。
> 岁月其徂，年其逮耇。
> 于赫君子，庶显于后。
> 我王如何，曾不斯览？
> 黄发不近，胡不时鉴。

读其诗，而毫无诗味，真正是"体近《小雅》，而情辞少逊"。诗若无情，

---

① 赵义山、李修生：《中国分体文学史·诗歌卷》，上海古籍出版社 2001 年版，第 22 页。
② 胡应麟：《诗薮》，中华书局 1962 年版，第 8 页。

何以为诗？其《在邹诗》则较前者稍有诗味，如：

> 我既迁逝，必存我旧。
> 梦我溴上，立于王朝。
> 其梦如何？梦争王室。
> 其争如何？梦王我弼。
> 瘴其外邦，叹其喟然。
> 念我祖考，泣涕其涟。
> ……

尽管如此，徐昌谷仍说："韦孟辈四言，窘缚不荡"，而不能自由抒怀，之所以如此，是因为受"《雅》、《颂》困耳"[①]。至于韦玄成，基本与焦赣同时代，其四言诗有《自劾诗》《戒子孙诗》，前者七十六句，后者五十六句，然而格局狭促，意韵寡淡，正犯了钟嵘所谓"文繁意少"的弊病。西汉初年四言诗较工者，当为东方朔，其《诫子诗》富含人生体验，寓理于诗，颇堪玩味，而其数量与题材之微，自难与《易林》相较矣。汉代有姓名可考之四言诗，尚有王嫱《怨诗》、应季先《美严王思诗》，不再一一列举，其诗意亦佳。

西汉四言诗，尚有存于乐府者。这类四言诗，大多颂扬之辞，取则《雅》《颂》，正如胡应麟所言："辞极古奥，意至幽深，错以流丽"（《诗薮》内篇一），如《安世房中歌》十七首、《郊祀歌》十九首，均是如此。但其中亦不乏或质朴或清丽者，皆富诗意。《易林》之体，与汉乐府此类四言风格相似者甚多，此当为焦赣从乐府民歌中汲取营养所致。

此外，根据逯钦立先生的《先秦汉魏晋南北朝诗》所载，汉代四言诗还有一些零星的歌谣。这些歌谣大都富有浓郁的民间气息，其风格亦有和《易林》相似者，惜乎数量不多，不再一一列举。

现在我们随意在《易林》中取出数首，其四言诗水平，只要稍知诗艺欣赏，其与西汉其他四言诗相较，高下立分。

---

① 许学夷：《诗源辩体》，人民文学出版社1987年版，第56页。

采唐沫乡，要我桑中。失信不会，忧思约带。

（《师》之《噬嗑》）

何草不黄，至未尽玄。室家分离，悲愁于心。

（《蒙》之《蒙》）

桃雀窃脂，巢于小枝。摇动不安，为风所吹。寒心栗栗，常忧殆危。

（《噬嗑》之《涣》）

三女求夫，伺候山隅。不见复关，长思忧叹。

（《乾》之《家人》）

驾福乘喜，车至嘉国。戴庆南行，离我屋室。

（《解》之《睽》）

目不可合，忧来搔足。悚惕危惧，去其邦域。

（《谦》之《大畜》）

独坐西垣，莫与笑言。秋风多哀，使我心悲。

（《艮》之《否》）

以上选《易林》诗七首，皆为短章，然而情挚感人，文约意丰，炼字精简，且不乏奇特的比喻及情景浑然的交融。如第一首，化用《诗经·鄘风·桑中》诗句，实神化之笔，《十九首》"相去日已远，衣带日已缓"及宋词"衣带渐宽终不悔，为伊消得人憔悴"之意，焦氏仅以"忧思约带"四字当之，而情态毕出，足见炼字功力；第二首化用《诗经·小雅·何草不黄》句意，以草未入冬而先枯之象比室妇因夫服役长久不归以致"悲愁于心"的憔悴之态，真挚感人；第三首以雀喻人，似后世寓言，状底层人士生存之艰辛，形象生动；第四首用《诗经·卫风·氓》意，写三个年轻女性至婚龄而无夫，或为思春，或反映长年征伐致使男丁稀少的社会现实，凄婉哀切；第五、第六首，皆想象奇特，一写喜，一写忧，但皆使无形之物具象化，此种开创性的活泼想象，颇类生动的民间俚语，在《易林》中还有很多；第七首写孤独哀愁之情，只身一人，"独坐西垣"，秋风拂面，或叹人生之艰辛，或品社会之苍凉，情景交融，引人无限感慨。

汉人之所以创作四言诗，是因为在他们的眼中只有像《诗经》一样的四言诗才是诗之正体，这种四言诗代表着一种典雅和正统。古老的四言诗形式到了汉代，随着《诗经》地位的提高，使这种四言的范式拥有了一种神圣、严肃的色彩。再加上四言诗尤其是《诗经》中的大小雅的规范整齐的句式、典雅的语言以及考究的措辞，自然而然地便显示出一种平和舒缓和庄严典则，这也便是后人所总结出来的"温柔敦厚"的诗教。事实上这种"温柔敦厚"不是一种先入为主的主观追求，而是四言诗这种独特的形式自然而然所呈现出来的一种客观的表达效果。这种"温柔敦厚"的客观表达效果随着《诗经》权威地位的确立而成为四言诗创作的一条铁律，因此，四言诗语言的典丽化便慢慢凝固而不可改变，这无疑会导致四言诗的衰竭。也正是因为大家都公认四言诗应该是典雅的，所以刘勰在《文心雕龙·明诗》中说，"汉初四言，韦孟首唱，匡谏之义，继轨周人""若夫四言正体，则雅润为本"。汉代文人所创作的四言诗在文辞风格上追求的就是像《诗经》雅颂一样的雅润风格，而在思想内容方面则多"匡谏之义"。

四言的形式在汉代诗歌领域代表着一种正统和对经典的膜拜，这多多少少显示出汉人怀古之情。但是文学要随着社会的发展而发展，在发展的过程中，既要有创新，又要有对传统的继承，而对于文学来讲，所谓的传统更多的是一种文学形式所形成的传统。《焦氏易林》采用四言这种诗歌形式，是对文学传统的一种继承，但是，如果仅仅是继承还不足以显示《易林》的文学成就，因为如果单纯地模仿《诗经》是没有出路的，《诗经》的伟大成就会使每一位专心创作四言诗的诗人形成一种心理上的文化压力，所以，就像宋人面对丰厚的唐诗文化遗产要作格律诗一样，那种痛苦的焦虑是可想而知的。在这种情况下，文学自身的发展为焦赣打开了一扇旁出的大门，透过这扇大门扑面而来的是民间乐府这股清新的空气。焦赣正是为这股清新的空气而激动，他在没有破坏传统四言诗形式的前提下借鉴了乐府清新质朴、平实朴茂的语言甚至口语俗语，创造性地实现了四言诗在汉代的转换，即以典雅传统的四言形式，植入生动活泼的乐府式的语言，并继承《诗经》"饥者歌其食，劳者歌其事"和汉乐府"感于哀乐，缘事而发"的现实主义精神，抒写宇宙众生的喜怒哀乐。也正因如此，《焦氏易林》的艺术成就迥出汉人其他四言诗之上。

以上我们所列举的七首诗歌也只是《易林》之一斑，其四千九十六首卦辞，去其重复，尚有近两千五百首，再去其卜辞性强而稍逊情辞者，至少还有一千多首。更重要的是，它完全出自一人，不像《诗经》是集体创作。因此，无论从质量还是数量上讲，它都堪称继《诗经》后我国文学史上四言诗的又一座丰碑。

第二节 《焦氏易林》集兴象之大成

《焦氏易林》在易学方面的突出成就是象，它将《周易》之象无限地推衍，丰富了《易》象系统，而在文学手法方面又继承发展了《诗经》的比兴手法，在具体的林辞中，作为《易》象出现的具体之物有时又是比兴手法的运用，因此，《焦氏易林》中的《易》象和比兴常常形成一种交叉的关系。在这一节中，本书主要探讨《诗》兴与《易》之间的关系以及《易林》之象如何转化为文学之象。为了便于叙述及各个章节的平衡，本书把属于《焦氏易林》兴象系统的游仙诗等四个部分单列为四节，事实上，它们都只是《易林》兴象系统的一个表现而已。

一 《诗》兴与《易》象

《易林》四言诗，上承《诗经》之《国风》，旁汲乐府之民间诗，此就其总体审美风格而言。而其表现手法，则一承《易》之象，一取《诗》之兴。因为《易林》为易学之别传，故其言易象，又因《易林》之作者以诗的手法来表情达意（"作此哀诗，以告孔忧"），故而若要含蓄，必藉比兴。关于这一点，闻一多先生说："隐在六经中相当于《易》的'象'和《诗》的'兴'（喻不用讲是《诗》的'比'），预言必须具有神秘性（天机不可泄露），所以占卜家的语言中少不了象。《诗》——作为社会诗、政治诗的雅，和作为风情诗的风，在多种性质的沓布（taboo）的监视下，必须带着伪装，秘密行动。所以诗人的语言中，尤其不能没有兴。象与兴实际都是隐，有话不能明说的隐。所以《易》有《诗》的效果，《诗》亦兼有《易》的功能，而二者在形式上往往不能分别。"[①] 此处说"《易》有《诗》的效果"是说《易》因用象而使其辞含蓄优美，即《周

---

① 《闻一多全集》第一卷，生活·读书·新知三联书店1982年版，第118页。

易·系辞下》所谓"其称名也小，其取类也大。其旨远，其辞文，其言曲而中，其事肆而隐"。说"《诗》亦兼有《易》的功能"，是说由所诵之《诗》可知其人之优劣，其国之兴衰，即具有前知、判断功能，这在《左传》中事例很多。《焦氏易林》更是兼《诗》与《易》的功能而备之。钱锺书《管锥编》增订卷《焦氏易林》一章云："占卜之词不害为诗，正如诗篇可当卜词用。《坚瓠秘集》卷五《签诀》记'射洪陆使君庙以杜少陵诗为签，亦验'即是一例。"① 亦可证诗的功能与《易》通。《诗》之兴有兼可以比解者，故后人每比兴连用，二者在以此物写彼物的功能上是相同的，所不同者，"比显而兴隐"。"《易》有'象'而《诗》有'比'，皆拟之形容，古人早已相提并举。"② 持此论者，最有代表性者为章学诚："《易》象虽包六艺，与《诗》之比兴，尤为表里。""《易》象通于《诗》之比兴，《易》辞通于《春秋》之例。"③ 而按照闻一多先生的观点，象与兴（比兴合称，其实就是隐喻），都可以隐称之。什么又是隐呢？"隐也者，文外之重旨也者，……隐以复意为工，……夫隐之为体，义生文外，秘响旁通，伏采潜发，譬爻象之变互体，川渎之韫珠玉也。故互体变爻，而化成四象；珠玉潜水，而澜表方圆。"④ 这是刘勰对隐下的定义及对其功能的阐发。对于隐的应用例证，他指出："将欲征隐，聊可指篇：《古诗》之别离，乐府之《长城》，调远旨深，而复兼乎比兴。"⑤ 可见，刘勰在考察隐时，是将《易》之象（"譬爻象之变互体"）与比兴同等看待的。而《易林》的用象，互体之象又占很大比重，正因为如此，才具备了"调远旨深"的审美效果。且刘勰在说及《易》的表达效果时说："故《系》称旨远辞文，言中事隐。"说及《诗》的审美效果时则云："藻辞谲喻，温秀在诵，故最附深哀矣。"⑥ 这种相似的效果正是由于《易》用象而《诗》用比兴的缘故。

然而，对于象与比兴，亦有认为"貌同而心异"者，二者不可等量

---

① 钱锺书：《管锥编》第五册，中华书局1986年版，第43页。
② 同上书，第438页。
③ 章学诚：《文史通义校注》，叶瑛校注，中华书局1985年版，第20页。
④ 刘勰：《文心雕龙今译》，周振甫今译，中华书局1986年版，第352页。
⑤ 同上书，第354页。
⑥ 同上书，第28页。

第三章　《焦氏易林》文学研究　135

齐观，如钱锺书先生。其在《管锥编》中说："《易》之有象，取譬明理也，'所以喻道，而非道也'（语本《淮南子·说山训》）。求道之能喻而理之能明，初不拘泥于某象，变其象也可；及道之既喻而理之既明，亦不恋着于象，舍象也可。……词章之拟象比喻则异乎是。诗也者，有象之言，依象以成言；舍象忘言，是无诗矣，变象易言，是别为一诗甚且非诗矣。故《易》之拟象不即，指示意义之符（sign）也；《诗》之比喻不离，显示意义之迹（icon）也。不即者可以取代，不离者勿容更张。……是故《易》之象，义理寄宿之蘧庐也，乐饵以止过客之旅亭也；《诗》之喻，文情归宿之菀袤也，哭斯歌斯、聚骨肉之家室也。倘视《易》之象如《诗》之喻，未尝不可撷我春华，拾其芳草。……苟反其道，以《诗》之喻视同《易》之象，等不离者于不即，于是持'诗无通诂'之论，作'求女思贤'之笺；忘言觅词外之意，超象揣形上之旨；丧所怀来，而亦无所得返。"①

　　上引钱先生所论，析理可谓精审。然而，尚有进一步讨论之余地。象固在于明理，而理多抽象难懂，且一般性的语言又存在达意的局限性："书不尽言，言不尽意"（《周易·系辞上》）。故而要超越这种语言的局限性，必须使用特殊的语言——象："然则圣人之意，其不可见乎？子曰：'圣人立象以尽意，设卦以尽情伪，系辞焉以尽其言。'"而比兴设喻，其功能亦在于使复杂、抽象的事、理、感情具体可感，生动易晓。故而象也好，喻也罢，都是在使用一种物象来使意义更鲜活、更原生态地真切具体地表达出来，其功能是一致的。象与喻均可视为渡义之筏，而皆非义本身，故得理可以忘象。而在文学作品中，如若体会到了喻的意韵，则浑然进入意境，亦不拘泥于喻也。钱先生论此不同之处，连用譬喻，则苟得其要领，所有譬喻均可舍弃。而象外之旨，喻外之意，确应不拘泥于象喻，否则，见指忘月，死于象喻之下。在文学实践中，此种情况又确实存在，又怎能非议"忘言觅词外之意，超象揣形上之旨"呢？"《诗》无达诂，《易》无达占，《春秋》无达例"，本是牵涉解释学的问题，前人之所以这样说，是因为《诗》用比兴，《易》以象传，《春秋》仅言史事，不加臧否，此三者皆不以语言规范出固定意义，且亦如章学诚所言，"夫象

---

① 钱锺书：《管锥编》第一册，中华书局1986年版，第12、14—15页。

欤，兴欤，例欤，官欤，风马牛不相及也，其辞可谓文矣，其理则不过曰通于类也"（《文史通义·内篇·易教下》）。因此，一卦可以多象，一物可以多兴，这样占得同一卦，因所占之事与所断之人不同，其吉凶悔吝会各有不同，此言"《易》无达占"；同样一诗，同样用一物起兴，因释读之人不同而仁智各见，取舍不同故也，此言"《诗》无达诂"；至于《春秋》，按叙事学的方法解读与按一般史实释读，其意义自有不同，若据此以逆作者之志，岂不正是"《春秋》无达例"吗？不同的意义环相而生，或并不行不悖，或互相补益，或迥然不同，这种"重旨""复意"，正是兴、象一类语言表达魅力的所在。由此亦可见，兴、象均不可泥，苟"通于类"，自可玲珑变化，不必方物。以《易》之象视如《诗》之喻固可无妨，以《诗》之喻视同《易》之象，在其表达功能效果及"通于类"的选取层面来说，亦无不可。且《易》象与《诗》象，皆不即不离关系。钱先生于《易》象重其不即，于诗象重其不离，其实《易》象仍有不离之义，不即者即不可离，得意忘象固可，若反言之，忘象者得其意者也则非。① 《易》象与《诗》之比兴的相通之处，刘勰已注意到了："观夫兴之托喻，婉而成章，称名也小，取类也大。"② 则直接用《周易·系辞》中论述《易》象的句子来描述《诗》之兴。其实象与兴的共通之处，更深层的方面在《易》与《诗》的关系上。闻一多先生的论述甚为精当："占卜与诗基本态度相同：orack & poerry。超然，静观宇宙人生。预言家离个人感情看宇宙人生秘密；诗人更进一步而设身处地以玩索之。……预言家与诗人皆见之于文字：神秘的语言——比兴。……诗人同情心亦不宜过于露骨——廉价——于此诗人愈近预言家；然预言家也为定命论者，知无可奈何故不为无谓的呻吟。……故《易》与诗关系最基本——在精神不在外表。"③ 这种卓识不是每个人都具有的，正是出于这种卓识，闻一多先生将《焦氏易林》写入了他的《中国文学史讲稿》。

象与兴既有诸多共通之性，那么，何谓象？何谓兴？二者的产生又有什么共同的基础？现分别予以梳理。

---

① 张文江：《管锥编解读》，上海古籍出版社2000年版，第4页。
② 刘勰：《文心雕龙今译》，周振甫今译，中华书局1986年版，第322页。
③ 《闻一多全集》第10卷，湖北人民出版社1993年版，第62页。

象是《周易》里的一个术语,《周易·系辞上》云:"是故夫象,圣人有以见天下之赜,而拟诸其形容,象其物宜,是故谓之象。"因此,象就是用以模拟、象征其他事、物、理的具体感性的东西,所谓"象者像也"。闻一多先生指出:"后人以卦画为象,又以卦名为象,其实皆非。象者,以事物各种变相寓吉凶之辞句也。"① 此就卦爻辞之符合象者而言。《易传》中有《说卦》一篇,专讲《易》象。《左传》所载占例的占断之辞,亦多从《易》象而出。《易林》一书,其辞全用《易》象连属而成,据尚秉和先生考证,内有许多东汉已失传的卦象,被其誉为"集象学之大成者":"由《左氏》证之,象至东汉即已失传。西汉失传与否,无从证明,然由《易林》考之,凡《左氏》所用者,《易林》皆有也;其他各《逸象》所有者,《易林》无不有。若各《逸象》所无,为《易林》所独有者,则象之失传者也。……如坤鱼兑月,其著者也。故《易林》实集象学之大成。"②《易林》不仅用象繁多,而且在用象上别出心裁,每每"多变其象,示世事之多端殊态,以破人之隅见株守,此《易林》之所长也"③。"《易林》本占筮书,如变象破执以读之,乃得哲理之用,《左传》卷昭公十二年引《论语·子路》曰:'不占而已矣!'"④ 此正是《易林》承《周易》以象示理的高明之处。

对于兴,人们的看法比对象的看法要复杂得多。历代对兴的定义,有如下几种:

子曰:"小子何莫学夫诗?诗,可以兴,可以观,可以群,可以怨。迩之事父,远之事君;多识于鸟兽草木之名。"

(《论语·阳货》)

孔安国注此"兴"为"引譬连类"。朱熹注为"感发志意"。

---

① 《闻一多全集》第 10 卷,湖北人民出版社 1993 年版,第 62 页。
② 尚秉和:《焦氏易诂》,中华书局 1991 年版,第 361 页。
③ 钱锺书:《管锥编》第二册,中华书局 1986 年版,第 573 页。
④ 张文江:《管锥编解读》,上海古籍出版社 2000 年版,第 223 页。

兴者，托事于物。

（《周礼》郑注引郑司农语）

孔颖达《毛诗正义》解此语云："兴者，起也。取譬连类，起发己心，《诗》文诸举草木鸟兽以见意者，皆兴辞也。"

赋者，敷陈之称；比者，类喻之言；兴者，有感之辞也。

（挚虞《文章流别论》）

文有尽而意有馀，兴也。

（钟嵘《诗品》）

故比者，附也；兴者，起也。附理者，切类以指事；起情者，依微以拟议。起情故兴体以立，附理故比例以生。

（刘勰《文心雕龙·比兴》）

比者，以彼物比此物也；兴者，先言他物以引起所咏之辞也。

（朱熹《诗集传》）

李仲蒙曰："叙物以言情谓之赋，情物尽也。索物以托情谓之比，情附物也。触物以起情谓之兴，物动情也。"

（杨慎《升庵诗话》卷二十"赋比兴"）

以上是古人对兴的看法。而在现代学者中，兴也成为研究的热点之一，不少学人都提出了自己的看法：朱自清在《诗言志辩·比兴》中指出："兴有两个意义，一是发端，一是譬喻。"钱穆则以修身达仁论兴："诗尚比兴，多就眼前事物，比而相通，感发而兴起。……乃所以广大其心，导达其仁。"（《论语新解》，巴蜀书社）白静之《兴的研究》则把兴解释为某种宗教礼仪活动。陈世骧则把兴解释为"初民合群举物旋游时所发出的声音"。周策纵则认为"兴"的本义是四只手托着盘子跳舞。周英雄则以现代语言学解释比兴，认为比即"隐喻"，兴即"转喻"。褚斌杰、谭家健所编《先秦文学史》则认为："先言他物，发端起情，即'兴'的手法，……先言他物是'兴'的手段，发端起情是'兴'的目的。"又说：

"'兴'本来就是民间技法。"① 以上各种说法,各有侧重,"或重其教化,或重其审美。考古学派溯本求源,不免强为之说;新派学者以今度古,令人啼笑皆非(刘按:此指一些人以今之'兴起'、'振兴'、'兴旺'等常用语推测'兴'之本义)。有人释之以'引譬联类',有人释之为'托物言事',有人释之以'触物起情',有人释之以'先举比喻然后叙说真意之法',有人释之以'气氛象征'。"② 由此可以看出人们对兴这种手法认识的不同。

对于兴的看法既有如此多的不同,则对于兴的功用及意义,也是各持己见。有人认为兴的意义只在于协韵起头,而本身与引起之文之间并无意义。持此见者,古已有之,如徐渭《青藤书屋文集》卷十七《奉师季先生书》:"《诗》之'兴'体,起句绝无意味,自古乐府亦已然。乐府盖取民俗之谣,正与古国风一类。……此真天机自动,触物发声,以启其下段欲写之情,默会亦自有妙处,决不可以意义说者。"钱锺书对此颇为赞许,亦主此说。③ 皮锡瑞《经学通论》也说:"兴则托兴,兴辞初不取义。"④ 另有胡适,其《白话文学史》云:"古人说《诗三百篇》有'兴'的一体,就是这一种无意义的起话头。"⑤ 另有顾颉刚、何定生,亦主此观点(顾氏《起兴》与《论兴诗》,何氏《关于诗的起兴》,俱见《古史辨》第三册)。李泽厚先生也这样认为。⑥ 但这种说法明显失之武断,也抹杀了《诗》中诸多比兴的例子,因此许多学者又提出了不同意见,认为兴有意义。如朱自清、钟敬文就认为兴或有比意(朱氏《关于诗的意见》,钟氏《谈谈兴诗》,俱见《古史辨》第三册)。闻一多先生也从阅读实践中证明兴有意义(见其《神话与诗·说鱼》)。李泽厚先生创"历史积淀"说,然其在兴的问题上过于简单化,认为人们"要表达情感反而要把感情停顿一下,酝酿一下,来寻找客观形象把它传达出来。这就是'托物兴词',也就是'比兴'。无论是《诗经》或近代民歌中,开头几

---

① 褚斌杰、谭家健:《先秦文学史》,人民文学出版社1998年版,第148、151页。
② 季广茂:《隐喻视野中的诗性传统》,高等教育出版社1998年版,第142页。
③ 钱锺书:《管锥编》第一册,中华书局1986年版,第64页。
④ 皮锡瑞:《经学通论》,中华书局1954年版,第62页。
⑤ 胡适:《白话文学史》,百花文艺出版社2002年版,第15页。
⑥ 李泽厚:《美学论集》,上海文艺出版社1987年版,第566页。

句经常可以是毫不相干的形象描绘，道理就在这里"①。而赵沛霖以"积淀"说为依据，通过对许多动物兴象、植物兴象的归纳考察，得出兴是"宗教观念内容向艺术形式的积淀"这个结论。② 其论虽过于机械，但以积淀释兴，可谓只眼独具。褚斌杰等《先秦文学史》也认为："'兴'既要起情，先言之物一定要与下文有某种意义上的联系。这种联系或者表现为先言之物能隐喻下文，或者表现为先言之物能渲染气氛烘托下文，或者兼而有之，既能隐喻下文，又能烘托下文。在《诗经》中，'兴'一般能隐喻下文。"③

综合以上各家，我们对兴有以下看法：

其一，兴这种形式，刚开始并非是作为艺术表现手法出现的，而是阐释诗旨的一种方法。如朱自清《诗言志辨·比兴》中指出，毛郑解诗多受《左传》赋诗言志方法的影响，"有意深求，一律用赋诗引诗的方法去说解，以断章之义为全章全篇之义，结果自然便远出常人想象之外了。而说比兴时尤然"。这种方法，早自孔子已经开创，其兴观群怨说之"兴"，"说的是诗具有作为引子启发人引譬连类的功能，借助这种功能，可以达到沟通思想、提高认识、切磋道德的目的"④。可见这种阐发诗旨是为"致用"服务的。

其二，《毛传》所称兴例，虽重在揭发诗旨，但它之所以能使人"引譬连类"，是因为它的表述方式符合一般人的思维习惯或心理结构，正是一种历史文化的积淀所致，因此，诗之作者，亦受此种积淀的支配，故而这些兴体，一开始也兼具艺术表现的含义，虽然这种表现是不自觉地微乎其微。唯其不自觉，更表现了兴这种手法所积淀的民族集体无意识——一种独特的思维方式与心理结构模式。

其三，"兴的形态特征并不固定"，而且"就其存在的位置而言，它居无定所——既可以在开端，也可以在结尾和中间，但居于开端者占了多

---

① 李泽厚：《美学论集》，上海文艺出版社 1987 年版，第 566 页。
② 赵沛霖：《兴的起源——历史积淀与诗歌艺术》，中国社会科学出版社 1987 年版，第 67 页。
③ 褚斌杰、谭家健：《先秦文学史》，人民文学出版社 1998 年版，第 149 页。
④ 梁道礼：《古代文论的现代阐释》，陕西师范大学出版社 1997 年版，第 18 页。

数"①。其位置并不重要——至少对于兴本身来说是这样,兴更重要的是其功用机制。

其四,兴与比有诸多相似之处,二者可以转化,但比是基于相似的联想,类同于隐喻的操作,体现出语言的选择功能;而兴不仅基于相似的联想,还基于相近联想,属于隐喻的转喻化,在语言的选择功能上还表现出了语言的组合功能,但其总体功能却是隐喻性的。说其有转喻功能,是因为"无论是哪一类兴象,兴表面看都属于转喻的范畴,它把自然景物与人类处境组合在一起"②。"从本质上看,兴是对外部世界的描述,但它是有直接或间接的人生含义,同时又适合于诗的抒情性的需要,因此它是现实世界与理想世界的中介,作者和读者可以凭此中介在现实世界和理想世界中自由移动,这种'自由移动'的保证就是人类的文化——神话。"③而兴所发挥功能及意义的文化——神话,其实就是一个民族的集体无意识和历史文化积淀,透过这些,我们可以发现兴的隐喻性功能。正是因为这样,兴才可以由相同文化背景的人所理解,但同时也会因不同的人、不同的时代而会有不同的解释,这正是"诗无达诂"的深层原因,也是在释读中所无法避免的。

其五,由上述几点可知,凡是兴,都有其存在的意义与功能,它不仅仅具有协韵的作用。在兴之意义产生的机制——文化——神话层面上分析,兴均有其意义,这种意义反映的正是国人特有的"天人合一"的文化结构。兴都是"把内心世界与外在世界在'天人合一'的文化基础上联结成"的一个有机体。比如顾颉刚曾举一首民歌来证明兴的功用仅在起韵:

阳山头上竹叶青,
新做媳妇像观音。

我们的分析并非如此,比如"竹叶青"一词,便与观音有相关性,

---

① 季广茂:《隐喻视野中的诗性传统》,高等教育出版社1998年版,第143—144页。
② 同上书,第150页。
③ 同上书,第151页。

因为世传观世音菩萨居住在南海紫竹林，所以，歌唱的人因见阳山而起兴，顺口诌出人间的悲欢离合，而局外人不了解其内在的思维逻辑，因此误以为兴无所取义。在这里，兴句与应句的关系虽然不是绝对的因果关系，但二者的内在联系是不可分割的。再比如《隐喻视野中的诗性传统》所举之例：

青石板响叮当，我爹卖我不商量。

作者分析道："除去合辙押韵的语言修饰功能外，这两句民谣之间的内在的文化——神话层面上的联系还是可以重建的。光溜溜的青石板，使我们把它与一贫如洗联系在一起（由于选择形成的隐喻关系）；正是因为一贫如洗，'我爹'才狠心把'我'卖掉（由于组合形成的转喻关系）。"① 我们觉得一些兴象与所起之句无内在联系，只是由于我们的时代或处境与作者不同而没有发现其联系而已。

兴和象说到底都是一种隐喻性的语言操作，二者有共同的哲学、思维模式基础。"如果说古希腊的神话与史诗塑造了西方人的诗性灵魂的话，那么中国《易经》所透露出来的天人合一、天人合德则是隐喻思维的文化根基。"② 在《周易》这本古老的典籍中，天人合一的思想是较为分明的，像《乾·文言》云："夫大人者，与天地合其德，与日月合其明，与四时合其序，与鬼神合其吉凶。"这种天人合一，是建立在国人这样的认识基础上：天人同源，天人同构，天人同感，二者都由阴阳二气的运转来生成、控制。"《易》以道阴阳"，世界总体可以分为阴阳二类，二元思维正是基于这种认识。"同声相应，同气相求。水流湿，火就燥，云从龙，风从虎"（《周易·乾·文言》），说的就是以类相从相感。而《易》象的拟定，也是遵循了类的原则，"方以类聚，物以群分"，这样就使得《易》象"其称名也，越而不杂"，象虽纷纭，且能以类推出许多新象，但有类而不杂乱，并且达到了"以通神明之德，以类万物之情"的功能。诗之兴也正是在物我相感的类的原则上产生的，"春秋代序，阴阳惨舒，物色

---

① 季广茂：《隐喻视野中的诗性传统》，高等教育出版社1998年版，第150页。
② 同上书，第153页。

之动，心亦摇焉。……情以物迁，辞以情发。……是以诗人感物，联类不穷"（《文心雕龙·物色》）。"联类不穷"，就是比兴的特征之一。郑笺《诗经·七月》"春日迟迟，采蘩祁祁，女心伤悲，殆及公子同归"云："春，女感阳气而思男；秋，士感阴气而思女。是其物化，所以悲也。"所言正是以文学的方式来表达"天人合一"的思维模式。"人累于天地之间，不能不受阴阳之消息"（《文史通义·内篇·易教下》），故苟"通于类"，皆可相取以成兴象，或象其事，或起其情，互感互因，表现的正是这种感性认知模式。至于类如何分或曰以何物兴何情，则与文化—神话的传统或曰历史文化积淀有关。"盈天地之间一气耳"，这是传统文化的背景，而气又分阴阳。王船山在讲情景相生时提出："有识之心而推诸物者焉，有不谋之物相值而生其心者焉。知斯二者可与言情矣。天地之际，新故之迹，荣落之观，流止之几，欣厌之色，形于吾身以外者化也，生于吾身以内者心也；相值而相取，一俯一仰之际，几与为通，而渤然兴矣。"（《诗广传》卷二，《论豳风·东山》）其所谓"有识之心而推诸物者焉"，即李仲蒙所谓"索物以托情"，乃先有其情，以类相托于物；其所谓"有不谋之物相值而生其心者焉"，即李仲蒙所谓"触物以起情"，乃本无其情，因物相感而生；"相值""相取"，虽其情生起先后有别，一为同类感而生情，一为先有情而以类相托，因其均遵循"天人合一"原则，故虽授受之际，相与值取之间，可以冥然契合。这一点颇似西方所说的感情的客观对应物（counterpart）。兴象与所起之情的关系，正是王船山所说的"自然一时之中寓目同感，在天合气，在地合理，在人合情，不用意而物无亲"（《古诗评选》卷四，刘桢《公燕诗》评语）的情况。这种天人互感，开始只是无意识的，因此兴在起初并不是一种自觉的表现手法，正如王船山所言："要以俯仰物理，而咏叹之，用见理随物理，唯人所感皆可类通；初非有所指斥一人一事，不敢明言，而姑为隐语也。"（《夕堂永日绪论内编》）兴象与人的内心世界，可以建立一一对应的关系，王船山云："情者阴阳之几也，物者天地之产也。阴阳之几动于心，天地之产应于外。故外有其物，内可有其情；内有其情，外必有其物。……天下之物与吾情相当者不乏矣。"（《诗广传》）《诗》之兴并无多少自觉性可言，它是零散的、审美化的，而《易》之象却是自觉地、集中的分类与归纳的结果，在审美化的思维方式中，更多地又透出理论化的色彩，但二者的

"天人合一"思维方式是相同的。

兴和象后来合称为兴象（始见于殷璠《河岳英灵集》），与象相关联，又产生出"意象"，进而又生出"意境""象外之旨""言有尽而意无穷"等批评术语，均与兴、象的隐喻性有关。兴象不仅是一种语言上的修辞行为，更是一种心理行为、文化行为。其所包含甚多，朱自清在《诗言志辨·赋比兴通释》云："后世的比体诗可以说是有四大类：咏史、游仙、艳情、咏物。"这些固属兴象的支流，其实还应包括寓言、用典在内，后世叙事文学中的意象也是兴象文化的产物。若按章学诚所言，几乎一切都是"象"："象之所包广矣，非徒《易》而已，六艺莫不兼之。"（《文史通义·易教下》）的确如此，宽泛地说，中国文学中无处不含有兴象的因素。

以上就兴象做简要分析。《易林》之所以集兴象之大成，不仅是因为它丰富了《易》象，承继了《诗》兴，更在于它十分自觉地使用兴象来创作，这表现在它化用《诗》意来起兴，出入六经诸子来用典，变化《易》象来示理传情，并且利用兴象创作了不少寓言诗、咏史诗、咏物诗、游仙诗等。

《易林》化用《诗》来起兴，非常多见。其中，或以《诗》意立题，或承《诗》意又别为一诗，当然，有些也可看作化用《诗》典。王先谦以为焦氏习齐诗，故以为凡《易林》言《诗》处，皆齐诗说。其实，说焦赣习齐诗固无不可，但若视其言《诗》处皆齐诗，并不确然，其中当有焦氏受《诗》启发而别为新诗者。这类诗因化用《诗经》句、意，上承《诗》之比兴，自不待言，如：

氓伯以婚，抱布自媒。弃礼急情，卒罹悔忧。

（《蒙》之《困》）

桑之将落，陨其黄叶。失势倾侧，而无所立。

（《泰》之《无妄》）

雎鸠淑女，贤圣配耦。宜家寿福，吉庆长久。

（《履》之《无妄》）

葛藟蒙棘，华不得实。谗佞为政，使恩壅塞。

（《泰》之《蒙》）

　　　　泛泛柏舟，流行不休。耿耿痻瘝，心怀大忧。仁不逢时，复隐
　　穷居。

（《屯》之《乾》）

　　春桃生花，季女宜家。受福多年，男为邦君。

（《否》之《随》）

　　蝃蝀充侧，佞人倾惑。女谒横行，正道壅塞。

（《蛊》之《复》）

　　鹤鸣九皋，避世隐居。抱朴守贞，竟不随时。

（《师》之《艮》）

　　南循汝水，伐树斩枝。过时不遇，怒如调饥。

（《兑》之《噬嗑》）

　　青蝇集蕃，君子信谗。害贤伤忠，患生妇人。

（《豫》之《困》）

以上仅举十首，已可见一斑：第一首化用《诗·卫风·氓》"氓之蚩蚩，抱布贸丝。匪来贸丝，来即我谋"。"抱布自媒"，可见当时订婚礼用布帛，亦有后世以布成匹，匹配之义，故以"抱布"起兴；第二首亦化用《诗·卫风·氓》"桑之落矣，其黄而陨"，则以桑叶黄陨，来暗隐女方色衰爱弛；第三首化用《诗·周南·关雎》意，径以雎鸠匹配象淑女、君子结合；第四首化用《诗·王风·葛藟》，则以葛隐喻奸佞小人；第五首化用《诗·邶风·柏舟》"泛彼柏舟，亦泛其流。耿耿不寐，如有隐忧"，则以柏舟泛流无依之状，象不能被任用而归隐之境，一如孔子所云"道不行，乘桴浮于海"之意；第六首化用《诗·周南·桃夭》"桃之夭夭，灼灼其华。之子于归，宜其室家"，以"春桃生花"要结实隐喻女子适龄待嫁，桃花亦可象"季女"容貌艳丽，故以此起兴，亦可知上古嫁娶多在春季；第七首化用《诗·鄘风·蝃蝀》，以天地淫气所成之蝃蝀（虹），暗指后宫进谗之人；第八首化用《诗·小雅·鹤鸣》"鹤鸣于九皋，声闻于野"句，以鹤象征"抱朴守贞"的隐士，正后世"闲云野鹤"之谓；第九首化用《诗·周南·汝坟》"遵彼汝坟，伐其条枚，未见君子，怒如调饥"句，写一大龄失去婚期之人，沿汝水砍柴，以伐薪喻思婚，以汝水喻"过时不遇"之愁情，正后世"恰似一江春水向东流"之意；第十

首化用《诗·小雅·青蝇》"营营青蝇,止于樊"句,以青蝇比喻钻营进谗言的奸佞小人。

此外,《易林》还有另立兴象者,如:

> 蚁封户穴,大雨将集。鹊起数鸣,牝鸡叹室。相梦雄父,未到在道。
>
> (《震》之《蹇》)
>
> 槽空无实,豚彘不食。庶民屈竭,离其居室。
>
> (《姤》之《节》)
>
> 河水小鱼,不宜劳烦。苛政苦民,君受其患。
>
> (《无妄》之《丰》)

第一首以雨象两性相爱,以鹊鸣象征有人远至,以"牝鸡叹室"比喻思妇在家叹思丈夫;第二首以猪槽无食比喻百姓困顿、贫苦;第三首前两句为兴,以水鱼喻臣民,如老子曰"治大国如烹小鲜"同一取象,以易象释亦通,《易》坤为水,为鱼,而坤又为众,为臣民,以乾为君相对应,可见以水、鱼喻臣民,由来尚矣。

《易林》用象,大为钱锺书先生击节,如:

> 三狸搏鼠,遮遏前后。死于圂城,不得脱走。
>
> (《离》之《遯》)
>
> 三虎搏狼,力不相当。如摧腐枯,一击破亡。
>
> (《离》之《晋》)
>
> 千雀万鸠,与鹞为仇。威势不敌,虽众无益,为鹰所击。
>
> (《无妄》之《明夷》)
>
> 兔聚东郭,众犬俱猎。围缺不成,无所能获。
>
> (《革》之《巽》)

以上四首皆以动物取象,实喻人间百态:第一、二首"皆言合众强以破一弱";第四首,"又言众强难合,而谋之不熟,虑之不周,亦不保事之必成";第三首,"则言众弱不能御一强"。以上种种,"多变其象,示世事之多端殊态，以破人之隅见株守，此《易林》之所长也。"① 这还仅是《易林》用象之一斑。

总之，《易林》对于兴象，不论是继承还是新创，在艺术表现方面已有了十分明确的自觉性。

二 《焦氏易林》之象与文学之象

《焦氏易林》最为突出的成就就是用象，易学大师尚秉和先生称它"集象学之大成"，钱锺书先生说它"工于拟象"，均道破了这一点。对比《焦氏易林》和《周易》，会发现《易林》之象异常繁富，天文地理，人事自然，动植鬼神，无所不包，且各种象叠加运用，体现出一种奇谲恢诡的色彩，在这一点上，《易林》颇似李贺诗。

前文已言，象是《周易》中的一个术语，是《周易》用以指涉易理的重要手段。但是在文学创作中，也不能没有象，比如我们后来所说的形象、意象等，再加上《诗经》的比兴，均属于象的范畴，我们很难想象一首诗歌或者一篇散文或小说没有形象或意象会是怎样一种枯涩的样子。因此，舍象无《易》，舍象无文。借用《周易》三句话，笔者总结出象的三大功能："以类万物之情"，说的是象的认知功能，简称知；"以通神明之德"，说的是象的抒情功能，简称情；"圣人立象以尽意"，说的是象的表意功能，简称意。象既具有知、情、意这三种功能，自然便可以由哲学之象演变为文学之象。故本节探讨《易林》之象和文学之象的转换与生成。

要探讨这一问题，其实涉及《周易》和文学的关系问题。《周易》和文学之关系，学者的研究专著和论文可谓多矣，故无须进行更多的重复探讨，在此我仅陈述一下自认为是最为核心的问题。

首先，从起源来讲，《周易》源于巫，而在20世纪西方的巫术起源说的艺术发生论也认为艺术包括文学艺术起源于巫术。文化人类学的研究认为人类原始社会普遍存在过一个巫术文化时代，在这一时代，巫师成为人类社会最早的职业分工，并且最早的一些专家、首领都是巫师，他们也就是人类社会上最早的精英阶层。在中国先秦时代，曾经有一个"绝地

---

① 钱锺书：《管锥编》第二册，中华书局1986年版，第573页。

天通"的时期，表明了巫术、术士的特权和职责。巫师的职责在于沟通天地，而在我国古代的文学观念中，文学不仅仅是为了艺术欣赏，更为重要的，文学是对道的一种模拟和纹饰，是道自然而然派生出来的，文学作为"人文"之一种，是和"天文""地理"一样，是道的表现形式和显现的产物，这一点在《文心雕龙·原道》中表现得非常明显。

其次，巫师之行使职责，不离祝祷行为，此种行为亦可称为"祠"。在《说文解字》中，解释"祠"为"多文词也"，刘师培先生认为"盖'祠'从'司'声，兼从'文词'之'词'得义"①，"古代祠祀之官，惟祝及巫。《说文》'祝'字下云：'从'礻'从'儿口'，一曰从'兑'省。《易》曰：'兑为口为巫'"。可见，祝与巫均与口的行为有关。刘师培先生在考察了《说文》中的古"巫"字后认为：

> 案古文"巫"字，盖从两"口"，即《周易》"兑为口为巫"之义。虞翻注《周易·大有》云："《大有》上卦为兑，兑为口，口助称祐。"口助者，祝之职也。与《说文》"祠多文词"之谊，互相诠明。盖古代文词，恒施祈祀，故巫祝之职，文词特工。今即《周礼》祝官职掌考之，若六祝六祠之属，文章各体，多出于斯。又颂以成功告神明，铭以功业扬先祖，亦与祠祀相联。是则韵语之文，虽匪一体，综其大要，恒由祀礼而生。欲考文章流别者，曷溯源于清庙之守乎！

按照刘师培先生的观点，巫祝为后世各种文体之滥觞。而《周易》既出于巫，则其辞亦可视为文学萌芽形式之一种，如其中韵语有类似于诗歌者，其中某些简短爻辞有类似于后世叙事之文者。

再次，《周易》占测过程中的观物、取象、系辞等流程亦足为艺术思维之滥觞。张善文先生曾说："'观物取象'这一思维形式体现于卦爻辞的创作实践中，已经跨进了一步，而其所以为艺术思维之滥觞，亦更加明

---

① 刘师培：《文学出于巫祝之官说》，《刘师培中古文学论集》，中国社会科学出版社1997年版，第217页。以下所引刘师培所论，俱出于此，不再一一注明。

显地显示出来了。"① 对于"观物取象",《周易·系辞下》说得非常明白:

> 古者包牺氏之王天下也,仰则观象于天,俯则观法于地。观鸟兽之文与地之宜,近取诸身,远取诸物,于是始作八卦,以通神明之德,以类万物之情。

这是说,《周易》的作者在现实生活中观察物象,然后根据一定的意图选取并凝练物象,这样才作了《周易》八卦。而在实际的占卜过程中,术者的占断过程和文学创作过程在思维方面有着惊人的一致性。在占筮之前,按照朱熹《周易本义》中的"筮仪",要斋戒、沐浴、焚香,这种神秘的准备活动无非是要使术者到达一种庄严肃穆之感,从而做到诚心、凝虑、虚己、专注,因为这些心理状态的调整在术者看来非常必要,它关系到占卜的成败。这其实也就是术者现在还在宣称的"心诚则灵"。对于这句话,一般大众均存在误解,以为是要求问事者要心诚,事实上这是对占卜的操作者的一种心理状态的要求,按照《中庸》的解释就是"至诚之道,可以前知"。这种占卜前的心理准备,类同于文学创作前的"伫兴"和"虚静",比如苏东坡在《送参廖师》中就说:

> 欲令诗语妙,无厌空且静。静故了群动,空故纳万境。

而按照占卜的规矩,有所谓"心不动不占"的说法,也就是只有心血来潮或者发现了异常的现象后才可以占卜。这和文学创作中的"情动于中而形于言"是相同的。盖诗文之作,因外物感而生情,情形于言而文成;占筮则因外物感而心动,动则筮而断之遂成辞,二者内在机理殆同。

为了便于理解占筮过程中观物取象系辞的过程与文学创作过程的联系,我们不妨看一则《左传·庄公二十二年》的筮例:

---

① 张善文:《观物取象是艺术思维的滥觞》,《洁净精微之玄思——周易学说启示录》,上海三联书店2003年版,第171页。

陈厉公，蔡出也，故蔡人杀五父而立之。生敬仲。其少也，周史有以《周易》见陈侯者，陈侯使筮之，遇《观》之《否》，曰："是谓'观国之光，利用宾于王。'此其代陈有国乎？不在此，其在异国；非此其身，在其子孙。光，远而自他有耀者也。坤，土也；巽，风也；乾，天也。风为天于土上，山也。有山之材，而照之以天光，于是乎居土上，故曰'观国之光，利用宾于王'。庭实旅百，奉之以玉帛，天地之美具焉，故曰'利用宾于王'。犹有观焉，故曰'其在后乎'！风行而着于土，故曰'其在异国乎'！若在异国，必姜姓也。姜，大岳之后也。山岳则配天。物莫能两大。陈衰，此其昌乎！"及陈之初亡也，陈桓子始大于齐；其后亡也，成子得政。

这是一篇具有浪漫主义色彩的预言，术者周史想象之奇特，联想之丰富，比附之玄妙，加上其灵感的黏合，恢宏诡丽、灵活浑融的断辞便脱口而出。在断卦系辞的过程中，周史便灵活运用了《周易》的象、变和辞。"观国之光，利用宾于王"是《观》卦六四爻辞，由爻辞而比附联想到陈完会大有作为，若不在陈国，必在别国得志，若非他本人，也一定是其子孙，因为爻辞明显为吉。由"观国之光"的"光"而说出"光远而自他有耀"，这显然是望文生义的联想了。之后是周史分析的卦象："坤，土也"指《观》卦的内卦为坤，坤为土。"巽，风也"，指的是《观》卦外卦为巽，巽为风。"乾，天也"，指变卦《否》的外卦为乾，乾为天。"风为天于土上，山也"，指由《观》卦变为《否》卦，是因为《观》卦的外卦巽变乾，故曰"风为天"。而《观》卦和《否》卦的内卦皆为坤，故曰"风为天于土上"。同时，《否》卦二三四爻互艮，艮为山，故周史说"风为天于土上，山也"。接下来，便是周史围绕所占之事，运用卦象占断结果了。鉴于在《否》卦之中外卦为乾为天，天在上，内卦为坤为土在下，二至四爻互艮为山，处地之上，三至五爻互巽为木，处山之上、天之下，于是周史便想象飞驰，联想设喻，构造出一幅生机盎然的图画：大地之上，高山耸立，山生秀木，阳光普照。于是便得出"有山之材，而照之以天光，于是乎居土上"的断辞。而这一想象又恰与爻辞"观国之光，利用宾于王"的吉意相符。又因《否》卦二至四互艮，艮为门庭；外卦为乾，乾为金为玉；内卦为坤，坤为布帛（以上卦象俱见《周易·

说卦》）；又乾为天，坤为地，故综合各易象而加以想象，得出"庭实旅百，奉之以玉帛，天地之美具焉"。这一象征又与"利用宾于王"相符。周史又从"观"有观望等待之义联想到应该是陈完的子孙后代，故曰"其在后乎"。至于以"风行而著于土"得出"其在异国乎"，则很可能是周史由于自己的生活经验，突发灵感而得出的，因为风是飘忽不定的，有出在异国之象。周史推断出"必姜姓也"，则是靠了相关联想的作用，因为只有姜姓分封在泰山之后，"山岳则配天"与《否》卦中互卦艮山配合外卦乾天的卦象相符。

通过以上的分析可以看出，整个占断的过程和刘勰《文心雕龙·神思》中所说的"是以陶钧文思，贵在虚静，疏瀹五脏，澡雪精神，……独照之匠，窥意象而运斤"的创作构思过程是一致的，它们都是一种"神与物游"的过程。

另外，《周易》之辞及其影响的占断之辞在形式的阅读接受效果上和文学之辞相同，即"其称名也小，其取类也大，其旨远，其辞文，其言曲而中，其事肆而隐"（《周易·系辞下》）。

最后，《周易》与文学的关系最为基本，因为预言家和诗人对于外在的世界都极大关注，二者都需要"知周万物"，都有一种悲天悯人的情怀，比如《周易》中的深沉的忧患意识，所以闻一多先生说："故《易》与诗关系最基本——在精神不在外表。"[①]

《周易》与文学的关系在《焦氏易林》上面体现得非常突出，《易林》一书同占筮之书及占筮之术的关系，前文已论，不赘述。在这里，集中讨论《易林》之象与文学之象的关系。

前文已经交代《易林》之象的繁富广博，比如就动物之象来讲，种类非常广泛，尤其是各种飞禽在《易林》中反复出现。这些动物有龙、龟、鱼、马、龙马、牛、羊、猪、鸡、虎、豹、鼠、狐、鸿雁、玄鹤、鹄、鸤鸠、黄鸟、桃雀、凤凰、乌、凫、鹬、鹜鸟、蛤蟆、老兔、狗、鹰、鹿、蜘蛛、蛆虫、鸥枭、貜、蚂蚁、蜗螺、猬、蛇、獐、鳖等，当然这只是随意列举，未被列举的尚有很多。这些意象范围之广泛令人吃惊，有飞禽、走兽、昆虫、鱼类，涉及家养和野生，并且还有神话传说中的

[①] 《闻一多全集》第10册《文学史编》，湖北人民出版社1993年版，第62页。

龙、凤和龙马。其他像植物之象、人类之象、日常器用之象、自然景象之象等亦是如此,可见作者读书之多,阅历之广。整个汉代世俗社会所能见到之象几乎都在《易林》之中粉墨登场。当然这还只是就单个的意象而言,像那些灌注了作者意图而组合叠加的复象则更为丰富奇丽。

《易林》中这么繁多的象有其客观的基础,它们的来源无非就是《周易》所说的"仰则观象于天,俯则观法于地。观鸟兽之文与地之宜,近取诸身,远取诸物"的结果。而《周易》之中包括《说卦》所列举的卦象,要比《焦氏易林》所用之象少得多,而八卦的符号只有八个,这说明《易林》中所有而为《周易》所无的易象只不过是焦赣为了创作繇辞需要而按照《周易》"方以类聚,物以群分"的类推原则重新推衍出来的。从易学方面讲,这是对易象的一大发展和推进,而从文学方面讲,这不仅增加了文学表现社会的广度、拓展了文学题材,并且从更深的层面讲,它是文学思维和文学创作在立象艺术方面的一大飞跃。①

《易林》之所以要使用这么多的象,除了为满足表现内容的丰富之外,内在的原因是六十四卦变为四千零九十六卦,每一林都有两个六爻卦,而且再加上互卦,客观上就要求这么多的易象与之相匹配。根据尚秉和先生的解释,《易林》之辞无一不从象出,焦赣在创作林辞的时候,充分利用了互卦的理论。所谓互卦,是易学中的一个专门术语,一个《周易》的六爻卦是由两个三爻卦构成的,例如《归妹》卦就是由《震》卦在上、《兑》卦在下重叠构成,在分析卦象或观象系辞的时候,以相邻的三爻组成一个卦象,所以一个普通的六爻卦从表面看均由两个(组)卦象构成,像《归妹》卦的卦象就有雷(震为雷)和泽(兑为泽)构成。可是如果使用互卦的理论,一个六爻卦当中,每相邻的三爻都可以构成一个卦象,比如《归妹》卦从表面看是由雷和泽两个易象构成,但是《归妹》卦的二三四爻又可以构成《离》卦,三四五爻又可以构成《坎》卦,离为火,坎为水,这样,《归妹》卦就由表面的两卦两象(雷和泽)再加上隐藏的两个互卦(《离》卦和《坎》卦)而涵盖了四象,即表面直接构成的两卦所代表的雷、泽和隐藏的互卦所代表的火、水。这种互卦理论

---

① 此点可参看陈良运先生《焦氏易林的诗学阐释·下编七·中国古代"立象"思维三次飞跃》。

为文学的含蓄、隐藏和多义性提供了一种直观的表述方式,以至于巴赫金的"复调"理论均可以此涵盖。刘勰也正是看到了这一点,才在《文心雕龙·隐秀》篇中借用《周易》互卦理论来阐述他的观点:

> 隐也者,文外之重旨者也;……隐以复意为工,……夫隐之为体,义生文外,秘响傍通,伏采潜发,譬爻象之变互体,川渎之韫珠玉也。故互体变爻,而成化四象;珠玉潜水,而澜表方圆。……赞曰:深文隐蔚,余味曲包。辞生互体,有似变爻。

文中加着重号的句子就是刘勰借用互卦理论来说明问题的。在刘勰生活的南朝,《焦氏易林》的传播是非常活跃的(后文《易林》之传播接受部分已述),有可能是他见到了《焦氏易林》或模仿《焦氏易林》的其他占筮之书受到了某种启发才这样阐述他的理论的。《焦氏易林》为占卜之语,隐晦含蓄自不待言,而刘勰所说的"义生文外,秘响傍通,伏采潜发"的这种修辞效果在《易林》中确实还是存在的。

《易林》利用互卦理论,连缀无限繁富之象,组合恢诡奇谲之文,是《周易》与文学结合的一次伟大尝试。今人蒋寅先生曾经这样评价唐人李贺的诗歌:

> 李贺诗如杂串珍珠项链,珠玉晶莹者有之,古金陈檀者有之,奇珍异石亦有之,古色斑斓而冷艳神秘,复不见其贯穿之迹,其取境之浪漫,想象力之奇瑰,表现手法之多彩,不可不谓千古一人。[①]

蒋寅先生所言虽为李贺诗,但《易林》之连缀易象成文与李贺之连缀意象为诗是一样的,且《易林》之中由多种象叠加而形成所谓阴冷神秘、浪漫奇诡意境者亦复不少,如:

> 龙马上山,绝无水泉。喉焦唇干,舌不能言。
>
> (《乾》之《讼》)

[①] 蒋寅:《金陵生小语》,广西师范大学出版社2004年版,第129页。

乘龙上天，两蛇为辅。踊跃云中，游观沧海，民乐安处。

（《乾》之《随》）

坚冰黄鸟，常哀悲号。不见甘粒，但见藜蒿。数惊鸷鸟，为我心忧。

（《乾》之《噬嗑》）

众鬼所逐，反作光怪。九身无头，魂惊魄去，不可以居。

（《坤》之《复》）

河伯大呼：津不得渡！船空无人，往来亦难。

（《屯》之《大有》）

千里望城，不见青山。老兔虾蟆，远绝无家。

（《蒙》之《大壮》）

履蛇蹠虺，与鬼相视。惊恐失气，如骑虎尾。

（《坎》之《观》）

耋老鲐背，齿牙动摇。近地远天，下入黄泉。

（《震》之《比》）

齿间齿间喈喈，贫鬼相责。无有欢怡，一日九结。

（《震》之《既济》）

三耳六齿，痛疾不已。龋病蠹缺，堕落其宅。

（《解》之《大过》）

鬼守我门，呼伯入山。去其室家，舍其兆墓。

（《贲》之《坤》）

以上十一首林辞，大多想象奇特，意象诡谲，尤其写悲凄者，堪与李贺诗相比。正是通过这种意象的组合，《易林》诗有时虽然语言平实质朴，但亦为难解。

《易林》中的象都有一定的含义，这一点同《诗经》中的兴很相似。在《周易》之中，象只是明理的一个手段，故可以得意而忘象。但在《易林》当中，象不仅是为了明理，而且还需要抒情达意，被作者寄予了一种主观色彩。另外，《易林》中的象有时候指代非常明显且趋于固定化，如《震》之《同人》："朝露不久，为恩惠少。膏泽欲尽，咎在枯槁"。朝露本是易逝之物，"朝露不久"，极言易尽，这句话的本意是要引起第二句的"为恩惠少","不久"即少,则"朝露"之象暗喻恩惠,也就是诗中的"膏泽",后世又称恩泽。这种由雨露滋润万物之意进而由"朝露"象征恩泽的修辞,在古代诗文中常被应用。又如《颐》之《临》:"大斧破木,谗人败国。东关二五,祸及三子。晋人乱危,怀公出走。"《蛊》之《讼》:"长舌乱家,大斧破车。阴阳不得,姬姜衰忧。"这两首诗中均出现了斧之象,根据文句之间的关系,我们很容易知道大斧与谗人、长舌与大斧是一一对应的关系,二者互为隐喻。《易林》中这组隐喻关系的构建,来源于《诗经》的启示。《诗经·豳风·伐柯》云:"伐柯如何?匪斧不克;娶妻如何?匪媒不得。"在《诗经》中,斧头是媒人的兴起之象,二者互为隐喻,《诗经》作者之所以作如此的类比,是因为媒人之不同于常人者,在于其能言善辩,故如斧头劈柴,毫无阻滞。焦赣遵循此种思路,给"斧"加了一个修饰词"大",则斧头威力大增,杀伤力亦随之而来,以之喻人,则必为巧舌如簧、两面三刀之长舌妇和谗人。

《焦氏易林》正是依靠了这种众多的象在诗歌中构筑了一系列的隐喻象征关系,这既是占卜的需要,同时在客观上也增加了林辞的诗歌意蕴之美。因为由象所生成的隐喻,不仅是抒情言志必不可少的工具,而且也是诗歌意义的生成方式,成为中国诗学的最高原则,并且"隐喻是无所不在的。它不是文学的'调味剂',而是文学的生命之所系。文学须臾离不开隐喻,无论抒情、达志还是写境"[①]。《焦氏易林》凭借这一点,就足以成为中国诗歌文学中的一束奇葩。

《易林》把众多的易象连属成诗,焦赣"窥意象而运斤"的过程既是观象系辞的占测过程,又是文学创作的思维过程。在这样一种过程中,焦赣既是作为一名预言家出现的,也是作为一名诗人出现的。他的博大的同情心以及悲天悯人的情怀通过《易林》之辞流露出来,这些林辞既是他自己的真切感受,又是代天下苍生歌哭,一如王棻《柔桥文钞》卷十二《与友人书》中所言:"其风诗所载,或有涉于妇人女子之事,咏歌小民之情,则皆代为之言,曲尽其意。此正古之圣贤,智周万物之能事,而歌可以言之一端,盖古诗之旨类然。"

[①] 季广茂:《隐喻视野中的诗性传统》,高等教育出版社1998年版,第104页。

《焦氏易林》正是焦赣智周万物的结晶，其繁富之象充分说明了这一点。因此闻一多先生说："《易林》是诗，它的四言韵语的形式是诗；它的'知周乎万物'的内容尤其是诗。"① 《焦氏易林》一边连接着《周易》，一边连接着文学，在中国文学史上性质特殊，但其彰显的启示意义却是非常深刻的。此正如闻一多先生所说：

> 《周易》从文艺眼光去看，乃是一部包含"人生小镜头"的书，它的内容是一般人的日常生活，毫无传奇性质，因为其中并无英雄故事存在。《易》所表现的都是极其平凡的生活形态，所以它的艺术技巧很低，自从《易林》出现，《易》的文学色彩就显得灿然可观了。②

第三节 《焦氏易林》之游仙诗

游仙诗，按朱自清《诗言志辨·赋比兴通释》所言，"游仙之作以仙比俗，郭璞是创始人"。所谓游仙，是指人幻想在天界、仙界或其他类似性质的幻想境界中遨游，以作者或作品主人公作为"游"的主体，其侧重点在于"游"。在"游"的过程中，诗人获得的是类似宗教的创作情感体验，同样，读者在阅读时，获得的也有这种相似的审美感受。因此，游仙诗不仅要描写神仙世界，更重要的是要"游"——一种情感、志趣的参与。这种"游"具有超越意义，它的价值在于扬弃与提升：扬弃俗世的价值，而提升到更高远或神秘的精神境界。按这种理解，游仙之作最早应上溯至屈原的一些作品，如《离骚》《远游》；在秦代还有失传的《仙真人诗》；汉代游仙诗，则主要集中在乐府诗中，如文人乐府（或贵族乐府）的《郊祀歌》十九首、《李夫人歌》，民间乐府的《董逃行》《王子乔》《长歌行》（仙人骑白鹿）、《陇西行》《善哉行》等，另有淮南王刘安所作《崔少府女赠卢充诗》等。可见，在汉代，游仙诗已较流行。

---

① 《闻一多全集》第10册《文学史编》，湖北人民出版社1993年版，第61页。
② 郑临川记录，徐希平整理：《笳吹弦诵传薪录——闻一多、罗庸论中国古典文学》，上海古籍出版社2002年版。

汉代游仙诗的流行，有多种原因。首先是方仙道的发展与活跃。"方仙道是中国早期道教的前身，它的发展和变化产生了中国道教。"它"原先是我国古代的一个学术流派，它指的是战国时期信奉'神仙家'和'阴阳家'学说的燕齐方士们。"① 方仙道在秦代就已兴起，如《史记·封禅书》记载：

> 自齐威、宣之时，驺子之徒论著终始五德之运，及秦帝而齐人奏之，故始皇采用之。而宋毋忌、正伯侨、充尚、羡门高最后皆燕人，为方仙道，形解销化，依于鬼神之事。邹衍以阴阳主运显于诸侯，而燕齐海上之方士传其术不能通，然则怪迂阿谀苟合之徒自此兴，不可胜数也。②

由此可知，其时方仙道的活动主要是祀鬼神以使之显灵。北方的流派如燕赵之地，主要受服饵派影响而服食仙药，炼制丹砂正是服饵派的修炼方式，这个流派后来发展为道教仙学的一个很有影响的分支，即地元丹法，专以炼制长生的仙药与黄白术（炼制金银）为能事。因此在秦代就有方士游说始皇祀鬼神、求神仙、乞仙药之事。到汉代，方仙道更加兴盛与活跃，比如汉武帝的求仙、封禅、祀太一，都是方仙道最为辉煌的几件事，正说明了方仙道发展的高潮。在这种风气影响下，神仙思想广为传播，更何况长生不死这种美好的愿望对每一个人都有很大的诱惑性。

其次，汉武帝的好神仙也是一个重要原因。上行下效，连最高统治者对神仙之说都深信不疑，求之不遗余力，则社会上一般人就更不用说了。政治上的扶持，使得方士与伪方士大量兴起，以求高官厚禄，如少翁、栾大等，皆以方术受到重封。汉武帝时的甘泉宫、柏梁台、建章宫及五城十二楼，都是武帝好神仙的产物。一个人在世俗社会上能为所欲为、至高至大之时，很可能就是他对这个世俗社会不满足、生厌之时，因为俗世的一切他都可以得到了，他便要向更高一层延伸他的欲望——虽然是妄想，因此做了帝王想成仙，想长生不老，以永世享用世俗的一切，或者可以看一

---

① 陈撄宁：《道教与养生》，华文出版社 2000 年版，第 121 页。
② 司马迁：《史记》第四册，中华书局 1959 年版，第 1368—1369 页。

下上界天帝如何统治诸神，以显示自己的功德，这是可以理解的。何况汉武帝是个好大喜功的人，所以他说："嗟乎，诚得如黄帝，吾视去妻子如脱屣耳。"（《资治通鉴·汉纪十二》）以圣君明主自比，是汉武帝与秦始皇的共同之处，求仙祀神，当然也就有希望神仙福佑自己的江山的现实功利目的。

另外，汉朝大一统国家的建立，加之汉初一些利民改革，使得社会一度稳定繁荣。在这种社会环境中，社会上流行的是一种积极、乐观、向上的精神，这种精神反映在生命观上，就是一种非理性的生命观（参见钱志熙《唐前生命观和文学生命主题》），因此，汉代人对于神仙的直率稚拙的信念与向往，反映的正是这种幻想。乐观的非理性生命情调，与东汉《十九首》反映的生命情调有很大差别，加之汉代"天人感应"学说的盛行，人们认为皇帝就是天之子，君权神授的观念必然使人们幻想在天界也存在一个一如人间的社会模式，天帝主掌一切，统帅诸神，且司人间一切的命运，这种思想同时也是民间信仰与神仙思想的反映。况且，对于神仙之事，很多人深信不疑，除了这种上古以来积淀而成的信仰之外，还有神仙方术的自身因素影响，比如神仙修炼与丹药炼制都有一定的原理、方法、步骤，且与当时的医学、天人感应的哲学相符合，因此，东汉就已出现了较为成熟的神仙修炼理论著作《周易参同契》。这些都使一些人对神仙学说深信不疑。

以上的因素共同促成了游仙诗的流行。

就焦赣本人来讲，由于其学得自隐士传授，他本人又有隐逸之趣，而且他本人精通《周易》占测之术，《易林》又为占筮数术之书，与神仙道术有关，所以他的描写神仙或企慕神仙就显得再自然不过了。考察一下历史上类似于焦赣这样精于占卜的人会发现，他们大多都喜欢神仙、养生，比如焦赣之前的张良，《史记》未写他有占测活动，然而他的料事如神在民间却被神化，以至于传说他曾经改进了被誉为数术学"三式"之一的奇门遁甲，他的学问也来自隐士黄石公的传授，《史记》交代他后来迷恋于导引养生之术了。焦赣之后的郭璞，也是精于占筮，史载其学来源于隐士郭公，他也很喜欢神仙之事，以"游仙"为题创作了一些诗歌。而在神仙修炼家眼里，《周易》是一部隐含了"穷理尽性以至于命"的神仙修炼秘诀的书，其修炼方法一直秘密传授不绝。《周易》之中又有着隐逸思

第三章 《焦氏易林》文学研究

想的资源,而隐逸一般的目的又是养性保年。所以,精通《周易》的焦赣,在汉代神仙思想的背景下创作游仙诗也就不难理解。

《易林》游仙诗,因其篇幅较短,故事情节性大都不强,且因诗皆四言,比起后来的游仙诗来说,大都显得简略。但是,它却为我们描绘了一幅汉人思想中的神仙世界,和汉乐府以及汉代的画像石、画像砖、帛画一起构成了汉代神仙文化的长卷,况且其游仙诗已涵盖了后世游仙诗的三种不同类型。

游仙诗的分类,大都沿袭钟嵘《诗品》评郭璞诗时的分类,即"坎壈咏怀"和"列仙之趣"两类,而大多又重前者有所寄托,轻后者仅单纯追求列仙之趣。在这两者之外,还有"以道游仙"一类,其源头可上溯庄子。道与仙固然不尽相同,然亦有相同之处,在道教出现后,二者之间的区别就基本模糊了。

《易林》中表现"坎壈咏怀"的游仙诗大都含蓄不露,以迂回曲折的方式表现对现实的不满,如以下八首:

> 结纽得解,忧不为祸。食利仙(别本作"供")家,受福安坐。
> 　　　　　　　　　　　　　　　　　　　　　　(《否》之《升》)
> 寿如松乔,与日月俱。常安康乐,不见祸忧。
> 　　　　　　　　　　　　　　　　　　　　　　(《临》之《剥》)
> 司命下游,喜解我忧。皇母缓带,婴子笑喜。
> 　　　　　　　　　　　　　　　　　　　　　　(《蹇》之《萃》)
> 逐祸除患,道德神仙。遏恶万里,福常在前,身乐以安。
> 　　　　　　　　　　　　　　　　　　　　　　(《明夷》之《涣》)
> 华首山顶,仙道所游。利以居止,长无咎忧。
> 　　　　　　　　　　　　　　　　　　　　　　(《谦》之《井》)
> 茹芝饵黄,饮食玉瑛。与神流通,长无忧凶。
> 　　　　　　　　　　　　　　　　　　　　　　(《豫》之《蛊》)
> 登昆仑,入天门。过糟邱,宿玉泉。同惠观,见仁君。
> 　　　　　　　　　　　　　　　　　　　　　　(《比》之《姤》)

以上七首诗，虽写神仙之事，但并非单纯地描绘列仙之趣，在诸诗中，均有诗人的寄托，且多在末句。这种寄托，或为诗人的美好愿望，或正言若反，因时局不堪其忧，动辄获咎，故在诗中反复咏吟"长无咎忧"，借用《周易·系辞下》一句话，"作《易》者，其有忧患乎？"则以上"坎壈咏怀"之作的忧患意识便不难理解了。这种咏怀是含蓄的，不比魏晋游仙诗那么直接，焦氏只是写神仙以反衬俗世，在写神仙的过程中，来体验仙界的理想之境，并在这种近于幻想的"游"中，来暂时忘却尘世的烦忧，并借此来释放自己内心的郁闷，这些"以告孔忧"的游仙诗，便成了他安顿心灵的一服良药。第五首写华山仙人之居，甚至也可以说是他所向往的生活方式；而第四首"逐恶万里"，则说明他又未失却对人世的关怀，自己的失意与时局的黑暗，使他只能幻想神仙来为人间"逐祸除忧"；第七首写游仙路线，所见的仙人，大概就是统率诸神的仁君，"见仁君"一句正说明当时汉帝的昏庸；第六首虽以服饵方式而与神仙交游，所求者却亦无非"长无忧凶"而已。从以上几首几乎首首见"忧"字来看，焦氏"坎壈咏怀"的游仙之作，正与屈原《离骚》《远游》等一脉相承。

纯粹写列仙之趣，也是游仙诗的正统内容之一。这类游仙诗在两晋南北朝居多，历来论家认为这类诗言志抒情成分过少或无，以为它们虽为游仙诗正格，但无实际内容，故不作重视①。这种游仙诗《易林》中亦可寻见。

    稷为尧使，西见王母。拜请百福，赐我善子。

（《坤》之《噬嗑》）

    弱水之西，有西王母。生不知死，与天相保。

（《讼》之《泰》）

    戴尧扶禹，松乔彭祖。西遇王母，道路夷易，无敢难者。

（《师》之《离》）

    黄帝出游，驾龙乘马。东上泰山，南过齐鲁，邦国咸喜。

（《同人》之《需》）

---

① 蔡守湘：《中国浪漫主义文学史》，武汉出版社1999年版，第237页。

乘龙从霓，征诣北阙。乃见宣守，拜守东城。镇慰黎元，举家蒙福。

（《师》之《恒》）

崔巍北岳，天神贵客。衣冠不已，蒙被恩德。

（《师》之《丰》）

紫芝朱草，与仙为侣。公尸侑食，福禄来下。

（《蛊》之《涣》）

文山紫芝，雍梁朱草。生长和气，福禄来处。

（《师》之《夬》）

骑龙乘凤，上见神公。彭祖受刺，王乔赞通。巫咸就位，拜寿无穷。

（《家人》之《剥》）

太乙驾骝，从天上来。征我叔季，封为鲁侯。

（《屯》之《随》）

载日精光，骖驾六龙。禄命彻天，封为燕王。

（《大壮》之《临》）

骢骊黑鬃，东归高乡。白虎推轮，苍龙把衡。朱雀导引，灵龟载游，远扣天门。入见真君，马全人安。

（《遁》之《震》）

奎轸温汤，过角宿房。宣时布和，无所不通。

（《讼》之《蒙》）

金精耀怒，带剑过午。两虎相距，弓弩满野，虽忧无苦。

（《噬嗑》之《泰》）

天女推床，不成文章。南箕无舌，饭多沙糠。虚象盗名，雄鸡折颈。

（《大畜》之《益》）

黄帝紫云，圣且神明。光见福祥，告我无殃。

（《履》之《渐》）

以上十六首，均写列仙之趣。其中前三首，皆写与西王母相关之事，所从人物，既有上古圣君尧、禹、稷，又有传说中的仙人赤松子、王子乔。

《易林》中还有一些林辞涉及西王母，当与汉代的西王母崇拜有关。汉代后来竟出现了《汉武故事》一类的书，说是汉武帝向西王母求长生不老之药，二人曾于七月七日相会云云，可见西王母在汉代神仙中的地位之崇高。汉代的一些画像石、画像砖和帛画也大量出现西王母的形象，和《山海经》中的西王母有很大不同。赤松子和王子乔是相传已久的神仙，在汉人的诗文中经常可以看到他们的名字。《易林》将传说中的圣贤之君和神仙并列，写他们的拜访神仙，大概是受到了穆天子和西王母见面这一传说的影响，同时，似乎也反映出受西汉"君权神授"思想的影响，认为一国之君乃是上天所赐。而这三首当中两首写西见西王母之事，则是游仙活动中最为核心的"求女"原型。

第四、五首，乃标准的游仙之游，前者写由人而仙的黄帝出游的逍遥威风；后者写凡人乘飞龙游仙界而得福；第六首至第八首写仙人之境，高山仙草，而又杂以仙人赐福。第四首和最后的第十六首均写黄帝，可以看出汉初推崇黄老之学后人们对黄帝的膜拜。

第九首至第十五首，仍是写游仙之游，但第十首写天神太乙降临，太乙就是泰一，是西汉祭祀泰一之神的反映；余者写凡人游仙（天）界，在写游仙界的诸诗中，描绘的是一种虚无缥缈的境象，天马龙凤，青龙白虎，神公彭祖，王乔天女，太乙（泰一）之神，应有尽有。尤其第十二首至第十五首，写天界一如人世，看似真实确凿，其实都是些天真浪漫的想象描写，其中的白虎、苍龙、朱雀、灵龟、奎轸、角、房、金精（金星）、午（火星）、两虎、弓弩、天女（织女）、南箕（俗称簸箕星）、雄鸡等，均为天上的星名，显示出焦赣对天文的精熟，且第十二首将青龙（苍龙）、白虎、朱雀、玄武（灵龟）并列，反映出汉人对四灵的崇拜，可以和汉代铜镜上的四灵图案相印证。在诗人看来，这些星宿就是天上的神仙，他们在天上像凡人一样生活，这些离奇的想象，比如织女织布总不成匹（不成文章）等，是多么地充满生活意趣。汉乐府中有一首《陇西行》，其中一节写天上情景，亦以天上星宿为对象，语言单纯朴拙，与《易林》诸诗如出一辙，只不过它是东汉时作品。此外，"载日精光，骖驾六龙"亦可和汉乐府《善哉行》中的"淮南八公，要道不烦，骖驾六龙，游戏云端"相比较；"白虎推轮，苍龙把衡"可以和汉乐府《练时日》中的"灵之下，若风马，左苍龙，右白虎"相比较。由此可见，《易林》游仙诗和乐府中的游仙之作在使用词汇和取材方面有相同之处。

上面十几首诗，虽然充满浪漫的想象，但同汉乐府一样，其基本精神是写实的，均以现实中虚拟的仙境和求仙活动为蓝本，况且，每一首诗都有明显的功利目的，如封侯加官，赐福赐子，免忧去灾等，因此，可用萧涤非先生"写实的浪漫"描述其总体特征。汉乐府《董逃行》是西汉游仙诗，写求神仙，此种题材，《易林》亦有，如上文所列"茹芝饵黄，饮食玉瑛""紫芝朱草"等，这是汉代游仙诗的主体内容之一。这些单纯写列仙之趣的诗，并没有一味沉浸于写仙境之中，因此，少有后世游仙诗写仙境的铺排与烦琐，朴拙自然是其主要风格特征。

以道游仙，是庄子开创的游仙模式，《易林》中亦有，比起阮、嵇的以道游仙诗，要早了许多。修仙与修道本不相同。在西汉时期，仙、道尚未合一，《汉书·艺文志》分列道家与神仙家，其时老子尚未被仙化。到东汉时，神仙家才把道家的老子拉了进去，道教是其典型。仙家首贵长生，而修道则重在体认虚无之境，孔子云"朝闻道夕死可矣"，庄周本人亦齐生死，尚逍遥，皆以道立论。二者之区别如是："盖闻古今学仙者，必从炼丹下手，不炼丹，不足以成仙也。学道者，则无炼丹之必要，只须后天神气合一，返还到先天之性命，再使先天之性命合一，归本于清静自然，而道可成矣。""仙固不能离道而独存，道则以有仙而愈显其妙用。仙乃大道全体中一部分之结晶，而道则宇宙万物共同之实象。"[①] 因此，《庄子》中的真人，就是体道而又成仙之人，散之不见，聚则成形，逍遥无待。正因道与仙有这种密切关系，以道游仙才有可能，如刘安之《八公操》，就是写其因好道而感仙人下凡。归隐又是体道的方式之一，仙人多依山而居，亦为真隐，故有时又不妨以写隐居而游仙，显示出对仙人自然无为生活方式的思慕。

恬淡无患，游戏道门。与神往来。长久以安。

（《夬》之《旅》）

南山之蹊，真人所在。德配唐虞，天命为子。保佑歆享，身受大庆。

[①] 陈撄宁：《道教与养生》，华文出版社2000年版，第217—218页。

(《贲》之《解》)

居华颠，观浮云。风不摇，雨不濡。心平安，无咎忧。

(《既济》之《贲》)

荷蒉隐名，以避乱倾。终身不仕，遂其洁清。

(《蹇》之《井》)

鹤鸣九皋，避世隐居。抱朴守贞，竟不随时。

(《师》之《艮》)

以上五首诗，第一首写恬淡自然而无祸患，以此悟道而与神仙相往来；第二首写真人的道德修养（修道与修仙，皆重立德）；第三首写自然无为的自在生活，"风不摇，雨不濡"颇似《庄子》中"入水不濡，入火不热"（《大宗师》）的真人境界，亦可看作以隐居体道，法道之自然；最后两首，是典型的隐居诗，"遂其洁清"与"抱朴守贞"正是修道与修仙者所追求的，尤其最后一首，已描绘出一幅后世常见的仙人饲鹤图，清幽高雅，不染尘俗。《易林》这类游仙诗也就是后世游仙诗的修道主题。

另外，《易林》中还有写学仙效验者，如"南巴六安，石斛戟天。所服不已，耋老复丁"（《屯》之《蛊》），其中前一句为两个地名，第二句为两个中药名，全诗是说，南巴和六安出产石斛和巴戟天，经常服用这两种草药，就可以返老还童。东汉成书的《神农本草经》把石斛列为上品，古人认为它最补五脏虚劳，巴戟天也被列为上品，被认为有强筋骨、安五脏、益气的功效，后世更被誉为"九大仙草"之一。《易林》此诗，叙说的当是人们当时对这两种药物服食的情况。"洁身白齿，衰老复起"（《涣》之《随》），写齿落更生、肤如处子、返老还童，皆为修仙之效验。其他如"北山有枣，使叔寿考"（《师》之《豫》），显与李少君告诉汉武帝"臣尝游海上，见安期生，食巨枣，大如瓜"的说法有关。《焦氏易林》这类诗歌虽数量不多，但已开后世游仙诗修炼主题的先河。

通过以上诗歌可以看出，《焦氏易林》中的游仙诗所表现的内容之广，种类之繁，均已粗具规模。我们一般说起汉代游仙诗，大都指汉乐府中的少量诗篇，这些游仙诗和《易林》游仙诗相比，其优势是篇幅较长，内容较为完整，便于游仙叙事。但是，《易林》游仙诗所写神仙种类之驳杂、游仙方式之多样，无疑是汉乐府游仙诗不能匹比的。尤其是《易林》

游仙诗中多次写到的黄帝、西王母（《易林》中涉及西王母的还有很多，它与汉代西王母崇拜有关）、赤松子、王子乔、彭祖、太乙真人等，均反映了神仙思想在民间的盛行与整合，为后世道教神仙系谱的形成奠定了一定的基础。它其中渗透出的星宿崇拜，服食长生思想，以道修仙模式和仙、鹤组合意象，均为后世道教所吸收。连同这些特征，再加上它所宣扬的长生不死、长乐无忧的思想和占卜功能，使它很自然地跻身到《道藏》之中。

《焦氏易林》游仙诗作为一种独特的抒情言志方式，用宗教理论来解释，就是想往一个世界（仙界）必是不满另一个世界（俗世红尘），反映了焦赣在现实生活中的苦闷与对理想生存境界的向往。故三种类型的游仙诗，若以象视之，皆有象外之意。

第四节 《焦氏易林》之咏物诗

咏物抒情言志，亦中国文学寄托方式之一种，如《诗经·小雅·鹤鸣》，纯以鹤与鱼为比，而实另有所指。又如楚辞中的《橘颂》，更是托物咏志的典范。按朱自清《诗言志辨·赋比兴通释》所说："咏物之作以物比人，起于六朝。"并举鲍照《赠傅都曹别》为例，以为"述惜别之怀，全篇以雁为比"。这样的以物写人之作，《焦氏易林》亦不乏其例。

咏物之作，最难把握，若写物太似，拘泥于物，则全篇没有寄托；若处处以己意贯穿而疏于写物，则咏物又成虚名。要之，写物在不即不离之间，寄托在天衣无缝之际，方为高妙。如此的咏物之作，需在选取物貌和措辞之间着力。咏物诗作为诗歌之一种，自然要求具有诗歌的韵味，而且不离开对物的描写。在诗歌之中描写物，《诗经》中就已经出现，但并不是在诗歌中出现了对物的描写就可以构成咏物诗，这正如在诗歌当中出现了山水的描写未必就是山水诗一样。对物的描写只有在诗歌当中占有主体地位，并且物作为一种单独观照的对象时，才可以构成咏物诗。在咏物诗中，物不是作为陪衬或铺垫而存在的，而是诗歌的主体。我们以这个尺度来衡量，《焦氏易林》当中有一部分林辞是可以称作咏物诗的。

《易林》中《解》之《比》云："鹰飞退去，不食其雏。禽尚如此，何况人乎？"此写鹰捉食其他鸟类，不食其子，以言鹰尚有仁慈之心，而人却不如禽。可见焦赣以物比人的创作意图已十分自觉。现略举几例，以观其大概。

　　　　鹿在泽陂，豺伤其麑，泣血独哀。

（《益》之《旅》）

　　　　鹿食山草，不思邑里，虽久无咎。

（《丰》之《萃》）

　　　　鹿食美草，逍遥求饱。趋走山间，过期乃还，肥泽且厌。

（《夬》之《大有》）

《易林》以上三首诗写鹿，均写鹿在野食草之象。在诗歌中描写鹿，《诗经》中已经出现了，如《小雅·鹿鸣》中的"呦呦鹿鸣，食野之苹"。对于《小雅·鹿鸣》，学者多以为乃宴饮之作，然亦有人认为此为"刺诗"，说是王道衰而贤士隐处，则鹿自然就成了隐处的贤士的象征。后世诗文亦有用此意者，往往用鹿思美草比喻企隐之情。汉代大概有以鹿为优雅吉祥之隐逸的动物的思想，所以在汉乐府的诗歌中有"仙人骑白鹿"的描写，将鹿与仙人合写，首先是认为鹿是吉祥的（后世以"鹿"谐音"禄"，此点在汉乐府和《焦氏易林》中似已出现），其次是鹿的优雅清闲之貌和神仙的闲云野鹤有些类似。《易林》这三首诗歌，很明显就反映了汉人这种思想。第一首写鹿在野外水边山坡吃草，不意却遭到豺狼的袭击，损失了自己的孩子，以至于"泣血独哀"，这当是表现一位希望通过隐逸来避祸的人却仍然没有保全自己的悲剧。第二首和第三首中的"不思邑里"和"逍遥"，更说明了鹿作为一种隐逸的象征而存在，尤其第三首写鹿在山野无忧无虑饱食美草、逍遥自在的情态，非常逼真，"肥泽且厌"写鹿的肥健而有光泽，并且没有饥渴之患，暗示了一种与世无争、追求超越的理想境界，这大概也是生活在西汉后期的焦赣所希望过的一种生活。

　　　　凫得水没，喜笑自啄。毛羽悦泽，利以攻玉。

（《讼》之《师》）

　　　　凫雁哑哑，以水为家。雌雄相和，心志娱乐，得其欢欲。

（《师》之《萃》）

凫游江湖，甘乐其饵。既不近人，虽惊不骇。

（〈噬嗑〉之〈大畜〉）

双凫鸳鸯，相随群行。南至饶泽，食鱼与粱，君子乐长。

（《鼎》之《中孚》）

高岗凤凰，朝阳梧桐。雕雕喈喈，菶菶萋萋。陈辞不多，以告孔嘉。

（《观》之《谦》）

以上五首写飞禽，表现一种吉祥和其乐融融的气氛。其中前四首写水鸟鸭、雁和鸳鸯，表现了水鸟在水中欢乐嬉戏、戏水觅食的祥和景象，且前两首似乎亦有宋诗所谓"春江水暖鸭先知"的意境。第五首写吉祥之鸟凤凰，凤凰的意象在汉代也较常见，一些神仙题材的艺术中常以凤凰来象征仙界或社会的安宁。汉代灾异思想认为，国家有道，才能有凤凰来朝。因此。凤凰象征太平和安宁。《焦氏易林》受灾异思想的影响，为我们描绘出一幅梧桐繁茂、凤凰和鸣的太平景象。以上五首诗，当寄予了作者的社会理想，即天下太平，百姓安乐。

白鸟衔饵，鸣呼其子。斡枝张翅，来从其母。伯仲季叔，元贺举手。

（《小畜》之《小畜》）

鸟鸣哺彀，长欲飞去。循枝上下，适与风遇。颠损树根，命不可救。

（《噬嗑》之《明夷》）

鹄求鱼食，过彼射邑。缯加我头，缴挂羽翼。欲飞不能，为羿所得。

（《丰》之《临》）

三鸡啄粟，十雏从食。饥鸢卒击，亡其两叔。

（《巽》之《遯》）

骐骥晚乳，不知子处。旋动悲鸣，痛伤我心。

（《姤》之《大畜》）

九雁列阵，雌独不群。为罾所牵，死于庖人。

(《复》之《丰》)

在《焦氏易林》的咏物诗中，更多的还表现了物之悲剧，当然，这些物大都是作为小人物的象征而出现的。比如上面六首诗，有五首是写飞禽，一首写马，除了第一首没有写悲剧之外，其他均为悲剧。第一首写一只返巢喂养孩子的鸟，它在外面辛勤觅食，要喂养巢内待哺的孩子，当巢中的乳鸟听到母亲亲切地呼唤时，都纷纷鼓动着翅膀，拨开树枝来到母亲身边，从"伯仲季叔"可以看出，待哺的幼鸟很多，而"斡枝张翅"和"元贺举手"则写出了小鸟的喜悦之情，和汉乐府中《蜨蝶行》的"摇头鼓翼何轩奴轩"异曲同工。这样一种辛勤的抚养工作，和汉乐府《乌生八九子》中乌鸦的自述相仿佛。然而，悲剧也就发生在哺乳之际，这和《乌生八九子》惊人的相似；第二首写一只鸟儿哺育小鸟，好不容易小鸟可以飞出巢外了，可是却在学习飞翔之际被大风吹落在地，一命呜呼，这是写天灾；第三首写一只出外觅食的鸿鹄意外地落入了人类设置的罗网之中，这是写来自人类的侵害；第四首写一只母鸡带着自己的孩子出外觅食，不料却祸从天降，遭遇天敌，被一只饿鹰夺去了两个孩子，这是写来自天敌的侵害；第五首写一匹马日暮时分回来哺乳小马驹的时候，却不见了自己的孩子，只能"旋动悲鸣，痛伤我心"，这是写莫名其妙的偶然伤害；最后一首仍写人类对鸟的伤害。综观以上几首诗，真可谓"各各有寿命，死生何须复道前后"！尤可注意者，其第三首曰"缯加我头"，乃鹄自称为"我"，此类用法，似受汉民间乐府影响，西汉乐府《乌生八九子》中有"我秦氏""我人民""我黄鹄"等，萧涤非先生云"此类汉乐府中多有之"，实则《易林》亦多此类用法，如"延颈望酒，不入我口"(《无妄》之《大畜》)、"鹤盗我珠，逃于东都"(《豫》之《明夷》)、"保我羽翼，复归其室"(《比》之《谦》)等。

《焦氏易林》中的咏物诗不仅以动物为描写对象，而且还写了很多植物，如以下几首：

枯根朽树，华叶落去。卒逢火焱，随风僵仆。

(《兑》之《大有》)

冬桑枯槁，当风于道。蒙被尘埃，左右劳苦。

（《观》之《家人》）

寄生无根，如过浮云。立本不固，斯须落去，更为枯树。

（《旅》之《乾》）

刖根枯株，不生肌肤。病在于心，日以憔枯。

（《震》之《需》）

温山松柏，常茂不落。鸾凤以庇，得其欢乐。

（《巽》之《巽》）

大树之子，百条共母。当夏六月，枝叶盛茂。鸾凤以庇，召伯避暑。翩翩偃仰，各得其所。

（《大过》之《需》）

在以上六首描写植物的诗歌中，前四首均以枯树为描写对象，以写老弱病残者之孤苦无依的处境；第五首写松柏，喻节操坚贞之君子；第六首写一棵参天大树，为人类和鸟儿提供了一个天堂般的去所，其中鸟儿以吉祥的鸾凤代表，人类以圣贤的召伯代表，仍然寄托了作者美好的社会理想。

《焦氏易林》的咏物诗，在取材方面还涉及了一些琐屑细微之物，将眼光扩大到宇宙中的林林总总，甚至包括无生命的事物。如以下几首：

蜘蛛作网，以伺行旅。青蝇嚖聚，触我罗域。为网所得，死于网罗。

（《未济》之《蛊》）

三蛆逐蝇，陷堕釜中。灌沸淹殆，与母长诀。

（《大畜》之《观》）

蜩飞坠木，不毁头足。保我羽翼，复归其室。

（《比》之《谦》）

海为水王，聪圣且明。百流归德，无有畔逆，常饶优足。

（《蒙》之《乾》）

前面三首均写细小些微之物：第一首写蜘蛛结网捕青蝇，观察可谓仔细；第二首写蛆虫，以污秽之物写悲戚之景，可谓异想佳喻，开后世以丑为美之先河；第三首写蝉，诙谐之中颇有意趣；第四首则写无生命的大海，在焦赣的笔下，大海成为一种睿智、包容、博大的象征。

《焦氏易林》的咏物诗，基本上已经把物化作了一种独立的审美对象，而不是作为人类活动的陪衬，甚至有的时候作者把物写得与人两不可分，写物分明就是在写人。这样的一些写法即使在唐人那里也是不多的，在宋代才又开始复兴。焦赣之所以写了这么多的事物，并且是以平等的眼光来观照他们，是因为他作为一个易学家需要知周万物，并且因为他的同情心，在他看来，物也是宇宙之中一个个平等的个体，所以焦赣写它们的悲喜一如写人。这些咏物诗的选材多样，开拓了诗歌的题材，尤其在写细小些微之物和污秽之物方面，已经与宋诗有些相似。

《易林》中这样的咏物诗还有很多，但大都以象底层人的悲惨生活与困苦处境，由此亦可见焦氏博大的同情之心——悲天悯人。

第五节 《焦氏易林》之寓言诗

寓言这种文体，在先秦散文中就已出现，而它的产生，却有一个发展的过程，"先秦寓言是赋诗、设譬、谐隐的进一步发展，是比喻的高级形态，是在比譬的基础上经过复杂加工而形成的。"① 而先秦时期的赋诗，以断章取义的形式来"引譬联类"，正是孔子所说的兴；设譬、谐隐，最典型者亦为《诗》之兴与《易》之象。可见，寓言的出现，正是兴象思维的产物。寓言一词首出《庄子·天下》："以谬悠之说，荒唐之言，无端崖之辞，时恣纵而不傥，不以觭见之也。以天下为沉浊，不可与庄语，以卮言为曼衍，以重言为真，以寓言为广。"在这里寓言虽非一种文体，但其义正为寄托之言。寓言其实是一种象征的艺术，黑格尔为其下定义："它是描述自然界生物或无生物的某一种情况或是动物界的某一件事，这种情况或事件并不是凭空虚构的，而是忠实观察从实际情况得来的，接着加以叙述，特别着眼到要使人可以从它对人类生活特别是实际生活的关联，也就是对行为方面的智慧与道德的关联中，获得一种带有普遍性的教

---

① 公木：《先秦寓言概论》，齐鲁书社1984年版，第37页。

训。"① 可见寓言亦重在象外之意。中国文学中这种把思想理论形象化的艺术，应该起源于民间，其依据便是"先秦寓言，大部分来源于人民口头创作"②。

但是，寓言虽以物为对象，却并不同于咏物托志之作，它"必须具备两条基本要素：第一是有故事情节；第二是有比喻寄托，言在此而意在彼"③。故事中的主角连同故事本身成为喻体，就是象，寄寓的道理即本体，因此，寓言重在由象及理。西方寓言多以动物、植物为对象，而中国古代，却多以人为对象。中国的寓言诗，最早却是以动物为对象的，这就是《诗经》中的《豳风·鸱鸮》。这首诗以一只受害的雌鸟的口吻，诉说了猫头鹰夺去了她的孩子，毁坏了她的窝巢的悲剧事件，这其实是借禽鸟之口表现弱小者对残暴的掠夺者的控诉。另外，《诗经》中还有一首《鹊巢》，也有一点寓言的色彩，《焦氏易林》的《豫》之《晋》中，有对这一故事的简单加工："鹊巢柳树，鸠夺其处。任力薄往，天命不佑。"但是这样的寓言诗在汉代以前数量很少，到《焦氏易林》出现，才有了大量以动物为对象的寓言。"古代寓言诗真正的兴起，则是迟到汉代，焦延寿在所著的《易林》四千零九十六首四言诗中，始有大量的寓言诗。"④

寓言诗由于是诗的形式，所以故事情节会显得简略，但它也有一定的情节与形象，这是其不同于咏物诗的地方；又由于寓言诗有时在说一个深刻的哲理，故一些寓言诗同时又是哲理诗，《易林》中大多寓言诗便是这样，即其寓言诗哲理性极强。

寓言在多数情况下用于劝诫，陈蒲清《中国古代寓言史》说"两汉寓言有两个显著特色：一是劝诫性突出……二是题材上多沿袭先秦"⑤。这种说法不太适合《易林》寓言诗，因为它虽多为劝诫之作，但讽刺性、明理性寓言亦复不少，且就其题材来讲，亦多自创，无所不包，涉及社会、自然界方方面面，用象（故事或所写人、物）新奇，寓理精警，实为历代寓言诗所罕见。我们还是以事实来说明。

---

① 黑格尔：《美学》第二卷《象征型艺术》，商务印书馆1981年版，第105—106页。
② 公木：《先秦寓言概论》，齐鲁书社1984年版，第38页。
③ 陈蒲清：《中国古代寓言史》，湖南教育出版社1983年版，第2页。
④ 陈良运：《焦氏易林诗学阐释》，百花洲文艺出版社2000年版，第346页。
⑤ 陈蒲清：《中国古代寓言史》，湖南教育出版社1983年版，第95页。

猕猴冠带，盗在非位。众犬共吠，仓狂蹶足。

(《剥》之《随》)

　　千雀万鸠，与鹞为仇。威势不敌，虽众无益，为鹰所击。

(《无妄》之《明夷》)

　　鹰鹯猎食，雉兔困急。逃头见尾，为害所贼。

(《渐》之《大过》)

　　狡兔趯趯，良犬逐咋。雌雄爱爱，为鹰所获。

(《未济》之《师》)

　　狗逐兔走，俱入谷口。与虎逢之，迫不得去。

(《观》之《姤》)

以上五首，皆以动物为描写对象，第一首即后来"沐猴而冠"之义，讽刺当时奸佞小人身居要职；第二首讽刺乌合之众，不能对敌；第三首"逃头见尾"有龟缩之象，犹今所谓"鸵鸟政策"，亦有"掩耳盗铃"之义，自塞视听，徒以自欺，不能远害，大有讽刺之义，亦有"欲加之罪，何患无辞"的寓意，示小人物处境之悲惨；第四、五首，极言福祸无形，兔脱犬口，又遭鹰擒，狗欲捕兔，反落虎口，后者造境之奇，远过"螳螂捕蝉，黄雀在后"之单线进行方式，戏剧性极强。此二首又远较汉乐府《乌生八九子》写福祸无形为胜。

《易林》寓言诗还有着浓郁的悲剧意识，如以下几首：

　　龟厌河海，陆行不止。自令枯槁，失其都市。忧悔为咎，亦无及已。

(《泰》之《节》)

　　鳅虾去海，藏于枯里。街巷偏隘，不得自在。南北极远，渴馁成疾。

(《谦》之《明夷》)

　　千岁槐根，身多斧痕。伤夷倒掘，枝叶不存。

(《家人》之《乾》)

　　鹄思其雄，欲随凤东。顺理羽翼，出次须日。中留北邑，复反其室。

(《丰》之《泰》)

蛇失其穴，载麻当丧。哀悲哭泣，送死离乡。

(《大壮》之《噬嗑》)

前两首写海龟和泥鳅、鱼虾不安于现状，希望过一种别样的生活，但是却做出了错误的选择，暗示人们要慎于出入，大有汉乐府《枯鱼过河泣》之妙；第三首写一棵千年古槐被人砍斫不能尽年，有《庄子·山木》篇遗意；第四首写一只雌性的鸿鹄想要随凤凰一起寻找自己的丈夫，但是由于某种原因却不能成行，只得又回到家中，可与汉乐府《艳歌何尝行》（飞来双白鹄）合观；第五首写蛇失去了家园，竟然像人一样"载麻当丧"，应该是反映百姓的生离死别，流离失所。

《易林》寓言诗还有一些哲理深刻极富劝诫教训意味者，有些甚至可以当哲理诗来读，并且为了增强所寓道理的鲜明深刻性，《易林》着意选取出人意表的事件和物象，勾画一种戏剧性的冲突，取得一种奇特诡谲、诙谐幽默而又不无讽刺的艺术效果。比如以动物为对象者：

炙鱼铜斗，张伺夜鼠。不忍香味，机发为祟。祟在头颈，笮不得去。

(《井》之《坎》)

蜘蛛结网，以伺行旅。青蝇嚄聚，以求膏腴。触我罗绊，为网所得。

(《未济》之《蛊》)

鱼鳖贪饵，死于网钩。受危因宠，为身殃咎。

(《既济》之《明夷》)

蜗螺生子，深目黑丑。虽饰相就，众人莫取。

(《需》之《恒》)

蚍蜉载盆，不能上山。摇推跌跛，顿伤其颜。

(《震》之《否》)

第一首至第三首，皆写人为财死，鸟为食亡，尤其第三首，"受危因宠"

四字，在当时奸佞专权时代，更富劝诫意味；第四首以蜗螺喻人，钟惺评其"虽饰相就"曰："丑人生厌，正在此四字"，虽欲饰丑，反增人厌，正是俗语"丑人多作怪"的生动体现；第五首写蚂蚁载盆上山，力本不能任，反欲上山涉险，终致"顿伤其颜"，寓量力而行的道理，讽刺、劝诫兼具。

《易林》中以人为对象的寓言诗亦有上述特征，如：

> 怨虱烧被，忿怒生祸。偏心作难，意如为仇。
> 　　　　　　　　　　　　　　　　（《恒》之《巽》）

> 梦饭不饱，酒未入口。婴女虽好，媒雁不许。
> 　　　　　　　　　　　　　　　　（《姤》之《损》）

> 取火泉源，钓鱼山巅。鱼不可得，火不肯然。
> 　　　　　　　　　　　　　　　　（《小畜》之《屯》）

> 穿匏挹水，耩铁然火。劳疲力竭，饥渴为祸。
> 　　　　　　　　　　　　　　　　（《艮》之《坤》）

> 操笱搏狸，荷弓射鱼。非其器用，自令心劳。
> 　　　　　　　　　　　　　　　　（《艮》之《垢》）

> 教羊牧兔，使鱼捕鼠。任非其人，费日无功。
> 　　　　　　　　　　　　　　　　（《需》之《噬嗑》）

> 一身两头，莫适其躯。无见我心，乱不可治。
> 　　　　　　　　　　　　　　　　（《比》之《归妹》）

> 两心不同，或从西东。明论终日，莫适我从。
> 　　　　　　　　　　　　　　　　（《讼》之《颐》）

以上八首寓言诗均是以人为对象，第一首写一嗔怒偏狭之人，"怨虱烧被"，实为投鼠不忌器之象，滑稽而长于讽刺，民间生活气息很强；第二首写一个人只是沉湎于幻想而不见行动，梦见吃饭，"酒未入口"就醒了，看上一个女子，但又不能尽力玉成其事，徒有"临渊羡鱼"之意，而无"退而结网"之行，结果只能是一事无成；第三首至第六首均写人为的荒诞之事，"皆谓求失其所，用违其器，事反其理；犹《孟子·梁惠王》之讥'缘木而求鱼'。"① 这些事情在现实生活中不可能发生，但焦氏观察力不可谓不细微敏锐，生活中类似的人太多了，焦氏以夸张之法讽之喻之，理趣相得益彰；其中第三首的思想寓意在稍后东汉时期的另外一部和《周易》相关的魏伯阳所著的《周易参同契》中也有类似表述："没水捕雉兔，登山索鱼龙。植麦欲获黍，运规以求方。"可见这种思想和语言表述在两汉时期是人们所共知的；最后两首，寓意殆同，念头、主张太多，犹同于无，正像最后一首写一个人内心不同思想、主张的斗争而无从决断之，只能"明论终日"而于事无济，同时又是对当时众奸专权，各自为政，皇权旁落，"乱不可治"的讽刺。

以上寓言，取象各异，或点明寓意，或"述而不作"，世相百态，尽显无遗，具有很高的思想性与艺术性，难怪尚秉和先生于《焦氏易诂》卷十一谓："后之人有究心易数者，《太玄》其阶。究心易象者，《易林》其薮也。"《易林》之象，真可谓包罗万有矣。

《焦氏易林》的寓言诗和汉乐府又很多相似之处。汉乐府无疑是汉代民间文学的代表，其高超的叙事艺术为人们所乐道。在两汉乐府诗歌当中，也有一些以动物为描写对象的诗歌，这些诗歌往往以动物来比人，故事性也很强，与《焦氏易林》寓言诗属于同一种形态。比如我们上面所提到的汉乐府中的《艳歌何尝行》，写一双白鹄并行而飞，雌鸟患病不能相随，二鸟有一番诀别之语，以此来暗寓夫妻离别之悲。《焦氏易林》中也不乏这样的诗篇：

　　九雁列阵，雌独不群。为罾所牵，死于庖人。

（《复》之《丰》）

　　双凫俱飞，欲归稻池。经涉萑泽，为矢所射，伤我胸臆。

（《屯》之《旅》）

上面的两首诗都是写鸟的飞行，前一首写一只雌性的大雁因为没有和伴侣一起飞行，结果被罗网捕住，成为别人的一顿美餐，雄雁和它自然而然也就不能偕老了，这比起《艳歌何尝行》的悲剧更进了一层；后一首写两

---

① 钱锺书：《管锥编》第二册，中华书局1986年版，第557页。

只野鸭一起飞翔,要回到稻田去,结果在经过一片长满芦苇的沼泽时,被猎人用箭射伤,这种悲剧虽不同于《艳歌何尝行》,但同样是一种无妄之灾。这两首诗和《艳歌何尝行》一样,都是以雌雄双鸟的悲剧来写人类夫妻的不幸。

    乌子雀雏,常与母居。愿慕群侣,不离其巢。

(《履》之《旅》)

    子号索哺,母行求食。反见空巢,訾我长息。

(《乾》之《同人》)

  汉乐府中的《乌生》也很著名,它写一只生了八九子的乌鸦叙述雏乌被游荡儿用弹弓打死的经过,在归咎天命之中,表达了弱者的无奈与痛苦。另外还有一首乐府诗为《雉子斑》,它以老野鸡对小野鸡说话为表现形式,表现了被掠去子女的父母的悲痛心情。而上面两首《焦氏易林》的寓言诗,也是以禽鸟来表现母子之间的感情。第一首,表现了幼鸟的恋巢和雌鸟对子女的爱护,这似乎是对西汉后期社会黑暗的一种反映。第二首写一只雌鸟看见自己的孩子饥饿,就出去觅食,结果回来之后发现自己的孩子被掠走了,只能徒然叹息。这一首诗和上面汉乐府中的《乌生》与《雉子斑》所写之事非常相似,可见当时这种陡然而至的离散悲剧是一种常见的现象。

  由以上几首诗歌可以看出,焦赣作为一位基层官吏和下层文人,无论是在语言风格还是在取材方面,对民间乐府都显示出自觉地学习和吸收。

  《焦氏易林》的寓言诗,还有和汉赋相似者。在汉赋中,有一篇民间俗赋《神乌赋》,是1993年在江苏发现的木牍竹简之一,据专家考证作于西汉晚期。此赋语言朴直,四言句式,有少量三五六言,或句句押韵,或隔句押韵,中间换韵,完全不像汉大赋那样铺排藻饰,语言华美。该赋写的是一个禽鸟相斗、生死诀别的寓言故事,说是有雌雄二乌,在阳春三月外出飞翔,结果一只受伤,就在树上筑巢。有一只盗乌飞来盗取其材,二乌飞追并加以谴责晓之以理,盗乌不服强词夺理,于是三只乌鸦一场大战,雌乌受伤坠地,被贼捕捉系之于柱,后来挣脱而去,但是余绳缠绕足上不能自解,雄乌相助,反而愈缚愈紧,于是雄乌惊呼苍天,表示愿与雌乌同死。雌乌劝阻，让雄乌"更索贤妇"，并要好好照顾孩子，不要偏听后妻的话。雌乌说完自投污厕而死。赋的最后是作者的评论。按照裘锡圭先生的研究，"显然作者是一个层次较低的知识分子，而且在民间口头文学的强烈影响下创作此赋的"①。这样，它的作者就与焦赣同属一个阶层，这导致《神乌赋》与《焦氏易林》受到更多相同或相似的文化影响。在《焦氏易林》中，也有很多禽鸟相斗或争巢的寓言诗，如《贲》之《无妄》，其辞曰："鹊盗我珠，逃于东都。鹄怒追求，郭氏之墟。不见踪迹，反为祸灾。"在这里，如果把盗珠改为盗材，则这首诗和《神乌赋》就有了惊人的相似之处。在《焦氏易林》中，这样的内容出现了三次，可见这样的题材在当时是很流行的。《焦氏易林》中《益》之《萃》云："雀行求粒，误入罟域。赖仁君子，复脱归室。"这一首寓言诗的内容和赵壹的四言赋《穷鸟赋》大致相同，几乎可以看作《穷鸟赋》的内容提要。

《焦氏易林》中的寓言诗不仅有和汉赋相似者，还有与魏晋辞赋相类者。如《大有》之《萃》云："雀行求食，出门见鹞。颠蹶上下，几无所处。"写一只麻雀出外觅食，却遇到比它势力强大的鹞鹰的袭击这种悲剧，和曹植基本为四言的寓言故事赋《鹞雀赋》结构何其相似乃尔，我们推断，《鹞雀赋》大概受到了《易林》素材的影响。

《焦氏易林》大量的寓言诗，和汉乐府诗中的寓言诗一起构成了汉代诗坛一道奇异的风景。从汉乐府和《焦氏易林》大量选取动物植物来作为诗歌的题材看，汉人对于世俗世界的看法比起先秦要前进了一步，随着社会的发展，汉人认识世界的广度有所增加，他们关注的事物也不再仅仅局限于人类自身，尤其是广大的底层百姓，对于和他们生活息息相关的动植物投入了极大的热情。焦赣作为一位下层的文人，和乐府诗歌的广大作者一样，将这些存在于他们身边的事物写进诗歌，没有一点的歧视和自身的优越感。也只有汉人才往往有此奇想，所以《易林》中的以动植物为对象的寓言诗，无论从语言风格、句式，还是从选材、主题思想来看，都非常值得和汉乐府进行详细深入的比较，它们和汉赋以及古诗中的鸟类意象，构成了汉代文学一个极富时代色彩的特征。

《焦氏易林》寓言诗关注的大多是小人物（动物或植物）日常生活中

---

① 裘锡圭：《神乌赋初探》，《文物》1997年第1期。

的悲剧，而且这些悲剧大多又是偶然性的、突发的，从这一点上说它应该是一种真悲剧。这种关注个体命运尤其是悲剧命运的思想和西汉末年的整体文学思想相一致。

焦氏之所以创作大量寓言诗，其因有三：一者此书本为卜筮著，事有万端，卦辞不宜确指某事、明言吉凶，须假象以言之，方可应付各种不同事情的占测，此承《易》象传统；二者当时政治已趋腐败，若刺政讽世，必须含蓄，一来可以自保，二来可增加寓言的普遍性意义；三者《易林》卦变，以互不涉之象，属有意韵之文，寓言为宜。①

第六节 《焦氏易林》之咏史诗

咏史诗是诗歌和史传文学交叉的一种文学形式，即在诗歌中叙述历史人物或历史事件，这种叙述作为诗歌的主体而存在，并且不可置换。因此，咏史诗和在诗歌中使用典故是不同的，用典是在诗文中引用古书中的故事或语句，是使语言具有言简意丰、含蓄效果的修辞手段，并且只要表达的意思相同，在一首诗中就可以用其他的典故来置换，在诗文中，用典是一种局部行为；而咏史则是叙说完整的历史故事，并兼以抒怀，可以说是典故的篇章化、扩大化，置换掉咏史诗中的历史事件或历史人物，咏史诗就发生了变化而不成其为咏史诗或者成为另外一首咏史诗。但是，从最本质的思维方式上看，咏史诗和用典都是一种隐喻的艺术。

"咏史之作，以古比今，左思是创始的人，钟嵘在《诗品》中说他甚得讽谕之致。"（朱自清《诗言志辨·赋比兴通释》）朱自清先生所说的左思的咏史诗历来为人们称道，这是因为它标志着咏史诗的成熟，按照钟嵘的说法就是得讽谕之致。事实上，在左思之前就有班固以咏史为名写了一首咏史诗，钟嵘也曾提到这首诗，他在《诗品序》中说这首诗"质木无文"，可是这种"质木无文"却是咏史诗的正体。从某种意义上说，左思的有些咏史诗可以称作咏怀诗。既然二人都以"咏史"为名，可见，在诗歌当中主要是叙述历史事件，或者简单地提到历史事件或人物而把笔墨放在议论抒情上，都应该是咏史诗的类型。按照叙事学的理论，从来没有

---

① 陈良运：《焦氏易林诗学阐释》，百花洲文艺出版社2000年版，第347—349页。

客观单纯的叙述，每一种叙述都随着其叙述形式和角度的不同而各寓褒贬。换句话说，重要的不是说什么，而是怎么说的问题。因此，在一首咏史诗中，诗人选取哪种叙述的角度，选择哪些需要叙述的细节，都无一不暗含了作者的主观意图。这样说来，也就没有所谓纯粹的咏史之作。

在文学史上，标志着咏史诗成为一个独立诗歌类型的是班固的《咏史》，其诗如下：

> 三王德弥薄，惟后用肉刑。太仓令有罪，就递长安城。
> 自恨身无子，困急独茕茕。小女痛父言，死者不复生。
> 上书诣阙下，思古歌鸡鸣。忧心摧折裂，晨风激扬声。
> 圣汉孝文帝，恻然感至诚。百男何愦愦，不如一缇萦！

这首诗较为完整地叙述了缇萦救父的故事，末尾两句算是简单的评述。在班固之前，还有一首咏史性质的诗歌，是东方朔的《嗟伯夷》，诗文如下：

> 穷隐处兮窟穴自藏，与其随佞而得志兮，不若从孤竹于首阳。

可以看出诗歌的内容是吟咏伯夷高洁出世的行为，从其形式看，明显受到《楚辞》的影响。此诗虽未以"咏史"为题，但基本上具备咏史诗的特征，可惜是个残篇。

从逯钦立先生的《先秦汉魏晋南北朝诗》来看，汉代完整的咏史诗只有三篇，除了班固的诗作之外，还有东汉应季先的《美严思王》和乐府中的《梁甫吟》。当然，也许在散佚的汉诗中还有一些咏史之作。就我们所看到的汉代诗歌而言，咏史之作是不多的。这是考察《焦氏易林》咏史诗的一个时代背景。

通过考察《焦氏易林》，我们发现其中已出现了一些咏史诗，这些咏史诗是同用典联系在一起的。《易林》出入六经，驰骋诸子，典故多得出奇，又如尚秉和先生言，书中所用故事，先秦诸史书又多有不载者，故至难释读。研究《焦氏易林》中的咏史诗，会使我们改变上述的看法，从而得出汉代咏史已经初步繁荣的结论。

咏史诗属于隐喻的艺术,以古论今,"让读者在当下体验历史,在历史中感知当下,融古今于一胸"①,这正是咏史诗所要传达的。诗人在诗歌之中要对历史进行客观的评价是不可能的,他们仅仅是凭着自己的理解和印象来回忆过去,因此,咏史诗又是一种追忆的艺术。诗人在这种追忆中,向我们呈现的或者是模糊的呓语,或者是残破的碎片,但是读者在阅读的过程中,会不由自主地结合当下或者诗人当时的情景来复原它们,填补它们,进而完成诗人叙述的意义。在咏史诗中出现的人物或者事件,既要向我们说明什么,又要向我们隐藏什么,正是这样一种张力,彰显了咏史诗不同寻常的艺术魅力。中国文学始终对往事充满了幽情,那些物故的过去便因着这种幽情像幽灵似的通过艺术浮现在我们的眼前。焦赣是一位诗人,他不能居于这种幽情之外;同时,他是一位研究《周易》的智者,反思历史是他体察变化之道的重要途径;另外,他还是一位占卜者,只有在叙述往事的过程中才可以为求占者提供一种权威的依据,并且也只有叙述历史这样的形式才最适合于占卜之语,既要昭示,又要隐藏,看一下后来的签诗大多以历史人物或历史事件作题材便会明白这个道理。

我们不妨看一下焦赣的追忆与叙述:

兵征大宛,北出玉关。与胡寇战,平城道西。七日绝粮,身几不全。

(《屯》之《屯》)

鼋羹芬香,染指弗尝。口饥于手,子公恨馋。

(《蒙》之《萃》)

商纣牧野,颠败所在。赋敛重数,黎元愁苦。

(《需》之《益》)

夏台羑里,汤文厄处。皋陶听理,岐人悦喜。西望华首,东归无咎。

(《无妄》之《无妄》)

长城骊山,行民大残。涉叔发难,唐叔为患。

(《夬》之《噬嗑》)

---

① 季广茂:《隐喻视野中的诗性传统》,高等教育出版社1998年版,第130页。

西戎为疾，幽君去室。陈子发难，项伯成就。

(《姤》之《明夷》)

苏氏发言，韩魏无患。张子弛说，燕齐以安。

(《姤》之《革》)

以上七首咏史诗，足可窥见《易林》作者对经史的精熟以及大而化之的高超运用技巧。第一首写汉初刘邦伐匈奴事，即"平城之战"，作此诗显系针对当时武帝等穷兵黩武大肆出兵匈奴而言，暗含了对因兵役导致民生凋敝、人民分离现象的不满，故对汉高祖事无丝毫褒扬，相反以"身几不全"警示统治者；第二首即后世"染指"的典故，事见《左传》宣公四年事，郑灵公请大臣吃甲鱼，独不与子公，子公生气，以指染汤尝之而走，后灵公欲杀之，子公反弑郑灵公，此似影射当时奸谗小人的非分之想，或亦警示小人欲干皇权而代之；第三、四首俱写商周故事，前者在于警示当政者重赋厚敛必致败亡，针对西汉中后期的沉重赋税而言，后者则影射当时吏制司法的腐败；第五首写秦始皇大兴土木，修长城及骊山陵墓，实则影射当时大造王陵事件，如汉成帝的建初陵，告诫统治者要爱惜民力，否则仍会有陈涉之类的人揭竿而起；第六首写周幽王失国与陈涉反暴秦事，其用意仍在呼唤仁政；第七首写纵横之士苏秦、张仪，虽表面看来彰其功业，实际上也可看作对当时一些巧舌如簧的奸佞权臣的反讽。

由以上八首咏史诗可以看出，《易林》中这类题材的诗大多仅述史略，不作评述（仅少数发表作者观点），和班固的《咏史》一样，大都质木无文。但是清人何焯说"咏史者，不过美其事而咏叹之，翯括本传，不加藻饰，此正体也"（《义门读书记·文选·咏史诗》）。这样说来，焦赣之作，亦为咏史正体。这也是由卜筮的实用性所决定的，后世签语多用典而不作正面判断，亦是出于同一目的。

东方朔的咏史之作是写伯夷的，在《易林》中也有对伯夷的叙述：

伯夷叔齐，贞廉之师。以德防患，忧祸不存，声芳后时。

(《萃》之《解》)

从这一首诗当中，可以看出焦赣对伯夷叔齐的推崇。而《史记》列传首篇为《伯夷列传》，司马迁对伯夷叔齐的言行发出感慨。可见汉人对伯夷叔齐的态度基本上是赞扬的。

《易林》中的咏史诗多数是对古代圣贤和忠义之士的歌颂和礼赞。如：

> 子鉏执麟，春秋作经。元圣将终，尼父悲心。
>
> （《兑》之《坤》）
>
> 孟巳乙丑，哀呼尼父。明德讫终，乱虐滋起。
>
> （《睽》之《恒》）
>
> 子畏于匡，困厄陈蔡。明德不危，竟得免害。
>
> （《兑》之《泰》）

以上三首诗写孔子，前两首尊称孔子为尼父，可见敬仰之情，后一首称"子"，亦为敬称，足见经学隆盛之时对孔子的推崇。第一首写孔子闻知狩猎获麟，知道自己大去不远，书写《春秋》，流露悲意；第二首写孔子之死，"孟巳"即夏历四月，因地支巳代表四月，故"孟巳"即孟夏（他本有误"巳"为"己"者，形近也，亦有根据史书记载孔子去世的时间而径直改为"孟夏"者），诗歌说孔子于孟夏乙丑日离开了人间，大家哀呼这位圣人，在他去世之后，天下开始大乱。以上两首不无是对孔子的悼念，第二首大有圣人不作，天下乱扰的感慨，实寓刺世之意，乃春秋笔法。第三首写孔子厄于匡与陈蔡之事，并且发表评论，认为孔子的明德使他脱离了危险。后两首均出现"明德"一词，该词出自《大学》篇，亦可见焦赣对于儒家之德的肯定。

在圣贤忠义之士中，那些节操高洁之人历来为文士所仰慕，成为诗文当中经常被歌颂的对象，《易林》以下三首可以看作这方面的代表：

> 太公避纣，七十隐处。卒逢圣文，为王室辅。
>
> （《明夷》之《坤》）
>
> 箕仁入室，政衰弊极。抱其彝器，奔于他国，因祸受福。
>
> （《颐》之《解》）

伊尹智士，去桀耕野。执顺以强，天佑无咎。

(《无妄》之《小过》)

以上三首均写隐逸之士，第一首写垂钓渭水的姜太公，说他为了逃避殷纣王的暴政，年龄七十了还不愿意出来做官，后来终于遇到了圣明的周文王，成为周王室的一位重臣。第二首写微子看到殷商衰败而投奔西周，最终被周分封。第三首写伊尹不堪忍受夏桀暴政，隐居原野耕种自养，因其顺应天道，最终没有什么灾殃。三首诗中虽没有对暴君的批判，但都隐含了一个观点，即就有道、弃无道，朝廷昏庸可以不仕。

历史的存在是复杂的，历史人物的命运是多样化的，在面对纷繁的历史时，焦赣的心情也是会随着历史人物的兴衰起伏而波动，有时表现为一种哀叹，有时表现为一种惋惜，有时表现为一种向往。下面的几首咏史诗所写人物各不相同，体现的情感也就各异：

疋居楚乌，遇谗无辜。久旅离忧。

(《大有》之《比》)

楚乌逢矢，不可久放。离居无辜，意昧精丧。作此哀诗，以告孔忧。

(《大有》之《贲》)

员怨之吴，画策阖闾。鞭平服荆，除大咎殃。威震敌国，还受上卿。

(《临》之《泰》)

设罟捕鱼，反得居诸。员困竭忠，伍氏夷诛。

(《渐》之《睽》)

管鲍相知，至德不离。三言于桓，齐国以安。

(《临》之《同人》)

舞阳渐离，击筑善歌。慕丹之义，为燕助轲。阴谋不遂，瞋目死亡，功名何施。

(《中孚》之《困》)

前两首均写楚乌（有版本"乌"作"鸟"，虽亦可通，然系形近而误），然而写乌只是表面的，这两首诗应该是写楚国伟大的诗人屈原。楚乌就是乌鸦，在古人看来，乌是一种孝鸟，乃阳精所化，比如古代神话就认为太阳之中有三足乌。屈原为楚国之同姓贵族，对楚国毫无二心，于国来讲，精忠不二；于家族来讲，其孝无双，而忠孝其义为一，故以楚乌比屈原，实在恰当不过。第一首中的"疋居"即匹居，即只身一人生活的意思，全诗说屈原（楚乌）一人独居，无辜地遭到小人的谗言陷害，长期被流放在外，遭遇忧心之事，"离忧"即离骚也。第二首写楚乌受到暗箭之创，象征屈原受到谗言中伤，"不可久放"写楚乌受伤之后不能长久飞翔，象征屈原不能再在朝中尽忠，于是无辜地被流放，精神恍惚，写下了不朽的《离骚》，来倾诉自己无限的忧伤。这两首诗以象征手法写咏史诗，实在是一种首创，并且诗歌中对屈原充满了无限的同情，对于屈原作品《离骚》的把握也非常到位，即"作此哀诗，以告孔忧"。第三、四首写伍子胥，前者写他到达吴国，后来为了报仇雪耻，鞭笞平王之事；后者以《诗经》中的句子起兴，以捕鱼反得蟾蜍来象征伍子胥得非所求，后来被处死一事。其中对伍子胥的复仇含有赞同欣赏之意。第五首写管仲和鲍叔之间的相知相交，管仲不以鲍叔的行为为病，充分理解朋友的做法，后来多次向齐桓公推荐鲍叔，使鲍叔成为齐相。这一首充满了对贤能之士友情的向往及其治理国家的肯定。第六首写秦舞阳和高渐离帮助荆轲刺杀秦王一事，后世咏史诗在写这件事情的时候多从荆轲着眼，而《易林》此诗则写秦舞阳和高渐离，诗中说他们秘密制定的计谋没有得到成功就死掉了，以至于没有留下功名事业。从《易林》写伍子胥的复仇和荆轲刺秦王这两首诗看，焦赣对于历史人物的看法有和司马迁一致者，如这两首诗所表现出来的大丈夫复仇精神、建功立业的思想等。

　　《易林》中的咏史诗还有隐含批判者，这里不再一一列举，仅举一例。如汉乐府《梁甫吟》中提到的"二桃杀三士"一事，《焦氏易林》也进行了描述：

　　　　二桃三口，莫适所与。为孺子牛，田氏生谷。

（《姤》之《震》）

　　《易林》对它的描述所采取的角度又是与众不同。在这一首诗中，叙述的视角是齐景公,诗中说他毫不慎重地因为两颗桃子而丧失了三个高士,并且喜欢衔绳作孺子牛,这些做法导致了田氏作乱齐国,诗中不无对齐景公讥讽批判之意。

焦赣作咏史诗并不是单纯地为了引经据典增加林辞的含蓄和多义性,他是有着明确的历史意识的,如:

> 庭燎夜明,追古伤今。阳弱不制,阴雄坐戾。
>
> (《颐》之《损》)

诗中的"追古伤今"明确表示了作者对往昔的回忆是立足于当下的,"是在历史的烘托之下感受当下的氛围,在当下氛围的烘托之下把握历史的脉搏"①。

《焦氏易林》中的咏史诗不仅对古代的人物和历史事件进行描述,而且对当代的人物事件也进行了描述,如对刘邦和韩信的描述:

> 转作骊山,大失人心。刘季发怒,命灭子婴。
>
> (《蛊》之《贲》)
>
> 大蛇当路,使季畏惧。汤火之灾,切直我肤。赖其天幸,归于室庐。
>
> (《屯》之《比》)
>
> 依叔墙隅,志下心劳。楚亭晨食,韩子低头。
>
> (《贲》之《剥》)

前两首写刘邦之事,一写其诛灭秦二世,一写其斩蟒蛇;第三首写韩信幼年家贫寄食之事。

咏史诗以历史为描述的对象,和史传文学就有了不解之缘,咏史诗中的素材多是取自史传文学,比如《焦氏易林》中的史料多出自《春秋》经传、《国语》《战国策》等,而尤以《春秋》经传为多。这些材料一经焦赣的组合,就不再仅仅作为客观的史料出现了,因为在选取这些材料的

---

① 季广茂:《隐喻视野中的诗性传统》,高等教育出版社1998年版,第76页。

时候，他一定会有一个选取的标准和编排的逻辑，否则就类同于流水账式的记事簿了。考察焦赣咏史诗或用典背后的真正用意和史传文学之间的关系，当是一项非常有意义的工作。

焦赣在评价当代人物、事件而创作咏史诗的时候，有些是参考了《史记》的，当然，一些对古人的叙述也不例外，比如上面我们所说到的伍子胥复仇鞭笞平王及伍子胥之死，《左传》当中并没有交代，极有可能是焦赣参考了《史记》的相关叙述。上面三首写刘邦和韩信者，亦当参考了《史记》，事见《史记·高祖本纪》和《史记·淮阴侯列传》。另外，比较明显参考《史记》的还有以下数首：

　　随和重宝，众所贪有。相如睨柱，赵王危殆。

（《贲》之《升》）

　　膑诈庞子，夷灶书木。伏兵卒发，矢至如雨。魏师惊乱，将获为虏，涓死树下。

（《艮》之《升》）

以上两首，第一首写蔺相如完璧归赵，事在《史记·廉颇蔺相如列传》："相如持其璧睨柱，欲以击柱。"焦赣径直用司马迁"睨柱"一词；第二首写孙膑与庞涓的马陵道一战，事出《史记·孙子吴起列传》。《易林》中取自《史记》的素材还有很多，由此可见焦赣对《史记》是非常熟悉的，他对司马迁本人也是相当推崇的。这样说绝对不是一种猜测，因为在《焦氏易林》中确实有两首咏史诗是写司马迁的：

　　重黎祖后，司马太史。阳氏之灾，雕宫悲苦。

（《无妄》之《离》）

　　子长忠直，李氏为贼。祸及无嗣，司马失福。

（《渐》之《遯》）

这两首诗都是写司马迁李陵之祸受辱，前者说他遭受宫刑，后者说他因受宫刑而绝后，并且称赞司马迁"忠直"，认为李陵是国家贼人（这一点和司马迁的看法不同）。如果说李陵投降是汉代的一件大事人人可知的话，则第一首中称司马迁为重黎、高阳氏之后，则只能是看过《史记》的明证，因为司马迁只是在《太史公自序》中介绍自己是重黎之后。

此外，和咏史相关，《易林》中还大量用典，这些典故包括事典和语典，几乎达到了无一语不有出处的效果。就这一点来讲，唯后世的杜甫和黄庭坚可比。而且，《易林》在用典方面，颇有避熟就生的趋向，这一点已开宋代"江西诗派"先河。比如有一首用典的诗："福祚之家，喜至忧除。如风兼雨，出车入鱼。"（《小畜》之《夬》）此诗末句"本冯谖《弹剑铗歌》之'出无舆'、'食无鱼'，第三句犹舜《南风歌》之言'解愠'及《谷梁传》僖公三年六月之言'喜雨'也。"① 钱锺书评此为"诗文运古，避熟就生，可取材焉"②。张文江《管锥编解读》对此亦云："可见林辞采纳范围遍及经、史、子、集各类，皆相涉相入，亦中国典籍所具'互文性'（intertextuality）之例也。"③ 由此可见，《易林》咏史诗用典取材之广、诗义之丰，虽稍逊文采，但"所谓'技术拙劣'，'质木无文'，乃咏史之体宜尔也"④。

以上从四个方面（游仙、咏物、寓言、咏史）似可证明，《易林》实集中国文学兴象系统之大成，用闻一多的话来说，就表现在《易林》的表现手法上："手段——'易象'。/天机不可泄露。谈言微中。暗示。比喻 imagery。/以生物比人——以无知识的比有知识。/人格化——personification——全个宇宙皆有知识有感情了。/作者与上帝同地位——对象不只人且及万物。"⑤ 正是对兴象的精熟运用，使得《易林》此类诗具有以象示意的独特审美效果。

第七节 "诗可以怨"
——《焦氏易林》对现实主义的继承

"诗可以怨"是《诗经》开创的现实主义文学传统。"诗可以怨"

---

① 钱锺书：《管锥编》第二册，中华书局1986年版，第558页。
② 同上书，第558页。
③ 张文江：《管锥编解读》，上海古籍出版社2000年版，第215页。
④ 萧涤非：《汉魏六朝乐府文学史》，人民文学出版社1984年版，第19页。
⑤ 闻一多：《闻一多全集》第10卷，湖北人民出版社1993年版，第63页。

是说优秀的诗作多是诗人舒愤懑之作,借以表达一种不满的情绪,亦即何休《公羊传解诂》中所谓"男女有所怨恨,相从而歌:饥者歌其食,劳者歌其事"。这种思想后来被司马迁所接受,认为一切优秀的作品"大抵圣贤发愤之所为作也",好的作家、诗人亦"皆意有所郁结"(《报任安书》)。《史记》便正是这样的产物。《诗经·魏风·园有桃》云:"心之忧矣,我歌且谣",正是"诗可以怨"的最早透露。闻一多先生在其《中国文学史讲稿》中说:"如果我说汉代文学不在赋而在乐府与古诗,想来是不会有多少人反对的。如果我又说除乐府古诗外,汉代还有着两部分非文学的文学杰作,一部分在《史记》里,另一部分在《易林》里;关于《史记》你当然同意,听到《易林》这名目,你定愕然了。"[①] 闻先生所说的两部非文学的文学杰作,其实在继承"诗可以怨"的传统上是一致的,《史记》在于舒愤懑,《易林》之作,却也是"作此哀诗,以告孔忧"。司马迁的"'舒愤'而著书作诗,目的是避免姓'名磨灭'、'文采不表于后世',着眼于作品在作者身后起的功用,能使他死而不朽"。实际上,"诗可以怨"更重要的意义,在于使一个诗人的生前得到精神的抚慰,"一个人潦倒愁闷,全靠'诗可以怨',获得了排遣、慰藉或补偿"(钱锺书《七缀集·诗可以怨》)。焦延寿生活于西汉由盛到衰的时期,浊政乱民、吏制腐败加之不断的天灾人祸,使人民生活尤其是底层人民的生活困顿不堪,贤良的被害,弟子的遇难,都不能不对焦氏产生重大的影响,更何况他又是一个具有博大同情心的人,有着敏锐与丰富的感情。他在做小黄令的几年里,目睹这一切,一定是苦闷的、失望的,所以他有一些写归隐的诗,但是,更多的却是发泄不满的诗。这些不满的诗,出自他平静但又痛苦的心灵,说他平静,是因为他是研《易》者,比一般人要理智,或如闻一多先生所说"知无可奈何";说他痛苦,是因为他对人世又极大关注,正《易》所谓"圣人以此洗心,退藏于密,吉凶与民同患"。因此,可以说,《易林》之诗是焦氏"蚌病成珠"的产物。

《易林》的现实主义精神,还表现为借鉴了汉乐府的"感于哀乐,缘事而发",在对日常生活的描写中,表达作者内心深处的喜怒哀乐。"立

---

① 《闻一多全集》第10卷,湖北人民出版社1993年版,第61页。

足生活实际，观察生活现象，描写生活画面，抒发生活感受"① 同样也是《易林》的基本创作方法，它在描写事物、刻画细节、塑造场景等方面比《诗经》更加细致入微，因此，也便具有更为感人的审美效果。

我们从政治讽喻诗，悯农劳动诗，人生感悟诗，对征夫、女性的描写及其爱情诗，底层世相诗五个方面来考察《易林》的现实主义创作手法。

一 突破"温柔敦厚"的讽喻诗

西汉社会，"衰于元、成，坏于哀、平"（《汉书·佞幸传·赞》）。这只是就明显的衰落之象而言，其实它的衰落，早在汉武帝晚年就开始了，武帝之后的昭帝，由霍光辅政，之后的宣帝，又由霍氏操纵，外戚专权，佞幸当政，真可谓是凌夷厥政，百姓疲敝，仁道壅塞，贤良遭谗。"考察西汉后期政坛的总体状况，可以'君权旁落，政局多变'八个字概括之""以外戚为主，中宦为辅，沉瀣争斗，交替专权，成为这一时期政坛的主要景观。"② 焦氏对此的不满，就主要表现在他的政治讽喻诗上。

    季世君忧，乱国淫游。殃祸立至，民无以休。
                   （《解》之《旅》）
    夏麦麸麦黄，霜击其芒。疾君败国，使我诛伤。
                   （《小过》之《解》）
    昧昧暗暗，不知白黑。风雨乱扰，光明伏匿。幽王失国。
                   （《小过》之《解》）
    君子失意，小人得志。乱扰并作，奸邪充塞。虽有百尧，颠不可救。
                   （《家人》之《履》）
    置筥失筦，轮破无辅。家伯为政，病我下土。
                   （《萃》之《蒙》）

以上五首诗，或刺国君无道败国，或刺奸官佞臣乱政害民，锋芒所至，皆

---

① 褚斌杰、谭家健：《先秦文学史》，人民文学出版社1998年版，第140页。
② 张峰屹：《西汉文学思想史》，南开大学出版社2001年版，第205、207页。

一针见血,毫不隐讳。《易林》中这样的诗最多。"疾君败国,使我诛伤"与"家伯为政,病我下土"皆直抒胸臆,与汉代所谓"温柔敦厚"的诗教大唱反调,可见若非郁结过深,气魄过人,绝不能作此类诗篇。考察《易林》的这类诗作,对于研究"温柔敦厚"的诗教,也许会提供一些新意。这些政治讽喻诗,有太多的火药味儿,与《诗经》的所谓"哀而不伤"的作品大相径庭,这一点正反映了作者对国家政治、人民生活的极大关心,也表现了一个诗人应有的职责。

二 内涵丰富深刻的悯农诗

反映劳动人民真实的生活,是文学的不朽主题之一,早在《诗经·豳风·七月》就已开始了。作为以农业为主的封建制国家,小农经济下的百姓历来是受苦受难最深的阶层,他们含辛茹苦、坚忍生活的境况会使每一位有良知的诗人为之动容揪心。焦赣自己出身贫困,做了小黄令后又生活在基层,对于底层农民的生活,可谓知之太深。又加之西汉后期赋税加重、徭役兵役不断,民无宁日,自然灾害在当时的条件下又无法克服,这些对原本生活艰辛的农民来说无疑是雪上加霜。"饥者歌其食,劳者歌其事",其斯之谓乎?

民以食为天。在农业生产方面,先进的耕作工具和良好的耕种条件无疑是必要的。然而在《焦氏易林》中却反映了这样的耕作状况:

耕石山颠,费种家贫。无聊处作,苗发不生。

(《比》之《解》)

跨牛伤暑,不能成亩。草莱不辟,年岁无有。

(《复》之《无妄》)

这两首诗写耕作情况,前者写耕作环境由于土地兼并,农民无地可种,只得到山上开荒,但石多费种,不毛之地,又能有什么收获呢?后者写一跛牛因天热伤暑,牲畜这种当时最重要的劳动工具不能使用了,这对一个农民来说打击是多么大,由"跨牛"也可看出诗中农人的家境贫寒,这样误了农时,一年的希望也就化为乌有了。

在农业社会,威胁农业生产最大的就是自然灾害,由于当时生产力低下，人们抵御自然灾害的能力还比较差，因此，在《焦氏易林》中便出现了对自然灾害的无奈：

  俱为天民，云过吾西。风伯雨师，与我无恩。
（《否》之《家人》）
  阳旱炎炎，伤害禾穀。穑人无食，耕夫叹息。
（《乾》之《暌》）
  凫池水溢，高陆为海。江河横流，鱼鳖成市。千里无墙，鸳凤游行。
（《无妄》之《震》）
  白云如带，往往旗处。飞风送迎，大雹将下。击我禾稼，僵死不起。
（《坎》之《渐》）
  蝗啮我稻，驱不可去。实穗无有，但见空藁。
（《豫》之《师》）

以上五首诗描写了农业生产中所能遇到的各种自然灾害。前两首写旱灾：其中第一首"云过吾西"一句，把农民久旱望雨的神态描写得酷肖，但盼雨的希望被一阵东风吹得无影无踪，此诗也包含了诗人细微敏锐的观察力，即在中原地区，春夏两季一般刮东风无雨这一气象特点。第二首写禾苗旱死、农人无食而叹息的凄苦之状。第三首诗写水灾，前四句铺排水势之大，尤其是第三、四句，出语警奇，更显水威，"千里无墙"则写出了水灾的巨大破坏力。第四首诗意盎然，写景逼真，正是酷暑降冰雹的天气，本来是蓝天白云，可一时间冰雹来临砸死了庄稼，眼看着就要收获的庄稼就这样因天灾而消失，怎不令人痛心。最后一首写蝗灾，这种灾害对当时的农民来说尤为致命，它能使千顷良苗顷刻间叶茎不存，"实穗无有，但见空藁"，描写的是一幅多么凄凉揪心的场面，反映了作者与农人的痛苦及无奈。

  《易林》当中这样的悯农诗还有很多，但以上七首，由耕作环境、工具到雹、旱、雨、蝗诸灾，全有涉及，较之《诗经》，可谓大备，其内涵之丰富，已足可窥见当时农民生活的艰辛困苦。在这些诗中，表现的内容真实深刻,诗人的情感深沉而浓郁,有时看似不动声色的客观描述,但越是这样的不动声色,越是显出作者的哀痛。借用《庄子》的一句话,正是"哀莫大于心死",哀痛过沉,以致犹如心死,不动声色。

《易林》中也有一些反映农民喜庆的诗,如"青牛白咽,呼我俱田。历山之下,可以多耕。岁乐时节,民人安宁"(《讼》之《小过》)、"春多膏泽,夏润优渥。稼穑熟成,亩获百斛"(《临》之《明夷》)等,但前者写的"历山"是传说中舜耕种的地方,写此诗又好像正言若反;后者写风调雨顺的丰收,但这种年景对农民来说真是既幸运又太少了,所以《易林》中写农民的诗,苦难沉重是其基本主题基调。"诗可以怨",于此更加明确了。

三 咏叹人生多艰的感悟诗

人生,对于每个人来说都是艰辛的,每个人有每个人的艰辛,如果你看透了人生的实相。在西汉中后期,社会衰败,民生凋敝,个人的生存境况日益恶化,对于人生,多数的底层人感到更加艰辛。焦延寿出身贫寒,也许早在少年时代就饱尝了世间的百味,后来由于阅历的加深,对于生活,对于人生,以他的精通《易》理的睿智,一定会"别有一番滋味在心头"。歌以咏怀,焦氏将这些人生感受以诗的形式写下来,从中我们不仅可以看到他本人的心路历程,也可看到这些诗所折射出的一般人的人生感受。诗人都是敏感的,正是敏感,使他们的触觉延伸到人生的每一个角落,去品味常人所不易感知的另一种人生之境。

  推车上山,高仰重难。终日至暮,不见阜巅。

(《观》之《节》)

  朝露白日,四马过隙。岁短期促,时难再得。

(《鼎》之《大壮》)

  独坐西垣,莫与笑言。秋风多哀,使我心悲。

(《艮》之《否》)

  被发兽心,难与比邻。来如飘风,去如绝弦,为狼所残。

(《困》之《萃》)

  昼卧里门,悚惕不安。目不得合,鬼摇我足。

(《观》之《咸》)

龈龈龉龉,贫鬼相责。无有欢怡,一日九结。

(《未济》之《颐》)

目不可合,忧来搔足。悚惕危惧,去其邦域。

(《谦》之《大畜》)

生不逢时,困且多忧。无有冬夏,心常悲愁。

(《颐》之《随》)

佩玉褧兮,无所系之。旨酒一盛,莫与笑语。孤寡独特,常愁忧苦。

(《需》之《蛊》)

簪短带长,幽思苦穷。瘠蠹消瘦,以病之隆。

(《恒》之《咸》)

明灭光息,不能复食。精魄既丧,以夜为室。

(《噬嗑》之《颐》)

山陵丘墓,魂魄室屋。精光竭尽,长卧无觉。

(《家人》之《旅》)

以上十二首诗,大都反映了作者对人生艰辛的咏叹。第一首负重上山喻人生道路艰辛,而且这种艰辛的道路似永无尽头,使人想起希腊神话中的西西弗推石上山的"荒谬"来,但正是在荒谬与艰辛中,人生的充实与真味才显露出来;第二首首句已开《古诗十九首》"朝露待日晞"之意,第二句显系化用《庄子·知北游》"人生天地之间,若白驹之过隙,忽然而已"语句,而所咏叹之意,实是觉醒了的宇宙、生命意识,这种对人生的感悟,实开《十九首》之先河;第三首与第九首都写人生的孤独境遇,如果将这种人生的孤独形而上化,略等同于后现代思潮中的当下人们的不能沟通、孤独之感,古今之人,人同此心,心同此理,这种比附似亦可成立,且第九首"旨酒一盛,莫与笑言"大有举世皆醉我独醒之慨;第四首是对日常生活的感悟,卜邻而居历来为古人所看重,焦氏作此诗,大概是有感而发,亦含有对为人处世艰辛的感慨;第五首至第七首,写贫忧怵惕的处境,炼字、创意、制象,均空前绝后。钱锺书评"鬼搔我足""忧来搔足"引《淮南子·诠言训》"心有忧者,筐床衽席弗能安也"句,云

"《易林》以'忧来搔足'达此意,奇警得未曾有"①。明代钟惺《古诗归》亦评此句"千古忧愁人,到家实境语";第六首以鬼喻贫,将贫之难去写得刻骨淋漓。以上写忧贫,若非实感,怎能有如此深的体验?"悚惕"亦含有"战战兢兢,如履薄冰,如临深渊"的谨慎之意,显示生存之不易;第八首写人生的失意,"无有冬夏"一句,极真实地刻画出了失意的人对时序的漠然与不觉,更显其落魄之心,这大概是诗人的自况罢;第十首写心思郁结的苦闷,较第八首有过之而无不及,且又开炼字炼句典范,钟惺《古诗归》评"簪短带长"一句,云"四字中无数回翔,比'忧思约带'语更觉简妙"。杨慎在《升庵全集》卷五三也说:"'簪短带长'尤为奥妙,'簪短'即《毛诗》'首如飞蓬'也,'带长'则'衣带日已缓'也,两诗以四字尽之,影略用之,最为玄妙",写人生不得意之苦,当以此诗为极致;最后两首写对人生归宿——死亡的看法,在两首诗中,反映的是焦氏不同于西汉非理性生命观的理性思考:"明灭光息""精光竭尽"即俗谚所谓"人死如灯灭";"精魄既丧"即《易》所谓"精气为物,游魂为变,故知鬼神之情状";"以夜为室"正《易》所谓"通乎昼夜之道而智"或如后人所云"死生昼夜事也";全诗所表现出的对死亡的平静、理智正是对《周易》"原始反终,故知死生之说"的生命哲学的继承(引文俱见《周易·系辞上》)。站在这样的高度,使焦氏对于人生有充分的清醒与自觉,在这一点上,他无疑远远超出了同时代的人。

尤可注意者,《焦氏易林》中有大量描写羁旅之苦的诗歌,这些诗歌的相同之处就是以羁旅之苦来暗示、象征人生旅途的坎坷,颇有乐府诗《陇头歌》的意味,除了上面《观》之《节》"推车上山,高仰重难。终日至暮,不见阜巅"之外,随手就可以拈来几首:

  龙马上山,绝无水泉。喉焦唇干,舌不能言。

(《乾》之《讼》)

  山险难登,涧中多石。车驰辖击,载重伤轴。担负差踬,跌蹉右足。

---

① 钱锺书:《管锥编》第二册,中华书局1986年版,第561页。

(《乾》之《谦》)

跛踦相随，日暮牛罢。陵迟后旅，失利亡雌。

(《乾》之《涣》)

多载重负，捐弃于野。予母谁子，但自劳苦。

(《屯》之《恒》)

负牛上山，力劣行难。烈风雨雪，遮遏我前，中道复还。

(《旅》之《睽》)

浣浣泥泥，涂泥至骰。雨汻不进，虎啮我足。

(《大过》之《随》)

上面六首诗为我们描绘了一幅幅奔走的图画，第一首写骑马上山，一路上找不到一滴水，"喉焦唇干，舌不能言"两句，逼真生动，和北朝民歌《陇头歌辞》中"寒不能语，舌卷入喉"异曲同工；第二首写跋涉之象，由于道路崎岖不平，车子被颠坏了，并且负重的行人也跌倒伤了右脚，正象征着人生道路的坎坷曲折；第三首写跛足之人的艰难行进，天色渐晚，牛疲不行，并且还走失了妻子，正是日暮途穷的写照；第四首写一个无名之人由于负载过重，孤零零一人被抛弃在原野上行走不已，"予母谁子"一句表现出他的孤独无助，只能一个人独自劳苦的奔波，与汉代《陇头歌》中的"念我行役，飘然旷野"同一意象；第五首写驱赶着负重之牛登山跋涉，却遇到了恶劣的天气，以至于不能前行中道返回；第六首仍然写羁旅之中的艰难，不仅雨大泥泞难行，并且遭到了猛虎的袭击，更象征了人生的艰险。《焦氏易林》中这样的人生感悟诗篇，共同组成了一个行走跋涉的主题，行走者多负重而行，且多为登陟之象，暗示着人生的艰辛与不易。这样的一种行走之象，又大多是被"捐弃于野"，孤独无助、穷途末路之感非常强烈，夸张一点讲，实在是有些后现代主义的味道。

总之，《易林》对人生的咏叹是沉重的。本来，人生百味俱全，由于嚼咀的人不同，它才会显出不同的滋味，在焦赣这位敏感而又富有同情心的人看来，生活对于多数人都是沉重的。但《易林》也偶有对人生喜乐的描绘："酒为欢伯，除忧来乐。福喜入门，与君相索，使我有得"(《坎》之《兑》)、"思愿所之，今乃逢时。洗濯故忧，拜我欢来"(《睽》之《艮》)，皆是写人生短暂的欢娱，只不过不是主调罢了。

四 《焦氏易林》对征夫、女性的描写及其爱情诗

西汉时期，由于同匈奴不断征战，使不少男丁被迫去服兵役，又加之皇家的大兴土木，很多人又被迫去服徭役，这样，就使征夫成为西汉社会不可忽视的一个独特阶层。这些征夫背井离乡，过着颠簸流徙的悲惨忧伤生活，甚或抛妻离母，客死他乡。与之相应，社会上出现了太多的旷夫怨女，男女失配成为当时一个突出的社会问题，因此，男女相思的题材也同样进入了诗人的篇章。而爱情，更是文学永不褪色的主题，因此，本书将《易林》中有关征夫不归、男女失配的诗与爱情诗归并一起进行考察。

征夫题材的诗，《诗经》已开风气之先，如《豳风·东山》《小雅·采薇》等，都是这方面的名篇。从《诗经》开始，这类诗就充满了哀伤的调子，而且就与男女相思联系起来，如《豳风·东山》。渴望家庭的团圆，是人之常情，但兵役或徭役打破了人们美好的愿望。《诗经》中的爱情诗，也多脍炙人口，但求爱不得或失恋是其描写最多者，故思慕与悲怨又是其爱情诗的主要格调之一，如《关雎》《蒹葭》之写思慕而不得之苦，《卫风·氓》写弃妇之怨等。《易林》关于征夫题材的诗，直接上承《诗经》，甚至许多诗就是化用《诗经》而来，故其基调亦多为哀伤。至于男女爱情，写相思为多，尤多写旷夫怨女的单相思，极尽其情形。当然，这两类诗也不可避免地会受汉乐府的影响，所借鉴最多的，可能就是西汉民间乐府的"缘事而发"的现实主义精神。而西汉乐府的爱情诗，却极少见。

> 沙漠塞北，绝无水泉。君子征凶，役夫力殚。
> (《噬嗑》之《比》)
> 积水不温，北陆苦寒。露宿多风，君子伤心。
> (《睽》之《巽》)
> 陟岵望母，役事未已。王政靡盬，不得相保。
> (《秦》之《否》)
> 慈母望子，遥思不已。久客外野，使我心苦。
> (《咸》之《旅》)
> 乘云带雨，与鸟俱飞。动举千里，见我慈母。

(《同人》之《泰》)

登虚望贫,暮食无餐。长子南戍,与我生分。

(《家人》之《随》)

悲号北行,失其长兄。伯仲不幸,骸骨散亡。

(《否》之《归妹》)

玄黄虺隤,行者劳疲。役夫憔悴,逾时不归。

(《乾》之《革》)

过时不归,雌雄苦悲。徘徊外国,与母分离。

(《比》之《随》)

以上九首,皆四言四句,虽属短诗,但写役夫,却涉及诸多方面:前两首写役夫所生活的艰苦环境,或者是干旱的沙漠,或者是露宿寒风凛冽的塞北,生活在这样恶劣的环境,怎不使役夫身疲心伤;第三首至第六首,写役夫与家人之间的相思,其中第三首化用《诗经·魏风·陟岵》,写役夫登高思母;第四首仍写役夫思母,但手法新颖,一如《诗经》之《东山》,写役夫想象慈母思己以反衬役夫思母,开杜甫《鄜州望月》之先声;第五首仍写役夫思母,归心似箭,想象生动,想象自己像鸟一样飞回家中与母团聚;第六首仍写登高相思,只不过是家人思役夫。这些登高相思的主题,与《诗经》一样,感人至深,借用汉乐府一句诗,真可谓是"悲歌可以当泣,远望可以当归"(《悲歌》)了。第七首写役夫客死他乡,"骸骨散亡",悲至极点;第八首又化用《诗经·周南·卷耳》语句,写役夫的身心憔悴与"逾时不归"的无奈;第九首写役夫像离巢孤鸟一样"徘徊外国","雌雄苦悲"一句点明了役夫与家人的痛苦与哀伤。以上诗句感情浓烈,读之让人对役夫的命运心碎不已。

东山辞家,处妇思夫。伊威盈室,长股赢户。叹我君子,役日未已。

(《家人》之《颐》)

伯去我东,发如飞蓬。瘖瘵长叹,展转空床。内怀怅恨,摧我肝肠。

(《姤》之《遯》)

198　《焦氏易林》文学研究

  延颈远望，眊为目病。不见叔姬，使伯心忧。

（《坤》之《无妄》）

  望叔山北，陵隔我目。不见所得，使我心惑。

（《临》之《艮》）

  十里望烟，涣散四分。形容灭亡，终不见君。

（《豫》之《观》）

  隔在九山，往来劳难。心结不通，失其所欢。

（《睽》之《否》）

  墙高蔽目，昆仑翳日。远行无明，不见欢叔。

（《坎》之《豫》）

  举首望城，不见子贞。使我悔生！

（《坤》之《涣》）

以上八首诗，皆写男女情爱相思，但却情态不同，而均摹形酷似，传情入骨。第一、二首分别化用《诗经·豳风·东山》与《诗经·卫风·伯兮》，或承《诗》意，或又演而深化之，如"展转空床""摧我肝肠"等句，将一思妇写得如在目前。第三、四、五、七、八首，均有"望穿秋水"之象。第三首"延颈远望"形象生动逼真，以致望得眼睛竟出了毛病。第四首遥望丈夫，视线却被大山隔断，不见夫归，竟心起疑惑，思忧参半；第五首写相思之苦，望着远处的暮烟发呆，以至于看得烟都散了，还站着不动，真是"我等得花儿都谢了"，心儿都碎了，也许他（她）的美好的愿望随着暮烟也一块儿破灭了；第七首写一思妇在小院里望夫归来，但"墙高蔽目"，怎能望见，"昆仑翳日"一句暗示出她的丈夫从军远征了，到了昆仑山所在之处；第八首仍写一思念丈夫的痴情女子，"使我悔生"一句，实是后人"悔教夫婿觅封侯"之先声。第六首写一从军男子，因行军在外地，重山所阻，心理情感隔阂，与配偶难以沟通，心为之郁结，以致"失其所欢"，失去了爱人。

  夹河为婚，期至无船。摇心失望，不见所欢。

（《坤》之《小畜》）

  为季求妇，家在东海。水长无船，不见所欢。

第三章　《焦氏易林》文学研究　199

(《屯》之《蹇》)

倚立相望，引衣欲装。阴云蔽日，暴雨降集。使道不通，阻我欢会。

(《晋》之《履》)

季姬踟蹰，结衿待时。终日至暮，百两不来。

(《师》之《同人》)

以上四首诗，写男女爱情，则又是另一番景象。前两首写一男子欲娶而不能至，象意略同，其中第一首钟惺以为"声情似乐府"，钱锺书先生在《管锥编》第一册《诗经》部分论《蒹葭》时曾举《易林》此二首诗，又举《古诗十九首》"迢迢牵牛星，皎皎河汉女。……河汉清且浅，相去复几许，盈盈一水间，脉脉不得语"等例，以为此等"取象寄意，全同《汉广》、《蒹葭》。抑世出世间法，莫不可以'在水一方'寓慕悦之情，示向往之境"①。由此更可见男子思偶之心急如焚，可望而不可及，亦犹"梦饭不饱"，望梅而不能止渴；后两首皆写一女子与情人约会之事，前者"倚立相望，引衣欲装"，刻画女子在情人来到前的情形，十分传神，描绘出此一女子的焦急、渴望与激动心情，但天不作美，一场大雨，冲散了与情人的佳会，好不令人扫兴失望；第四首"季姬踟蹰，结衿待时"，颇似《诗经·邶风·静女》中所写的"静女其姝，俟我于城隅。爱而不见，搔首踟蹰"，只不过一个心情焦躁手拉衣角走来走去，一个内心火急以手搔头徘徊不已，"终日至暮，百两不来"，更可见等待情人的女子痴心的程度与内心的着急。

东家中女，媒母最丑。三十无室，媒伯劳苦。

(《无妄》之《豫》)

西邻小女，未有所许。志如委衣，不出房户。心无所处，傅母何咎？

(《大过》之《小畜》)

日入望东，不见子家。长女无夫，左手搔头。

---

① 钱锺书：《管锥编》第一册，中华书局1986年版，第124页。

(《讼》之《坤》)

三十无室，长女独宿。心劳未得，忧在胸臆。

(《临》之《大有》)

冬生不花，老女无家。霜冷蓬室，更为枯株。

(《蒙》之《兑》)

三十无室，寄宿桑中。上官长女，不得乐同，使我失期。

(《艮》之《解》)

久鳏无偶，思配织女。求非其望，自令寡处。

(《中孚》之《益》)

鸡鸣同兴，思配无家。执佩持凫，无所致之。

(《渐》之《鼎》)

失时无友，嘉偶出走。累如丧狗。

(《解》之《坎》)

鸳驰弓藏，良犬不行。内无怨女，征夫在堂。

(《蛊》之《损》)

以上十首诗，除最后一首外，均写男女失配，"此犹当时之社会问题，公益或宜关心之，故古代以'内无怨女，外无旷夫'为治世也"[1]。由于战争，导致一系列社会问题，而男女比例失调，男女失时无偶尤为严重。上面前五首诗为女无偶之象，涉及的年龄为老女、中女、小女，尤以三十为多，过去女子出嫁一般在十八岁左右，而此数诗连言"三十无室"，可见失期已久，按照汉惠帝时的法令，"令女子十五以上至三十不嫁，五算"[2]，可见三十岁以下时就应该出嫁了，即使以当今标准来看，三十不嫁也算晚婚了。第一首女丑而媒人无功；第二首写一少女，但因无偶而"志如委衣"，心情落寞，萎靡不振，似乎心理已出问题，归咎于父母；第三首写一渴望成家之大龄女子，黄昏时分，更起无名烦恼，举目遥望，烦躁不安，"左手搔头"不仅刻画其烦躁之相，亦暗示因无偶而无心梳妆，发长不簪；第四首写一年至三十仍无夫独宿女子的忧闷；第五首写一

---

[1] 张文江：《管锥编解读》，上海古籍出版社2000年版，第221页。
[2] 任寅虎：《中国古代的婚姻》，商务印书馆1996年版，第70页。

老女无偶,诗用比兴,以冬季生长的草木不能开花来象征这一生不逢时、失期未配的老女,以草木开花隐指女子渴望嫁人,古今均用此隐喻,如今之流行歌曲《野花》"我就像那野花等待着你的采摘""我就像那花一样慢慢地枯萎","霜冷蓬室,更为枯株"正枯萎之象,一个女人的青春就这样终结了,实在是令人心痛的事。后四首写男子失配之象:第一首写一三十多岁男子的失意,寄宿桑中,以期侥幸有奇迹出现,化用《诗经》之《桑中》;第二首写一期望过高、高攀不得的男子长年独处;第三首写一适婚的男子,空有作为媒娶之礼的佩饰、野鸭,却找不到要送的对象,正民间所谓"有猪头找不到庙门"之象,透露更多的是一种无奈;第四首写一妻子出走的男子,"累如丧狗"一句,活脱脱写出该男子惶惶不可终日之状,独到而传神。这些旷夫怨女,时刻在刺痛诗人的心,因此第十首诗,便成了诗人美好的理想与期望,刀枪入库,马放南山,社会太平,"内无怨女,征夫在堂",每个家庭都团圆和睦,这是多么宽广的博爱胸怀!

从以上可以看出,《易林》在写征夫、爱情方面,无论是人物形象的刻画、场景的塑造,还是对人物心理情感的传达以及炼字炼句、追求意境方面,都确实有许多独到之处。

在《易林》的爱情诗中,刻画最多的是女性形象,已如上述。《易林》的女性形象,不仅仅有传统文学中的思妇怨女,还有很多其他类型的女性形象,这些女性形象涉及各个年龄段的各种婚姻状况,有少女思嫁者、年长无夫者、早年守寡者、老年孤独者、儿子入狱者、丈夫从军者,林林总总,不一而足,几乎包括了所有的女性类型,蔚为《易林》一大景观。而《易林》在女性文学方面有开创意义的有以下数首:

独宿憎夜,嫫母畏昼。平王逐建,荆子忧惧。

(《涣》之《蛊》)

拗絜堁堁,缔结难解。嫫母衔嫁,媒不得坐,自为身祸。

(《比》之《大有》)

邻不我顾,而望玉女。身多疣癞,谁肯媚者。

(《噬嗑》之《睽》)

鹳鸱娶妻,深目窈身。折腰不媚,与伯相背。

(《复》之《蒙》)

以上前三首写丑女,其中前两首写的是中国文学当中有名的丑女嫫母,传说她是黄帝的妃子,早在屈原《楚辞·九章·惜往日》中就说:"妒佳冶之芬芳兮,嫫母姣而自好。"在《焦氏易林》中,莫姆丑陋无比,没有人娶她,晚上她害怕一人独宿,白天她又怕别人笑话她的容貌而不敢出门,她的婚姻问题就像打了许多死结的绳子难以解决,可是有了媒人为她撮合的时候她又没有自知之明到处炫耀自己的容貌,以至于媒人尴尬得坐立不安,婚姻最终无成。第三首写一个长满疣癞的女孩子,由于相貌丑陋,以至于没有人愿意看她,自然也就没有人选她做妻子了,她只能哀叹"谁肯媚者"。第四首虽是写猫头鹰娶了一个丑媳妇,但也可以看作写丑女者,并且,极有可能是影射当时的少数民族女子,因为在《噬嗑》之《萃》中云:"乌孙氏女,深目黑丑。嗜欲不同,过时无偶。"这种丑女文学的开创,为中国文学的母体增加了一种类型,拓展了女性文学的题材。在后世文学中,丑女文学亦有发展,比如严可均《先唐文》卷一所收录的南朝刘思真的《丑妇赋》,刘勰《文心雕龙·谐隐》中所提到的今已失传的潘岳的《丑妇》,还有敦煌文学中题名赵洽的《丑妇赋》,明代徐祯卿的《丑女赋》等。

有丑女文学,自然就有美女文学,美女文学在中国文学中源远流长,如《诗经》中对美女的描写就已经非常成功,后来的《高唐神女赋》《陌上桑》、司马相如的《美人赋》和曹植的《洛神赋》,都堪称美女文学的典范。《焦氏易林》中亦有描写美女者:

刻画为饰,莫姆无盐。毛嫱西施,求事必得。

(《升》之《井》)

执斧破薪,使媒求妇。好合二姓,亲御斯酒。色比毛嫱,姑悦公喜。

(《既济》之《中孚》)

上面两首中第一首将美女和丑女对比描写,丑女莫姆和无盐尽情地打扮化妆都无济于事,而美女毛嫱和西施则不用打扮就做什么事情都顺利;第二首写一个貌若毛嫱的新娘子,由于她的美貌赢得了公婆的欢喜。

《焦氏易林》中还有对妒妇的描写,开创了妒妇文学的先河。"妒"字从"女",本来就是针对女性所造的字,因此古人对于妇德的要求就包括不妒。另外,《毛诗序》中还说,"夫人无妒忌之行,惠及贱妾,进御于君,知其命有贵贱,能尽其心矣",又说"不妒忌则子孙众多矣",可见妒忌了就不会有孩子。"妒"字另外一种写法为"妬",也就是石女,即不能生育的女子。《焦氏易林》中有几首描写妒妇的诗,如:

洛阳嫁女,善逐人走。三寡失夫,妇妒无子。

(《豫》之《蹇》)

泽枯无鱼,山童难株。长女嫉妬,使身虚空。

(《观》之《巽》)

妪妒公姥,毁益乱类。使我家愦,利不得遂。

(《大畜》之《随》)

第一首写一个女人水性杨花,喜欢和别人私奔,以至于多次守寡,而且她还是个妒妇,所以就没有孩子;第二首主要说妒妇无子,前两句以沼泽干涸无鱼,光山难以长树起兴,说明嫉妒的女子身体是空虚的,因为不能怀孕;第三首写一个妒妇兼泼妇,嫉妒自己的公婆,搞得家中不宁,衰落困乏。后世以妒妇为题材进行文学创作者也有不少,如《艺文类聚》卷三十五收录有南朝张缵的《妒妇赋》。此外,明代陈子龙《湘真阁稿》卷一中也有一篇《妒妇赋》。

《焦氏易林》中还有一首写泼妇的:

东家凶妇,怒其公姑。毁柈破盆,弃其饭餐,使吾困贫。

(《颐》之《讼》)

这个泼妇不孝公婆,摔坏炊具,倒掉饭菜,使得家庭穷困不宁。这种妒妇和泼妇,民间认为会使家庭陷入困顿之中,《易林》中对这样女性的描写,反映了一般大众的观念,在后世王梵志诗歌中仍然有这样的描写,如其《家中渐渐贫》:

家中渐渐贫，良由慵懒妇。长头爱床坐，饱吃没娑肚。
频年勤生儿，不肯收家具。饮酒五夫敌，不解缝衫袴。
事当好衣裳，得便走出去。不要男为伴，心里恒攀慕。
东家能涅舌，西家好合斗。两家既不合，角眼相蛆妒。
别觅好时对，趁却莫交住。①

《易林》中还有一些描写长舌妇的，前面的相关部分已经列举，不再赘述。

五 取象纷繁鲜明的世相诗

一个真正的民间诗人或现实主义诗人，他的目光会不由自主地投向社会底层。正是社会的最底层，在支撑着社会的运转。身处社会基层的焦赣，不仅关注作为群体的下层社会，也十分关注作为个体的底层成员，将他们的言行思想，喜怒哀乐，或妍或丑，或善或恶，都细致入微地描绘出来，让我们看到了一幅西汉中后期的社会底层世相图。

盲瞽独宿，莫与共食。老穷于人，病在心腹。

（《升》之《损》）

孤翁寡妇，独宿悲苦。目张耳明，无与笑语。

（《讼》之《归妹》）

翁狂妪盲，相牵北行。欲归高邑，迷惑不得。

（《夬》之《归妹》）

耋老鲐背，齿牙动摇。近地远天，下入黄泉。

（《震》之《比》）

上面四首诗写老年人凄凉之境，首首皆揪人心魄。第一首写一瞎眼老人的无依无靠，更触及老人的孤独之感，可谓知老人之深；第二首亦写老人孤独心理；第三首写一对相依为命的老夫妇，老翁神志不清，老妪目盲有

---

① 王梵志著，项楚校注：《王梵志诗校注》，上海古籍出版社1991年版，第155页。

疾，二人"相牵""欲归高邑"，结果却中途迷路，可怜之人遇可怜之事，倍显可怜；第四首写一老人风烛残年，直面底层人士的死亡。从这四首诗，可以看出老人在当时的悲惨处境，"老有所养""老者安之"是每一个社会的职责，但事实上并非每个政府都能履行。更可贵者，焦氏不仅写老人生活的困难，还特别关注老人的心理与情感需求。

少孤无父，长失慈母。悖悖茕茕，莫与为耦。

（《井》之《讼》）

长子入狱，妇馈母哭。霜降愈甚，向晦伏法。

（《复》之《升》）

桎梏拘获，身入牢狱。髡刑受法，终不得释。耳闭道塞，求事不得。

（《复》之《旅》）

持刀操肉，对酒不食。夫亡从军，少子入狱，抱膝独宿。

（《复》之《剥》）

上面四首诗则又各自为"相"：第一首写一可怜的孤儿，无父母，无朋友；第二首写一个长子入狱的家庭，儿媳送狱饭，母亲在家哭，结果还是在秋后被处决了；第三首写一个囚犯，身陷囹圄，无处可申诉冤屈；第四首写一家庭主妇，丈夫从军不归，小儿子又坐法入狱，真是祸不单行，一个人做好了饭，却无心下咽，悲愁之状，历历如目。

东家凶妇，怒其公姑。毁杵破盆，弃其饭餐，使吾困贫。

（《颐》之《讼》）

长女三嫁，进退多态。牝狐作妖，夜行离忧。

（《颐》之《同人》）

二女共室，心不聊食。首发如蓬，忧常在中。

（《艮》之《剥》）

捐絜堁堁，结缔难解。嫫母衔嫁，媒不得坐，自身为祸。

（《大过》之《兑》）

上面四首诗写四种女性形象：第一首写一泼妇，闹得家中不宁，四邻不安；第二首写一水性杨花的女子，连续三嫁而不羞，诗人将其妖媚与狐相并；第三首写两个怀春少女各有所思，而用心不同；第四首写一丑女（嫫母）的婚姻"结缔难得"，并且无自知之明，孤芳自赏，炫耀高嫁，弄得媒人无颜坐立，后自食其果。

> 饮酒醉酗，跳起争斗。伯伤叔僵，东家治丧。
> 　　　　　　　　　　　　　　　　（《比》之《鼎》）
> 杖鸠负装，醉卧道旁。不知何公，窃我锦囊。
> 　　　　　　　　　　　　　　　　（《革》之《升》）
> 莫莫辑辑，夜作昼匿。谋议我资，来攻我室。室尽我财，几无以食。
> 　　　　　　　　　　　　　　　　（《蒙》之《益》）
> 贩鼠卖卜，利少无谋。难以得家。
> 　　　　　　　　　　　　　　　　（《姤》之《晋》）
> 贫鬼守门，日破我盆。毁罂伤缸，空虚无子。
> 　　　　　　　　　　　　　　　　（《萃》之《随》）

以上五首诗每一首都描写一种社会角色：第一、二首写醉汉，前者酗酒闹事，弄出了人命，后者醉烂如泥，东西被人趁火打劫，且涉及小偷；第三首写小偷，前两句写小偷聚集在一起，昼伏夜出，刻画真实；第四首写三教九流之中的小贩及算卦先生，亦同情其生活潦倒；第五首写穷光蛋，贫如鬼魅，驱之不去，且穷家事繁，又是破盆，又是伤缸，也很逼真。

由以上诸诗可以看出，《焦氏易林》对社会底层的各色个体，均有描绘，同汉乐府一样，可以看作汉代的浮世绘。真正关注社会底层的个体生存者并将他们写入诗的，犹司马迁将小人物写进史传一样，焦赣应为有名可考之第一人。

从上述五个类型的诗中，我们可以充分了解《易林》的现实主义精神。现在，我们用闻一多先生论述《易林》内容的话作为本部分内容的小结："内容——一般人的生活——写实主义。／全部生活——无英雄人物。/日常生活——无传奇意味。/以上性质阴暗者多——故近自然主义——几乎是暴露的。/真悲剧——普遍永恒。/悲天悯人：'长太息以掩涕兮，哀民生之多艰.'"① 这些话虽仅只言片语，但很深刻全面地把握住了《焦氏易林》内容现实主义的精神实质。

第八节　演《易》象而言理
——《焦氏易林》之哲理诗

《易林》演《易》而著，而《周易》向以高深的哲理而著称，"《易》者，象也，象也者，像也。"（《周易·系辞下》）"是故夫象，圣人有以见天下之赜，而拟诸其形容，象其物宜，是故谓之象。"（《周易·系辞上》）可见《周易》正是以象来阐明复杂深奥的道理。《易林》既承《周易》以备民用，言理自是其分内之事。然而宋代叶梦得却说："吾家有焦贡《易林》、《京房易》二书，大抵卜筮、阴阳、气候之言，不复及易道。"言外之意，《易林》不言易理。但张文江先生《管锥编解读》却云："《易林》虽取六经诸子为文，且能由象变见其理，似从《周易》而来；然所重仍在卜筮，实有取于《连山》、《归藏》之义。"又云："《易林》本占筮书，如变象破执以读之，乃得哲理之用。"② 按，张氏所言极是，叶氏有先入为主之识，我执太深，故以成见视《易林》，固然不得哲理之用。事实上，叶氏所在的宋代，诗风追求理趣，与《易林》诗似亦有渊源，闻一多先生就曾把《易林》看作"唐宋诗的滥觞"。《周易》言理，只就宇宙根本的定理而言，即阴阳之义，故曰"《易》以道阴阳"，乃从大处着眼；而《易林》言理，却遍及社会生活各个方面，乃"朴散为器"的产物，言理之具体而微者，非同《周易》善言形而上之理。二者言理的手段是一致的，都是借助于易象。由此亦可见二者的渊源关系。

《易林》为卜筮之书，而卜筮的功能，古人又认为主要是导愚解惑，故而《易林》中大量说理之诗，正是要告诉占卜的人一种普遍性的道理，要人更好地为人处世，趋吉避凶。这也可能就是焦赣创作大量哲理诗的

---

① 《闻一多文集》第10卷，湖北人民出版社1993年版，第63页。
② 张文江：《管锥编解读》，上海古籍出版社2000年版，第205、233页。

原因。

　　哲理诗，顾名思义，就是谈哲理的诗，其基本要素有二：第一必须是诗；第二必须讲哲理。借用《周易》的话就是"其旨远，其辞文"，"旨"这里我们作道理讲。考察《易林》之前的诗歌，真正称得上哲理诗的几乎没有，像《诗经》一些有哲理性的句子，如"他山之石，可以攻玉"（《小雅·鹤鸣》）、"白圭之玷，尚可磨也。斯言之玷，不可为也"（《诗·大雅·抑》）等，虽就单个句子来说，富于哲理，但就全篇来看，并非专为讲哲理之诗，属有句无篇之列。先秦典籍，亦有精练而富于哲理的韵语短章，但皆纯粹理语，不涉诗趣，故亦不得为哲理诗。但是，在《焦氏易林》中，我们却可以读到许多理趣兼备、借象明理且语言拙朴无华的哲理诗，这实在是一件让人惊奇的事。

　　但是，由于中国诗歌悠久的"诗言志"传统，使得抒情诗在中国诗坛一直占有统治的地位，而像叙事诗和哲理诗则不太发达。历代诗评家对于说理因素浓的诗歌也颇有微词，这实在是我们这个民族的审美心理造成的。这一点正如陈顺智先生所说："从《诗经》开始，抒情诗歌所代表的文学趣味就支配了绝大部分文人的审美情趣。我们也有叙事诗，但其数量屈指可数。……至于说理诗，一方面数量与抒情诗相比很少，另一方面往往被诗论家忽略或排斥，地位远不能和抒情诗相比。"[①] 所以，我们在欣赏《焦氏易林》哲理诗时，一定要消除以往的成见，不要拿传统的诗歌习惯来衡量《焦氏易林》，这样才能获得一种智慧之乐。

　　焦赣本身是一位易学家，《焦氏易林》又是一部衍《易》之作，《周易》本身所具有的丰富性与深刻性以及易学在思想方法上的概括性与抽象性，促使焦赣去透过万物之象探寻事物所蕴含之理，从而使《焦氏易林》的内涵深厚、意韵深远。《易林》中的哲理诗，多就社会日常生活或与人生相关者而言，结合具体的人和事，让人在明理之时有所凭依，不致就理说理，堕入理窟，让人觉得枯燥无味。

　　下面，我们按照陈顺智先生对中国诗歌说理类型的分类[②]来分析《易林》哲理诗。从类型上划分，可以有以下四类：

---

　　① 陈顺智：《东晋玄言诗派研究》，武汉大学出版社2003年版，第127页。
　　② 同上书，第131—137页。

一是形而上的说理。这类诗歌在被创作之前，作者就已经有了主题思想，为了阐发这些主题思想，作者也会刻画一些形象，但这些形象很少构成有韵味的意境，而只是要传达作者的观念。在阅读这类诗歌的时候，读者得到的也很少是作者的生命体验和主观精神，而多是那些"冷酷无情"的概念。焦赣作为一名预言家，深刻知道事物的内在规律不以个人的意志为转移，所以几乎是非常冷静地向你诉说一些道理。就《周易》来讲，最根本的道理就是阴阳、刚柔、变化和天道：

乾行天德，覆帱无极。呕呼烹熟，使各自得。

(《大有》之《否》)

阴衰老极，阳建其德。离载阳光，天下昭明。

(《大有》之《临》)

方圆不同，刚柔异乡。掘井得石，劳而无功。

(《明夷》之《革》)

日月运行，一寒一暑。荣宠赫赫，不可得保。颠陨坠堕，更为士伍。

(《巽》之《震》)

据斗运枢，顺天无忧。所行造德，与乐并居。

(《乾》之《小畜》)

天地配享，六位光明。阴阳顺序，以成厥功。

(《蒙》之《小畜》)

上面第一首几乎是《周易·乾·象辞》"大哉乾元，万物资始，乃统天"的通俗解释，写天的运行，使阴阳二气犹如呼吸，一寒一暑烹煮万物，使之各得其所；第二首和第四首讲阴阳转化之理，前者过于抽象，后者沿用《周易》以天道而推人事的做法，说明宇宙的法则即阴阳消长的变化，由此变化，引申出事物的任何状态都是暂时的，"荣宠赫赫，不可得保"，所谓福祸相倚，告诫世人要在时光的流逝中，"君子终日乾乾，夕惕若"（《易·乾·九三》)，奋发向上，保持警惕；第三首讲方圆、刚柔之间的差异，并举了一个例子做说明，如果不遵循这些原则，就好像在石头上挖井一样白费精力；第五首告诉人们要顺应天道，依据道德；最后一首讲天地之间的自然秩序。

《易林》中第二种哲理诗的类型是兼有理语的哲理诗。这类诗歌有意象、有理致，有时又兼有情感，但各种要素之间几乎是一种平行关系，没有做到相融。按照钱锺书先生的说法就是"涉唇吻，落思维"①。《易林》之中这类哲理诗较多，如以下几首：

> 室如悬磬，既危且殆。早见之士，依山谷处。
>
> （《乾》之《贲》）
>
> 虎狼并处，不可以任。忠谋转政，祸必及己。退隐深山，身乃不殆。
>
> （《复》之《谦》）

以上两首诗，虽取象各异，理却一贯，即孟子所说的"知命者不立于岩墙之下"。第一首写房危将倾，宜早图他处；第二首写危邦不仕；二者皆《周易》"知几"一理的具体化。

> 戴盆望天，不见星辰。顾小失大，福逃墙外。
>
> （《贲》之《蒙》）
>
> 义不胜情，以欲自倾。几危利宠，折角摧颈。
>
> （《坤》之《丰》）
>
> 无事招祸，自取灾殃。养虎畜狼，必遭贼伤。
>
> （《井》之《蛊》）

以上三首则结合具体人而言理：第一首写一人自障其目，只顾眼前小利，因小失大终至与福无缘；第二首写一个私欲大于道义的人，不能冷静区别义欲之异，以致自危其身；第三首写一个养虎为患的人，真应了"福祸无门，惟人自召"的古训。

《易林》第三类哲理诗就是议论化的哲理诗。这一类型也就是严羽所说的"以议论为诗"，往往借助日常现象或历史事件来阐发一个道理，在

---

① 钱锺书：《谈艺录》，中华书局1984年版，第537页。

宋代诗歌之中最为常见。《焦氏易林》此类哲理诗最多，如：

顺风吹火，幸附骥尾。易为功力，因权受福。

（《井》之《临》）

刻画为饰，嫫母无盐。毛嫱西施，有求必得。

（《升》之《井》）

牵尾不前，逆理失臣。惠朔以奔。

（《革》之《晋》）

卵与石斗，糜碎无处。挈瓶之使，不为忧惧。

（《复》之《豫》）

以上四首，或论人生哲理，或讲生活道理，取象奇特，故喻理极明。第一首讲《周易》的"权变"之理，具体来说，即荀子所谓"君子善假于物也"，这样才能事半功倍，"易为功力""幸附骥尾"这里并无贬义，即司马迁所说的"颜渊虽笃学，附骥尾而行益显"（《史记·伯夷叔齐列传》），亦民谚所谓"力田不如做官，做官不如命吉，命吉不若乘势"，"势"亦是《易》道所重；第二首以丑女虽饰，反增人厌，美女素面无妆，而人人喜欢为例，讲述自然的好处而反对做作与巧饰；第三首写牵牛牵尾而不以其方，以喻逆理只能自找苦吃；第四首写"以卵击石"，自不量力，挈瓶之使乃语出《左传·昭公七年》："虽有挈瓶之知，守不假器，礼也"，喻虽然知识浅薄，但能有自知之明，亦可"不为忧惧"，正、反说理，意味深长，颇堪玩味。

天之所坏，不可强支。众口指笑，虽贵必危。

（《蒙》之《夬》）

画龙头颈，文章不成。甘言美语，说辞无名。

（《蒙》之《噬嗑》）

多虚少实，语不可知。尊空无酒，飞言如雨。

（《豫》之《升》）

猾丑假诚，前后相违。言如鳖咳，语不可知。

（《贲》之《旅》）

  暗昧冥语，相传讹误。鬼魅所舍，谁知卧处？

（《乾》之《解》）

  一簧两舌，妄言谋决。三奸成虎，曾母投杼。

（《坤》之《夬》）

  众口销金，愬言不验。腐臭败兔，入市不售。

（《萃》之《巽》）

以上七首诗，都以人类社会常见的现象——语言作为对象，讲述日常生活中的道理：第一首前两句"天之所坏，不可强支"，说的是一种"势"（天）不可逆转，后两句则说舆论的力量，即人心所向，亦可看作一种"势"，说明舆论力量之大，所指之处，"虽贵必危"；第二首至第四首写游辞寡信，"多虚少实"：第二首"甘言美语，说辞无名"及第三首"多虚少实，语不可知"即《老子》所谓"信言不美，美言不信"，亦即孔子"巧言令色鲜矣仁"之谓，用《周易》的话说即是"诬善之人其辞游"；第三首兼谈流言之可畏（"飞言如雨"）；第四首写"诬善之人"甚肖，钱锺书谓"'鳖咳'指语声之低不可闻，创新诡之象，又极嘲讽之致"[①]；最后三首都写谣言。第五首钟惺评曰："写得满纸阴气"，实即指造谣小人，"谁知卧处"一语在说，对于一个普遍流传的谣言，我们无法找到第一个造谣的人——谣言的来源，此即伽达默尔"普遍性不可知"的问题；第六首"一簧两舌"，典型地刻画出造谣小人搬弄是非的嘴脸，"三奸成虎，曾母投杼"已成为两个成语，分别典出《韩非子·内储说上》及《战国策·秦二》，前者是讲三个人先后都说集市上有老虎，大家就信了，后者是讲分别有三个人告诉曾参的母亲说曾参杀人了，曾母先不信，后来信了，吓得跳下织机就跑；第七首则用"众口销金"来总结流言、谣言的可怕。

  远视千里，不见黑子。离娄之明，无益于光。

（《履》之《小过》）

  一夫两心，拔刺不深。所为无功，求事不成。

---

① 钱锺书：《管锥编》第二册，中华书局1986年版，第568页。

(《豫》之《临》)

二人共路，东趋西步。千里之外，不相知处。

(《比》之《损》)

上山求鱼，入水捕狸。市非其归，自令久留。

(《履》之《贲》)

操笱搏狸，荷弓射鱼。非其器用，自令心劳。

(《艮》之《姤》)

铅刀攻玉，坚不可得。尽我筋力，胝茧为疾。

(《坤》之《豫》)

朽舆瘦马，不任衔辔，君子服之，谈何容易！

(《解》之《蒙》)

鼻目易处，不知香臭。君迷于事，失其宠位。

(《随》之《乾》)

十雉百雏，常与母俱。抱鸡搏虎，谁敢为侣？

(《兑》之《鼎》)

明不处暗，智不履危。终年卒岁，乐以笑颜。

(《贲》之《离》)

一指食肉，口无所得。染其鼎鼐，舌馋于腹。

(《需》之《解》)

以十一首诗，涉及的方面更广：第一首写一个像离娄一样能于千里之外明见秋毫之人，却看不到自己的黑痣，正是《老子》"自知者明"的反面；第二首写一个心无主见、六神无主的人，用心很乱，正《老子》"少则得，多则惑"之意；第三首讲志同道合，诗中二人貌合神离，故虽同发而殊途，正《易》"二人同心，其利断金"的反面阐释；第四首与第五首写求非其所、用非其器，终致无功；第六首乃"工欲善其事，必先利其器"的反面论述，"铅刀攻玉"，虽劳无功；第七首写破车劣马，不易驾驭，"谈何容易"一句，钱锺书《管锥编》以为有二义：一为言之匪易，即谈一下也是不容易的；一为讥难事而易言之，空谈易而不知实行难，即言易行难。此诗实兼二义，即"谈且不易，而况行之"之意，讲言、行俱难，颇有新意；第八首写昏迷误事，"鼻目易处"一类的话至今民间还习用;第九首写自不量力,正在喂养小鸡的母鸡要和老虎搏斗,结果显而易见;第十首要人"君子坦荡荡",光明磊落,不履险境危地,君子知几;第十一首借助历史上"染指"的故事写嗜欲过大之人,钱锺书评此诗所写"不仅眼见,抑复手触,而终不获入口充肠,撩拨愈甚,情味遂更难堪。……却曰'舌馋于腹',岂言腹虽果而贪嘴未已,类《红楼梦》第一六回所谓'还是这么眼馋肚饱的?'"① 食本在于果腹,今却以快口舌之欲,贪婪过度,足以使人想起利令智昏之语。

  《易林》当中第四类哲理诗比较少见,也就是情景理交融的意境化的哲理诗。这一类哲理诗代表着我国诗歌的最高境界,即使在后世的诗坛上也很难找出几位达到此种境界的诗人。这里姑且在《易林》中找出几首,意境未必圆融,但和其他三类哲理诗相比,要有理趣得多。

    朝露白日,四马过隙。岁短期促,时难再得。
                  (《鼎》之《大壮》)
    百川朝海,流行不止。道虽辽远,无不到者。
                  (《谦》之《无妄》)
    秋冬探巢,不得鹊雏。衔指北去,愧我少姬。
                  (《观》之《屯》)
    宛马疾步,盲师坐御。目不见路,中宵未到。
                  (《艮》之《鼎》)
    殊类异路,心不相慕。牝牛牡猳,鳏无室家。
                  (《革》之《蒙》)

以上五首诗,虽皆短小,但语简义深。第一首写人生短暂,光阴弥贵,取意《庄子·知北游》"人生天地之间,若白驹之过隙,忽然而已",告诫世人要惜时若命;第二首前两句亦含时去不返之义,犹孔子云"逝者如斯夫!不舍昼夜"(《论语·子罕》),后两句却引申一转,认为时虽如水而难返,但选定目标,矢志不移,则"无不到者",亦即在有限的生涯中,锲而不舍,才能不枉此生,所谓生命的效率化;以上两首诗,合观则

---

① 钱锺书:《管锥编》第二册,中华书局1986年版,第548页。

类东汉乐府《长歌行》"青青园中葵"诗意,且较其义丰理赡;第三首阐述《周易》"时"的理论,"秋冬探巢",哪里能掏到小鸟呢?第四首写虽有良马,而御者目盲,犹不能至,比喻若上司为瞎指挥,虽英雄亦无用武之地;第五首写母牛和公猪因为不是一个类别,所以不会相互吸引,暗喻感应之理。

此外,《焦氏易林》中还有一些表现事物之间生克之理的诗歌,如:

乘船渡济,载水逢火。赖得免患,我有所恃。

(《坎》之《大壮》)

方船备水,傍河燃火。积善有征,终身无祸。天福吉昌,永得安康。

(《泰》之《履》)

持鹄抱子,见蛇何咎?室家俱在,不失其所。

(《巽》之《坎》)

持猬逢虎,患厌不起。遂至欢国,与福笑语,君子乐喜。

(《无妄》之《兑》)

李耳猬鹊,更逢恐怯。偃尔以腹,不能距格。

(《比》之《丰》)

前两首写水克火,第三首写鹄食蛇,第四首写猬制虎,第五首则写老虎、刺猬和喜鹊三者相逢的情况,因为老虎(李耳)怕刺猬,刺猬怕喜鹊,喜鹊又怕老虎,三者构成了一个封闭的生克关系。这样的诗歌应该表现了民间所谓"一物降一物"的道理,是汉代五行生克思想的一种通俗、形象的反映。

《焦氏易林》的这些哲理诗,虽然在意境方面稍逊一筹,但是它们所说明的道理却是深刻的,尽管这些诗歌都是一些简短之作,甚至有些类似于格言,然而却不乏隽永可读者。这些诗歌,带给我们的是一种智慧之乐。

从以上可以看出,《易林》哲理诗极其丰富,涉及宇宙、人生各个方面,其类型也基本包括了中国古典哲理诗的所有类型,尽管多为间涉理语和以议论说理之作,但基本上每一首诗都涉及一些形象,尽管这些形象有的在很大程度上还没有和诗歌阐发的道理水乳交融。但由于《易林》是衍《易》之作，以象示理，所以能寓理于象中，比起后来"理过其辞，淡乎寡味"的玄言诗，要高明许多，且比汉代另一部拟《易》的四言之作扬雄的《太玄》要有诗味得多，用闻一多先生的话说便是"《太玄》更堕魔窟"①。《焦氏易林》哲理诗在很大程度上已与宋诗的某些特征相仿佛，宋诗也许会受其影响——毕竟宋代是《易林》流布最广的一个朝代。焦赣不愧为我国文学史上较早大量创作哲理诗的诗人，比王梵志等人要早上许多年。

综上所论，从《焦氏易林》对兴象系统的继承发扬，对现实主义的吸收和发展及其开哲理诗之先河看，它不愧为《诗经》之后四言诗的又一座丰碑。

---

① 闻一多：《闻一多全集》第 10 卷，湖北人民出版社 1993 年版，第 64 页。

第 四 章

《焦氏易林》中的鬼神世界与民间信仰

焦赣生活的时代，正是鬼神巫风盛行的时期。对于两汉鬼神巫风的盛行，学者从诸多方面进行探讨，基本已达成共识。吕思勉先生在《秦汉史》中说，"若两汉，固仍一鬼神术数之世界也"，"秦、汉人巫鬼之习，已可概见。然此特其通于中朝，见之记载者耳。至其但存于郡县，或为民间所崇奉，而无传于后者，盖不知其凡几矣。"① 汉代这种迷信巫鬼神怪风气的成因是多样的。先秦以来的巫术文化流变，是这种表象的内在理路。而秦皇汉武的迷信神仙、大兴祭祀，则构成其近因。加之焦赣生活时期隆盛的今文经学所倡导的阴阳灾异，以及要和正统经学争胜的谶纬文化，更为当时之巫风流行增添了文化学理方面的催化剂。上有所好，下必行之。统治阶级的宣扬与垂范，使得社会上下视神鬼巫风为正常之表现，而浑然不觉其荒谬。西汉时期人们对于宇宙模式的理解，最直观的表现就是1972年湖南长沙马王堆一号汉墓出土的T型帛画。在这幅帛画中，宇宙被划分为天上、人间和地下三重世界，每一世界都有相应的生命生活其间。汉人这种思想观念和信仰，在《焦氏易林》中被丰富形象地表现出来，从而构成了《焦氏易林》中色彩斑斓的鬼神世界和民间信仰图景。有关《焦氏易林》的神仙思想及其与汉代宗教关系方面，已有学者进行探讨。② 今参考相关研究成果，结合出土文献资料，对《焦氏易林》所表现的鬼神世界和民间信仰进行梳理分析。

---

① 吕思勉：《秦汉史》，上海古籍出版社2005年版，第729页。
② 连镇标：《易林神仙思想考》，《世界宗教研究》1997年第3期。李昊：《焦氏易林研究》第四章"《焦氏易林》与汉代宗教"，巴蜀书社2012年版，第58—69页。

第一节　神仙及人神沟通

受西汉神仙思想及世人长生信仰的影响，《焦氏易林》中出现形形色色的神仙描写。这些神仙描写，既是时代文化及民间信仰的体现，也是焦赣本人对神仙文化的某种理解与阐释。在这些神仙描写中，有些神灵是前代固有的，有的则表现出鲜明的时代特色。

一　三皇五帝及相关神

三皇五帝作为中华民族杰出的祖先代表，早在先秦时期就被推崇神化。秦朝祭祀中有四帝之祀，刘邦建国后增祀黑帝，五帝祭祀体系才得以确立。而在《史记·五帝本纪》中，五帝均有神异表现，非一般凡人可比。加之汉代儒家经学定于一尊，受"厚古薄今"历史观的影响，儒家极力美化上古三代及当时的统治者，所以三皇五帝自然就从圣人转化为神人。作为圣人兼神人的三皇五帝，在《焦氏易林》中出现的频率颇高。

　　七窍龙身，造化八元。法天则地，顺时施恩。富贵长存。

（《谦》之《升》）

《焦氏易林》这一首林辞，写传说中的三皇之一伏羲氏，说他龙身人面，生有七窍，根据天地的法则发明创造了八元即八卦。因为伏羲氏顺应天时，广施恩泽，所以能够"富贵长存"。这种伏羲仰观天文、俯察地理以创造八卦的说法，在汉儒之中颇为流行，司马迁《史记》就持这种观点。而在汉赋之中，这种说法也有所反映。如张衡《东京赋》"龙图授羲，龟书畀姒"，说伏羲受到黄河之龙献出的《河图》之影响而作八卦；蔡邕《笔赋》"画乾坤之阴阳，赞宓皇之洪勋"，赞美宓皇即伏羲画八卦彰显阴阳之理的洪伟功勋。而《焦氏易林》关于伏羲"七窍龙身"的描述，也与汉代画像石上伏羲人面蛇身的形象相符。

　　黄帝紫云，圣哲且神。光明见祥，告我无殃。

（《履》之《渐》）

第四章 《焦氏易林》中的鬼神世界与民间信仰　219

　　黄帝出游，驾龙乘马。东上泰山，南过齐鲁。邦国咸喜。

（《同人》之《需》）

　　黄帝出游，驾龙乘马。东至泰山，南过齐鲁。王良御右，文武何咎。不利市贾。

（《大畜》之《大有》）

　　太微帝室，黄帝所值。藩屏周卫，不可得入，常安无患。

（《乾》之《丰》）

　　黄帝所生，伏羲之宇。兵刃不至，利以居止。

（《屯》之《萃》）

黄帝这一形象，在先秦文献中就被神化。如《庄子·在宥》记载黄帝在崆峒山问道于广成子，《大宗师》篇则说黄帝得道登天。《韩非子·十过》记载黄帝合鬼神之情景，更为神秘壮观："昔者黄帝合鬼神于泰山之上，驾象车而六蛟龙，毕方并辖，蚩尤居前，风伯进扫，雨师洒道，虎狼在前，鬼神在后，腾蛇伏地，凤凰覆上，大合鬼神，作为《清角》。"相对来说，《焦氏易林》中的黄帝形象，除了像先秦文献中的驾龙乘云之外，还说他生于"伏羲之宇"，生活在天上的"太微帝室"，并具有"兵刃不至""告我无殃"的避灾功能。

尧、舜、禹作为儒家推崇的圣明领袖，在《焦氏易林》中也成为神明。

　　天之奥隅，尧舜所居。可以存身，保我邦家。

（《履》之《复》）

在这首林辞中，尧和舜居住在"天之奥隅"，也即西南天宇，所以这一带平安无事，"可以存身"。尧舜俨然也成了消除灾殃的神灵。

　　大禹戒路，蚩尤除道。周匝万里，不危不殆。见其所使，无所不在。

（《乾》之《剥》）

　　御骍从龙，至于华东。与禹相逢，送至子邦。

(《观》之《渐》)

禹召诸神，会稽南山。执玉万国，天下康安。

(《损》之《旅》)

禹将为君，北入昆仑。稍进阳光，登见温汤。功德昭明。

(《巽》之《既济》)

白龙赤虎，战斗俱怒。蚩尤败走，死于鱼口。

(《坤》之《临》)

相对来说，大禹在《焦氏易林》中出现的次数要比三皇五帝中的其他人为多。这可能是因为《山海经·海内经》记载的大禹治水的故事太著名了，《孟子》《吕氏春秋》和《淮南子》均有详略不同的叙述。尤其是《淮南子》关于大禹治水变化为熊的叙述，已彻底将大禹神化。这种叙述尽管和《淮南子》一书的神仙道家思想倾向有关，但在某种程度上也可以看出汉人对大禹的神化想象。《焦氏易林》中的大禹出入于名山之间，因为这些高山之上会有神仙，所以他一会儿"北入昆仑"，一会儿出现在华山之东，一会儿又在会稽山召集诸神。被神化的大禹果然能使"天下康安"。但是，在《乾》之《剥》的林辞中，大禹的地位似乎有所降低，变成了和蚩尤相类似的道路警戒人员。能这样指使大禹的，应该是级别更高的神灵吧。所可注意者，《焦氏易林》中的蚩尤形象，《乾》之《剥》的林辞说他和大禹一起做道路清理警戒的工作，但是《坤》之《临》的林辞又说他战斗而死，也许和大禹一起做道路清理工作的蚩尤是死后为神的蚩尤。《山海经·大荒北经》说"蚩尤作兵伐黄帝"，后来蚩尤就成为战神"兵主"。《史记·封禅书》就记载秦始皇祠"兵主"蚩尤。《史记·高祖本纪》也说"沛公祭蚩尤于沛庭"。战神蚩尤甚至在占星术中也有角色，《史记·天官书》说："蚩尤之旗，类彗而后曲，象旗。见则王者征伐四方。"所以汉赋中的蚩尤形象与《焦氏易林》不同，一般都是作为勇士的象征而出现，如扬雄《甘泉赋》之"蚩尤之伦带干将而秉玉戚兮，飞蒙茸而走陆梁"，张衡《西京赋》之"于是蚩尤秉钺，奋鬣被般"。

除了三皇五帝及蚩尤之外，《焦氏易林》还涉及一些和三皇五帝相关的神灵。如《困》之《屯》曰：

匍匐出走，惊惶悼恐。白虎王孙，蓐收在后。居中无咎。

这一首林辞写逃亡，尽管"白虎王孙，蓐收在后"，但是只要居中而处，便可以没有灾咎。白虎应该指西方白虎七宿，在汉代作为四神之一，广泛出现在画像石和瓦当、铜镜上面。如湖南省文物管理委员会于 1957 年在《考古通讯》第一期发表的《湖南零陵东门外汉墓清理简报》上披露的一方汉镜镜铭曰："汉有善铜出丹阳，左龙右虎辟不祥。昭爵玄武利阴阳，八子十二孙治中央。法象天地，如日月之光。千秋万岁，长乐未央兮。"其中提到了四神，左龙即左青龙，右虎即右白虎，昭爵即朱雀，在前，玄武在后。白虎七宿在西方，主刑杀，主兵。所以逃亡遇到白虎，兵灾之象。和西方相关的，还有蓐收一神。《山海经·海外西经》记载："西方蓐收，左耳有蛇，乘两龙。"郭璞注曰："金神也，人面虎爪白毛，执钺。"由此可知，蓐收的形貌与白虎有关，执钺，正是刑杀的象征。所以，王逸在注《远游》时说："西方少阴，其神蓐收，主刑罚。"之所以如此，是因为白虎和蓐收均居于西方，西方五行为金，金主刑杀。正如《淮南子·天文训》所说："西方，金也。其帝少昊，其佐蓐收，执矩而治秋。"所以，蓐收作为西方之帝少昊的助手，和白虎一起构成了刑罚之神。《焦氏易林》中写逃亡遇到白虎、蓐收，自然不利。但在汉人观念中，中央之神为黄帝，可以避除不祥，正如前文《屯》之《萃》所言，黄帝所居，"兵刃不至"。而汉赋之中的蓐收，却少了这种意蕴，只是西方或秋季的代名词。如张衡《思玄赋》"思九土之殊风兮，从蓐收而遂徂"，祢衡《鹦鹉赋》之"若乃少昊司辰，蓐收整辔。严霜初降，凉风萧瑟"。

与西方之神白虎和蓐收类似，还有一个南方之神祝融，在《焦氏易林》中也出现了。

嵩融持戟，杜伯荷弩。降观下国，诛逐无道。夏商之季，失势外走。

（《兑》之《比》）

其中嵩融就是祝融，杜伯就是被周宣王错杀的大臣，后来变成鬼报复了周宣王。这首林辞写祝融和杜伯各持兵器，诛除无道，扫荡奸邪，类似门神。《山海经·海外南经》曰："南方祝融，兽身人面，乘两龙。"说他是南方之神。《礼记·月令》："孟夏之月，……其帝炎帝，其神祝融。"则说祝融是南方炎帝之佐，类似于西方少昊之佐蓐收。所以，祝融一般被代指南方或夏季、大火。扬雄《河东赋》"丽钩芒与骖蓐收兮，服玄冥及祝融"，仅仅把祝融当作南方之神，以与东方句芒、西方蓐收、北方玄冥相对应。繁钦《暑赋》"暑景方徂，时惟六月。林钟纪度，祝融司节"，是以祝融代表夏天。而《焦氏易林》却赋予祝融锄奸惩恶的角色，应该是对祝融形象的一种丰富。杜伯作为神灵，在《墨子·明鬼下》就略见端倪。《史记·封禅书》记载："雍菅庙亦有杜主。杜主，故周之右将军。"杜主即杜伯之神位，可见其在秦代就已经成为被民间祭祀的对象。《焦氏易林》写他"荷弩""诛逐无道"，应该是对《墨子》记载他射杀无道的周宣王形象的继承与延续。

二 山川自然之神

先秦时期所形成的万物有灵的思想，在汉代亦被保留下来。所以河流山川等自然之物，均被看作有神灵主宰。其最大表现就是祭祀名山大川。从《史记·封禅书》中，我们可以了解到秦汉时期被祭祀的河流山川以及八神。《焦氏易林》中河流山川及自然之神亦复不少，从中我们可以了解汉代民间信仰的一些信息。

高山之上，仙人所居。这种思想在先秦典籍里屡见记载，像《庄子》《山海经》等记载的姑射之山、昆仑山，都是有神仙居住的地方。加之山岳的祭祀在秦代就已经形成制度，自天子以至庶民，多认为山岳有灵，有所谓神仙、山神居住之类。所以汉代对山岳的神化与祭祀更有过之而无不及。

    崔嵬北岳，天神贵客。温仁正直，主布恩德。闵哀不已，蒙受大福。

                   （《屯》之《家人》）

    从容长闲，游戏南山。拜祠祷神，神使无患。

                     （《屯》之《革》）

    南山之蹊，真人所在。德配唐虞，天命为子。保佑歆享，身受大庆。

(《贲》之《解》)

文山紫芝，雍梁朱草。生长和气，福禄来处。

(《师》之《夬》)

华首山头，仙道所游。利以居上，长无咎忧。

(《谦》之《井》)

以上五首林辞均写山岳。第一首写北岳，其上有"天神贵客"，他们"温仁正直"，使人"蒙受大福"。第二首、第三首写南山，上面有真人居住，在那里进行祭拜祈祷，可以没有祸患而"身受大庆"。第四首写文山和雍州梁州。其中，文山是周穆王曾经到过的地方，《穆天子传》记载："丙寅，天子东征南还。己巳，至于文山。"这首林辞虽然没有写神仙，但是写文山之上生长祥瑞之物紫芝，暗示有神仙存在，因此这些地方"福禄来处"。第五首写华山，认为华山上面是仙人游玩居住的地方，那里没有灾祸忧愁，利于居住。所以《焦氏易林·益之剥》就说："蹑华巅，观浮云。风不摇，雨不薄。心安吉，无患咎。"

山岳不仅是神仙居住游玩之所，而且可以通过祭祀山上的神仙，使之兴云降雨。如《观》之《坎》云："黍稷醇醲，敬奉山宗。神嗜饮食，甘雨嘉降。独蒙福力，时灾不至。"用谷物米酒作为祭品来祭祀山神，山神很是受用，于是普降甘霖，祭祀者蒙受山神之力，驱走了旱灾。这种通过祭祀山神求雨的方式，在后世较为常见，而在汉代却少见。因为在董仲舒《春秋繁露》中记载，祈雨有专用的祭祷方式。

尤可注意者，《焦氏易林》中的山岳神，还涉及五岳。五岳的出现，应该是在汉宣帝时期。据《汉书·郊祀志》记载，汉宣帝于神爵元年（公元前61年）颁布诏书，确定五岳，以泰山为东岳，华山为西岳，霍山（即天柱山）为南岳，恒山为北岳，嵩山为中岳。这正是《焦氏易林》作者焦赣生活的时期，所以《易林》出现五岳便不难理解。

三涂五岳，阳城太室。神明所伏，独无兵革。

(《需》之《蒙》)

五岳四渎，润洽为德。行不失理，民赖恩福。

(《颐》之《明夷》)

> 五岳四渎，地得以安。高而不危，敬慎避患。
>
> （《离》之《渐》）

从以上三首林辞可以看出，焦赣将五岳和三涂山、四渎以及太室并列，认为这些地方是神明所居，没有兵灾，可以避险。其中第一首的三涂，指洛阳嵩县的三涂山，阳城为天下之中，太室即天室，是"神明所伏"之地。第二首、第三首中的四渎，为长江、黄河、淮河和济水四条大河，即《易林》所谓的"江河淮济"，秦汉时期也被作为祭祀的对象，以为有神灵所居。

河流之神除"四渎"之外，尚有河伯。

> 河伯大呼，津不得渡。船空无人，往来亦难。
>
> （《屯》之《大有》）
>
> 河伯大呼，津不可渡。往复尔故，乃无大悔。
>
> （《姤》之《姤》）
>
> 河伯之功，九州攸同。载祀六百，光烈无穷。
>
> （《震》之《大有》）
>
> 河伯娶妇，东山氏女。新婚三日，浮云洒雨。露我菅茅，万邦蒙佑。
>
> （《损》之《噬嗑》）
>
> 龙渴求饮，黑云影从。河伯捧觞，跪进酒浆。流潦滂滂。
>
> （《同人》之《蛊》）

以上五首林辞均与河伯有关。先秦典籍写河伯最为详细优美者，莫过于屈原的《九歌·河伯》，楚辞《远游》"使湘灵鼓瑟兮，令海若舞冯夷"中的冯夷，据说就是河伯的名字。《庄子·秋水》中也记载有河伯与北海若的对话。可见河伯在先秦时期已经是颇有影响的神灵。司马迁《史记·滑稽列传》所记载的河伯娶媳妇的故事尽管发生于战国时期，但也反映了汉人对于河伯的某种理解。《焦氏易林》中的河伯形象，没有后世传说河伯娶媳妇那样的残酷无情，而是一位充满人情味的有仁爱之心的神灵。《屯》之《大有》与《姤》之《姤》两首林辞，立意有些相近，均写河水上涨,渡河危险,河伯劝人不要渡河。这和汉乐府中著名的《公无渡河》形成对比。《震》之《大有》大概是写河伯协助大禹治水之事,最后九州太平。《损》之《噬嗑》则写河伯娶媳妇,不过不是强占民女,而是和"东山氏女"结婚,用普降甘霖作为婚庆,最终草木得到滋润,百姓蒙福。最后一首写黑龙口渴求饮,河伯贡献酒浆,以至于大雨滂沱。这是对河伯中性化的描写。

《焦氏易林》中还出现一些自然现象之神。这些神灵多为沿袭前人,但不乏生动的形象描述。如风伯、雨师的形象:

> 俱为天民,云过我西。风伯雨师,与我无恩。
>
> (《否》之《家人》)
>
> 雨师驾驷,风伯吹云。秦楚争强,施不得行。
>
> (《复》之《恒》)
>
> 德施流行,利之四乡。雨师洒道,风伯逐殃。巡狩封禅,以告成功。
>
> (《益》之《复》)
>
> 雨师娶妇,黄岩季女。成礼就婚,相呼南上。膏我下土,年岁大茂。
>
> (《恒》之《晋》)

以上前三首,风伯雨师成对出现,最后一首雨师单独出现。在这些林辞中,风伯雨师作为降雨的神灵,主要职能是布施恩泽。如《否》之《家人》所写,大家都是上天的子民,但是风伯却将云吹到西边去了,雨师不降雨,对我们未施恩泽。《复》之《恒》虽然风伯雨师成对出现,但二者不是云行雨施的相互配合,而是雨师乘车,风伯逐云,犹如"秦楚争强",一决高下,终致甘霖未降,施惠不成。除了聚云降雨的职能,风伯雨师似乎还担负着清扫道路、消除障碍的职责,如《益》之《复》所写,就类似于前文所引《韩非子·十过》所说的黄帝出行大合鬼神的情景。最后一首《恒》之《晋》则写雨师娶媳妇,娶的是黄岩少女。新婚大喜,雨师很开心,所以就和媳妇"相呼南上",兴云作雨而膏润下土,使得五谷丰登。雨师娶媳妇的说法,很是新颖,未见其他典籍记载。《山海经·海外东经》也只是提到"雨师妾":"雨师妾在其北,其为人黑,两手各操一蛇,左耳有青蛇,右耳有赤蛇。一曰在十日北,为人黑身人面,各操一龟。"学者多以雨师妾为国名地名,究其命名,想必与雨师娶妻有关,然不详其事。

在早期典籍记载中,风伯雨师已经匹配出现,如《韩非子·十过》。另外,《山海经·大荒北经》记载:"蚩尤作兵伐黄帝。黄帝乃令应龙攻之冀州之野。应龙蓄水。蚩尤请风伯、雨师,纵大风雨。"二者也是相须而行。《周礼·春官·宗伯》篇云:"以燎祀司中、司命、风师、雨师。"对二者的祭祀方式也相同。除《焦氏易林》外,汉赋中也有风伯雨师的影子。如张衡《思玄赋》"属箕伯以函风兮,惩淟涊而为清",将风伯称为箕伯,盖因星宿之中箕主风。司马相如《大人赋》"召屏翳,诛风伯,刑雨师",则风伯雨师并现,亦遵循典籍记载惯例。在马王堆帛书《刑德》中,也出现了风栢(伯)和雨师。相较而言,汉赋中的风伯雨师,一般仅仅作为自然神出现,是一种神灵的符号。而《易林》中的风伯雨师,则动感十足,有一定的情节设置,故形象较为鲜明。

除了常见的风伯雨师,《焦氏易林》还有雷神与魃等自然现象之神。雷神的形象,《山海经·海内东经》中有记载:"雷泽中有雷神,龙身而人头,鼓其腹。在吴西。"在楚辞《离骚》中,他又被称为雷师:"鸾皇为余先戒兮,雷师告余以未具。"《焦氏易林》中的雷神,是乘车而行的:

白日扬光,雷车避藏。云雨不行,各自还乡。

(《否》之《困》)

雷君出装,隐隐西行。霖雨不止,流为河江。南国忧凶。

(《蹇》之《临》)

《否》之《困》写阳光普照,所以雷神乘坐车子只能隐蔽,云师和雨师也各自返回,雨就没有形成。《蹇》之《临》写雷神整治好行具从东边出发而西行,车轮发出隐隐之声,以至于"霖雨不止",水流成河。这种描写,源于汉人对雷神的理解。《淮南子·原道训》曰:"电以为鞭策,雷以为车轮。"这就将雷声和车轮在地上转动的声音联系起来。所以,雷神是乘车而行的。《易林》用"隐隐"一词,既写雷声,又写车轮之声,非常巧妙。《淮南子·天文训》还说："季春三月，丰隆乃出，以将其雨。"高诱注丰隆即雷神，盖丰隆一词，像雷声。季春三月，方位在东，雷神出发，自然是从东而出，所以《易林》说是"隐隐西行"。因为雷神出来就要降雨，所以《易林》中两首关于雷神的林辞均和雨有关。张衡《思玄赋》中"丰隆轺其震霆兮"一句，一个"轺"字，车轮声、雷声同时呈现，与"雷君出装，隐隐西行"同一构思。《焦氏易林》写旱神魃，应该是受到《山海经》的影响：

魃为燔虐，风吹云却。欲上不得，反归其宅。

(《小畜》之《中孚》)

这一首说魃可以引起旱灾，让降雨的风伯云师退却而避藏，但是它却不能再回到天上，只能待在它所停留的地方。《山海经·大荒北经》记载，蚩尤与黄帝作战，"黄帝乃令应龙攻之冀州之野。应龙蓄水。蚩尤请风伯、雨师纵大风雨。黄帝下天女曰魃，雨止，遂杀蚩尤。魃不得复上，所居不雨"。《焦氏易林》所写，应即此事。张衡《应间赋》中"夫女魃北而应龙翔"一句，同样也是根据《山海经》中黄帝战蚩尤的记载而来。

三 仙人与天人

汉代祈求长生的思想非常盛行，这不仅从汉武帝身上得到印证，汉代镜铭中的神仙长生文字、画像石上的仙人形象和汉乐府、汉赋中的神仙描写均可以证明此论。焦赣不能独立于时代的思想文化之外，所以在《焦氏易林》中就有了可以和上述文献资料相印证的仙人和天人记录。所谓仙人，主要特征就是长生不老，他们通过一定的方式或由于某种机缘而迁移到别的生存空间，所以《说文解字》解释仙为"长生迁去也"。而天人是本来就生活在天上的人，他们和凡人一样吃喝拉撒，具有凡人一样的生活和情感，只不过他们的生活空间在天上。所以，本书如此划分，是为了和别的神灵区分开来，尽管别的神灵有的也居住在天上，但他们和人的形体不同，或生活、情感不同。

在《焦氏易林》仙人系列中，出现次数最多的非西王母莫属。考察汉代文献可以发现，在众仙之中，西王母的地位也非常崇高。汉代的造神运动，几乎掀起了一场全民性的西王母崇拜。所以像《淮南子》《汉武内传》《汉武故事》《神异经》《博物志》等关于西王母的记载，和《焦氏易林》中的西王母形象可以互观。《焦氏易林》中的西王母，基本沿袭《山海经》和《穆天子传》。如：

> 弱水之西，有西王母。生不知死，与天相保。
> （《讼》之《泰》）

说到西王母居住的地方，在昆仑山的弱水西边，西王母长生不死，和天地齐寿。因为西王母几乎成了众神之首，所以很多人乃至神仙也要去拜会西王母。西王母也会赐福前来拜谒者。如：

> 戴尧扶禹，松乔彭祖。西遇王母，道路夷易，无敢难者。
> （《讼》之《家人》）
> 驾龙骑虎，周遍天下。为神人使，西见王母，不忧危殆。
> （《临》之《履》）
> 稷为尧使，西见王母。拜请百福，赐我善子。
> （《坤》之《噬嗑》）

以上三首林辞，均写西行前去拜谒西王母，拜谒者有尧、大禹、赤松子、王子乔、彭祖、后稷等，拜谒的结果是"无敢难者""不忧危殆"和"赐我善子"。《易林》中还有一首林辞写到了西王母的儿子：

> 金牙铁齿，西王母子。无有患殃，涉道大利。
> （《小畜》之《大有》）

西王母的儿子长着"金牙铁齿"，和他的母亲一样，也可以为人消除祸殃。这一形象在汉代其他文献中未见。汉赋如张衡《思玄赋》、司马相如《大人赋》中的西王母形象与《焦氏易林》中西王母的形象，共同构成汉代文学中的西王母书写。

在汉代的造神运动中，还产生了一个专门和西王母匹配的东王公。托名东方朔的《神异经·东荒经》记载："东荒山中有大石室，东王公居焉。长一丈，头发皓白，人形鸟面而虎尾，载一黑熊，左右顾望。"该书《中荒经》云："昆仑之山，有铜柱焉。……上有大鸟名曰希有，南向，张左翼覆东王公，右翼覆西王母。"不仅描述了东王公的形貌，还说他和西王母左右而居。东汉郭宪的《洞冥记》也说："昔西王母乘辇，以适东王公。"又由于《穆天子传》中曾记载周穆王与西王母相见，有学者怀疑东王公即周穆王。《焦氏易林》中的东王公，和西王母一样，是被拜谒的对象：

皇陛九重，绝不可登。谓天盖高，未见王公。

（《坤》之《师》）

因为东王公居住的地方"皇陛九重"，所以高远难以攀登，以致拜谒者未能如愿见到东王公。

此外，《焦氏易林》的仙人系列中还有汉代其他文献常见的王子乔、赤松子、彭祖等，根据前引《易林》之文，这些仙人还和西王母相往来。如：

王乔无病，狗头不痛。亡屐失履，乏我送从。

（《谦》之《谦》）

寿如松乔，与日月俱。常安康乐，不罹祸忧。

（《观》之《剥》）

骑龙乘凤，上见神公。彭祖受刺，王乔赞通。巫咸就位，拜福无穷。

（《未济》之《小畜》）

彭祖九子，据德不殆。南山松柏，长受嘉福。

（《乾》之《蛊》）

上面第一首说王子乔成了神仙，所以不会生病，连养的狗也有了仙气，他可以将身体变化成鞋子而脱身。第二首说"寿如松乔"，虽非正面写赤松子和王子乔，但是突出他们长生不死，"与日月俱"。第三首《未济》之《小畜》，写神巫巫咸主持仪式，助人"骑龙乘凤"到天上拜会神仙，接受帖子名片的是以长寿著称的彭祖，通报姓名的是仙人王子乔，拜会的人因此受福无穷。最后一首说彭祖有九个儿子，均为道德崇高之人，因为不会败亡，他们的寿命犹如南山松柏，且永远受福。

汉代还有一位神仙，身份来历众说纷纭，但地位绝对最高。它就是太一之神。太一又被写作"太乙""泰一"或"天一"，具有星象、哲学和神仙宗教等多重意蕴。有人认为它就是楚辞中的"东皇太一"，也有人认为它是混沌未开时的一个神，还有人认为它就是北极星。再到后来，在民间演变为太乙真人。总之，在汉武帝时期，太一被作为最高神祭祀。汉人认为它居住北极紫微宫中，位居天之正中。如《史记·天官书》曰："中宫天极星，其一明者，太一常居也。"张守节《史记正义》："泰一，天帝之别名也。"《史记·封禅书》曰："天神贵者太一，太一佐曰五帝。"可知汉代太一之尊贵，五帝竟然成了辅佐它的助手。《焦氏易林》中关于太一的叙述，正是在这样一种思想背景上展开的。其关于太一者有如下几首，《四部丛刊》本中，"太乙"均作"太一"：

太乙驾骝，从天上来。征召叔季，封为鲁侯，无有凶忧。

（《需》之《比》）

太乙置酒，乐正起舞。万福攸同，可以安处。绥我黤齿。

（《复》之《家人》）

阿衡服箱，太乙载行。巡守历舍，所之吉昌。

（《恒》之《复》）

第一首写太一乘马自天而降，周公父子被封在鲁，没有凶险忧患；第二首写太乙备酒，乐官伴舞，保佑天下老少平安福乐；第三首写伊尹阿衡带着行李箱，太乙乘车巡行天上十二次舍，所到之处一片吉祥。

生活在天上的人，受到天帝的统治，有时候我们也称之为仙。《焦氏易林·乾之大有》云："上帝之生，福佑日成。修德行惠，乐且安宁。"是说上帝所生的子民，生活在天上，安宁而快乐。《焦氏易林·观之履》所说的"逐福除患，道德神仙。避恶万里，常欢以安"，则说天上的神仙追求幸福，消除祸患，躲避邪恶，所以开心安宁。而在《同人》之《泰》中，则描绘了一个羽人的形象：

乘云带雨，与飞鸟俱。动举千里，见我慈母。

羽人"乘云带雨"，和鸟一起在天上飞翔，一下子飞了上千里，才见到自己的母亲。只有长了翅膀的人才可以像鸟一样飞翔，在汉代画像石上面，可以见到羽人的形象。其最早的源头，应该是《山海经》中的羽人之国不死之民。

四　人神之间的沟通

《焦氏易林》中，人神之间是可以沟通的。人要和神灵仙人进行沟通，采取的方式不外乎祭祀、游仙、修德和服食修炼等几种。在这些方式中，最为易行的就是祭祀，所以这种方式在《焦氏易林》中出现最多。祭祀的目的是祈求神灵仙人的赐福佑助，消除不祥。这种方式既可以是巫祝代行，也可以是当事人亲自祭祀祷祝，或者借助一定的媒介。

通过自己祭祀神灵而获福的，在《焦氏易林》中有如下几首：

呼精灵来，魄生无忧。疾病瘳愈，解我患愁。

（《损》之《渐》）

称幸上灵，媚悦于神。受福重重，子孙蕃功。

（《随》之《咸》）

学灵三年，圣且神明。明见善祥，吉喜福庆。鸤鹄飞来，告我无忧。

（《小畜》之《渐》）

祝鮀王孙，能事鬼神。节用绥民，卫国以存。享我旨酒，眉寿多年。

（《咸》之《临》）

黍稷醇醴，敬奉山宗。神嗜饮食，甘雨嘉降。黎庶蕃殖，独蒙福祉。

（《比》之《需》）

茧栗牺牲，敬享鬼神。神嗜饮食，受福多孙。

（《乾》之《旅》）

第一首写身患疾病，通过祭祀祈祷请来精灵，月亮重新放光（魄指月亮），疾病痊愈，忧愁消除。第二首写通过祭祀祈祷取悦神灵，子孙受福。第三首写为了和神灵沟通，学习巫术祭祀，能够预见吉凶，因此"鸤鸠飞来"，传递佳音。第四首写祝鮀王孙精通祭祀，能够与鬼神沟通，所以神灵享用了美酒，保佑个人长寿，国家平安。最后两首均写用丰盛的祭品供养神灵，如愿受福。

不是所有的人都可以通过自己拜祀神灵而如愿以偿，通过特殊的祭祀仪式来和神灵沟通，本是巫师的专利。《焦氏易林》以下三首就是写通过巫祝祭祀而获福者：

> 棘钩我襦，为绊所拘。灵巫拜祝，祸不成灾。东山之邑，中有肥土，可以饶饱。
>
> （《坎》之《大有》）
>
> 引髶牵须，虽拘无忧。王母善祷，祸不成灾。
>
> （《讼》之《需》）
>
> 白茅缩酒，灵巫拜祷。神嗜饮食，使君寿考。
>
> （《临》之《蒙》）

第一首和第二首都是因为受到拘禁而求巫师进行祝祷。第二首中的王母不是西王母，而是一位女巫。通过巫师和神明的沟通，遇险者均转危为安。第三首写灵巫通过"白茅缩酒"方式祭祀神灵，神灵受用而使主人获得长寿。

特殊的祭祀祝祷，有时候需要一定的媒介，如求雨。前文所引《比》之《需》是通过用一般的祭品供奉山神而"甘雨嘉降"，但汉代求雨还有一些特殊的仪式，如董仲舒《春秋繁露·求雨》便有一套非常烦琐的仪式。这种仪式的背后是天人感应学说。即如《比》之《需》所记载的通过祭祀山神而降雨，在《春秋繁露》此篇也有记载："春旱求雨，令县邑以水日祷社稷山川，家人祀户。"[①] 说明祭祀山川可以求雨，前提是要在五行为水的日子。在《春秋繁露》求雨的仪式中，还需要一种特殊的求

---

① 苏舆：《春秋繁露义证》，中华书局1992年版，第426页。

雨媒介——蛤蟆，即蟾蜍。"凿社通之于闾外之沟，取五蝦蟆，错置社之中。"① 这种用蛤蟆求雨的沟通方式，《焦氏易林》中亦两见：

> 蜗（应为蛙）池鸣呴，呼求水潦。云雨大会，流成河海。
>
> （《随》之《临》）
>
> 虾蟆群聚，从天请雨。云雷疾聚，应时辄下，得其所愿。
>
> （《大过》之《升》）

《随》之《临》中的"蜗"，应为"黽"，即蛙。这一首写蛙鸣求雨，大雨成河。《大过》之《升》一首，将《春秋繁露》中的五只蛤蟆变为一群蛤蟆，声势大增，所以转眼之间，云雷际会，大雨应时而下。焦赣受《易》于孟喜，为今文经学，和董仲舒今文经学的天人感应、灾异思想关系密切。之所以写蛤蟆求雨，是因为蛤蟆两栖水居，与水相关。而且在汉人的观念中，月为太阴，其中有蟾蜍蛤蟆，所以蛤蟆代表太阴，太阴水象。这种以蛤蟆求雨的仪式，正是易学"同声相应同气相求"的原理应用。

祭祀必须表现出对神明的恭敬，犹如《论语·八佾》所说，"祭神如神在"。而且，祭品要洁净丰饶，这样才能显示出诚心。否则，祭祀不仅不能如愿以偿，还有可能招致灾祸。这种对祭祀的形式与内在精神的要求，在《焦氏易林》中也有所表现：

> 志慢未习，单酒糗脯。数至神前，欲求所愿，反得大患。
>
> （《未济》之《未济》）
>
> 碛碛秃白，不生黍稷。无以供祭，祇灵代祀。
>
> （《巽》之《蹇》）
>
> 六月种黍，岁晚无雨。秋不缩酒，神失其所。先困后通，与福相逢。
>
> （《恒》之《革》）
>
> 久旱三年，草木不生。粢盛空乏，无以供灵。
>
> （《需》之《需》）

---

① 苏舆：《春秋繁露义证》，中华书局1992年版，第429页。

住车醊酒，疾风暴起。泛乱福器，飞扬位草。明神降佑，道无害寇。

（《豫》之《大畜》）

乱茅缩酒，灵巫拜祷。神怒不许，瘁愁忧苦。

（《小畜》之《坎》）

播天舞地，扰乱神所。居乐无咎，言不信误。

（《剥》之《兑》）

折臂蹉足，不能进酒。祠祀阔旷，神怒不喜。

（《小畜》之《艮》）

以上八首林辞，或写祭祀者内心不恭不诚，或写祭品简陋不洁。第一首"志慢未习"是说祭祀者内心傲慢，未能熟习礼仪，并且"单酒糗脯"，祭品也很简陋，所以尽管"数至神前"想满足自己的愿望，最终却"反得大患"。第二首、第三首、第四首，均写自然灾害或自然条件不好，未能收获粮食而导致祭品缺乏，不能供神。这种非人为条件导致的祭祀差错，不代表对神灵的不恭敬，所以不会惹怒神灵，或即使神灵降罪，也是"先困后通"。第五首写出行之前的道路之祭，虽然祭祀时"疾风暴起"，吹乱了祭品祭器，但属于非人为因素，祭祀者内心恭敬，最终"明神降佑，道无害寇"。第六首写祭祀者态度不认真庄重，用"乱茅缩酒"，所以即使再灵验的巫师进行拜祷，神灵也不会满足诉求。第七首"播天舞地"，祭祀的时候扰乱了神灵，所以想要"居乐无咎"，最终是不可信的。最后一首"折臂蹉足"，祭祀者的行为表现出不恭，也未能为神灵荐酒，所以"神怒不喜"。

根据《史记·五帝本纪》和《列仙传》的记载，五帝或其他神仙，皆是品德高尚之人。所以民间传说，德高者可以感动鬼神，受神福佑，甚至可以成仙。因此，修德自然可以通神，德薄则被神弃。《焦氏易林》中以神灵而寓德教，既是《周易》"神道设教"思想的继承，也是汉代神仙方术与儒家思想结合的特定产物。其表现显著者有如下几首：

精诚所至，神为之辅。德教尚忠，弥世长久。三圣尚功，多受福祉。

(《师》之《既济》)

积德累仁，灵佑顺信，福祉日增。

(《小过》之《乾》)

久旱水涸，枯槁无泽。虚修其德，未有所获。

(《师》之《大壮》)

东家杀牛，污臭腥臊。神背西顾，命衰绝周。

(《噬嗑》之《巽》)

行如桀纣，虽祷不佑。命衰绝周，文君乏祀。

(《复》之《姤》)

贼仁伤德，天怒不福。斩刈宗社，失其土宇。

(《大过》之《井》)

第一首、第二首，由于内心精诚，"德教尚忠"，"积德累仁"，所以得到神灵辅佐佑护。第三首写天旱无雨，但是因为祭祀求雨者"虚修其德"，所以求雨未果。第四首、第五首写德行败坏，"行如桀纣"，所以即使杀牛进行祭祀祈祷，也不会受到神灵的眷顾。最后一首写国君"贼仁伤德"，以至于天神震怒，让其丢失了国土，且宗庙绝祀。以上，《焦氏易林》从正反两方面说明，修德就可以得到神灵的眷顾，取得良性的沟通；败德，则不能和神灵沟通，获罪遭殃。

与神灵沟通还有别的途径，即游仙与服食修炼。游仙就是直接去神灵居住的地方拜访神灵，服食修炼则是通过自己服食特殊的药物或食物及修炼而成为神仙，这样就可以与神仙为伍，沟通无碍。《焦氏易林》写游仙，前文之游仙诗部分已有论述，此处仅举三例，如：

恬淡无患，游戏道门。与神来往，长出以安。

(《夬》之《巽》)

上天楼台，登拜受福，喜庆大来。

(《大畜》之《颐》)

天门九重，深内难通。明坐至暮，不见神公。

(《巽》之《比》)

两首均写游仙,第一首写"游戏道门",第二首写"上天楼台",道门与楼台,均是神明居住之地,自然与之沟通。游仙犹如访友,有遇有不遇。第三首就是写要去天上拜访神公,但是"天门九重",难以到达,所以不曾见到神公。服食修炼以成仙的做法,在楚辞《离骚》中就已出现,"朝饮木兰之坠露兮,夕餐秋菊之落英",成书于汉代的《神农本草经》更是罗列了很多服用可以轻身久寿的药物。《易林》中神仙服食之说,当受其影响。如《豫》之《蛊》曰:"茹芝饵黄,饮食玉瑛。与神流通,长无忧凶。"说的就是通过服用灵芝、黄精和玉英以成仙与神沟通。

人神之间的沟通,不仅表现为人主动和神灵沟通,还表现为神人沟通,即神灵通过某种方式向世人表达自己的意愿。这在《焦氏易林》中表现为神佑与神谴两种方式。如《乾》之《比》:"中夜犬吠,盗在墙外。神明佑助,消散皆去。"写"神明佑助"使得盗贼不侵。《履》之《离》:"允利孔福,神所子畜。般乐无苦,得其欢欲。"写神灵像对待子女一样保佑世人。《噬嗑》之《屯》:"破亡之虚,神祇哀忧。进往无光,留止有庆。"写神灵同情、保佑居住在破亡地方的人们。遭受神灵谴责惩罚的,如《小畜》之《豫》:"众神集聚,相与议语。南国虐乱,百姓劳苦。兴师征伐,更立贤主。"由于国君暴虐导致国家混乱,百姓受苦,导致众神议论谴责,最终更换了国君。

第二节 《焦氏易林》的鬼魂精怪世界

《周易·系辞上》曰:"原始反终,故知死生之说。精气为物,游魂为变,故知鬼神之情状。"可见,死生、鬼神、精怪与游魂也是易学研究对象的一部分。易学认为只要考察生命的起始与终结,也就明白生死是怎么回事;精华之气聚集,变而成物,也就是精怪;精华之气游荡,就变成鬼魂。焦赣精研易学,同时受到时代氛围影响,在《焦氏易林》中大量涉及鬼神精怪,为我们考察汉代民间信仰留下了宝贵的资料。

根据《易传》的解释,人死之后,化为鬼魂,所以鬼魂总是和死亡联系在一起的。或者也可以这样说,鬼魂源于死亡,并有可能导致新的死亡。人死化为鬼的观念,在东汉许慎的《说文解字》中也有表现。《说文解字》解释鬼为"人之所归为鬼",即人死之后回到以前本来的状态就叫作鬼。《焦氏易林》就描述了死亡与鬼魂的情状。

　　山陵丘墓，魂魄失舍。精神尽竭，长寝不觉。
　　　　　　　　　　　　　　　　　　　　　　　（《屯》之《解》）
　　十里望烟，散涣四方。形容灭亡，下入深渊，终不见君。
　　　　　　　　　　　　　　　　　　　　　　　（《大畜》之《艮》）
　　窟室蓬户，寒贱所处。十里望烟，散涣四方。形体灭亡，下入深渊，终不见君。
　　　　　　　　　　　　　　　　　　　　　　　（《大畜》之《艮》）
　　马惊车破，王坠深津。身绝魂去，离其室庐。贞难无虞。
　　　　　　　　　　　　　　　　　　　　　　　（《井》之《比》）

以上四首林辞，均写死亡。第一首写人死之后"精神尽竭"，魂魄离开身体这个房子，来到"山陵丘墓"长睡不醒。第二首写人死之际的状态，先是精神涣散，飘向四方，就像远远望到的烟雾一样。然后身体灭亡，沉入深渊，再也见不到了。第三首和第二首大同小异，只是在前面增加两句交代死者贫寒的境遇。这两首反映了汉人对于死亡与鬼魂的认识，他们认为人死之后灵魂出窍，灵魂就像烟雾一样飘走了。这一点可以从汉代墓葬得到印证，汉人一般都会为死者灵魂飞升而在坟墓留有出口。而且，当时人们认为人死之后，身体沉入深渊，类似于马王堆帛画所描绘的地下黄泉世界，这个世界主要由水构成，所以说是"下入深渊"。第四首写国王从车上坠下，沉入深水，肉体死亡，魂魄离开身体而去，与前面三首表现的鬼魂观念相同。

根据《焦氏易林》中的描写，死后除了回到黄泉世界，还要去一个地方报到，那就是蒿里。如《临》之《益》所写：

　　病笃难医，和不能治。命终永讫，下即蒿芦。

这一首写某人身患重病，即使是秦国名医医和也难以治愈，最终生命结束，回到蒿芦报到。这里的蒿芦即蒿里。汉乐府民歌中有一首著名的挽歌《蒿里行》，说的就是人死之后魂魄去蒿里报到的事情。有人认为蒿里在泰山脚下,也有人认为蒿里其实就是长满蒿草的荒野。总之,蒿里就是汉乐府民歌中所说的"聚敛魂魄"的地方。《焦氏易林》中还有一首因病死亡的描写:

斧斤所斫,疮痏不息。针石不施,下即空室。

(《噬嗑》之《益》)

有人受到斧头伤害,外伤成疮,但是针灸药物都无效,以致死亡。亡者死后没有去黄泉或蒿里,而是"下即空室",空室应该就是墓穴,相当于活人居住的房子,因其孤单一人,故谓之"空室"。这应该是事死如生的表现,亡者和活着的人的生活没什么区别,只是生存空间不同而已。

人死之后化为鬼魂,鬼魂虽然可以看到,但却无法把握,没有具体的物质形体。而且鬼魂可以害人,它们需要得到后人的祭祀供养。这些观念,在《焦氏易林》中都有体现:

鬼守我庐,欲呼伯去。曾孙寿考,司命不许,与生相保。

(《噬嗑》之《临》)

鬼守我门,呼伯入山。去其室家,舍其兆墓。

(《贲》之《坤》)

左手把水,右手把火。如光与鬼,不可得徙。

(《姤》之《旅》)

天命绝后,孤伤无主。彷徨两社,独不得酒。

(《丰》之《履》)

《噬嗑》之《临》与《贲》之《坤》两首,都是写鬼魂来到家中守在门口,要呼唤活着的人和它一起去阴间。只不过第一首中的鬼未能得逞,因为掌管人命运的神司命不同意,所以被鬼呼唤的伯"与生相保",保住了性命。第二首中的家中老大(伯)则没有那么好的运气,他被鬼呼唤后离开了家,和鬼一起进山,住在了鬼魂的墓里。可见,在汉人眼里,鬼是害人的邪恶之物。而在《姤》之《旅》中,写到水、火两种自然界的物质,这两种物质都可以看得到,但是无法放在手里拿走,它们就像光和鬼一样,可以看到,却无法捕捉。这种对鬼魂的认识可谓超绝,在其他典籍中尚未发现对鬼有这样的表述，类似于现代有人把鬼魂看作一种能量，一种场。上面最后一首写一个绝后之人，死后"孤伤无主"，也就是没有被供奉祭祀的牌位，所以他的鬼魂徘徊在两个土地庙之间，不能享用世人供奉的美酒。这说明人死之后，鬼魂需要世人的祭品供养，也是一种事死如生观念的反映。除了绝后之人无人祭祀之外，还有一种鬼魂不能祭祀，这就是婴鬼。《焦氏易林·小畜之萃》曰："旦生夕死，名曰婴鬼，不可得祀。"未成年夭亡，这样的鬼魂就是婴鬼，是不能被祭祀的。这种风俗至今还在一些地方流传，可知至少在《焦氏易林》产生的西汉时期，这种观念就已形成。之所以有这种观念，《焦氏易林·兑之节》给出了一种解释："命夭不遂，死多为祟。妻子啼喑，早失其雄。"夭死的人由于多半死于非命，所以死后的鬼魂会找活着的人作祟。在这一首林辞中，夭亡者有妻有子，尚且作祟，何况是婴鬼呢？

《焦氏易林》中的鬼几乎都是恶鬼，一旦出现就要害人。如：

南邦大国，鬼魅满室。謘声相逐，为我行贼。

（《复》之《大畜》）

昼卧里门，怵惕不安。目不得闿，鬼搔我足。

（《观》之《咸》）

金玉满堂，忠直乘危。三老冻饿，鬼夺其室。

（《离》之《兑》）

齿间齿间啮啮，贫鬼相责。无有欢怡，一日九结。

（《震》之《既济》）

北陆藏冰，君子心悲。困于粒食，鬼惊我门。

（《未济》之《蒙》）

履危不止，与鬼相视。惊恐失气，如骑虎尾。

（《临》之《困》）

鬼魅之居，凶不可舍。

（《未济》之《否》）

以上七首，均写鬼对人的骚扰或伤害。第一首写满屋子的鬼魅欢天喜地，但是却对主人构成了伤害。第二首写烦心惊恐之人在家里不能入眠，结果招引来鬼魂挠其足心。第三首写平庸之辈金玉满堂,而正直忠诚之人却危险遭殃,年龄很大了还要挨饿受冻,居住的地方被鬼侵占。第四首、第五首,均写贫穷之人,前者因为贫鬼的责难而每天愁苦郁结,后者没有粮食却又被鬼惊扰。正是因为鬼经常害人,所以见鬼才是一件可怕的事情。第六首写一个人险境不断,刚从一个险境解脱出来,却又转身遇到鬼,感觉就像骑到了老虎身上,惊恐得差点窒息。因为鬼会害人,所以第七首写"鬼魅之居,凶不可舍",有鬼魅的地方,自然是凶险不能居住的。

鬼魅害人有时候是无法躲避的,因为鬼会主动找上门来。鬼魅上门,不分好人、坏人,但是品德不好的人则更容易招惹鬼魅进家门。这就是《焦氏易林》中多次出现的"鬼守门"意象。如以下几首:

> 贫鬼守门,日破我盆。孤牝不驹,鸡不成雏。
>
> (《临》之《兑》)
>
> 贫鬼守门,日破我盆。毁罂伤瓶,空虚无子。
>
> (《损》之《剥》)
>
> 东资齐鲁,得骍大马。便辟能言,市人巧贾。八邻并户,请火不与。人道闭塞,鬼守其宇。
>
> (《恒》之《益》)
>
> 奢淫吝啬,神所不福。灵祇凭怒,鬼瞰其室。
>
> (《节》之《临》)

第一首与第二首,"贫鬼守门",每天都破坏生活器具,家里禽畜不能繁殖,生活难以为继。第三首写一个佞巧之人,人际关系很糟糕,鬼魅就盯上他守在他家里。第四首写一个人"奢淫吝啬",所以神灵不赐福于他,反而召引了鬼魅窥视其家,其中"鬼瞰其室"一句,被扬雄《解嘲》中的"高明之家,鬼瞰其室"袭用。

除了"鬼守门"的意象,《焦氏易林》中还有"鬼哭"意象。鬼为不祥之物,鬼哭自然就是更加不祥的征兆。这些不祥之兆有亡国的,如:

> 鬼夜哭泣,齐失其国,为下所贼。
>
> (《未济》之《旅》)

第四章 《焦氏易林》中的鬼神世界与民间信仰

鬼泣哭社，悲商无后。甲子昧爽，殷人绝祀。

(《大过》之《坤》)

无道之君，鬼哭其门。命与下国，绝不得食。

(《大过》之《否》)

三首林辞较为浅显，第一首写鬼魅夜哭，齐国灭亡；第二首写殷纣王无道，鬼魅在土地庙哭泣，殷商灭亡；第三首写国君无道，"鬼哭其门"，最终被别国灭掉。不祥之兆还有因病预示死亡的，如：

履危无患，逃脱独全。不利出门，伤我左膝。疾病不食，鬼哭其室。

(《颐》之《需》)

周城之隆，越裳夷通。疾病多祟，鬼哭其公。狼子野心，宿客不同。

(《咸》之《晋》)

冬华不实，国多盗贼。疾病难医，鬼哭其室。

(《屯》之《颐》)

三首均写病后鬼哭，或因不能饮食，或因受祟多端，或因病重难治，均有死亡征兆。《易林》中还有一首林辞，写人死之后鬼魅哭泣，表现鬼魅的同情，也有可能预示着重丧：

命短不长，中年夭伤。鬼泣哭堂，哀其子亡。

(《离》之《夬》)

一个中年人短命夭折，引来鬼魅在灵堂哭泣，为一位父亲失去儿子感到哀伤。

因为鬼魅多半是要害人的，所以一旦发现鬼魅，就要想办法驱赶或制服。驱鬼或制鬼就需要专门的巫师来出面。《焦氏易林》中下面这首林辞所反映的就是这种现象：

玄黄四塞,阴雌伏谋。呼我墙屋,为巫所识。

(《蛊》之《泰》)

天地闭塞,有一女鬼伏藏起来要谋害主人,把主人呼唤到屋内,结果被巫师识破了害人的伎俩。

《焦氏易林》中的精怪描写也很丰富,有些内容和前文所写《焦氏易林》灾异思想有关,此不赘述。仅列举数端,观其大概。如:

心多恨悔,出门见怪。有蛇三足,丑声可恶。嫫母为媒,请求不得。

(《蛊》之《姤》)

四尾六头,为凶作妖。阴不奉阳,上失其明。

(《比》之《兑》)

众鬼瓦聚,中有大怪,九身无头。魂惊魄去,不可以居。

(《否》之《同人》)

长女三嫁,进退无羞。牝狐作妖,行者离忧。

(《观》之《蛊》)

老狐屈尾,东西为鬼。病我长女,哭涕讪指。或西或东,大革易诱。

(《睽》之《升》)

第一首写一个人要与人缔结姻缘,但是由于内心太多后悔遗憾,出门就见到一个叫声可恶的怪物。这个怪物像蛇一样,却长了三条腿。他让丑女嫫母做媒人前去撮合,结果是婚姻难成。这一首似乎揭示了一个容易见到精怪的心理机制,即如果内心懊恼悔恨情绪低落,很容易出现幻觉见到怪物。这其实就是民间所说的心情不好容易撞邪。第二首写一个六颗头四条尾巴的怪物"为凶作妖"要害人,出现这一怪物的原因是属于阴性的下属不能尊奉代表阳性的上级,领导失去了识人用人之明。第三首写众鬼聚集在一起,其中有个"九身无头"的怪物,居住在这个房子里的人们吓得魂飞魄散,逃离了居所。第四首写一位大龄女子,多次嫁人,朝三暮四,进退无据而不知羞耻,原来她是一只雌性狐狸精怪变化而成,见到她的人无不忧心遭殃。第五首则更加明确,老狐成精,蛊惑为祟,让年长女子患病发疯。可知狐狸化人魅惑世人的信仰久已有之。

由以上梳理分析可知,《焦氏易林》中的鬼怪描写非常丰富,不仅探讨了鬼魂的来源,还历数了鬼魂害人之种种以及鬼魂害人的典型表现,大大突破了《周易·睽》卦"载鬼一车"的描写。这些鬼魂精怪描写,包含有丰富的民间信仰和民俗信息,为我们了解汉代信仰世界与社会生活,提供了可与其他文献相佐证的宝贵资料,值得我们进一步挖掘与分析。

第三节 《焦氏易林》所见天命观念与占卜信仰

天命观念由来已久,如《诗经·商颂·玄鸟》中的"天命玄鸟,降而生商",乃是说明殷商是秉承了天命的。至于《尚书》中的天命观念,则更为突出鲜明。此点学者多所论述,此不赘述。汉代受董仲舒"君权神授"思想的影响,天命观念更加突出,如司马迁《史记·封禅书》曰:"自古受命帝王,曷尝不封禅?"此虽就封禅而言,但说"自古受命帝王",则帝王为受天命而来,天命观念非常明显。汉代天命观念深重,从当时盛行的五德终始说以及谶纬学说也可以得到证明。至于占卜,《四库全书总目提要》"术数类提要"中说,"术数之兴,多在秦汉以后"。汉代正是术数文化兴起之际,因此占卜习俗与信仰较为常见。《焦氏易林》本身就是占卜术数之书,其背后的天命思想不容置疑。有趣的是,占卜之书《易林》,对其他占卜形式也有记载,这些记载可谓占卜之中的占卜。

一 天与天命

天命思想,一般建立在人格意义上的天的基础之上。人格化的天具有人一样的性格和意志,这种意志就叫天命。这种人格化的天区别于自然意义上的天,自然天有一定的规律可以遵循,这种规律被称为天道。天命与天道不同,二者的区别在《史记·伯夷列传》中已略透端倪。《焦氏易林》中,天命正是与这种人格意义上的天联系在一起的。

人格天的论述,如《解》之《临》:

> 天孙帝子,与日月处。光荣于世,福禄繁祉。

天帝像人一样，要繁衍后代，有儿子、孙子。天帝的后代和日月生活在一起，一辈子荣华富贵，生生不息。这样的天帝，像人一样有喜怒哀乐，喜怒的意志表达出来，就构成了天命。天若高兴，就会保佑、支持某个人，如：

  天之所佑，祸不过家。常盈不亡，富如敖仓。
（《蒙》之《坤》）

  戴喜抱子，与利为友。天之所命，不忧危殆。荀伯劳苦，西来王母。
（《无妄》之《噬嗑》）

  天之所予，福禄常在，以永康宁，不忧危殆。
（《损》之《遁》）

  天命赤鸟，与兵徼期。征伐无道，箕子游遨。
（《既济》之《丰》）

第一首写上天所保佑的家庭灾祸不会临门，且富足长久。其中的"天之所佑"，明显是写人格化的天。第二首、第三首中的"天之所命"和"天之所予"，也是上天意志的表现，被天所眷顾赐予的人，"不忧危殆"，从来不用担心危险与灾祸。第四首则是标准意义上的天命转移，属于革命范畴。天命要变革了，所以"天命赤鸟"，凤鸣岐山，周文王征伐无道的殷纣王，革了殷商的命，殷商贵族箕子出走。

  如果天发怒了，表现出的天命就会变化。如果惹怒天帝的是国君，天命就要转移了。《焦氏易林》用天命思想解释了夏与周的灭亡：

  天厌周德，命与仁国。以礼靖民，兵革休息。
（《无妄》之《否》）

  天厌禹德，命兴汤国。祓社衅鼓，以除民疾。
（《复》之《革》）

《无妄》之《否》一首，写上天对于周王朝的德行失望，让实施仁政的国家取代它，新兴的国家制定了礼乐，战争从此停息。根据史书的记载，汉王朝在梳理五德终始的谱系时，就没有把秦王朝计算在内，而是认为自己承周而来。所以这一首林辞，极有可能是为汉王朝正统的天命地位而创作的。《复》之《革》一首，写上天不满意夏禹之后的德行，所以让商汤兴起，取而代之，解除了黎民疾苦。

综观《焦氏易林》中的天命叙述，关涉个人与王朝两个层面。涉及个人者，后来演变为个人命运之吉凶。涉及王朝者，成为"革命"换代的神秘化宣传。

二 五行及禄命

五行学说在汉代非常兴盛，这从《淮南子·天文》篇、《汉书·五行志》以及出土的《随州孔家坡汉墓简牍》中就可看出。《焦氏易林》中对五行的描述不仅有抽象概说，更有比较具体的应用。如：

三德五材，和合四时。阴阳顺序，国无咎灾。

（《师》之《解》）

五胜相贼，火得水息。精光消灭，绝不长续。

（《恒》之《损》）

白日扬光，火为正王。消金厌兵，雷车避藏。阴雨不行，民定其乡。

（《蹇》之《夬》）

《师》之《解》所说，是五行的抽象论述，且五行与三德、四时、阴阳并列起来。三德即天、地、人三才，四时即春、夏、秋、冬，五材即金、木、水、火、土。这些和阴阳两仪共同构成了二（两仪）、三（三才）、四（四时）、五（五行）系统，如果统治者能够把这些关系处理好，就会"国无咎灾"。这说明，焦赣把五行上升到国家治理的层面，与《汉书·五行志》的思想有些吻合。《恒》之《损》论述了"五胜相贼"，也就是五行相克。焦赣举了一个水克火的例子，火见到水，火的精光就消灭了，再也无法继续燃烧。《蹇》之《夬》说的是火克金，"白日扬光"代表的是火很旺，所以就把金属的兵器消融了，于是战争停止，"民定其乡"。

对个人命运的关注，是《焦氏易林》重要的内容。在焦赣看来，人是有命运的。这种命运又叫禄命。禄命思想，在汉代也是一种重要的思想信仰。如《史记·日者列传》曰："夫卜者多言夸严以得人情，虚高人禄命以说人志。"王充《论衡·解除》："案天下人民夭寿贵贱皆有禄命。"这些都说明，汉代人把个人的穷通夭寿、吉凶贵贱称为禄命。《焦氏易林》中至少有两首说到禄命：

  日短夜长，禄命不光。早离父兄，免见忧伤。
（《蛊》之《大有》）
  疾贫王孙，北陆无禅。禄命苦薄，两事孤门。
（《升》之《大过》）

《蛊》之《大有》讲一个出生在冬天的人，因为白天短而夜晚长，阳气不足，所以"禄命不光"，即命不好，应该早早离开父亲和兄长，免得发生忧心和伤害之事。这大概是写一个命中克父兄的人。《升》之《大过》写一个"禄命苦薄"的贵族子弟两次遭遇生死离别。

  既然人有禄命，这禄命又是谁主宰的呢？《焦氏易林》中有司命一神，掌管人间每个人的命运，应该是禄命的主宰。其写司命者如：

  行触大讳，与司命牾。执囚束缚，拘制于吏。
（《剥》之《剥》）
  司命下游，喜解我忧。皇母缓带，婴儿笑喜。
（《蹇》之《萃》）

《剥》之《剥》写一个行为触犯法律的人，与司命抵牾，被官吏捆绑关押了起来。这是写司命降祸。《蹇》之《萃》则写司命赐福，解除烦忧，老人开心得放松衣带，孩子高兴得笑了起来。

  从以上林辞可知，《焦氏易林》虽然有对五行的描述和禄命的理解，但没有像后世那样将五行与禄命联系起来。

三 形形色色的占卜

  《焦氏易林》一书，本是适应占卜方法的革新而作，其占卜方法究竟为何,是《易传》中的大衍筮法,还是据说源于其弟子京房的以钱代蓍,现在已经无从知晓。为了尽可能满足占卜判断的需要,《焦氏易林》还吸收了其他占卜形式的内容,记录了一些形形色色的占卜。这些形形色色的占卜记录,为我们了解和考察汉代术数占卜信仰、习俗留下了丰富的可信资料。为便于叙述,以下大致按占卜形式进行分类,对《焦氏易林》中的占卜进行梳理及简单分析。

1. 相术与蓍龟占卜

汉代相术流行,从《史记·高祖本纪》中的相面记载,到《汉书·艺文志》中的形法相术论著,再到王充《论衡》中的《骨相篇》,都可以想见当时人们对这种预卜吉凶方式的重视。《焦氏易林》中有两首林辞可以看作是相术的相关记录:

龙角博颡,位至公卿。世禄久长,起动安宁。

(《乾》之《节》)

长面大鼻,来解己忧。遗吾福子,与我惠妻,惠吾嘉喜。

(《乾》之《未济》)

第一首《乾》之《节》,写一个人"龙角博颡",额头宽大,丰满隆起,这被看作富贵之相,所以后来"位至公卿",福禄久长,一生平安。后世民间相术之中,官禄宫位于额头,命宫位于两眉之间的印堂,关系到个人富贵吉凶。《焦氏易林》这一首可以证明后世相术中的某些判断依据,源头久远。第二首《乾》之《未济》,写一位赐福之人,此人"长面大鼻",生有异相,所以给"我"带来了贤妻孝子,幸福安乐。这和后世相术中的特异之相有特异之能相符合。

除了相术,《焦氏易林》对传统的龟卜筮占也有记录。

冠带南游,与福喜逢。期于嘉贞,拜为公卿。

(《需》之《渐》)

僮子射御,不知所定。质疑蓍龟,孰可避火。明神答报,告以牺牲。宜利止居。

《恒》之《大过》

《需》之《渐》写某人穿戴整齐去南方游玩，途中遇到了开心的事情，他期望一个大吉大利的占卜结果，以后能官至公卿。其中"期于嘉贞"的"贞"，一般指用甲骨占卜，在甲骨文中常见此字。《易林》此条，可证汉代尚且使用龟卜，这和《史记·孝文本纪》中记载的龟卜得"大横之兆"可资印证。《恒》之《大过》写小孩子射箭、驾车，都无法达到要求，于是求助于蓍草和龟甲进行占卜，哪里可以躲避大火。占卜的结果就是神明的回答：需要用牛羊进行祭祀，之后居住就没什么危险了。可见，《焦氏易林》认为占卜是和鬼神联系在一起的，占卜仅仅是一种形式，通过这种形式，人神之间得以沟通，占卜的结果就是神明的回答。这种思想与《周易·说卦》中的"幽赞于神明而生蓍"一脉相承。

２．占星

占星之术，与《周易·贲》卦之《象辞》中的"观乎天文以察时变"的思想有关。观天文以制定历法，即所谓"观象授时"，其中的象就是天文星象。星象昭示着时间的变化，历法制约着人们行为的吉凶。出土文献中的放马滩秦简《日书》、睡虎地秦简《日书》和《随州孔家坡汉墓简牍》等，都是当时指导人们如何根据历法趋吉避凶的"黄历通书"。星象的重要，在汉代的字典《说文解字》中也有所体现，其解释"示"字时说"天垂象，见吉凶，所以示人也"，虽不是"示"字的本义，但却反映了汉人对于天象的理解。考察《汉书·艺文志》中的"术数略"，会发现排在最前面的就是一系列天文占星之书。汉代占星文化之发达，于此可见一斑。《焦氏易林》的作者焦赣虽然没有留下专门的占星术著作，但从其弟子京房的著作中，可以发现大量天文占星的论述。而且，在唐代成书的《开元占经》中，也多次出现"焦延寿曰"字样（焦赣字延寿）。这些证据都可以推导出焦赣精通占星术的结论。《焦氏易林》中也确实保留了大量与占星有关的记录，这些记录有时又和阴阳灾异相关联。

占星最重要的是日月占，《周易·系辞上》曰："悬象着明莫大乎日月"，日月运行是否失常，在古人看来，关系到国家的存亡、天子的安危。

钦敬昊天，历象星辰。宜受民时，阴阳和调。

（《临》之《噬嗑》）

第四章 《焦氏易林》中的鬼神世界与民间信仰 249

团团白日，为月所食。损上毁下，郑昭出走。

（《比》之《萃》）

阴雾作匿，不见白日。邪径迷道，使君乱惑。

（《复》之《鼎》）

月削日衰，工女下机。宇宙灭明，不见三光。

（《益》之《小过》）

日趋月步，周遍次舍。经历致远，无有难处。

（《震》之《大畜》）

以上五首，除第一首外，其余四首均为日月占。第一首写观测星象制定历法的重要性，林辞化用《尚书·尧典》"乃命羲和，钦若昊天，历象日月星辰，敬授人时"语句，认为只有根据星象确定历法，才能"阴阳和调"，让老百姓能够按时耕种作息。在占星体系中，日为阳代表君王，月为阴代表臣民、小人。所以在后四首林辞中，均为日月是否失常的占测。《比》之《萃》写太阳被月亮遮蔽，象征着"损上毁下"，不利国君，所以郑昭公出逃。《复》之《鼎》写雾霾遮蔽太阳，涉及云气占，象征国君昏庸，被小人迷惑。《益》之《小过》写日月均黯淡无光，连织女星也看不到了，这就是所谓的日、月、星三光不见，应该是不祥之兆。最后一首《震》之《大畜》，写日月正常运行于天上的十二次舍，所以"无有难处"，天下安宁。

占星看重七政，七政就是日、月加上金、木、水、火、土五大行星。《焦氏易林》中对五星占也有记录，只是五星并未全部出现。

天官列宿，五神所舍。宫阙坚固，君安其居。

（《师》之《困》）

仁德不暴，五精就舍。四序允厘，民安其居。

（《贲》之《萃》）

五精乱行，政逆皇恩。汤武赫怒，共伐我域。

（《中孚》之《革》）

火至井谷，阳芒生角。犯历天市，窥观太微。登上玉床，家易其公。

(《大有》之《复》)

火生月窟，上下恩塞，抵乱我国。

(《临》之《蛊》)

金精耀怒，带剑过午。两虎相拒，弓弩满野，虽忧无咎。

(《噬嗑》之《泰》)

上述前三首为五星总述，第一首中的五神就是五星。焦赣认为，天上的星座、星宿，都是五大行星经过或停留的地方，这些地方就像人间的宫阙一样坚固，国君可以在里面安居无忧。第二首、第三首中的五精也是指代五星，如果国君实施仁政，五星的次序就不会混乱，老百姓就可以安居乐业；相反，如果国君施政逆暴，五星的运行就会混乱，这样就会有汤武革命一样的事情发生，导致国家倾危。第四首、第五首都是写火星，火星又被称为荧惑。其中第四首写火星运行到井宿旁边，发出的光芒一直照射到角宿，而且火星运行到天市垣，窥探太微垣，运行到天床星的上面，这是国家易主的征兆。《开元占经》卷三十四引"甘氏曰"："荧惑入东井，有逃主。"卷三十一引《荆州占》曰："荧惑成钩己，环绕角，有芒如锋刃，天子失位。"《史记·天官书》也说："火犯守角，则有战。"《易林》此首所写与占星术判断大致相同。第五首中"月窟"即月亮升起的地方，在西边，如扬雄《长杨赋》"西厌月窟，东震日域"。写火星从月亮升起的地方出现，象征国家未施恩惠，将会发生骚乱。最后一首中的"金精"即金星，又叫太白，写金星发出强光，运行到正南方，与西方的白虎七宿对峙，旁边的其他小星，犹如双方对射的箭镞。金星主兵戈战争，但是《焦氏易林》却说"虽忧无咎"，似乎符合《开元占经》卷四十六引"巫咸曰"所云"太白失行而南，是谓金入火，有兵兵罢"之说。

《史记·天官书》曰："北斗七星，所谓'璇、玑、玉衡以齐七政'。……斗为帝车，运于中央，临制四乡。分阴阳，建四时，均五行，移节度，定诸纪，皆系于斗。"由此可见北斗七星在占星及历法中的重要性。北斗七星围绕北极旋转，古人又以北极为中心将头顶的天区划分为三垣，即紫微垣、太微垣和天市垣。北斗与三垣构成了占星考察的重要对象。《焦氏易林》中已经有三垣的记录，至于北斗，更是所述细致。

第四章　《焦氏易林》中的鬼神世界与民间信仰　251

营室紫宫，坚不可攻。明神建德，君受大福。

(《讼》之《渐》)

太微复明，说升傅岩，乃称高宗。

(《大过》之《益》)

太微帝室，黄帝所直。藩屏周卫，不可得入。常安常存，终无祸患。

(《涣》之《否》)

神之在丑，逆破为咎。不利西南，商人止后。

(《恒》之《临》)

行触天罡，马死车伤。身无聊赖，困穷乏粮。

(《损》之《大壮》)

蒙惑憧憧，不知西东。魁罡指南，告我失中。利以宜止，去国忧患。

(《未济》之《大壮》)

以上六首，前三首与三垣有关，后三首与北斗有关。第一首中的紫宫，即紫微垣，《史记·天官书》亦称紫宫。"营室紫宫"一句，营室即玄武七宿中的室，又叫营室。营室和紫微垣没有异常，谓之"坚不可攻"。因紫微垣是天帝居住之所，所以预示着"君受大福"。第二首、第三首写太微垣，其中第二首写太微由暗复明，这一现象预示着傅说在傅岩这个地方被殷高宗武丁起用。第三首写太微垣是五帝居室之一，为黄帝所住，太微垣没有异常，谓之"藩屏周卫"，是"常安常存，终无祸患"的征兆。《史记·天官书》记载南宫朱鸟，"其内五星，五帝坐"，《正义》云："黄帝坐一星，在太微宫中，含枢纽之神。"可知《易林》此说与《史记》同。前引《大有》之《复》火星"犯历天市"，为天市垣的记录，火星逼近天市垣，也是不祥之兆。由此可见，《焦氏易林》中已经出现了三垣占星的记录，这对考察三垣体系形成的历史提供了文献证据。[①] 北斗七星，各

---

① 张闻玉《古代天文历法讲座》第三讲"观象授时"中认为"三垣的名称，依现存文字记载，完整的提法初见于唐初的《玄象诗》"，《焦氏易林》中有关三垣的记载，可为此问题提供新的参考数据。张闻玉：《古代天文历法讲座》，广西师范大学出版社2008年版，第72页。

有名字，从斗的第一颗星到杓尾第七颗星，分别叫天枢、天璇、天玑、天权、玉衡、开阳和摇光。其中，构成斗的四颗星，即前四颗星又叫魁，后三颗星即斗柄又叫杓。北斗七星的斗柄，有时又被称为天罡。明白了这些，就不难理解后三首的含义了。第四首中的"神"指的就是北斗七星的斗柄，即天罡，天罡所指为月建，斗柄指向东北方向的丑位时，月建在丑，就是夏历丑月（十二月），其相反的方向即西南未方，谓之月破（十二建除据此而来），是不吉利的。所以《易林》说，"不利西南"，根据这种星象，商人就要停止前往西南方向了。第五首中的天罡，即斗柄，斗柄所指之处，也是凶地，所以到这个地方会"马死车伤"，以至于"困穷乏粮"。最后一首写一个人"蒙惑憧憧"，迷失了方向，北斗指向正南方，预示着此人已经失去了中道，应该停止行动。

古人将天上的星宿分成东、西、南、北四个区域，东方青龙七宿，南方朱雀七宿，西方白虎七宿，北方玄武七宿，一共二十八宿。二十八宿与其他星辰之间的复杂关系，构成了占星术更为丰富的内容。《焦氏易林》同样记录了二十八宿中的一些星宿与其他星辰的占测情况。

   龙生于渊，因风升天。章虎炳文，为禽败轩。发轫温谷，暮宿昆仑。终身无患，光精照耀，不被患难。

(《恒》之《比》)

   螣蛇乘龙，年岁饥凶，民食草蓬。

(《比》之《颐》)

   白虎赤帻，窥观王庭。宫阙被甲，大小出征。天下烦愦，育不能婴。

(《革》之《比》)

以上三首都是从四象（青龙、白虎、朱雀、玄武）角度占测的。第一首中的龙指东方青龙七宿，章虎即有花纹的虎，指西方白虎七宿，禽为飞禽，指南方朱雀七宿。整首林辞是说，青龙星从深渊中乘风升起，白虎星发出耀眼的光芒，但是却被朱雀星的光芒压了下去，从东边太阳升起的温谷出发，夜晚住宿于昆仑，不会有什么祸患，因为这些星宿"光精照耀"很正常，所以"不被患难"。第二首写螣蛇星位于青龙七宿的上方，这样的星象预示着要闹饥荒,老百姓只能吃草充饥。《开元占经》卷六十五引"石氏曰"云:"螣蛇星移南,则军兵起;移北,大水。"螣蛇星在玄武七宿中的营室以北,现在位于青龙七宿之上,应为南移,主"军兵起",所以才有《易林》的饥荒之说。第三首写白虎星发出红色的光,因为白虎主兵,所以《焦氏易林》说"宫阙被甲,大小出征"。

天门开辟,牢户寥廓。柽梏解脱,拘囚纵释。

(《小畜》之《泰》)

天门东虚,晋季为灾。腊月癸黯苍,秦伯受殃。

(《观》之《兑》)

出门上堂,从容廧房,不失其常。天牢比户,劳者忧苦。

(《咸》之《睽》)

辰次降娄,王驾巡狩。广佑施惠,安国无忧。

(《小畜》之《大畜》)

发轫温汤,过角宿房。宣时布和,无所不通。

(《讼》之《蒙》)

封豕沟渎,水潦空谷。客止舍宿,泥涂至腹,处无黍稷。

(《履》之《豫》)

昴毕附耳,将军乘怒。路径隔塞,燕雀惊骇。

(《贲》之《泰》)

鹑尾奔奔,火中成军。虢叔出奔,下失其君。

(《小畜》之《涣》)

以上前三首写天门星和天牢星。《开元占经》卷六十九"天门星占四十三"引甘氏赞曰:"天门待客,应对无疑。"卷六十七"天牢星占五十六"引《黄帝占》曰:"天牢中星众,贵人多下狱;星希,天下安,无罪人。"又引《焦氏易林》作者焦延寿曰:"天牢星明大、动摇,辟拘系。一星明,主侯有系者。"《史记·天官书》曰:"苍帝行德,天门为之开。赤帝行德,天牢为之空。"由此可见,天门星主迎宾待客,体现的是仁爱之德,所以司马迁说"苍帝行德,天门为之开",苍帝为东方之帝,代表春天,象征仁爱,如果春季实施仁政,就会"天门为之开",天门星就会清晰可见，就像天门洞开迎宾待客一般。天牢星代表监狱，如果此星明亮，犹如牢狱形成，象征关押的罪人增加；如果天牢星黯淡无光，或能看到的星少稀疏，就象征大赦天下，狱中罪犯少。《小畜》之《泰》所说的"天门开辟，牢户寥廓"，就是指天门星明亮可见，天牢星黯淡无光，能见星稀少，所以才会"桎梏解脱，拘囚纵释"，也就是天下大赦。《观》之《兑》一首文字有误，根据清人翟云升《焦氏易林校略》卷五的校注可知，"腊月癸"应为"跰踵"。跰踵也是一种天文星象。《史记·天官书》曰："大荒骆岁，岁阴在巳，星居戌。以四月与奎、娄（胃、昴）晨出，曰跰踵。熊熊赤色，有光。"大致是说，地支是巳的年份，岁星在西北戌位，四月时，岁星会运行到奎、娄二宿附近，早晨出于东方，名为跰踵，此时岁星应该呈现光亮的赤色。而《观》之《兑》中却说，"天门东虚"，天门星看起来很虚，黯淡无光，这种现象在占星术中是不祥之兆，象征国君未施仁政，所以"晋季为灾"，《左传·僖公十五年》记载"晋饥，秦输之粟"。"跰踵黯苍"，是说岁星运行到奎、娄两宿附近时，黯淡无光。根据《史记》的说法，此时岁星应该"熊熊赤色，有光"才对，如今岁星光芒失常，所以"秦伯受殃"，《左传·僖公十五年》记载"秦饥，晋闭之籴"。为何出现这样的星象会闹饥荒呢？《开元占经》卷二十六"岁星犯西方七宿"引郗萌曰："岁星入奎，其年五谷以虫害。""岁星之娄，五谷以水伤，岁多水。"《咸》之《睽》前三句写不失常节，从容安然，但后两句为占星，"天牢比户"是说天牢星清晰可见，就好像距离很近紧挨家门一样。根据上面占星术的知识可知，这是监狱关押罪犯多的征兆，所以"劳者忧苦"。第四首《小畜》之《大畜》写水星占。水星又叫辰，"辰次降娄"是说水星运行到奎、娄二宿，降娄即奎娄。根据《开元占经》卷五十六"辰星犯西方七宿"引《春秋图》曰："辰星之奎，天下贱人出贵女。"又引《圣洽符》曰："辰星之娄，其国任能，贤人当用，良才得达。"这些都是国君广施恩惠从民间选拔人才的象征，所以才有"广佑施惠，安国无忧"。第五首写到两个星宿角和房，《开元占经》卷六十引《黄帝占》曰："角星明而润泽，朝臣有次第。"引"石氏曰"："房为天子明堂，王者岁始布政之堂。"二者合观，所以会有"宜时布和，无所不通"的局面。第六首写奎宿，"封豕沟渎"正是对《史记·天官书》"奎曰封豕，为沟渎"的化用。《开元占经》卷六十二"西方七宿占三"引《荆州占》曰:"奎中星明者,水大出。"所以《易林》说"水潦空谷""泥涂至腹"。第七首写昴、毕、附耳和天将军四星。《史记·天官书》曰:"昴曰髦头,胡星也,为白衣会。毕曰罕车,为边兵,主弋猎。其大星旁小星为附耳。附耳摇动,有谗乱臣在侧。"《开元占经》卷六十六"天将军占三十三"引《黄帝占》曰:"其星不明摇动,天下大兵,大将出行。"可见昴星代表边疆胡地,毕宿代表边疆兵起,"将军乘怒"指天将军星摇动,要出兵。行军或者军队设伏,都会惊动鸟雀,所以"燕雀惊骇",这里还牵涉鸟占。至于"路径隔塞",乃是因为附耳星摇动,代表有谗臣在侧,所以忠臣良将与国君沟通的路径被堵塞。最后一首完全化用《左传·僖公五年》的童谣,其中鹑尾为柳宿,南方朱雀七宿之一,火中指正南方,因南方五行为火,相对于左右方向的东西而言,南方在中央。"鹑尾奔奔,火中成军"是说,柳宿在正南方发光就会有军事活动,《开元占经》卷七十三"南方七宿占"之"柳占三"引郗萌曰:"柳星位直,天下谋伐主"。有军事行动而讨伐君主,所以"虢叔出奔,下失其君"。

像后世一些占星书一样,《焦氏易林》也有流星占、客星、云气占及太岁占。如《豫》之《讼》:"星陨如雨,力弱无辅。强阴制阳,不得安土。"流星如雨坠落,是国君势弱无人辅佐之象,臣子强大制约国君,国君将失去土地。正如《开元占经》卷七十一"流星占一"之"流星名状"引巫咸曰:"流星有光见面坠地,若不坠地,望之有足,名曰天狗,所往之乡有战流血,其君失地,期不出三年,灾应。"《大有》之《蛊》为客星占。所谓客星,就是非常之星,以前没有,突然出现,犹如客人。其辞曰:"大口宣唇,神使伸言。黄龙景星,出应侯门。与福上堂,天下安昌。"这里的客星就是景星。《史记·天官书》曰:"天精而见景星。景星者,德星也。其状无常,常出于有道之国。"可见景星与黄龙在这一首中均为瑞应。《蛊》之《复》一首,化用《诗经·墉风·蝃蝀》,属于云气占范畴。其辞曰:"蝃蝀充侧,佞人倾惑。女谒横行,正道壅塞。"蝃蝀即彩虹,《开元占经》卷九十八"虹蜺占"引《合诚图》曰:"虹蜺主惑心。"引《潜潭巴》曰:"虹蜺主内淫。"引京氏曰:"凡蜺者,阴挠阳,后妃无德,以色亲也。"《焦氏易林》所谓的"佞人倾惑,女谒横行,正道壅塞",正符合这些论断。《焦氏易林》中还有《蛊》之《夬》一首,其辞曰:"季秋孟冬,寒露霜降。大阴在庭,品物不生。鸡犬夜鸣,家忧数惊。"其中"大阴",就是《史记·天官书》中的岁阴,也是《淮南子·天文》篇中的太阴,即民间所谓太岁,是一个虚拟的星宿。太岁所在之方不吉,所以"大阴在庭,品物不生。鸡犬夜鸣,家忧数惊"。

3. 禽鸟占

禽鸟占就是通过禽鸟的不同表现而占测吉凶,诸如民间所谓的"喜鹊叫好事到、乌鸦鸣定有凶"等,就属于禽鸟占范畴。根据刘毓庆先生的研究,鸟占传统由来已久,在《诗经》中就有了鸟占的运用。① 《焦氏易林》中有大量的鸟类意象,这些鸟类意象有的属于化用《诗经》比兴之象,有的属于单纯描写禽鸟寓言诗,有的属于与鸟相关的灾异记录,有的确实属于禽鸟占范畴。尤其是与鸟相关的灾异记录,与禽鸟占之间有交叉又有区别。与鸟相关的灾异描写,一般都属于特殊的非常见现象,而禽鸟占则属于根据禽鸟的一般情况而做出判断。当然,有时候情况并非如此简单。《焦氏易林》中的鸟占情况,李昊已经做了较为详细的统计②,今略举数例,做简要分析。

> 麟子凤雏,生长嘉国。和气所居,康乐温仁,邦多圣人。
> (《比》之《坤》)
> 政不暴虐,凤凰来舍。四时顺节,民安其居。
> (《贲》之《贲》)
> 景星照堂,麟凤游翔。仁施大行,颂声以兴。
> (《豫》之《节》)
> 九疑郁林,沮湿不中。鸾鸟所去,君子不安。
> (《无妄》之《巽》)

以上四首,均以鸾鸟凤凰为占。鸾凤很早就成为盛世的瑞应,《尚书·益稷》所谓"箫韶九成,凤凰来仪"。《淮南子·览冥》篇云:"凤凰之翔,

---

① 刘毓庆:《〈诗经〉鸟类兴象与上古鸟占巫术》,《文艺研究》2001年第3期。
② 李昊:《焦氏易林研究》第四章"《焦氏易林》与汉代宗教",巴蜀书社2012年版,第63—67页。

至德也。"《开元占经》卷一百十五"禽占"之"鸟休征"引京房《易候》曰:"鸾见于国,天下大安。"所以《比》之《坤》说,凤凰雏鸟和麒麟幼兽生长的地方,"康乐温仁,邦多圣人"。第二首、第三首都说,凤凰来到的地方,是实施仁政的,只不过第三首中景星、麒麟与凤凰等一起构成吉兆。最后一首,因为"鸾鸟所去",昭示着乱世来临,所以"君子不安"。

> 鸦鸣庭中,以戒灾凶。重门击柝,备不速客。
> 　　　　　　　　　　　　　　　　　　　　　　　(《师》之《颐》)
> 城上有乌,自号破家。呼唤鸩毒,为国患灾。
> 　　　　　　　　　　　　　　　　　　　　　　　(《比》之《睽》)
> 乌鸣嘻嘻,天火将起。燔我室屋,灾及姬后。
> 　　　　　　　　　　　　　　　　　　　　　　　(《屯》之《晋》)
> 有鸟来飞,集于宫树。鸣声可恶,主将出去。
> 　　　　　　　　　　　　　　　　　　　　　　　(《屯》之《夬》)
> 解衣毛羽,飞入大都。晨门戒守,郑忽失家。
> 　　　　　　　　　　　　　　　　　　　　　　　(《师》之《损》)
> 心多恨悔,出言为怪。枭鸣室北,声丑可恶。请谒不得。
> 　　　　　　　　　　　　　　　　　　　　　　　(《豫》之《恒》)

以上六首均为有鸟飞来,鸣叫为凶。《师》之《颐》说,乌鸦在院子中鸣叫,预示着有凶灾,要有不速之客。这和《开元占经》卷一百十五"禽占"之"鸟咎征"引《地镜》所说一致:"众鸟夜鸣,为兵且起,邑将虚。"《比》之《睽》写乌鸦站立城墙号叫,是国家患灾的征兆,与《开元占经》卷一百十五"禽占"之"鸟咎征"引《地镜》说一致:"众鸟集城及室上鸣而泣,皆为兵且起,国将虚。"《屯》之《晋》写乌鸦鸣声"嘻嘻",是雷电着火的预兆。这一首其实是化用了《左传·襄公三十年》宋国火灾的典故:"乌鸣于亳社,如曰'嘻嘻'。甲午,宋大灾。"也许是因为如《春秋元命苞》所说的"火流为乌"的观念,太阳中有三足乌,所以人们才将乌鸦和火灾联系起来。《屯》之《夬》写有鸟从外面飞进宫廷,落在树上鸣叫,预示着主人将要被迫从宫中离开。这种预兆,贾谊

《鵩鸟赋》中也提到了："单阏之岁兮，四月孟夏。庚子日斜兮，鵩集予舍。止于坐隅兮，貌甚闲暇。异物来萃兮，私怪其故。发书占之兮，谶言其度，曰：'野鸟入室兮，主人将去。'"可知西汉初年已经有了鸟占之书，"野鸟入室，主人将去"的观念当时已经形成。《开元占经》卷一百十五"禽占"之"鸟咎征"引《地镜》也说："野鸟飞入宫，其君方去。"第五首正是这一观念的体现，"鸟入大都"，而后"郑忽失家"。最后一首《豫》之《恒》写猫头鹰在房屋北边鸣叫，声音难听，预示着"请谒不得"。早在《诗经·豳风·鸱鸮》中，猫头鹰已经是不祥的凶鸟。后来曹植《赠白马王彪》中说："鸱枭鸣衡轭，豺狼当路衢。"则鸱枭（猫头鹰）俨然已成阻碍曹植与曹丕沟通的奸佞小人。《焦氏易林》说听到猫头鹰的叫声，预示着请求、拜访某人不会如愿，正是曹植使用鸱枭意象以达意的先声。

    鸟舞国城，邑惧卒惊。仁德不修，为下所倾。

                     （《艮》之《旅》）

    威权分离，乌夜徘徊。争蔽月光，大人诛伤。

                     （《随》之《益》）

    秋隼冬翔，数被严霜。甲兵当庭，万物不生。

                     （《损》之《升》）

    乌惊狐鸣，国乱不宁。上弱下强，为阴所刑。

                     （《离》之《颐》）

    裸裎逐狐，为人观笑。牝鸡鸣晨，主作乱妖。

                     （《噬嗑》之《豫》）

以上前三首或写鸟舞，或写鸟的徘徊，或写鸟的冬天飞翔，基本都是写鸟的飞舞，而且基本都是凶兆。《开元占经》卷一百十五"禽占"之"鸟咎征"引《地镜》曰："鸿鸟之属翔府国宫府上两时以上，或至三日，群谋将起，大兵将至。"又引京房曰："飞鸟无故飞舞于市，邑且有兵。"可见，鸟飞舞和兵灾联系在一起。《艮》之《旅》中的"邑惧卒惊""为下所倾"，《随》之《益》中的"威权分离""大人诛伤"，都可以和兵起、战争结合起来理解，至于《损》之《升》中的"甲兵当庭"，更是以上理论的最佳注脚。第四首中的乌鸦受惊飞鸣，和狐狸鸣叫一起构成了征兆。此处"乌惊"，也应该是兵起的先兆，所以才"国乱不宁"，最后因为国君屠弱，被臣僚诛杀。最后一首属于禽鸟占中的鸡占。母鸡模仿公鸡司晨打鸣，象征意义明显，一定是女人夺权，蛊惑君王，所以《易林》说"主作乱妖"。这一点，早在《尚书·牧誓》中就有说明："古人有言曰：'牝鸡无晨。牝鸡之晨，惟家之索。'"

从以上《焦氏易林》中的禽鸟占可以看出，《易林》中的鸟意象非常丰富，已经大大超过《周易》中的鸟类意象。《周易》作为占卜之书，有一些卦中也使用鸟意象来预示吉凶，类似鸟占。考察《周易》中的鸟意象，大致有《离》卦中的黄离、《渐》卦中的鸿雁、《鼎》卦中的雉、《明夷》卦中的明夷、《中孚》卦中的鸣鹤和翰音、《小过》卦中的飞鸟以及《旅》卦中的雉和鸟。这些卦中的鸟象，基本都源于《离》卦。根据《周易·说卦》，离为雉，为火，为日，为甲胄，为戈兵。因为《离》卦为日，日中有三足乌，所以《离》卦可以代表鸟。《说卦》规定《离》卦代表雉，《巽》卦代表鸡，雉和鸡虽然都属于禽类，但雉能高飞，鸡只能短距离低飞，雉可以是鸟，鸡只能是家禽。所以《离》卦代表鸟（后世术数文化以《离》卦位南方为火，代表朱雀），在易理上是说得通的。代表鸟的《离》卦同时又代表火，代表日，日象征国君，引申为主人。《离》卦又代表甲胄、戈兵，自然就和战争有关。所以《焦氏易林》中的鸟占，基本都和火灾、主人（国君）、兵灾有关。这应该是对《周易》卦象思维的一种继承和发展。

4. 风角、式占及其他

《焦氏易林》所记录的占卜方式中，还有风角占和疑似式占者，为我们考察风角的起源和术数中的式法提供了宝贵的参考数据。

《易林》风角占最明显者有如下三首：

  商风召寇，呼我北盗。间谍内应，与我争斗。殚已宝藏。主人不胜。

（《豫》之《革》）

  商风数起，天下昏晦。旱魃为虐，九土兵作。

（《井》之《丰》）

羽动角，甘雨续。草木茂，年岁熟。

（《节》之《明夷》）

以上三首的内容，均为五音风占，这种占法在早期风角占中占有重要地位。风角之术，明确见于史书的是《后汉书·郎𫖮传》："父宗，字仲绥，学《京氏易》，善风角、星算、六日七分。"李贤注曰："风角，谓候四方四隅之风，以占吉凶。"但是风角的实践早就出现在《汉书·翼奉传》："万物各以其类应。今陛下明圣虚静以待物至，万事虽众，何闻而不谕，岂况乎执十二律而御六情！于以知下参实，亦甚优矣，万不失一，自然之道也。乃正月癸未日加申，有暴风从西南来。未主奸邪，申主贪狼，风以大阴下抵建前，是人主左右邪臣之气也。"从这段话可知，当时有暴风从西南方向而来，翼奉运用六情十二律的理论进行占测。这种理论后来在唐代李筌的《太白阴经》卷八"五音占风篇"中有所继承与发挥。其实，焦赣的弟子京房也精通风角，所以《后汉书·郎𫖮传》中的郎𫖮学习京房的《京氏易》，精通风角之术。根据唐代李淳风《乙巳占》卷十"占风远近法第六十九"中的说法："而京房风角，又有推五音风所发远近，各以其五音之数，期风来处远近。"① 可知京房擅长五音占风之法。《乙巳占》卷十"五音风占第七十二"云："按京房、翼奉风角旧书，皆以此（按：指五音占风之法）与五音相动风占相连，各在一音之首。"② 可知前引《汉书·翼奉传》所载风角之术为五音占风系列。如何根据风声确定五音所属呢？唐代李筌所著《太白阴经》卷八"五音占风篇第九十一"曰："宫风，声如牛吼空中；征风，声如奔马；商风，声如离群之鸟；羽风，声如击湿鼓之音；角风，声如千人之语。"③ 擅长风角的人正是倾听风声来判断风的五音归属。焦赣为京房的老师，精通风角应可以肯定。上引《焦氏易林》三首林辞，所应用的就是宫、商、角、徵、羽五音占风法。前两首均写商风，《豫》之《革》说"商风召寇"，即商风是贼寇兴起的

---

① 李淳风：《乙巳占》，《探春历记及其它一种》，丛书集成初编，商务印书馆1936年版，第173页。

② 同上书，第176—177页。

③ 李筌著，张文才、王陇译注，《太白阴经全解》，岳麓书社2004年版，第490页。

征兆；《井》之《丰》说"商风数起""旱魃为虐，九土兵作"，即多次吹来商风，预示着天下大旱，兵戈四起。根据李淳风《乙巳占》卷十"五音风占第七十二"所摘录的京房、翼奉五音占风理论可知，"商风，发屋折木，不出七日、七十日，有急令，兵起，籴大贵，国四门闭，兵从中起。"《太白阴经》卷八"五音占风篇第九十一"也说："商风发屋折木，有急兵。"所以，商风的主要预示是有战争兵戈。其次，《乙巳占》所说的"籴大贵"就是粮食涨价，与《井》之《丰》所说的"旱魃为虐"相符，天下大旱自然会导致饥荒，粮食价格上涨。所以《焦氏易林》所述，与风角书一致。最后一首《节》之《明夷》，属于"五音相动风占"范畴。这种占法以六十甲子纳音五行论日期所属的五音，如甲子乙丑纳音五行为金，属于商日；然后把四面八方分成十二等份，用十二地支表示方位，并给每个地支确定五音、五行，如子代表北方，为宫音属土，丑代表东北方，为征音属火。什么时间，从什么方位吹来的风，叫作"某动某"。《节》之《明夷》说的是"羽动角"，即纳音五行属水的日子，从角这个方位吹来的风，叫羽动角。根据《开元占经》卷九十一"风占"中的"地十二辰五音法"可知，地支巳、亥两个方位属于角音，巳为东南，亥为西北。所以"羽动角"代表的就是纳音五行属水的日子刮了东南风或西北风。这样的时间刮这种风向的风，《焦氏易林》认为是吉兆，普降甘霖，"草木茂，年岁熟"，是收成好的预兆。可是查阅《开元占经》卷九十一"风占"中的"五音相动风占"，对应"羽动角"的占辞为："羽日风从角来，边有兵，围城城破。"只有"宫动羽，且有大雨，不则大臣出走"，如果刮风的时辰再是纳音五行属于水羽音，就是"时加羽为重羽，即有雨，五谷成"。所以，要么是《焦氏易林》所记录的这种"羽动角"的理论在后世发生了变化，要么就是《焦氏易林》这一首在传抄过程中出现了错误。

焦赣之所以重视风角，是因为在《周易》中，代表风的《巽》卦有着特殊的意义。《太白阴经》卷八"风角篇第九十"云："巽为风，申明号令，阴阳之使也。发示休咎，动彰神教。"[①] 八卦中的《巽》卦代表风，风是替天帝申明号令的阴阳使者，预示着吉凶祸福。这种思想与《周

---

① （唐）李筌：《太白阴经全解》，张文才、王陇译注，岳麓书社2004年版，第486页。

易·巽》卦的《大象传》有关："随风巽,君子以申命行事。"在《周易》中,《巽》卦既代表风,也代表命令。因此,风被看作上天的号令,自然可以从中窥知上天的意旨。风角正是从《周易》之《巽》卦卦象的基础之上延伸而出的。《焦氏易林》的风角记录,对于我们考察汉代风角历史提供了极其难得的数据,说明西汉时期已经有了风角术的应用,并且可以证明文献中记载京房擅长风角是可信的。

式法作为占卜方式之一,其显著特点就是使用式盘。式盘是用来模拟天地运行的占卜工具,分为天盘和地盘。天盘在上,圆形,一般刻有天干地支,中心是北斗七星;地盘在下,方形,上面有代表方位的天干地支和二十八宿。占卜的时候,通过转动天盘,看天盘和地盘之间的干支、星宿组合来判断吉凶。目前出土较早的为西汉初期式盘,如1977年安徽阜阳双古堆西汉汝阴侯夏侯灶墓所出漆木式盘。《汉书·艺文志》"术数略"中的《天一》《泰一》《转位十二神》《羡门式法》等,被李零先生看作"式法或与式法有关的书"[①],可知西汉时期有式法占卜,是不容置疑的。《焦氏易林》中有几首,疑似占卜,但不可解。因为汉代式法到底怎么运用和演示,仅从有限的文献资料和残缺的出土式盘是无法知晓的。但是我们可以从式法的大致特点做出推测。

　　　　据斗运枢,顺天无忧,所行造德,与乐并居。
　　　　　　　　　　　　　　　　　　　　　(《乾》之《小畜》)
　　　　甲戌己庚,随时转行。不失其心,得且安宁。
　　　　　　　　　　　　　　　　　　　　　(《随》之《剥》)
　　　　甲戌己庚,随时运行。不失常节,达性任情,各乐其类。
　　　　　　　　　　　　　　　　　　　　　(《噬嗑》之《坤》)

以上三首,"顺天无忧""顺时转行",应该都是顺应式盘转动的占卜结果,天和时都是代表时间,也就是天时。式法占卜就是根据占卜的时间运转式盘,式盘在运转时,天盘中心的北斗七星也跟着转行,也就是《乾》

---

① 李零:《兰台万卷——读〈汉书·艺文志〉》,生活·读书·新知三联书店2011年版,第185—186页。

之《小畜》所说的"据斗运枢",看北斗七星斗柄所指,即天罡方位,根据天罡方位以判断吉凶。最后两首中的"甲戊己庚",疑为式盘上排列的天干,转动式盘,这些天干就会随着运行。因为式盘被认为是模拟天地运行的,所以根据式盘占卜的结果做事,就是顺应天地之道,所以就会"与乐并居""得且安宁""各乐其类"。如果不按式占理解,则后面两首中的天干难以解释。

《焦氏易林》中还有一些与灾异思想联系密切的占卜,姑且称之为杂占。如下面几首,占卜的依据各不相同:

青蛉如云,城邑闭门。国君卫守,民困于患。

(《临》之《夬》)

青蛉如云,为兵导先。民人冤急,不知东西。

(《夬》之《泰》)

二人辇车,徙去其家。井沸釜鸣,不可安居。

(《剥》之《讼》)

龙蛇所聚,大水来处。滑滑沛沛,使我无赖。

(《泰》之《丰》)

《夬》之《泰》和《临》之《夬》都是以青蛉为占,而且,从这两首可以看出,青蛉像云一样出现的时候,就是兵起的先兆。青蛉"为兵先导",所以才会"城邑闭门",防范被攻打。第三首写井水沸腾,釜锅自鸣,这种奇怪现象也是战争来临的征兆,故"不可安居"。最后一首写龙和蛇聚集在一起,因为它们都属于水族,所以是大水来临的征兆。《焦氏易林》中类似这样的杂占还有很多,且多与阴阳灾异有关,此不赘述。

通过以上的分析可知,《焦氏易林》中的天命、五行、禄命观念与占卜等民间信仰资料非常丰富,异彩纷呈。这不仅和焦赣所处的时代文化背景有关,而且和他本人的身份有关。汉代术数文化的发达以及《焦氏易林》本身术数化的倾向,使得焦赣对于天命、五行以及诸种占卜方式进行研究和思考,从而将这些研究思考的成果记录在《焦氏易林》之中。同时,作为小黄令的焦赣,距离社会底层很近,对于民间社会的好恶禁忌、风尚习俗非常了解,所以能将这些作为创作的素材加以利用。而且,作为易学家的焦赣，易学的天、地、人三才研究模式以及探赜索隐以知幽明之故的研究目的，也迫使他对六合之外的东西进行探索和思考，这样才能达到《易传·系辞下》所说的"以通神明之德，以类万物之情"的最高境界。最后，占卜作为一种术数文化，它本身就有非常浓厚的神鬼背景，《易传·系辞下》所谓"人谋""鬼谋"，说的就是占卜背后有鬼神的左右。这一特性也导致《焦氏易林》对事件背后的决定性因素如天命、五行甚至鬼神多所关注。《焦氏易林》关于天命、五行、禄命与各种占卜方式的叙述，和《史记·封禅书》以及《汉书》中的《郊祀志》与《五行志》可以合观，它们共同反映了汉代社会的信仰体系。

第四节 《焦氏易林》与简牍《日书》

利用《周易》进行占卜，难点有二：一是占卜产生的变爻多寡不同，变卦就不同，这样就导致卦爻辞的取舍难以定夺；二是确定了判断依据的卦爻辞之后，卦爻辞简洁含蓄，其吉凶指向不易明白，且有时卦爻辞之间相互矛盾，令人无所适从。《焦氏易林》中的每一卦都变化出六十四卦，解决了《周易》占卜中的卦变问题。接下来就是占卜断辞的问题了。占卜要方便百姓应用，断辞的吉凶指向性就要便于查看。而最便于查询的占卜之法，就是黄历通书之类，这类学问也就是汉代的日者之术。根据李零先生的看法，汉代利用《易经》的筮占脱离龟卜，"出路是向日者之术靠拢"[1]。这是因为当时日者之术发达且影响力大，这从司马迁《史记》中的《日者列传》和《龟策列传》的排序就可以看出。所以在出土的双古堆汉简《周易》中，卦爻辞的后面都罗列了很多具体的占卜事项，如占问疾病、婚嫁、逃亡等，和出土的秦汉简《日书》一样，都有明确的吉凶断语。这样的占卜形式，就像要办一件事情，只需翻一下黄历就知道宜忌一样方便实用。《焦氏易林》正是在这样一种大的社会文化背景下，舍弃原有的《易经》卦爻辞，创编了自己的可供查阅的卦辞。因此，《焦氏易林》和竹简《日书》，都是在方便民用的时代背景下产生的，它们具有

---

[1] 李零：《死生有命富贵在天——周易的自然哲学》"写在前面的话"，生活·读书·新知三联书店 2013 年版，第 25 页。

相同的百姓关注点。所以,二者之间具有一些可资比较印证的内容。

《日书》的性质属于择吉类术数文献,类似后世通书、黄历。其背后的原理是五行生克和五行旺衰,内容涉及衣食住行、婚丧嫁娶以及生老病死等诸多与百姓生活相关的事项,应该列入《汉书·艺文志》"术数略"中的五行类。较著名且完整的《日书》,有天水放马滩秦简《日书》,云梦睡虎地秦简《日书》和随州孔家坡汉墓简牍《日书》。以下,以《睡虎地秦墓竹简》[①]《天水放马滩秦简》[②] 和《孔家坡汉墓简牍》[③] 为例,仅列举《焦氏易林》中一些与之性质或内容相似、关联者,做简单比较分析。

  潼顿东徙,道路跛踦。日辰不良,病为祟祸。

（《恒》之《渐》）

《焦氏易林》这一首是说道路崎岖难走,但是出行的日子又不好,所以"病为祟祸"。在睡虎地秦简《日书》甲种之中,有"行""归行""徙死"和"行忌"篇,均是讲出行日辰选择的,可见当时人们对出行日辰的重视。如"归行"篇云:"凡春三月己丑不可东,……百中大凶,二百里外必死。"[④] 其中说到春季东行忌讳的日辰是己丑日。其"徙死"篇也说:"以甲子、寅、辰东徙,死。"[⑤] 认为甲子日、甲寅日和甲辰日向东行的话会死。《焦氏易林》中的"潼顿东徙""日辰不良",也许就是犯了这样的忌讳。

《焦氏易林》中有巫术治病的记录,如:

  祝伯善言,能事鬼神。辞祈万岁,使君延年。

（《需》之《困》）

  呼精灵来,魄生无忧。疾病瘳愈,解我患愁。

[①] 睡虎地秦墓竹简整理小组:《睡虎地秦墓竹简》,文物出版社1990年版。
[②] 甘肃省文物考古研究所:《天水放马滩秦简》,中华书局2009年版。
[③] 湖北省文物考古研究所、随州市考古队:《随州孔家坡汉墓简牍》,文物出版社2006年版。
[④] 王子今:《睡虎地秦简日书甲种疏证》,湖北教育出版社2003年版,第254页。
[⑤] 同上书,第491页。

(《损》之《渐》)

棘钩我襦,为绊所拘。灵巫拜祝,祸不成灾。东山之邑,中有肥土,可以饶饱。

(《坎》之《大有》)

以上三首均为巫祝祈祷做法,使人长寿病除。中国古代,信巫不信医而请巫师治病的习俗信仰颇为盛行,乃至今天一些地方,都还保留着这样的习惯。当时人们的观念,犹如前面所举《焦氏易林·恒之渐》所说,"病为祟祸"。这种观念在睡虎地秦简《日书》中也表现突出,如其中"病"篇将患病的时间分配到十个天干,这样,每天生病都可以找到对应的祟因。如"甲乙有病,父母为祟,得之于肉,从东方来,裹以枲器。""戊己有病,巫堪行,王母祟,得之于黄色索鱼,菫酉。"① 所以巫师在人们的生活中非常重要。《随州孔家坡汉墓简牍》"主岁"篇有云:"壬癸朔,剡(炎)啻(帝)主岁,群巫没。……水不大出,民少疾,事群巫。"② 这是说,正月初一如果是壬癸日的话,这一年炎帝主岁,群巫出没,没有水涝,百姓疾病少,可以与巫师来往。综合睡虎地秦简《日书》和孔家坡汉简《日书》,其内容与《焦氏易林》相似。

《焦氏易林》中出现的神明,也有见于汉简《日书》者,如:

俱为天民,云过我西。风伯雨师,与我无恩。

(《否》之《家人》)

雨师驾驷,风伯吹云。秦楚争强,施不得行。

(《复》之《恒》)

这两首中出现的风伯,在孔家坡汉简《日书》"主岁"篇中也出现了:"庚辛朔,白啻(帝)主岁,风柏(伯)行没。"③ 正月初一如果是庚辛

---

① 王子今:《睡虎地秦简日书甲种疏证》,湖北教育出版社2003年版,第181页。
② 湖北省文物考古研究所、随州市考古队:《随州孔家坡汉墓简牍》,文物出版社2006年版,第182页。
③ 同上书,第182页。

日的话,这一年白帝主岁,风伯会经常出没,常有大风。可见《日书》中风伯的出现是有规律的,只有在白帝主岁的时候才会经常出没。这是因为白帝五行为金,位居西方,西方为白虎,白虎主风,所以风伯会经常出没。

前文已经分析,《焦氏易林》中存在着风角之术:

商风召寇,呼我北盗。间谍内应,与我争斗。殚已宝藏。主人不胜。

(《豫》之《革》)

商风数起,天下昏晦。旱魃为虐,九土兵作。

(《井》之《丰》)

这种风角术,以五音之风为占卜手段。五音的划分有多种标准,如孔家坡汉简《日书》"岁"篇以方位划分五音:"东方徵,南方羽,西方商,北方角,中央宫,是胃(谓)五音。□□……音者以占悲乐。"[①] 其中的"音者以占悲乐",是说用五音以占卜悲喜吉凶。按照这种五音划分标准,商风就是西风。孔家坡汉简《日书》"占"篇曰:"正月旦西风,三日不报,兵起在春三月中。入月二日而风,三日不报,兵起在夏三月中。入月三日而风,三日不报,兵起在秋三月中。入月五日而风,三日不报,兵起在冬三月中。"[②] 这说明,正月初刮西风即商风会有兵起,与《焦氏易林》商风兵起的占断相同。另外,在《天水放马滩秦简》中的《日书》乙种之中,载有六律八风图一幅,当为风角所见最早图式文献,可以与《焦氏易林》中的风角记载互证合观。[③]

《焦氏易林》中有形形色色的女性描写,本书前文"《焦氏易林》对征夫、女性之描写及其爱情诗"及"取象纷繁鲜明的世相诗"部分已有分析。睡虎地秦简《日书》甲种"星"篇[④],为二十八宿值日吉凶禁忌。

---

① 湖北省文物考古研究所、随州市考古队:《随州孔家坡汉墓简牍》,文物出版社2006年版,第184页。
② 同上书,第180页。
③ 甘肃省文物考古研究所:《天水放马滩秦简》,中华书局2009年版,第96页。
④ 王子今:《睡虎地秦简日书甲种疏证》,湖北教育出版社2003年版,第159—161页。

其中涉及的事项中，多处出现"取妻"的不同情况。其所涉及的娶妻类型，反映了当时人们对妻子的要求，有些可以与《焦氏易林》作比较。

睡虎地秦简《日书》"星"篇云："角，利祠及行，吉。不可盖屋。娶妻，妻妒，生子，为［吏］。"这是说，角宿值日这一天如果娶妻，妻子是个妒妇醋坛子。在古代一夫多妻的社会，女子吃醋嫉妒是最令男人头痛恼火的事情。所以，妻子嫉妒与否，关系到家庭的和睦和后院的安危。因此，"妒"是古代男性休妻的"七出"之一。《焦氏易林》中对妒妇的描写有如下几首：

乌鸣呼子，哺以酒脯。高楼之处，子来归母。稽人成功，年岁大有，妒妇无子。

（《师》之《师》）

洛阳嫁女，善逐人走。三寡失夫，妇妒无子。

（《豫》之《蹇》）

泽枯无鱼，山童难株。长女嫉妒，使身虚空。

（《观》之《巽》）

东壁为光，数暗不明。王母嫉妒，乱我事业。

（《谦》之《屯》）

从《焦氏易林》的描写可知，妒妇的结局是无子，即不能生育的女子，《观》之《巽》中的"使身虚空"也是不能生育的意思。妒妇对别人的影响则是"乱我事业"。这些和《日书》中的妒妇生子不同，《焦氏易林》作为占卜之书，更有说教的意味。

睡虎地秦简《日书》"星"篇云："心，不可祠及行，凶。可以行水。娶妻，妻悍。生子，人爱之。""营室，利祠。不可为室及入之。以娶妻，妻不宁。生子，为大吏。"这是说，心宿值日这一天不能祭祀和出行，凶，但是可以从水路出行，这一天娶妻，妻子凶悍，生下的儿子被大家喜欢。营室值日这一天，利于祭祀，不利建造房屋和搬家，这一天娶妻，妻子会闹得鸡犬不宁，生的儿子能做高级官吏。由此可见，心宿和营室值日这两天，娶的老婆很凶悍，是个泼妇。《焦氏易林》中正好有几首写泼妇的：

东家凶妇，怒其公姑。毁桮破盆，弃其饭餐，使吾困贫。

(《颐》之《讼》)

妪妒公姥，毁益乱类。使我家愤，利不得遂。

(《大畜》之《随》)

南国少子，方略美好。求我长女，薄贱不与。反得丑恶，后乃大悔。

(《比》之《渐》)

出门大步，与凶恶忤。骂公詈母，为我忧耻。

(《大有》之《剥》)

马颠破车，恶妇破家。青蝇污白，共子离居。

(《观》之《随》)

前两首所写泼妇悍妇，均不孝敬公婆，在家里搞破坏，使家庭陷入贫困。第三首只是写所娶妻子"丑恶"，未说丑恶的行为。第四首中"骂公詈母"的公母即公姥，指公婆，是说媳妇辱骂公婆。第五首一句"恶妇破家"，写泼妇悍妇对家庭的破坏一针见血。相比较而言，《日书》中尽管说娶妻为悍妇泼妇，但其生的孩子尚有出息，并非一无是处。

睡虎地秦简《日书》"星"篇云："箕，不可祠。百事凶。娶妻，妻多舌。生子，贫富半。"这是说，箕宿值日这一天，不能祭祀，百事不利，这一天娶妻，妻子多嘴多舌，喜欢搬弄是非，能生儿子，儿子贫富各一半。妻子多嘴多舌，也是居家生活的大忌，这种女人又叫长舌妇。民间所说的"三个女人一台戏"，说的就是这种女人。《焦氏易林》对于谗言挑拨的女人所写甚多，而且措辞老辣：

青蝇集蕃，君信谗言。害贤伤忠，患生妇人。

(《豫》之《困》)

大斧破木，谗人败国。东关二五，祸及三子。晋人乱危，怀公出走。

(《颐》之《临》)

尹氏伯奇，父子生离。无罪被辜，长舌所为。

人面鬼口，长舌如斧。斫破瑚琏，殷商绝祀。

（《讼》之《大》）

长舌乱国，大斧破车。阴阳不顺，姬姜衰忧。

（《否》之《谦》）

八口九头，长舌破家。帝辛沈湎，商灭其墟。

（《蛊》之《讼》）

大椎破毂，长舌乱国。床笫之言，三世不安。

（《贲》之《乾》）

（《咸》之《复》）

以上林辞，把多舌的女人叫长舌，而且把长舌比喻为大斧，能乱国，能破家，可见其破坏杀伤之力。

睡虎地秦简《日书》"星"篇云："虚，百事凶。以结者，易择（释）。亡者，不得。取妻，妻不到。以生子，无它同生。"这是说，虚宿值日这一天，百事不利，已经谈好的事情会爽约，丢失的东西找不到，在这一天娶妻，媳妇不能到家，已经生了孩子的，不会再生别的孩子。娶妻而不到这种情况，《焦氏易林》中也有描写：

为季求妇，家在东海。水长无船，不见所欢。

（《屯》之《蹇》）

夹河为婚，期至无船。摇心失望，不见所欢。

（《坤》之《小畜》）

两首均写结婚，但无船渡河，所以媳妇不能娶到家。这正是《日书》所说的"取妻，妻不到"。

睡虎地秦简《日书》中还有一篇"诘咎"，是专言如何对付鬼神妖怪的，可以和《焦氏易林》中的鬼神描写进行比较。下面列举其较为显著者做简要分析。

睡虎地秦简《日书》"诘咎"曰："人毋故鬼攻之不已，是是刺鬼。

以桃为弓,牡棘为矢,羽之鸡羽,见而射之,则已矣。"① 这是说,人无故受到鬼不停地攻击,这种鬼是刺鬼,要用桃木做弓,荆棘做箭,上面粘上鸡的羽毛,见到就射,这种情况就消失了。《焦氏易林·明夷之未济》曰:

> 桃弓苇戟,除残去恶,敌人执服。

意思是说,桃木做的弓和芦苇做的戟可以避邪,除去凶恶残暴势力,敌人就会恐惧屈服。

睡虎地秦简《日书》"诘咎"曰:"鬼恒召人曰:'尔必以某月日死,是祙鬼伪为鼠,入人醯、酱、滫、将(浆)中,求而去之,则已矣。'""凡邦中之立丛,其鬼恒夜呼焉,是遽鬼执人以自伐(代)也。乃解衣弗袒,入而傅者之,可得也乃。""鬼恒召人出宫,是是遽鬼无所居。罔呼其召,以白石投之,则止矣。"② 这是说,如果有鬼经常召唤人说"你一定会死于某月某日",这是祙鬼伪装成老鼠,钻入人们的醯、酱、滫、浆等调味品和饮料中,找到它扔掉,这种现象就消失了;凡是夜晚在社树下听到有鬼呼叫,那是遽鬼要抓人去阴间做自己的替身,这时只要脱下自己的衣服,等鬼钻进来抓住它就可以了;鬼经常叫人离开住处,是遽鬼没有地方住,遇到这种情况,不要应答鬼的呼叫,用白色的石头投掷它,它就停止呼叫了。这种鬼呼唤人去阴间的事情,《焦氏易林》也有记载:

> 鬼守我庐,欲呼伯去。曾孙寿考,司命不许,与生相保。
>
> (《噬嗑》之《临》)
>
> 鬼守我门,呼伯入山。去其室家,舍其兆墓。
>
> (《贲》之《坤》)

古人认为鬼魂为了还阳,必须抓一个世间的人作为自己的替身,所以民间就有鬼抓人、呼唤人让人死的说法。《日书》和《易林》的记载说明,这

---

① 王子今:《睡虎地秦简日书甲种疏证》,湖北教育出版社2003年版,第339页。
② 同上书,第389、392、424页。

种观念在秦汉时期已经流行。

睡虎地秦简《日书》"诘咎"曰:"鬼恒夜鼓人门,以歌若哭,人见之,是凶鬼,鸢(弋)以刍矢,则不来矣。"① 这是说,鬼经常夜间敲门唱歌,歌声如哭泣一般,人们如果见到它,就是凶鬼,要用草箭射它,就不会来了。半夜鬼敲门哭泣,谓之"鬼哭门",《焦氏易林》中记录很多,前文已述,仅举一例:

　　无道之君,鬼哭其门。命与下国,绝不得祀。

(《大过》之《否》)

睡虎地秦简《日书》"诘咎"曰:"鬼恒责人,不可辞,是暴鬼。以牡棘之剑之,则不来矣。"② 这是说,鬼经常责难人,不要反驳、拒绝,这是暴鬼,要用荆棘剑刺杀它,暴鬼就不会来了。鬼责人现象,《焦氏易林》也有描述:

　　齿间齿间啮啮,贫鬼相责。无有欢怡,一日九结。

(《震》之《既济》)

只不过《日书》中的是暴鬼,《易林》中的是贫鬼。

睡虎地秦简《日书》"诘咎"曰:"人毋故而鬼祠(伺)其宫,不可去。是祖□游,以犬矢投之,不来矣。"③ 这是说,鬼无缘无故窥视人的住宅,无法赶走,可以用狗粪投掷它,鬼就不来了。《焦氏易林》有两首可以看作"鬼伺其宫":

　　东资齐鲁,得骍大马。便辟能言,市人巧贾。八邻并户,请火不与。人道闭塞,鬼守其宇。

(《恒》之《益》)

---

① 王子今:《睡虎地秦简日书甲种疏证》,湖北教育出版社2003年版,第390页。
② 同上书,第390页。
③ 同上。

奢淫咨酓，神所不福。灵祇凭怒，鬼瞰其室。

(《节》之《临》)

"鬼守其宇""鬼瞰其室"，正与《日书》所云"鬼伺其宫"相当。

睡虎地秦简《日书》"诘咎"曰："鬼恒赢（裸）入人宫，是幼殇死不葬。以灰潰之，则不来矣。""人生子未能行而死，恒然，是不辜鬼处之，以庚日日始出时，潰门以灰，卒，有祭，十日收祭，裹以白茅，貍（埋）野，则无央（殃）矣。""鬼婴儿恒为人号曰：'予我食。'是哀乳之鬼。其骨有在外者，以黄土潰之，则已矣。"① 第一条是说，如果有鬼经常裸身进入屋内，这是幼儿夭折未被安葬而产生的鬼，用草木灰铺撒，鬼就不来了。第二条是说，生孩子经常会遇到因难产导致婴儿夭折的情况，这种婴儿就变成不辜鬼，要选择庚日太阳刚升起时用草木灰铺撒在门口，进行十天的祭祀后，用白茅包括死婴进行埋葬，这样就可以没有祸殃。第三条是说，鬼婴经常向人呼喊要吃的，这是哀求乳汁之鬼，他的尸骨一定是未被人掩埋，用黄土铺撒，鬼婴就消失了。这种未成年就夭折而成鬼，容易作祟害人，所以《日书》的厌鬼之法就是用草木灰铺撒。这种风俗至今还在一些地方流传。《日书》中的这种鬼，《焦氏易林》亦有：

旦生夕死，名曰婴鬼，不可得祀。

(《小畜》之《萃》)

命夭不遂，死多为祟。妻子啼喑，早失其雄。

(《兑》之《节》)

《焦氏易林》说婴鬼"不可得祀"，但是《日书》却说，早产而死的鬼婴需要祭祀十天再掩埋，否则有祸殃。但是，二者均认为这些"命夭不遂"的人，"死多为祟"，他们的鬼魂容易骚扰人。

睡虎地秦简《日书》"诘咎"曰："人行而鬼当道以立，解发奋以过之，则已矣。"② 这是说，如果人行走时见到鬼挡在路上，就把头发松散

---

① 王子今：《睡虎地秦简日书甲种疏证》，湖北教育出版社2003年版，第391、424页。
② 同上书，第425页。

开来做出愤怒的样子从鬼身边走过去,鬼就消失了。路上见到鬼是相当恐怖的事情,《日书》给出了解决的办法。《焦氏易林》描写路上见到鬼,没有说破解之道,但是对见到鬼的恐慌描写生动:

> 履危不止,与鬼相视。惊恐失气,如骑虎尾。
> （《临》之《困》）

脚下险境不断,抬头见鬼当道,惊慌恐惧得几乎要停止呼吸,犹如骑在了老虎尾巴上。

睡虎地秦简《日书》"诘咎"曰:"人毋故鬼昔（借）其宫,是是丘鬼。取故丘之土,以为伪人犬,置蘠（墙）上,五步一人一犬,罨（环）其宫,鬼来阳（扬）灰击箕以噪（噪）之,则止。""鬼入人宫室,忽见而亡,无已。以脩（滫）康（糠）,寺（待）其来也,沃之,则止矣。""大袜（魅）恒入人室,不可止。以桃梗击之,则止矣。"① 这三条,鬼借宫室也好,鬼入宫室也好,都是说鬼进入房子作祟的。破解之法,有用泥人泥狗守卫然后抛撒草木灰敲打簸箕的,有用滫糠浇的,也有用桃树枝击打的。鬼进房屋之内,《焦氏易林》亦有,前文已述,如:

> 金玉满堂,忠直乘危。三老冻饿,鬼夺其室。
> （《离》之《兑》）
> 贫鬼守门,日破我盆。毁罂伤瓶,空虚无子。
> （《损》之《剥》）

第一首写鬼进屋占领了房子,类似《日书》所说的"鬼借其宫"。第二首写鬼进屋之后守住门,天天在里面搞破坏。

睡虎地秦简《日书》"诘咎"曰:"票（飘）风入人宫而有取焉,乃投以屦,得其所,取盎之中道。若弗得,乃弃其屦于中道,则亡恙矣。不出壹岁,家必有恙。""凡有大票（飘）风害人,择（释）[屦]以投之,

---

① 王子今:《睡虎地秦简日书甲种疏证》,湖北教育出版社 2003 年版,第 339、391、424 页。

则止矣。"① 这里的飘风，就是大风、暴风。根据简文可知，遇到飘风为祸于人，需要脱下鞋子投掷暴风。这大概是因为鞋子为脏臭之物，而古人制服鬼怪常用肮脏恶心之物，如口水唾液、粪便、血等。但《法苑珠林》卷四十五《白泽图》却说："狼鬼化为飘风，脱履投之不能化也。"尽管对脱鞋投掷是否能化解飘风之祸有不同看法，我们却能从中推断这种化解方法的流行。而且，飘风在古人眼里，竟然也是一种鬼——狼鬼。《焦氏易林》对于狂风之害也有描写：

风怒漂木，女感生疾。阳失其时，阴孽为贼。

（《大过》之《无妄》）

焱风卒起，车驰揭揭。弃古追亡，失其和节，忧心惙惙。

（《睽》之《大过》）

疾风尘起，乱扰崩始。强大并小，先否后喜。

（《蹇》之《蒙》）

被发兽心，难与比邻。来如飘风，去似绝弦，为狼所残。

（《困》之《萃》）

第一首中的"风怒"一词很形象，说的就是飘风、暴风。这一首说狂风吹到了树木，女人感风而生病，这是因为阳气不当令，阴气为害。第二首中的"焱风"即飙风，也就是飘风，写狂风突起，战车奔驰，追赶穷寇，背离古训，内心不安。第三首中的"疾风"即飘风，写狂风暴起，尘土飞扬，这是天下扰乱国家崩溃的开始，强大者吞并弱小者，开始艰难后来顺利。第四首比较奇特，写一个人披散头发，心如野兽，难以相处，来的时候快如飘风，走的时候疾似飞箭，结果最后被狼吃掉。结合《白泽图》的说法，狼鬼化为飘风，不知狼鬼是狼死之后所变之鬼，还是人被狼吃掉之后所变之鬼。若是被狼吃掉之人化而为狼鬼，则《焦氏易林》这一首似乎就是狼鬼化为飘风的源头说明。

睡虎地秦简《日书》"诘咎"曰："天火燔人宫，不可御。以白沙救

---

① 王子今：《睡虎地秦简日书甲种疏证》，湖北教育出版社2003年版，第426—427、392页。

之,则止矣。"① 天火即雷电之火,古人称之为灾。《日书》说,如果雷击导致房屋着火,不能控制,可以用白沙扑火,火就可以熄灭。《焦氏易林》中记载了"天火燔人宫"的事件:

> 乌鸣谆谆,天火将起。燔我室屋,灾及姬后。
>
> (《屯》之《晋》)

《易林》这一首写《左传·襄公三十年》宋国受天火之灾,焚烧了国君宫室,伯姬被烧死。雷击房屋起火虽然是低概率事件,但是古人面对莫名而起的火灾手足无措,所以《日书》和《易林》均对这种现象进行了记录。

本节对《焦氏易林》中的某些林辞与秦汉简《日书》中的相关文字进行了简单的对比和分析,旨在说明《焦氏易林》中丰富的宗教、民间信仰和民俗信息对于我们了解汉代社会具有重要的参考价值。而且,随着大量战国秦汉简牍的出土与公布,这项比较工作还应该更加细致深入地进行下去,比较研究的范围,也应扩大到更加广阔的社会文化领域。

---

① 王子今:《睡虎地秦简日书甲种疏证》,湖北教育出版社2003年版,第425页。

第五章

《焦氏易林》之影响及其文学史地位

通过第三章的论述，对于《焦氏易林》的文学艺术价值，我们会有一个大概的了解，也许对于《易林》能否称得上是诗，已没有多少人再持否定态度。其实，《焦氏易林》在成书之后，就在社会上发挥着影响，只不过作为一个特殊的文本，它的文学价值一开始并没有被大家所发现。它的影响是多方面的，最初它只是表现出了占卜的作用和价值，后来，随着人们对它了解的日益深入，其文献价值开始日益彰显，易学价值开始被学者广泛地讨论，人们对于它的文辞也逐渐开始注意。到了明代，人们已经明确地认可了它的文学价值，它的影响就越来越广泛了。为了说明《焦氏易林》由单纯的数术一元化影响到多元化影响，并在多元化影响之中逐渐发展出其文学影响，我们还是先看一下《焦氏易林》成书之后的接受与传播过程，正是在这一过程中，《焦氏易林》的文学价值才逐渐被发现。既然《焦氏易林》具有一定的文学价值，那么，在文学史上，它就应该具有一定的地位。

第一节 传统视野下的《焦氏易林》接受与传播

在这一节，我们将对《焦氏易林》的接受和传播情况进行一番梳理，并在这种梳理中略窥《焦氏易林》研究之概貌。由于《焦氏易林》内容丰富，形式特殊，既可目之为"易外别传"，又可视之为术数小技，其韵文形式往往又为小学家所重，用以进行考证字词音义、名物训诂，而类书编撰者则喜其资料广博，每加引用；在传播过程中，亦有受其影响者，或形之于易学、术数之书，或变化于诗文之间，流波所及，上至文人士大夫,下至江湖术士、普通百姓,甚而至于僧道之间。所以,《焦氏易林》在形成之后,随着流传的广泛,越来越受到人们的关注,而不是像有的学者所说的那样,"在明代以前,《焦氏易林》一书很少受到关注"①。为便于叙述,谨以时间分段为经,接受、研究类型为纬,略加分述如下。

一 隋唐以前

隋唐以前对《焦氏易林》的认识,主要局限在术数方面,尽管也有对其文辞的关注,但并不是主流。《焦氏易林》的影响,也就主要是对占卜和术数之书的影响。

1. 占卜

《焦氏易林》在成书以后,现在所能看到的关于它的最早记载是《东观汉记》中的一则资料:"永平五年秋,京师少雨,上御云台,召尚席取卦具自卦,以《周易卦林》卜之,其繇云:'蚁封穴户,大雨将集。'明日大雨。"② 其中的《周易卦林》即《焦氏易林》(详见前文考证),所引林辞见于今本《焦氏易林》中的《震》之《蹇》。从记载的年代看,永平五年即公元62年("永平"为东汉明帝的年号,年限为公元58—75),可知《焦氏易林》早在东汉初期就开始流传,而且,当时的用途主要是占卜。正是这样一种特殊场合的亮相,拉开了《焦氏易林》流传应用的序幕,而且,这第一次的亮相,是占验奇准的亮相,在很大程度上限定了《焦氏易林》的传播范围与角色定位,使之长期以来在小传统中流传不息,并进而使之在后来失去了进入文学经典的机会。世界上的事物往往如

---

① 汪祚民《诗经文学阐释史》中认为:"在明代以前,《焦氏易林》一书很少受到关注,它与《诗经》的关系更少有人提及。宋代王应麟《诗考》拉开了辑录三家诗说的序幕,但未见征引《易林》。明代杨慎开始看到了《易林》言辞的用韵与《诗经》、《楚辞》一致,但没有把它与说《诗》联系起来。清代学者出于对宋明学术空疏的批判,打起了汉学的旗帜,倡导朴学,考据之风盛行。他们不甘于汉代立于学官、盛极一时的三家诗说沦为零星的片言只句,于是用力搜寻,多方推测系联,最终成就了两部集大成的著作——陈乔枞《三家诗遗说考》、王先谦《诗三家义集疏》。在陈氏的书中,明确地将《焦氏易林》作为齐诗说的代表作。"(汪祚民:《诗经文学阐释史》,人民出版社2005年版,第170—171页)事实上,在唐宋两朝,有很多文献提到《焦氏易林》,并且早在宋代就已经有人把它和《诗经》的阐释结合起来,而元代提到《焦氏易林》的文献亦复不少,详见后文所述。

② 刘珍等撰,吴树平校注:《东观汉记》,中华书局2008年版,第236页。

此，每一种事物的第一次出场都绝不是偶然，在这第一次出场的瞬间，它几乎完成了阐释自己的使命，——哪怕这种阐释有时候在很大程度上是一种虚假的阐释。当然，《焦氏易林》的这一次出场，如果针对一种纯粹的术数之书来说应该是一件幸事，因为在这一出场中，使用它的不是普通的百姓，而是九五之尊的汉明帝，并且这一次使用《焦氏易林》占卜的结果非常应验。《焦氏易林》这种出场的性质是和它的创作目的以及汉代社会中对占卜的推崇有关的。

2. 术数界的模仿与引用

在这一时期，《焦氏易林》被用于占卜的其他记载无从可考了，但是，没有记载并不代表《焦氏易林》不在社会上流传并被用于占卜。前文我们在介绍《焦氏易林》成书因素的时候，曾经提到以《焦氏易林》为代表的林占在魏晋南北朝的盛行。因为《焦氏易林》代表着一种方便实用的新占法，所以它在社会上受到欢迎是可以理解的。从《隋书·经籍志》中我们可以看到很多名字中带"林"字的《周易》、术数类书，这些书籍大多和占卜有关，抑或受到《焦氏易林》的影响。在《隋书·经籍志》的"《焦氏易林》"一条下还加了一则注语："梁又本三十二卷。"可知《焦氏易林》在南朝梁时期流传广泛。

除了《隋书·经籍志》的书目之外，在正史中还有两则和《易林》有关的材料，其一是《梁书》卷五十一列传第四十五之《处士传》：

（庾）诜所撰《帝历》二十卷、《易林》二十卷、《续伍端休江陵记》一卷、《晋朝杂事》五卷、《总钞》八十卷行于世。

其二是《北史》卷八十九列传第七十七之《艺术传·上》中的"吴遵世传"：

和士开封王，妻元氏无子，以侧室长孙为妃，令遵世筮，遵世云："此卦偶与占同。"乃出其占书云："元氏无子，长孙为妃。"士开喜于妙中，于是起叫而舞。遵世著《易林杂占》百余卷，后预尉迟迥乱，死焉。

在这两则材料中，分别提到庾诜和吴遵世所著的《易林》，他们著作《易林》的具体情况不得而知，是否借鉴了《焦氏易林》也不敢妄议，但吴遵世所著《易林杂占》中占辞，从书中所提到的"元氏无子，长孙为妃"两句来看，与《焦氏易林》的形式及风格颇似，故二者之间是否有联系，很值得思考。如果说上面的两则文献记载不能肯定《焦氏易林》在这一时期曾经影响到术数占书的话，那么下面关于郭璞的记载却可以完全肯定《焦氏易林》在术数界的影响力。

郭璞（276—324），字景纯，河东闻喜（今山西闻喜县）人，是东晋时期著名的文学家、训诂学家和易学家。《晋书》卷七十二《郭璞传》记载，"璞好经术，博学有高才，而讷于言论，词赋为中兴之冠。好古文奇字，妙于阴阳算历"。郭璞精于卜筮，"攘灾转祸，通致无方，虽京房、管辂不能过也"[①]（《晋书·郭璞传》）。他的易学有一部分是学习焦赣和京房的。根据《晋书》本传记载，"（璞）又抄京、费诸家要最，更撰《新林》十篇，《卜韵》一篇"[②]。这里的京指的就是京房，可知郭璞学习京房易学，而京房又是焦赣的学生，故知郭璞对于焦赣易学亦有涉猎和研究。经过研究比较可知，郭璞所著《易洞林》（即《新林》）就是模仿《焦氏易林》而成。今仅摘录两林以与《焦氏易林》比较：其一，郭璞有一次和亲戚一起在避乱途中，针对是否取道焦邱到河北占了一卦，得《随》之《升》，其林辞曰：

> 虎在山石，马过其左（原注：兑虎震马，互艮山石）。驳为功曹，猾为主者（原注：驳猾能伏虎）。垂耳而潜，不敢来下（原注：兑虎去，不能见）。爰升虚邑，遂释魏野（原注：《随》时制行，卦义也。《升》贼不来，知无寇当。魏则河北亦荒败）。[③]

我们把郭璞的原注去掉，其辞如下：

[①]《晋书》第 6 册，中华书局 1974 年版，第 1899 页。
[②] 同上书，第 1910 页。
[③] 郭璞：《易洞林》卷上，（清）马国翰《玉函山房辑佚书》，清光绪九年长沙嫏嬛馆刊本。

第五章 《焦氏易林》之影响及其文学史地位

虎在山石，马过其左。
驳为功曹，猬为主者。
垂耳而潜，不敢来下。
爰升虚邑，遂释魏野。

《焦氏易林·大有之讼》则云：

虎卧山隅，鹿过后胸。
弓矢设张，猬为功曹。
伏不敢起，遂全其躯。
得我美草。（"遂全其躯"元刊本作"逐至平野"，疑"逐"为"遂"之误）

通过对比我们不难发现，郭璞《易洞林》中的繇辞和《焦氏易林》的句法、结构、命意都非常相似，只不过变化了几个词而已，如将"鹿"变为"马"，将"猬"变为"驳猬"。有趣的是，郭璞自注说"驳猬能伏虎"，而在元刊本《焦氏易林》的注解则为："《史记·龟策传》郭璞注云：'猬能制虎。'"可见，郭璞将"猬"变为"驳猬"，是一种有意的变换，也许是为了使句子更加整齐，但立意的基础却没有变，那就是被置换的动物要能"伏虎"。另一首林辞也是郭璞避乱途中为了占筮取道之事而得，此次郭璞偕众亲友避难，欲从蒲坂至河北，但是又听说贼人刘石招兵掠夺，于是占卦一决究竟，卦得《同人》之《革》，其林曰："朱雀西北，白虎东走（原注：离为朱雀，兑为白虎，言火能销金之义）。奸猬衔璧，敌人束手（原注：兑为口，乾为玉，玉在口中，故曰衔璧）。占行得此，是谓无咎。"同样，我们把原注去掉，其辞如下：

朱雀西北，白虎东走。
奸猬衔璧，敌人束手。
占行得此，是谓无咎。

《易林·大有之大有》则云：

>　　白虎张牙，征伐东莱。
>　　朱雀前驱，赞道说辞。
>　　敌人请服，衔璧前趋。

经过比较，我们会发现郭璞的繇辞基本上是模仿《焦氏易林》，只不过把《易林》中的前四句精简为两句，对于《易林》的最后两句稍加改编，然后又加上了自己的两句占断结果之辞而已。连镇标先生曾经对《易洞林》所载郭璞的筮例作过一番统计，认为郭璞自造筮词的林辞计有十一条，并且总结出郭璞创作林辞的"套数"有二："一是因象造辞。郭璞的大多数筮词都是以孟、焦、京的卦气说、纳甲说、五行说等学说为指导，依据所占卦的卦爻象，通过想象敷衍而成。其文字与《周易》卦爻辞没有多大相似之处。……二是根据求占者的实际情形，结合《周易》的卦爻辞，编造筮词。"[①] 事实上，郭璞在创作林辞时，不仅仅是吸收了焦赣的易学思想，对《焦氏易林》繇辞本身的词句也借鉴不少，只不过郭璞《易洞林》遗失太多，难以具体考究而已，但从上面我们所列举的两条林辞就可以窥知一斑。连镇标先生还对郭璞《易洞林》的林辞进行了较为中肯的评价，认为"郭璞占卜林辞，或因象设辞，或把《易》辞加以改造、润色。它们多俗语、口语，明白晓畅且押韵，读起来琅琅上口，易记易背诵。其句式或四言，或七言，或八言，整齐划一，颇似一首首诗歌或民谣，具有一定的文学鉴赏价值。郭璞林辞，从某种角度说，也是对焦氏《易林》林辞的仿效和发展"[②]。从我们上面列举的两条林辞中的郭璞原注可知，郭璞在创作林辞的时候，继承了《焦氏易林》观象遣词的创作原则，也部分地吸收了《焦氏易林》的四言句式，且在林辞中化用、借鉴甚至直接引用《焦氏易林》的文辞和句法、结构布局和立意，从而推动了卜筮之辞文学化的发展。郭璞的这种行为，是对《焦氏易林》的一种接受，虽然仍然是一种术数文化范围内的接受，但是，从郭璞借鉴《易林》观象遣词的创作原则和借鉴其文辞、结构、命意来看，《易林》的特

[①] 连镇标：《郭璞研究》，上海三联书店2002年版，第195页。
[②] 同上书，第196页。

殊句式以及别具一格的文辞风格和命意已经开始受到了关注。郭璞所著另一种《卜韵》的内容不得而知，也许是一部用于占卜时备查的韵语手册，形式似《焦氏易林》。

在中国的术数文化中，还有一部比较奇特的典籍叫《灵棋经》，《四库全书》和《道藏》均有收录，敦煌文献中也有发现，旧传乃东方朔所撰，后来经过余嘉锡先生的考证，认为乃东晋襄城寺道人法昧所传。明代的文学家刘基还曾经为《灵棋经》作过注。《灵棋经》占法乃以十二枚棋子为具，四枚一组，分别刻写"上""中""下"三字，随意抛掷棋子，观其具体文字得出卦象，然后按卦索辞，依据繇辞判断吉凶。《灵棋经》共一百二十五卦，其辞皆四言韵语，刨除占断性质明显且平板呆滞者，尚有可以诗来读者，意味亦极绵远悠长。马端临《文献通考》"礼部集"卷十八录元代吴师道《灵棋经后题》云："《灵棋经》，卜占法也，《隋经籍志》有《十二灵棋卜经》一卷，其法用十二子'上'、'中'、'下'各四，掷而布之，视其所得之卦而断之以其辞，除《阴鏝》无象，卦凡一百二十有四，繇辞古雅，似《焦赣易林》。"可见古人已有将《灵棋经》和《焦氏易林》相比较者。作为两部性质相似的占卜之书，二者不仅文辞风格有相似之处，文辞内容及具体词句亦有相似者，兹举数例，以观大概。如《灵棋经》第十八卦《将败卦》繇辞云：

> 两女一夫，上下相祛。阴气乘阳，遂用耗虚。[1]

而在《焦氏易林》中则有《小畜》之《归妹》和《剥》之《谦》两林，林辞分别为：

> 三妇同夫，志不相思。心怀不平，至常愁悲。
> 三妇同夫，忽不相思。志恒悲愁，颜色不怡。

二者取象相似，只不过《灵棋经》重在写男女阴阳之间的关系，而《易

---

[1] 本文所引《灵棋经》繇辞，均依据王云五主编《丛书集成初编》本《灵棋经》，商务印书馆1936年版。

林》重在写女性一方。如《灵棋经》第一百零二卦《不谐卦》繇辞云：

　　两女无夫，斗争各居。出入异路，分别室庐。

而《焦氏易林》中则有《艮》之《剥》的林辞：

　　二女同室，心不聊食。首发如蓬，忧常在中。

此二者取象亦同，均写二女无夫思配之象。又如《灵棋经》第五十卦《潜龙卦》云：

　　舜躬耕田，至于历山。土沃年丰，岁取十千。

《焦氏易林》《观》之《观》和《观》之《否》则云：

　　历山之下，虞舜所处。躬耕致孝，名闻四海。为尧所荐，缵位天子。
　　青牛白咽，招我于田。历山之下，可以多耕。岁藏时节，人保安宁。

《灵棋经》似将《易林》以上两林综合为一进行了改写。再《灵棋经》第一百零一《空亡卦》云：

　　入水伐木，登山捕鱼。费工失力，手空口虚。

《焦氏易林》则有以下四林：

　　上山求鱼，入水捕兔。市非其归，自令久留。
　　　　　　　　　　　　　　　　（《履》之《贲》）
　　灼火泉源，钓鱼山巅。鱼不可得，火不肯燃。
　　　　　　　　　　　　（《小畜》之《屯》、《比》之《屯》同）

教羊牧兔，使鱼捕鼠。任非其人，费日无功。

(《需》之《噬嗑》)

探巢捕鱼，耕田捕鳅。费日无功，右手虚空。

(《坎》之《鼎》)

《灵棋经》与《易林》取象、立意和用词殆同。《灵棋经》第五十八卦《得失卦》和第九十一卦《攸叙卦》分别云：

失我宝珠，乃在天衢。不意盗贼，隐匿所居。赖得玄鸟，为我逐祛。风静波息，还复我庐。

凤凰衔珠，来集庭隅。福为我至，祸为我除。

《焦氏易林》有两林可以和它们一一对应：

鹤盗我珠，逃于东都。鹄怒追求，郭氏之墟。不见踪迹，使伯心忧。

(《豫》之《明夷》)

白鹤衔珠，夜室反明。怀我德音，身受光荣。

(《谦》之《泰》)

《灵棋经》第九十九《不耕卦》云：

土急石坚，仰头诉天。耒耜不举，禾稼缺然。

《焦氏易林》亦有与此相类似者：

耕石山巅，费种家贫。无聊虚作，苗发不生。

(《比》之《解》)

入年多悔，耕石不富。衡门屡空，使士失意。

(《咸》之《需》)

由以上的简单比较可知，产生于东晋时期的占卜之书《灵棋经》不仅在卜法思路（均为按卦索辞）和繇辞形式方面和《焦氏易林》有一定的渊源关系，在具体文辞的创作方面，也有受《焦氏易林》影响的痕迹。此亦可视为《易林》传播接受之一端。

在术数之书中，尚有直接引用《焦氏易林》者，比如已经失传的梁元帝萧绎所作的《易连山》，根据唐代段成式所撰《酉阳杂俎》的记载，它的每一卦均引用焦赣《易林》。《酉阳杂俎·续集》卷四云：

> 焦赣《易林·乾》卦云："道陟多阪，胡言连蹇。译喑且聋，莫使道通。"据梁元帝《易连山》，每卦引《归藏》、《斗图》、《立成》、《委化》、《集林》及焦赣《易林》。《乾》卦卦辞与赣《易林》卦辞同，盖相传误也。

我们再结合《七录》的著录情况，可以推知《焦氏易林》在梁代有着较大的影响。

3. 疑似性的文学引用与对外传播

对于《焦氏易林》文学性接受，在这一时期的文学作品中还不能找到明显的痕迹。但是，在唐代李善注的《文选》中，有些地方还是需要我们留意的。比如在班固的《东都赋》中有"天官景从"一句，李善注曰："焦贡《易林》曰：'龙渴求饮，黑云景从。'"（《焦氏易林·未济之鼎》的林辞）李善在注解何劭《游仙诗》中的"光色冬夏茂，根柢无彫落"时，引用《焦氏易林·需之坤》中的"温山松柏，常茂不彫落"（这一林辞在《焦氏易林》中出现三次，原文均作"常茂不落"，可知李善在注解引用时因涉何劭诗文而衍一"彫"字）。另外，对于陶渊明《归去来兮辞》中的"策扶老以流憩"，李善注曰："《易林》曰：'鸠杖扶老，衣食百口。'"这是引用《焦氏易林·萃之井》的林辞。根据李善的注解，我们认为有三种情况：一是就像李善所注一样，上述三位作家诗人在创作的时候借鉴了《易林》的某些林辞；二是被李善所注的词语是流传已久的习用语，焦赣能够使用，那么班固、何劭和陶渊明也能够使用；三是焦赣依靠自己的才气创造出了这些词语，而班固、何劭和陶渊明也是通过自己的才气创造性地使用了这些词语，二者毫不相干。但是，在何劭的两句诗前面还有两句："青青陵上松，亭亭高山柏"，而李善所引的《焦氏易林》两句后面也还有两句："鸾凤所庇，得其欢乐"。所以，从何劭《游仙诗》的句子和语义与《焦氏易林》极其相似来看，在上述李善的三条注解中，我推断何劭的《游仙诗》是受到了《焦氏易林》的影响，因为《易林》这一林辞也是写松柏，写仙境，且焦赣之学有隐士的渊源，《易林》中又不乏神仙、隐逸的描写，《易林》占法本身可以看作方术之一种，而方术又为仙家所必备，所以何劭阅读过《焦氏易林》也是极有可能的。

这一时期的正史记载中，还记载了一次《易林》的向外传播过程。梁沈约所撰的《宋书》卷九十七列传第五十七《夷蛮传》记载：

> 七年，百济王余毗复修贡职，以映爵号，授之。二十七年，毗上书献方物，私假台，使冯野夫西河太守表求《易林式占》、腰弩，太祖并与之。

百济是当时朝鲜半岛的一个小国，这里的"表求《易林式占》"，不知是否即《焦氏易林》，若是，则《易林》当时影响之大自可想见。

以上是《焦氏易林》在隋唐以前的传播。可以看出，此一时期的《易林》主要是以术数用书的面貌来出现的，要么被用于占卜，要么被一些新兴的占卜之书借鉴、引用，而其文辞方面的影响则不著。

二 隋唐时期

这一时期对《焦氏易林》的关注较以前要为加强，文献中出现《焦氏易林》的频率也大为增加。由于在这一时期开始出现大型的类书，因此类书引用《焦氏易林》成为这一时期《易林》接受的一个重要特征。其次就是注书时援引《焦氏易林》，然后是占卜使用《焦氏易林》。值得注意的是，在这一时期还出现了研究《易林》的专门论文，标志着《易林》研究的正式展开。

1. 类书引录与注书引用

类书引录《易林》者有如下几家：

（1）《北堂书钞》。该书为隋末唐初虞世南所撰，选辑了许多典故词语和名言秀句，保存了大量古代文献，具有多重的文献价值。笔者统计到《北堂书钞》引录《焦氏易林》十条，可供我们考证今本《易林》的作者和校勘今本《易林》的文辞。

（2）《艺文类聚》。该书为唐初欧阳询等人奉唐高祖之命而编撰，成书于唐武德七年（624），所收录的名物及诗文资料涉及文献达一千四百余种，在历代类书之中文献价值极高，笔者统计到其中引录《焦氏易林》十六条。

（3）《初学记》。该书是唐玄宗为了方便诸皇子作文时检查事类、引用典故和词汇，于开元十三年命徐坚等人编撰，因此叫作《初学记》。据笔者统计，该书引录《焦氏易林》十六条。

总之，类书的编撰方便了文士们的诗文创作，《焦氏易林》这一时期被大型类书引录，为《焦氏易林》的传播提供了便利，因此这一时期《焦氏易林》进入文人学士的阅读范围成为可能，诗文之中涉及或引用《焦氏易林》便不难理解。

2. 注书征引及占卜应用

唐人对以前的文献注解中也征引了《焦氏易林》，比如说我们前面在作者考证时所提到的李贤等人注《后汉书·张衡传》引《易林》，还有我们在前面刚交代过的李善注《文选》引《易林》三条，因均已列举，故不赘述。

隋唐时期应用《焦氏易林》占卜的记载似乎不多见，但可以推断这种情况应该存在。在《全唐文》卷二百二十中，收录有崔融的一篇《嵩山启母庙碑》，其中有语云："考之《易林》，信为神明所伏；求之《遁甲》，固以威灵肃然。"《遁甲》就是《奇门遁甲》，用于占卜预测，将《易林》和《遁甲》对应，可以看出，当时曾经用《易林》对嵩山启母庙进行占卜。而且，崔融的生卒年为653—706年，在长孙无忌进呈《隋书·经籍志》时，也就是636年，尚未见《崔氏易林》，故未著录，经过开元三年（715）以后的三次大规模的古籍整理运动，才得以见到《崔氏易林》，故《旧唐书》才著录《崔氏易林》。因此我们断定，崔融提到的《易林》十有八九就是《焦氏易林》。

3. 专门研究

这一时期对《焦氏易林》进行初步专门研究的就是唐武宗会昌六年

(846) 十一月王俞作的《周易变卦叙》：

> 大凡变化象数，莫逃乎《易》。唯人之情伪最为难知。筮者尚占，忧者与处。赣明且哲，乃留其术。俞岩耕东鄙，自前困蒙。客有枉驾蓬庐，以焦辞数轴出示。俞尝读班史列传，及历代名臣谱系、诸家杂说之文，盛称自夫子授《易》于商瞿，仅余十辈；延寿传经于孟喜，固是同时。当西汉元、成之间，凌夷厥政。先生乃或出或处，辄以《易》道上干梁王，遂为郡察举，诏补小黄令。而邑中隐伏之事，皆预知其情。得以宠异蒙迁秩，亦卒于官次。所著《大易通变》，其卦总四千九十六题，事本弥纶，同归简易。辞假出于经史，其意合于神明。但斋洁精专，举无不中。而言近意远，易识难详。不可渎蒙以为辞费。后之好事知君行者，则子云之书为不朽矣！①

这篇序言对《焦氏易林》一书的作者及其在易学方面的性质、占验的准确率进行了简单的说明，其中"辞假出于经史"和"言近意远"揭开了对《易林》文辞研究的序幕，标志着《焦氏易林》的文辞已经开始受到了关注。

此外，这一时期的正史对《焦氏易林》开始著录。

三　宋元时期

在宋元时期，对《焦氏易林》的关注空前加强，尤其是宋代，社会上层的文人学士和社会下层的普通百姓对《易林》均有接触。这一时期对《易林》文辞的引用数量惊人，不仅正史和官修目录著录《易林》，随着私人刻书的盛行，私家目录中也开始著录《易林》，一些学者开始对流传众多的《易林》版本进行文辞的校订，社会上应用《易林》占卜的事例也屡见记载，人们开始探讨《易林》中的易学问题，而对于《易林》的文学色彩，这一时期的评价比唐代有所深入。元代基本上是顺承着宋代对《易林》接受的路径。

---

① 序言文字依据《丛书集成初编》本《焦氏易林》。

1. 文献征引《易林》者

宋代对《焦氏易林》的引用，有这么几部值得注意的文献：

（1）《太平御览》。宋人李昉等于宋太宗太平兴国二年（977）开始编撰，历时六年，共收录古代文献一千六百九十余种。该书"图书总目"中明确著录了"焦赣《易林》"，笔者统计到其征引《易林》六十三条。

（2）《事类赋》。宋人吴淑撰并注解，笔者统计其注文征引《焦氏易林》四条。

（3）《韵补》。宋高宗时泉州通判吴棫所著，因为《易林》"法古繇辞，无不韵者"，所以吴氏征引《焦氏易林》以说明音韵的问题。据笔者统计，其征引《易林》有一百三十三条之多。

此外，据笔者统计，宋代还有一些文献征引了《焦氏易林》，像陆佃撰写的《埤雅》征引《焦氏易林》五条，罗愿的《尔雅翼》征引两条，罗泌的《路史》征引四条、龚颐正的《芥隐笔记》征引十二条、叶廷珪的《海录碎事》征引四条，宋人撰写的《锦绣万花谷》征引四条，王应麟的《玉海》对《易林》亦有援引。尤可注意的是，窦苹的《酒谱》和姚宽的《西溪丛语》都援引了《焦氏易林》的"酒为欢伯"（《坎》之《兑》和《遯》之《未济》的林辞）一语，而把酒称为"欢伯"这种说法在宋代诗文当中亦数见，可知宋代文人已开始使用《易林》的典故。

在注解之中引用《焦氏易林》，宋代文献也有很多。宋代诗人当中，最善于使用典故的是黄庭坚，且其诗文常常化用前人诗句，所谓"点铁成金"者是也。他的《山谷诗内集》《外集》在宋代就已经有人为之作注，像宋高宗时人任渊在注解黄庭坚诗时就曾引"焦赣《易林》"二条：卷三注《次韵王荆公题西太乙宫壁二首》"雨来战蚁方酣"句曰："焦赣《易林》曰：'蚁封穴户，大雨将至。'"所引林辞出自《焦氏易林·震之蹇》。卷十五注《谢答闻善二兄九绝句》"心与欢伯为友朋"句曰："焦赣《易林》《坎》卦之《兑》曰：'酒为欢伯，除忧来乐。'"林辞出自《焦氏易林·坎之兑》。

被宋代江西诗派尊奉为开山祖师的杜甫，其诗歌也被人看作"字字皆有出处"，由于宋人在诗坛尊杜之风，注解杜诗就很风行。宋人徐居仁编的《集千家注分类杜工部诗》中也引用了两条《焦氏易林》来注解杜诗，如注解《寄刘峡州伯华使君四十韵》中的"林居看蚁穴"句："洙曰：焦赣《易林》曰：蚁封户穴，大雨将集。"注解《别苏溪》中的"岂知台阁旧，洗拂凤凰雏"句："洙曰：蜀庞统号凤雏，《易林》'鸾者凤之雏'（笔者按：此条出自《焦氏易林·兑之困》'凰生五雏'）。"宋孝宗淳熙八年（1781）郭知达编注的《九家集注杜诗》在注解这两首诗的时候也引用了《易林》这两条。

宋人注解诗文时引用《焦氏易林》说明了两点：一是说明诗人在创作诗歌的过程中引用《焦氏易林》，《易林》已经从简单的术数消费扩展到特殊的文学消费；二是说明注解者认为《焦氏易林》中有可为文学创作利用的资源，这一点标志着人们对《焦氏易林》观念的变化，暗示出已经有学者注重《易林》的文辞可观。宋人对于《易林》的其他论述也证明了这一点。这一点当与宋人诗歌观念的发展进步和诗歌题材的扩大有关。

在宋人注解诗文引用《易林》的文献中，有两部是对《诗经》的解释，一部是王质的《诗总闻》，据笔者统计共征引《易林》十条；一部是杨简的《慈湖诗传》，笔者统计其征引《易林》七十条。虽然他们援引《易林》更多的时候是在利用《易林》的文辞来说明《诗经》某字的读音或字义问题，但是有些地方已经开始用《易林》中的文辞来旁证对《诗经》诗旨的理解。这说明宋人已经不再把《易林》仅仅看作一部押韵的占卜之书，援引《易林》不再仅仅是为了解决韵读问题，而是已经觉察到《易林》同《诗经》的关系，并开始借助《易林》来探寻《诗经》作品的本旨。这和宋代对《诗经》的文学接受风气相一致。下面将这两部著作援引《易林》以说明《诗》义的数条列举如下：

王质《诗总闻》：

①注解《行露》一章"厌浥行露，岂不夙夜，谓行多露"：仲春始成昏姻之时也。不相谐而有争，故著其辞。此当是男家趣女家，而女家托故不往，以为岂不欲早夜赴期定约，然露不可行也。《易林》所谓"厌浥晨夜，道多湛露。沾衣濡襦，重不可步"，正用此意。此章犹婉，下章甚厉。（卷一）

②注解《桑中》：……闻音曰：中，诸良切。《易林》"采唐沫乡，要我桑中"，正用此诗。（卷三）

③注解《葛屦》"佩其象揥,维是褊心,是以为刺":言婚嫁太速,其意欲早使夫力、妇功以济其家,不虚度也,此所以为褊而可刺也。今河东风俗如此,人家无有闲食者,虽幼儿稚女,亦随力有职。《易林》引此:"丝纻布帛,人所衣服。掺掺女手,弦绩缮织。南国饶足,取之有息。"自北言之,则魏近南,故曰"南国",此其民风大略也。(卷五)

④注解《唐风·扬之水》"扬之水,白石粼粼。我闻有命,不敢以告人":此密受桓叔之命而不敢告人,已独阴遁也。既至则安,为诗以自慰,其心喜之辞也。闻音曰:……《易林》"扬水潜凿,使石洁白。衣素表朱,游戏皋沃。得君所愿,心志娱乐",正引此诗。(卷六)

⑤注解《曹风·下泉》"四国有王,郇伯劳之":总闻曰:《易林》"下泉苞粮,十年无王。郇伯遇时,忧念周京",正引此诗。当是厉王在彘之时,在彘凡十五年,"十年无王",岂非此际也耶?言"郇伯遇时",今有如郇伯者而于时不遇,但忧念周京而已,作此诗者,必斯人也。(卷七)

⑥注解《小雅·六月》"吉甫燕喜,既多受祉。来归自镐,我行永久。饮御诸友,炰鳖脍鲤。侯谁在矣?张仲孝友":……闻事曰:《易林》:"玁狁非度,治兵焦获。伐镐及方,与周争疆。元戎其驾,衰及夷王。"此则自夷王玁狁始盛。玁狁在北,周都在西,而侵逼畿甸如此,当是玁狁有北兼西,始自夷王,不然则是玁狁与西合从,同侵畿甸。(卷十)

⑦注解《信南山》"是烝是享,苾苾芬芬。祀事孔明,先祖是皇。报以介福。万寿无疆":……闻音曰:……《易林》"春多膏泽,下润优渥。稼穑熟成,亩获百斛",正用此诗,是知"上天同云"至"生我百谷"六句,包春、夏、冬三时,非止一时也。(卷十三)

上述第一条引《焦氏易林·未济之损》林辞:"厌浥晨夜,道多湛露。沾我襦袴,重难以步。"第二条引《焦氏易林·师之噬嗑》林辞:"采唐沬乡,要我桑中。失信不会,忧思约带。"第三条引《焦氏易林·困之中孚》林辞:"丝纻布帛,人所衣服。掺掺女手,纺绩善织。南国饶足,取之有息。"第四条引《焦氏易林·否之师》林辞："扬水潜凿，使石洁白。裹（四库本作'衣'）素表朱，戏游皋沃。得君所愿，心志娱乐。"第五条引《焦氏易林·贲之姤》林辞："下泉苞稂，十年无王。郇伯遇时，忧念周京。"第六条引《焦氏易林·未济之睽》林辞："狁狁匪度，治兵焦获。伐镐及方，与周争疆。元戎其驾，衰及夷王。"第七条引《焦氏易林·临之明夷》林辞："春多膏泽，夏润优渥。稼穑成熟，亩获百斛。"

杨简的《慈湖诗传》在卷八注解《唐风·扬之水》时也说："《易林·震之屯》曰'扬水潜凿，使石洁白。衣素表朱，游戏皋沃。得君所愿，心志娱乐'，正用此诗。"

以上文献资料说明，对于《易林》和《诗经》关系的认识，并不是从清人开始的，而且宋人在注意到《焦氏易林》和《诗经》的关系时，也并没有像清人所认为的那样把《易林》涉《诗》之处看作三家诗中的《齐诗》。

2. 易学或术数研究

由于宋代理学的盛行，儒家学者普遍对于天道和宇宙之理发生了浓厚的兴趣，要探讨这些形而上的哲学问题，单纯靠章句训诂是不可能的，而在儒家的创始人孔子那里，天道和性命之说又不可得而闻，在六经当中能够为宋人提供探讨这一问题资源并有极大发挥余地的就只能是《周易》了。宋代那些著名的理学家诸如周敦颐、邵康节、二程兄弟、张载和朱熹等人都对《周易》进行过专门的论述，以至于文人学士也纷纷研究《易经》，像苏轼著有《东坡易传》，欧阳修著有《易童子问》，胡瑗著有《周易口义》，王安石著有《易义》，司马光著有《温公易说》……这些人要么是居政坛之要，要么执文坛牛耳，要么是学界泰斗，他们研究《周易》的热潮对于社会的影响可想而知。正是在这样一种《周易》热的大背景下，《焦氏易林》作为"易外别传"，开始接受学者们易学眼光的审视。

宋人对于《焦氏易林》的易学评价褒贬不一，在众多评价中，又集中在探讨《易林》卦变问题上，兹列举数家所论如下。朱震《汉上易传》卷一中云：

> 刚柔相变，上下往来，明利害吉凶之无常也。是故一卦变六十有

三，此焦延寿《易林》之说也。

林至《易裨传·观变第三》云：

> 凡六十四卦，变而为四千九十六卦，此亦太极十二变而得之者也。又以六十四自相乘而得之者也，焦延寿之《易林》，其得《易》之卦变者乎？

李心傅《丙子学易编》：

> 变卦之数与焦赣《易林》合，张葆光曰："四千九十六卦，凡七十三万七千二百八十策。"

朱鉴《朱文公易说》卷一《答虞大中》云：

> 自八卦之上又放此，而生之至于六画，则八卦相重而成六十四卦矣。六十四卦之上又放此，而生之至十二画，则六十四卦相重而成四千九十六卦矣，焦贡《易林》是也。

赵汝楳撰《易雅·占释第九》云：

> 焦延寿作《易林》，以三百八十四爻之辞不能周四千九十六变之吉凶，故外《易》而别为之辞，又杂以纳甲、飞伏之说，是舍人事义理而专于占者也。

胡方平《易学启蒙通释》卷下云：

> 以上三十二图，反复之则为六十四图，图以一卦为主而各具六十四卦，凡四千九十六卦，与焦赣《易林》合，然其条理精密，则有先儒所未发者，览者详之。

丁易东《周易象义·易象义》卷一云：

> 若夫子《十翼》，特即伏羲两体、文王卦辞、周公爻辞以义理发明之耳。至汉儒作《易林》，又以一卦之变六十四者，各立繇辞，遂有四千九十六繇，是又因周公爻辞推广之也。虽汉儒之作，不可与文王、周公之《易》并论，然其由简而详，亦可以知古今之变也。若将《易林》各以两繇交错，四千九十六上复加四千九十六，则《启蒙》所谓累至二十四画，成千六百七十七万七千二百一十六变者，亦可推焉。于以见易道之无穷矣。

凡此种种，皆注意到了《易林》对《周易》变化之道的发展和继承。

对《易林》亦有视为术数之作而贬之者，如《文献通考》卷二百二十引叶梦得语云：

> 石林叶氏曰：吾家有焦贡《易林》、京房《易》二书，大抵皆卜筮、阴阳、气候之言，不复更及《易》道。

认为《易林》和《周易》无甚关系，就是占卜之书而已，本书前引潘雨廷之语已驳之。冯椅在《厚斋易学》附录一中也说：

> 赣得隐士之说，托之孟喜而孟氏之徒不肯，自以为喜之学又诡托之田何，毛氏所谓彼亦自愧其不经，更相假借以为重者。要之，不过卜筮家术，不足以语圣经也。

此外，杨亿《武夷新集》卷十八中亦云：

> 昔京房作《易占》，焦赣作《易林》，历代宗之，然不过卜筮之说。

胡一桂《周易启蒙翼传·外篇》中也有对《易林》的专题讨论，虽亦探讨了《易林》的卦变问题，但亦以术数之书视之。

宋人对于《焦氏易林》的这两种看法，同时也反映在私家目录当中。晁公武的《郡斋读书志》把《焦氏易林》放在《易》类；尤袤的《遂初堂书目》则把《焦氏易林》既放在《周易》类，又放在术家类；陈振孙的《直斋书录解题》把《焦氏易林》放在卜筮类。可见宋人对于《易林》的性质看法不一。

3. 用于占卜者

宋代的术数文化是非常发达的，术数典籍的大量增加、术数门类的发展增多是其典型表现。在这种术数文化兴盛的背景下，宋代文献对应用《易林》进行占卜的记载也开始多了起来。程迥所著的《周易章句外编》云："绍兴三十一年，沈丞相判明州时，完颜亮入寇，闻有窥海道者，沈以《易林》筮之，遇《比》之《随》曰：'过时不归，苦悲雄雌。徘徊外国，与叔分离。'亮前此来洛中，留今金主守国，及敌马饮江，为其下所杀。而今金主代立，所谓与叔分离者乎？"

在《道藏》本《易林》的后面，还附有程迥的《易林记验》，也讲述了应用《易林》占卜的事例："宣和末，长庆福崔相公任州日，其时晏清无事，思此圣书，虔诚自卜，得《大过》卦云：'典册法书，藏在兰台。虽遭乱溃，独不遇灾。'之《遁》卦，辞曰：'坐席未温，忧来扣门。逾墙北走，兵来我后，脱于虎口。'其日卜后十日，州乱。崔相公逾墙而出，家族不损，无事。归京后，乃知此书贤人所制，初虽难会，后详无不中节，见者当所敬重。""绍兴末，完颜亮入寇时，有人以焦赣《易林》筮，遇《解》之《大壮》，其辞曰：'骄胡火形，造恶作凶。无所能成，遂自灭身。'其亲切应验如此，虽天纲、淳风不能过也。"

此外，宋代承议郎行秘书省校书郎黄伯思在其所作的《校定焦赣易林序》[①]中也记载一件用《易林》占卜的事："又本朝有王佖者，于雍熙二年春遇异人为筮，得《观》之《贲》，其林有'西去华山，游子为患'之语，乃赣《易》《观》中《贲》林也。"这件事情同时还被记载在宋人所著的《分门古今类事》卷十二《名贤小说》的"王佖遇僧"中：

[①] 《丛书集成初编》本《焦氏易林》前所附黄伯思《校定焦赣易林序》。

进士王似、李昭一、江俨三人同诣二相公庙,欲作筮于张眼见。不在,乃于门侧见一老僧坐户限上,手执铁磬,谓似曰:"秀才非卜今春事乎?贫道布卦得否?"乃同坐西庑。僧乃探怀中卜钱,迭为一浮图,命似手触之,钱数于地。僧曰:"卦成风地《观》之山火《贲》。"乃合掌断曰:"东行无门,西去华山。道塞畏难,游子为患。"似曰:"《易》中无此。"僧曰:"焦贡《易林》中词也。此卦吉,当成。然安于泸,屯于解。"江、李二人曰:"我何如?"僧曰:"不必布卦,面可尽见。须得王及第。李次之,江又次之,李则一幕盖天,江则一邑扫地。"言讫,趋殿后不出。三子迹之,绝无人。询其门者,曰:"适见三秀才自言语,不见有僧。"三子甚骇。其年,王果登科,除泸州推官。考满,改解州推官,卒所,谓"屯于解"也。李昭一,端拱二年登科,卒于永兴军节度判官,此"一幕盖天也"。江,淳化三年登科,新津主簿,李顺之乱,践其邑,乃潜窜而卒,此"一邑扫地"也。非前定有素,彼僧乌得知之?①

《名贤小说》为小说家言,然黄伯思已记载此事,可知在北宋初期僧道者流熟于《易林》占卜,然而举子王似等人不知,可见当时《易林》并不为一般读书人所知,大概在民间术士中广为流传应用。钱锺书先生《管锥编》中也谈到一件僧人占卜之事,出自宋人刘斧的《青琐高议》后集卷一〇《僧卜记》,其中谈到"张圭、马存求异僧占'食禄'之地,得《溃卦》与《散卦》,张曰:'《易》中无《溃》、《散》二卦',僧曰:'此乃焦贡《易林》也。'"可是《易林》中并没有异僧所说的两卦,钱锺书先生于是做出合理的推断:"《易林》初无此二卦,而亦徵焦书在宋为流俗之所熟闻,卜筮者杜撰卦文,至诧其名以售欺哗众矣。"②

陈振孙在《直斋书录解题·易林十六卷》中也曾经说:"旧见沙随程迥所记南渡诸人以《易林》筮国事,多奇验。"并且他还说自己亲自实践了《焦氏易林》的占卜,"间尝筮之,亦验"。以上诸例说明,宋人常用《焦氏易林》占事。

---

① 《分门古今类事》卷十二,《四库全书》本。
② 钱锺书:《管锥编》第二册,中华书局1986年版,第535页。

4. 综合研究及校勘

有宋一朝，由于易学与术数文化的发达和印刷术的改进，《焦氏易林》流传极广，然而由于各种原因，各个版本之间错讹甚多，于是就出现了对《易林》的校订工作。最早对《易林》进行校订的是宋人黄伯思，从其《校定焦赣易林序》中可知他考订了《易林》中的字词。后来的薛季宣也曾进行了这一工作，在他所著的《浪语集》卷三十《叙焦氏易林》中，他说"以所传中秘书、孙氏藏书参校"，也订正了《易林》中的一些文字。陈振孙《直斋书录解题·易林十六卷》中也说到自己校订《焦氏易林》的情况："嘉熙庚子，从湖守王寺丞侑借本两相校，十得八九。"由此可知宋本《焦氏易林》已经出现了错讹和异文。

黄伯思和薛季宣除了进行《易林》的校订之外，对于《易林》的相关问题也做了综合研究。黄伯思的《校定焦赣易林序》过长，我们仅总结其大要。首先，黄伯思对《易林》的作者进行了大致的介绍，以为乃西汉焦赣；其次，黄伯思对《易林》的筮法进行了研究和探讨；最后，黄伯思评价了《易林》的文辞和语言艺术，认为"延寿所著，虽卜筮之书，出于阴阳家流，然当西汉中叶，去三代未远，文辞淡雅，颇有可观"。薛季宣在《浪语集·叙焦氏易林》中介绍了当时《易林》的几个版本；探讨了《易林》的筮法，不同意黄伯思的看法；考察了焦赣的易学渊源；最后，他也对《易林》的文辞进行了评价："知人见事未可以明经学士视之，《易林》近古占书，既自可尚，缀辞引类，尤尔雅可喜。尚其辞者于汉氏西京文字，又可忽诸？"

从黄伯思和薛季宣对《易林》语言艺术的评价中，我们可以看出宋人已经把《易林》看作西汉文辞之一种，认为它"文辞淡雅""缀辞引类，尤尔雅可喜"。这种近乎文学审美的发现，无疑比唐代王俞要深入了一步。然而，对于《易林》的语言，也有贬低者，如程迥在《周易章句外编》中就认为《焦氏易林》"其文不逮《太玄》远甚"。

5. 疑似性的模仿

宋人著作对《易林》有模仿痕迹者，有司马光的《潜虚》和宋祁的《笔记》。《潜虚》是一部和易学相关的书，因为司马光曾为扬雄的《太玄》作过集注，所以很是推崇《太玄》。《潜虚》在很多地方都有模仿《太玄》的痕迹，学者一般认为《潜虚》拟于《太玄》。然而，《潜虚》

中的四言爻辞不排除有受《易林》影响的因素，其风格与形式有和《焦氏易林》极似者，谨列举《昧》卦如下：

初：取足于己，不知外羡。二：日匿其光，倭于东方。三：铁目石耳，蹈于渊水。四：冥行失足，或导之烛。五：无相之瞀，阖户而处。六：不习而斫，败材毁朴。上：偶人守金，众盗而侵。①

《笔记》三卷，为宋人宋祁所撰，在《四库全书》为它所作的《提要》中，认为其下卷《杂说》"造语奇隽，多似焦赣《易林》、谭峭《化书》"。宋祁是否阅读过《易林》，我们不得而知，故其《笔记》中是否有模仿《易林》者，只能根据其文辞观其大概，所以，连同《潜虚》一起，权且称作疑似性的模仿。根据《四库全书总目提要》中的认识，谨择其"造语奇隽，多似焦赣《易林》"者数条于下：

父慈于棰，家有败子。将砺于铁，士乃忘躯。
枭不凭夜，弗能自怪。政必先镈，奸人投诈。
父否母然，子无适从。政产二门，下乃告勤。
金鼓既震，卒腾于阵。爵赐已明，士勇于廷。
重轻不同，衡献其公。曲直相欺，绳出其私。
造父亡辔，马颠于跬。庸人厉策，马为尽力。
去山弗栖，虎丧其威。爪牙弗具，失所为虎。
种禾不耰，而怼其秋，与食为仇。②

若将以上数条混入《焦氏易林》之中，实难辨认孰为焦作，孰为宋撰，尤其最后一条中的"与某为仇"句式，十有八九袭用《易林》句法，因为《焦氏易林》常常使用这样的句式，且"与某为仇"之"某"多为无生命或抽象之物，《易林》用之常为拟人手法，如《比》之《夬》中的"与利为仇"，《贲》之《大壮》中的"与市为仇"，《无妄》之《明夷》

---

① 司马光：《潜虚》，《丛书集成初编》本。
② 宋祁：《宋景文笔记》下卷《杂说》，《四库全书》本。

中的"与鹞为仇",《巽》之《蒙》中的"与璆为仇"等。

元代文献对《焦氏易林》的探讨主要集中在易学方面,像胡一桂《易学启蒙翼传·外篇》、董真卿的《周易会通·因革》、陈应润的《周易爻变易缊·卷首》和钱义方的《周易图说·卷上》等,都对《易林》有所评述。此外,马端临的《文献通考》卷二百二十也列举了一些对《易林》的评议。

四 明代

在《易林》的传播和接收过程中,明代时一个非常关键的时期,因为就是在这一时期,人们不再仅仅把它看作术数之书,开始非常明确地对它进行文学的、审美的观照。

1. 文学研究

钱锺书先生对这一时期的《易林》接受曾有评价:"有明中叶,谈艺之士予以拂拭,文彩始彰,名誉大起。术数短书得与于风雅之林者,杨慎实有功焉,庶几延寿或篆抑峻之后世钟期乎。"① 杨慎在《升庵集》卷五十三摘录了一些《易林》佳句进行评析,并且高度评价《易林》的文学价值:"《焦氏易林》,西京文辞也,辞皆古韵,与《毛诗》、《楚词》叶音相合,或似《诗》,或似乐府、童谣,观者但以占卜书视之,过矣。"② 甚是叹赏《易林》的"古雅玄妙"。

杨慎的评价无疑开了时代风气,然而他的评价《易林》与文学之间的关系,尚停留在"似"的层面,稍后的钟惺和谭元春在编撰《古诗归》的时候,在第四卷专门列出焦赣一节,选录了《易林》中的一些林辞进行评价。钟惺在选录的《易林》作品前,有一段对《易林》颇高的评价:

> 焦延寿用韵语作易占,盖仿古繇辞。……其语似谶、似谣、似诨、似隐、似寓、似脱,异想幽情,深文急响。取其灵警奇奥,可纯

---

① 钱锺书:《管锥编》第二册,中华书局1986年版,第535—536页。
② 杨慎:《升庵集》卷五十三《易林》,《四库全书》本。

第五章 《焦氏易林》之影响及其文学史地位　　301

乎四言者，以存汉诗一派。①

在选录的《易林》内容之后，钟惺还说："《易林》以理数立书，文非所重，然其笔力之高，笔意之妙，有数十百言所不能尽，而藏裹回翔于一字一句之中宽然有余者，其锻炼精简，未可谓无意为文也。"② 随着竟陵派影响的扩大，钟惺对于《易林》的看法也得到了一些人的认同，根据钱锺书先生《管锥编》所言③，像董其昌、林古度、倪元璐、胡一桂等都曾模仿过《易林》，"《易林》亦成辞章家观摩胎息之编"，"盖《易林》几与《三百篇》并为四言矩矱焉"。

冯惟讷在编撰《古诗纪》时，虽然未将《焦氏易林》的内容收录其中，但是却在卷一百五十六把杨慎《丹铅余录》中关于《焦氏易林》的内容全盘照录，表明对于《焦氏易林》的文学价值，他是同意杨慎的看法的。

明代对于《焦氏易林》文学性的关注，还有王世贞，在《艺苑卮言》卷二中，他说："延寿《易林》、伯阳《参同》，虽以数术为书，要之皆四言之懿，《三百》遗法耳。"④ 在卷七中，他又认为冯维讷的《古诗纪》应该补录《焦氏易林》等作品："冯汝言纂取古诗，自穹古以至陈隋，无所不采，且人传其略，可谓词家之苦心，艺苑之功人矣。然远则延寿《易林》、《山海经图赞》，近而周兴嗣《千文》，皆在所遗，恐当补录。"⑤

后来的于慎行也在《榖山笔麈》卷七中说："予读《焦氏易林》，其词古奥尔雅而指趣深博，有《六经》之遗，非汉以下文字。然世徒以为占卜之书，学士勿诵也。"

总之，在对《焦氏易林》的文学研究中，钟惺的评价可谓高屋建瓴，他将《易林》看作"汉诗一派"，明确地界定了《易林》在汉代诗坛乃

---

① 钟惺、谭元春：《古诗归》卷四，《四库全书存目丛书》集部第337册，齐鲁书社1997年版，第713—714页。
② 同上书，第718页。
③ 钱锺书：《管锥编》第二册，中华书局1986年版，第536页。
④ 王世贞：《艺苑卮言》，丁福保主编《历代诗话续编》（中），中华书局1983年版，第976页。
⑤ 同上书，第1067页。

至在整个中国文学史上的地位,可谓功不可没。后来诸人,对其说多有发挥。

2. 利用《焦氏易林》训诂

利用《焦氏易林》的文辞进行名物考证、辞章训诂在前代已经出现,在明代时期,《易林》的这种文献价值仍然受到人们的重视。

用《易林》文辞来进行《诗经》释读者,如杨慎《丹铅余录》中论《诗经·周南·汝坟》"未见君子,惄如调饥"云:

> "佡如旦饥"(笔者注:此为《焦氏易林·兑之噬嗑》林辞)即《诗》"惄如调饥",据《韩诗》作"朝饥",言朝饥难忍也。此云"旦饥",盖与《韩诗》可合,可证"调饥"为"朝饥"无疑也。①

此乃以《易林》考释《诗经》文字字义。另外,朱朝瑛在《读诗略记》卷二注解《诗经·郑风·山有扶苏》云:

> "山有扶苏,隰有荷花。不见子都,乃见狂且。"《序》曰:"刺忽也,所美非美然。"《焦氏易林》云:"视暗不明,云蔽日光。不见子都,郑人心伤。"其义亦与《序》合。②

此乃以《易林》考察《诗经》意旨与《毛诗》之义。朱睦㮮在《五经稽疑》卷三也以《易林》来考释《诗经》的字义,所考证的篇目与杨慎同:

> 《汝坟·序》曰:"文王化行也。君子从役于外,其妻为樵薪之事,遵汝水之坟,未见君子,惄如调饥。""调",《韩诗》作"朝",薛君《章句》云:"朝饥最难忍。"《易林》云:"佡如旦饥",睹二说,其义晰矣。《毛诗》作"调",郑氏求其说不得,乃曰"调"音"輖",又改字作"輖",调,饥也;輖,饥也,輖,饥也。三者

---

① 杨慎:《升庵集》卷五十三,《四库全书》本。
② 朱朝瑛:《读诗略记》卷二,《四库全书》本。

均之不通也，愈解而愈离真，不若朝饥之为长也。①

据笔者统计，其他的利用《易林》文献的还有如下一些：方以智编撰的《通雅》引《易林》28 处；陈耀文的《天中记》卷九《金石录》引《易林》一处，其在"水宗"条云：

  《易林》曰："海为水宗，聪明且圣。百流归德，无有畔逆。"又云："海为水王"云云。汉《东海桓君海庙碑》云："浩浩沧海，百川之宗。"

杨慎在《古音略例》中也引用了两处《易林》说明读音的问题；彭大翼的《山堂肆考》中也引用了不下十条《易林》林辞来说明一些词语的出处，如卷二十一"奥府"条云：

  《焦贡易林》：江河淮海，天之奥府。众利所聚。

"都市"条云：

  《易林》：江河淮海，天之都市。商人受福，国家富有。

3. 《焦氏易林》易学研究

《易林》之易学研究在宋代似乎达到高潮，明代的《易林》易学研究所涉及的问题基本上都是前人提出的，一般都只着眼于《易林》变卦和术数问题。如熊过的《周易象旨决录》卷六"系辞"云：

  爻在其中，此伏羲之重卦；动在其中，此文王之重卦也。张文饶以文王重爻用十二，盖若世传《易林》矣。

此讨论《易林》爻数；季本的《易学四同·外篇》杂论术数，对于《易

---

① 朱睦㮮：《五经稽疑》卷八，《四库全书》本。

林》等书均一一进行辨析；胡居仁在其所著《易像钞》卷十四则对《易林》自创文辞进行了抨击：

> 焦赣《易林》、卫元嵩《元包》，敢于弃置文王彖辞而自支离其说，不胜杜撰，不胜画蛇添足，即坐舞文之诛何过。

在明代易学、术数类著作中，尚有两部和《易林》相关者，它们被收在《四库全书存目丛书·子部·术数类》当中，一部是韩邦奇的《易占经纬》，《四库全书》为它作的《提要》中认为"兹编专阐卜筮之法，以三百八十四变为经，四千九十六变为纬。经者《易》之爻辞，纬取《焦氏易林》附之，占则以孔子占变为主，盖言数而流于艺术者也"。另一部是乔中和的《大易通变》，该书一名《焦氏易林补》，《四库全书》为其作的《提要》认为该书"取焦赣《易林》，删其词之重复者，以己意补缀其阙，凡一千余首"。

另外，明代还有两部模仿《易林》的易学与术数之书，一部为方时化的《周易颂》二卷，"上卷九十颂，下卷亦九十颂，前后泛言象数，中间每卦为一颂，亦有两卦为一颂者，其体格颇仿《焦氏易林》，要不脱佛家之宗旨。"（《四库全书总目提要·周易颂提要》）另一部为卢翰的《籤易》一卷，"是书以六十四卦加太极、两仪、四象、进退、离合、大小、远近，衍为七十九数，易蓍策而用竹籤，每籤有辞，又各系以赞释，以拟《易林》、《太元》、《元包》、《潜虚》诸书，实则方技者流以钱代蓍之变法耳。"（《四库全书总目提要·籤易提要》）

4. 文辞之模仿及其他

前文我们已经交代明代有一些诗人模仿《易林》来写诗，这里我们仅举胡一桂的四言诗为例。在清代胡文学编的《甬上耆旧诗》卷二十九中，收录有胡一桂的四言诗，在作品前有作者小传，其中云："胡处士一桂，字百药，万历中诗人，隐居不仕。余初见《甬东诗括》载百药诗九首，风华高绮，自然可爱。为录存八首，意中欿然，思得尽百药诗，遍觅久之，复从友人闻兊泉所得其四言诗一卷，奇文奥义，识学兼造，当是焦延寿一流，为后来词人所绝无者。……今百药犹得存此一卷诗，使后世与焦赣易辞并读，人风仿佛，忾想其余。"① 比如胡一桂以下两首诗：

> 酉且酒乳漱，天乳哺侑。
> 亡殷牛饮，败楚虎酣。
> 成礼将德，百拜三授。
> 赏为欢伯，惩则祸首。

这是一首谈历史经验教训的诗，颇类似于咏史诗，其中"赏为欢伯"的句子明显是袭用《易林》"酒为欢伯"之语。

> 火在井中，不能燎原。
> 目在足下，不可视裈。
> 国之治乱，日之明昏。
> 居高则明，烛远斯尊。

这一首是哲理诗，在《易林》中此类诗很多，往往能以小见大，举近知远，胡一桂此诗与《易林》风格极似。

由于《易林》为术数之一种，焦赣易学又有着隐士的传授色彩，且其中涉及了一些神仙、方术之事，所以在明神宗万历年间续修《道藏》的时候，就把《焦氏易林》收录了进去。

尽管相对于前代来说，《焦氏易林》的文学价值在这一时期被认可，但是怀疑作者的问题也就是从明朝的郑晓开始的，后来的顾炎武等人均加入了这一问题的争论，前文作者考证部分有述，不再一一列举。

五 清代

有清一代，实学发达，受此大的学术背景影响，对于《易林》文献方面的价值，清人做了很多工作。然而对于《易林》文学价值之认识，却没有沿着明代学者开辟出的路子发扬光大，相反，还有一些学者对《焦氏易林》的文学性提出了质疑。这并不是一件坏事，大凡一种事物要

---

① 胡文学主编：《甬上耆旧诗》卷二十九，《四库全书》本。

被人们认识，总需要有一个过程，在这个过程中，有赞成者，自然就有反对者，正是在这种争论之中，彰显事物真实的特质。就文学作品来说，经典也正是这样产生的。

1. 易学研究

清代学者对于汉学比较看重，因此对于《焦氏易林》多所发挥，他们对于《易林》的易学研究，在某些方面超出了宋人的范围。然而对《易林》也仍是褒贬不一。

惠栋的《易汉学》对于焦赣易学有所追溯。

王宏撰《周易筮述》卷三"曰变占，尊圣经，黜《易林》"，"其书虽专为筮蓍而设，而大旨辟焦、京之术，阐文、周之理"①，对于《焦氏易林》是一种排斥的态度。

王弘撰在其《周易筮述》②序言中也对《易林》进行了否定：

> 自焦赣出而圣人隐，自《易林》出而圣人之言隐，京房、管辂、郭璞辈继之，而相天、相地、相人之术百家杂起，言《易》者日纷，去《易》日远，诡僻诞怪，求知所不可知，而道德性命之事荒矣。故予责乱《易》之罪，以赣为首。

在卷三中，王弘撰又对《易林》之卦变和占筮之功能予以否定：

> 今之筮者舍《周易》之辞而用焦氏之《易林》，是惑也。朱子卦变之说，与焦氏合，而韩氏谓不如焦氏之密。予究其实，未见其有不如者。韩氏之占，兼用《易林》，予则必除之，而一以文王之象辞、周公之爻辞、孔子之象辞为断，尊圣人之教也。

另外，胡煦在其所撰《周易函书约存》③中也认为《焦氏易林》是扰乱圣人《周易》的著作，他在《卷首中·变占》中说：

---

① 《四库全书总目提要·周易筮述提要》。
② 王弘撰：《周易筮述》，《四库全书》本。
③ 胡煦：《周易函书约存》，《四库全书》本。

> 周公不别立爻辞，便是此旨，若使其辞不可合断，则周公释爻之日，既已逐爻系之辞矣。宁顾不能如《易林》之详且备耶？宜乎详备而顾犹缺焉，宁非周公不全之书耶？

这是对焦赣别为繇辞的批评。在《周易函书约存·原古·易林》卷九所辑录的先儒论说中，有人对《易林》作出很高的评价：

> 焦赣，字延寿，传经学于孟喜，当西汉元成之间，以易道上干梁王，遂为郡察举，诏补小黄令，著《焦氏易林》，每卦各有六十四变，变各有词，亦西汉之杰作也。

胡煦对此却驳斥道：

> 今于六十四卦不论独动、合动，每于所动之卦皆别立一辞，比诸周公爻辞绝不相类……夫《周易》经四圣厘定，吉凶悔吝，自古及今莫之或爽者，道存故也。若使道理尚有渗漏，尚俟后人寡知渺见缀而补之，岂四圣之聪明领会不子若乎？抑亦不揣之甚矣。学者有志圣道，宁弃术数而尊圣经可耳。

对《易林》褒之者亦有数家。如江永便不认为焦赣作《易林》是妄举，在《河洛精蕴》中，有一段话可以表明他的观点：

> 问：四千九十六卦，焦延寿系之以辞，谓之《易林》，非圣人而作《易》，不亦妄乎？曰：不然也。即今《易》之彖爻辞，或吉或凶，岂真有一定不可移之义哉？①

潘咸撰《易蓍图说》十卷，也认为"《焦赣易林》、《参同契》月卦、《乾

---

① 江永：《河洛精蕴》卷三，学苑出版社2004年版，第105页。

坤凿度》轨数及谶纬诸占为大衍之遗意"①。相对于前人所探讨的《易林》卦变，黄宗炎《图学辩惑》中的说法较为客观，他纠正了关于《易林》十二画卦的错误说法：

> 焦氏易学传数而不传理，响应于一时，声施于后世者，自有变通之妙。用分为四千九十六卦，实统诸六十四。是以卦具六十四卦之占，乾坤还其为乾坤，六子还其为六子，列卦仍还其列卦也。非层累而上有七画、八卦以至十二画之卦也。《易林》一卦中错综杂出，变动不拘，岂一画止生一奇一耦历百千而不改、如是其顽冥不灵者欤？两间气化，自有盈缩，或阴盛阳衰，或阳多阴少，恶得均分齐一，无轻重、大小、往来、消长之异同乎？②

魏荔彤在《大易通解·附录》中也对《易林》之卦变做出肯定：

> 至《焦氏易林》衍为四千零九十六卦，虽似支蔓，然是八卦相荡中所有者。何也？卦象有定，爻变不测，故一卦可变为六十四卦，六十四各变六十四，自有此数，亦不过在三画卦内变动，未尝有四画卦、五画卦及叠增无已之说也。是纵极爻变以定卦，焦氏所衍之数，《易》之所有也。③

此外，清人钱澄之撰《田间易学》十二卷，其在《卷首下》的"附焦延寿《易林》卦变法"中对于《易林》筮法作了说明。

在《易林》的易学研究中，清人还作出了开拓性的进展，那就是以《易林》来解《周易》。例如胡煦在《周易函书约注》卷三中释《坎》卦上六象辞"象曰：不速之客来，敬之终吉，虽不当位，未大失也"时云："《焦氏易林》引'不速客来，指为盗贼。'然此属《坎》爻，下又言失，

---

① 《四库全书总目提要·易类存目四·易著图说提要》。
② 黄宗炎：《图学辨惑》，《四库全书》本。
③ 魏荔彤：《大易通解》，《四库全书》本。

或古《传》指盗也。"① 惠士奇《惠氏易说》中也有六处引用《易林》解《易》者，如卷二释《噬嗑》卦六二爻辞云："'六二：噬肤灭鼻，无咎。'……'噬肤灭鼻'犹《易林》所谓'餔糜毁齿，失其道理'者也。言糜粥不毁齿，犹肤肉不灭鼻，故曰'失其道理'，《易》之取象，岂若是哉？"②

2. 经学研究引《易林》

清人对《诗经》作研究时，亦每每援引《焦氏易林》，或用于考察诗旨，或用于考释字词音义。如陈启源《毛诗稽古编》卷二十三释《小毖》之"桃虫"："陆玑言'焦贡《易林》亦言'桃虫生雕'"。毛奇龄《毛诗写官记》卷一释"陟彼崔嵬，我马虺隤"曰："故《焦氏易林》云：玄黄虺隤，行者劳疲。役夫憔悴，踰时不归。彼则亦以玄黄、虺隤为不归者矣"；卷二释"东门之墠，茹芦在阪"曰："《易林》曰：东门之墠，茹庐在阪。'芦'也者'庐'也，故曰其室也。又曰有践家室"。姜炳璋撰《诗序补义》卷十八解释《诗经·小雅·无将大车》时引《焦氏易林》"大车多尘，小人伤贤，其忧百端"（《焦氏易林·井之大有》林辞：大舆多尘，小人伤贤。皇甫司徒，使君失家）。顾镇在《虞东学诗》卷八释《诗经·小雅·青蝇》亦引《易林》两条以说明诗旨：

> 此诗刺王，当为太子宜臼被谗而作，按《易林》云："青蝇集藩，君信谗言。害贤伤忠，患生妇人。"又云"马蹄踬车，妇怨破家。青蝇污白，恭子离居。"则焦氏早有是说矣。③

在清人关于《诗经》和《焦氏易林》的研究中，陈乔枞和王先谦的研究可谓突出，两人利用《焦氏易林》来考察"三家诗"遗义，前者著《三家诗遗说考》，后者著《三家诗诗义集疏》，均大量引用《焦氏易林》，以为乃"齐诗"。

此外，焦袁熹《此木轩四书说》卷九、顾炎武《音学五书》、王念孙

---

① 胡煦：《周易函书约注》，《四库全书》本。
② 惠士奇：《易说》，《四库全书》本。
③ 顾镇：《虞东学诗》，《四库全书》本。

《广雅疏证》等均引用《焦氏易林》，康熙时编撰的《御定佩文斋广群芳谱》和《御定渊鉴类函》亦多处引《易林》。

3.《易林》文学研究

清人对于《焦氏易林》的文学价值颇有争议，有一些极力反对《易林》为诗者，比如冯班在《钝吟杂录》卷三中就说：

> 《书》曰："诗言志。"《诗序》曰："变风发乎情。"如《易林》之作，止论阴阳，非言志缘情之文。王司寇欲以《易林》为诗，直是不解诗，非但不解《易林》也。王李论诗，多求之词句而不问其理，故有此失。少年有不然余此论者，余谕之曰："夫镜，圆也；饼，亦圆。饼可谓镜乎？《易林》之不为诗，亦犹此耳。若四言韵语便是诗，诗亦多矣，何止焦氏乎？"①

他所说的王司寇就是王士禛。冯舒在《诗纪匡谬》中也说：

> 原夫书契既兴，英贤代作，文章流别，其来久矣。若箴、铭、诵、诔可以备载，则赋亦诗家六义之一，何以区分？若云有韵之语可以广收，则《国策》、《管》、《韩》之属何往非韵？《素问》一书通篇有韵，《易》之《文言》本自圣制，《书》之敷言出于孔壁，亦自谐声，不专辞达，可得混为诗耶？作俑于兹，滥觞无极，《焦氏易林》居然入诗矣。岂不可叹！②

这是对冯惟讷《古诗纪》录载杨慎对《易林》评价的批评。毛先舒在他的《诗辩坻》卷三也说：

> 《易林》、《参同契》等书，本非文士所撰，其词特偶作谐声耳，后之证古韵者，辄引为据，殊见乖剌。又若唐、宋以后人著撰，韵多放轶先榘，如晚唐诗首句出韵之类，后辑韵书者不引著宪以裁其愆，

---

① 冯班：《钝吟杂录》卷三《正俗》，《丛书集成初编》本。
② 冯舒：《诗纪匡谬》，《四库全书》本。

第五章　《焦氏易林》之影响及其文学史地位　311

反援彼讹文，强证通韵，徒炫博雅，不知滋误。①

此则对《易林》的韵文提出了质疑，若《易林》韵文成为问题，按照中国古代对诗歌的形式要求，《易林》也就很难为诗了。章学诚也说，"焦贡之《易林》，史游之《急就》，经部韵言之不涉于诗也。"②

清人对《焦氏易林》的文学价值重新认可的是费锡璜，他在《汉诗总说》中说：

读汉诗须读汉文汉赋，会通其意，始渐有解处。《淮南》、《史》、《汉》、《太玄》、《易林》诸书，不可不读，而《楚辞》尤为汉诗祖祢。

《易林》奇古，亦汉四言韵语，因有尚书，故不录。③

清人笔记中尚有涉及《焦氏易林》者，如顾炎武《日知录》卷十八"勘书"、朱彭寿《安乐康平室随笔》卷二、赵翼《陔余丛考》卷二十一"禽兽草木互名"等。

由于《易林》语言隽永，古人亦有用其作对联者，清人徐时栋《烟屿楼笔记》卷八云：

集《易林》者多矣。各出己意，戛戛生新。余集数联云："登高上山，云过吾面；举杯饮酒，客入其门。""小窗多明，为我鼓瑟；芳花当齿，使君延年。""龙马上山，升擢超等；凤凰来舍，坐立欢门。""春桃萌生，时雨嘉降；秋兰芬馥，飞风送迎。"

清人吴恭亨《对联话》卷十二《杂缀二》也记载"赵菁衫自署门联，集《易林》云：'进士为官，折腰不媚；贵人有疾，在目无瞳。'亦自新颖"。

---

① 毛先舒：《诗辩坻》，郭绍虞选编《清诗话续编》（上），上海古籍出版社1983年版，第63页。
② 章学诚：《文史通义校注·内篇一·诗教下》，叶瑛校注，中华书局1985年版，第79页。
③ 费锡璜：《汉诗总说》，《清诗话》，上海古籍出版社1999年版，第945、948页。

另外，还有两部集《易林》对联的著作，一部是无名氏的《易林集联》，今有1917年上海扫叶山房版本；一部是光绪年间举人徐珂的《易林分类集联》，上海商务印书馆1927年印行。对联作为中国文学形式之一种，它们对《焦氏易林》的接受，亦可看作《易林》文学影响的扩大。

清代《易林》被接受的范围的扩大，尚波及小说当中，比如李汝珍的《镜花缘》第八十六回《念亲情孝女挥泪眼，谈本性侍儿解人颐》中就提到了《焦氏易林》：

> 紫芝道："他的笑话虽好，不知可能飞个双声叠韵？"兰芝道："如飞的合式，诸位才女自然都要赏鉴一杯。"玉儿道："我就照师才女'公姑'二字飞《焦氏易林》'一巢九子，同公共母'。双声叠韵俱全，敬诸位才女一杯。"紫芝道："都已赏脸饮了，说笑话罢。设或是个老的，罚你一杯。"①

此可见一般士人对《易林》的了解。

六 近代以来

近代以来，对于《焦氏易林》的文学研究比以往要系统和全面得多，当然这只是相对而言。《易林》作为诗歌的观念得到了较为普遍的认同，出现了闻一多和钱锺书先生的较为肯定性的研究。这当然和"五四"以来文学观念的变化有关，也同民国时期对民间文学的关注有关。此一时期对《焦氏易林》的易学研究取得突破性进展，注解《焦氏易林》亦成为一大景观。

1. 文学研究

闻一多先生对于《易林》的文学研究不无开掘之功，他除了选出《焦氏易林》的部分林辞编为《易林琼枝》②外，还在《易林琼枝》后面附了一段文字，对《易林》做了极高的评价：

---

① 李汝珍：《镜花缘》，上海古籍出版社2005年版，第402页。
② 生活·读书·新知三联书店和湖北人民出版社出版的《闻一多全集》均有收录。

第五章 《焦氏易林》之影响及其文学史地位　313

> 如果我说汉代文学不在赋而在乐府和古诗，想来是不会有多少人反对的。如果我又说除乐府、古诗外，汉代还有着两部非文学的文学杰作，一部在《史记》里，另一部在《易林》里；关于《史记》你当然同意，听到《易林》这名目，你定愕然了。《易林》是诗，它的四言韵语的形式是诗；它的"知周乎万物"的内容尤其是诗。①

在其后的附录中，闻一多先生列举了一个《焦氏易林》的研究大纲，在大纲中，闻一多先生认为"《易林》——唐宋诗的滥觞"。在《四千年文学大势鸟瞰》中，闻一多先生在"第三大期"中的"第四期（汉）"列举了一条提纲："民歌的起来（乐府诗、易林）。"② 在"中国上古文学年表"中，闻一多先生还列出了《易林》作者焦延寿的生卒年。③ 由此可见，闻一多先生对于《焦氏易林》的研究虽然由于某种原因留下的资料不多，但却是相当系统完善的，他对《焦氏易林》做出的一些评价和把握，也完全是在整个中国文学流变过程中的一种客观、准确的领悟与分析，不同于简单的文辞赏析。除了进行《易林》的文学研究之外，闻一多先生还充分利用了《易林》的文献价值，在《诗经通义》《诗经新义》中他利用《易林》来释读《诗经》中的字词，比如他的著名的《〈诗·新台〉"鸿"字说》就援引了《焦氏易林·渐之睽》的林辞"设罟捕鱼，反得居诸"。④ 在《楚辞编》和《乐府诗编》中⑤，闻一多先生也多次引《易林》以说明问题。

钱锺书先生对《焦氏易林》的评价也很高，他在《管锥编》第二册中专立《焦氏易林》一节，分析了《易林》部分林辞的高超语言艺术、立象艺术、说理艺术等，旁征博引，妙论迭出。在《管锥编》中，钱锺书专门讨论了《易林》是否为诗的问题，驳斥了否定《易林》为诗的说法，并把《易林》和《诗经》相提并论，认为"盖《易林》几与《三百篇》并为四言矩矱焉"。

---

① 《闻一多全集》第 10 册，湖北人民出版社 1993 年版，第 61 页。
② 同上书，第 25 页。
③ 同上书，第 81 页。
④ 《闻一多全集》第 3 册，湖北人民出版社 1993 年版，第 195—196 页。
⑤ 《闻一多全集》第 5 册，湖北人民出版社 1993 年版。

在当代学人的研究中，最为系统的《焦氏易林》文学研究是陈良运先生的《焦氏易林诗学阐释》一书，该书从作者、作品题材、寓言诗、立象等角度进行详细的研究，对焦赣评价极高，如认为焦赣是我国第一位现实主义诗人，第一位自觉创作哲理诗、寓言诗的诗人，第一位擅长炼字、炼句、炼意的诗人等。

对于20世纪的《易林》文学研究，赵敏俐先生在《20世纪汉代诗歌研究综述》说：

> 在汉代诗歌中，《焦氏易林》是一部很特殊的书，它本是一部据《周易》而作的占卜书，却全用四言诗的形式写出，所以也可以说是一部特殊的四言诗歌集。这部书长久以来不被人重视，尤其是研究诗歌的人更不重视。在上个世纪中，最早从文学角度对其进行评价的人是闻一多，其后，钱锺书在《管锥编》中将《焦氏易林》列为一大专题，论述了《乾》、《坤》等三十"林"，涉及作品数百篇。2000年，陈良运出版了《焦氏易林诗学阐释》一书，全书分为三编，上编为《焦氏易林》诗选，中编为《焦氏易林》诗论，下编为《易林》作者考辨及其他，这是目前对此书所进行的最系统的研究。它的出版，也显示了当代学人在汉代诗歌研究领域的拓展及其深度，是值得重视的一件事。①

对《焦氏易林》文学的研究，还有一些其他的论文发表，不再一一列举。此外，极少数的文学通史或断代文学史也涉及了《焦氏易林》，本书绪论亦列举，此不赘述。

笔者在撰写本书过程中，对闻一多、钱锺书和陈良运三位先生的论著多有参考。

2.《焦氏易林》易学与文献研究

对《焦氏易林》进行易学研究最为系统也最为权威的是易学大师尚秉和先生，他的《焦氏易诂》和《焦氏易林注》为易学界所称道。另外，林忠军先生的《象数易学史》和张涛先生的《秦汉易学思想研究》也对

---

① 赵敏俐：《周汉诗歌综论》，学苑出版社2002年版，第435页。

《焦氏易林》进行了论述，前文已引，此不赘述。另外，黎子耀先生的《周易秘义》在解释《周易》时，每一卦都引《易林》数条来证明自己的观点。① 在文献研究方面，李昊的《焦氏易林研究》在其博士论文的基础之上对《焦氏易林》的文献及语言等相关问题进行了较为细致的研究，不乏新见。其他的单篇论文也有一些，兹不列举。

3. 《焦氏易林》注本

近年来对《焦氏易林》的整理和校注成果显著，尚秉和先生的《焦氏易林注》主要是从易学角度切入的，没有易学功底的人一般难以理解。一些学者对《焦氏易林》的文辞进行注解，方便了《焦氏易林》的传播和接受。这些整理的著作主要有：钱明世先生的《易林通说》，华夏出版社1990年版；费秉勋先生主编的《白话易林》，三秦出版社1990年版；王赣和牛力达先生合著的《大衍新解》，济南出版社1992年版；邓球柏先生的《白话焦氏易林》，岳麓书社1996年版；芮执俭先生的《易林注译》，敦煌文艺出版社2001年版；刘黎明先生的《焦氏易林校注》，四川出版集团巴蜀书社2011年版；徐傅武与胡真先生的《易林彙校集注》，上海古籍出版社2012年版。其中，刘黎明先生的《焦氏易林校注》颇见校勘注解之功，笔者认为是目前最好的注本。

4. 学位论文

《焦氏易林》一书也渐渐被年轻的学人所关注，他们凭着对学术的热爱，对《焦氏易林》的研究投入了大量的热情，这主要表现在硕士和博士学位论文的选题方面。② 比如四川大学中文系刘黎明先生指导的2002届硕士研究生杜志国的论文《焦氏易林研究》；四川大学中文系伍宗文先生指导的2003届硕士研究生李昊的论文《焦氏易林词汇研究》；福建师范大学文学院张善文先生和郭丹先生指导的2004届硕士研究生李绍萍的论文《论〈焦氏易林〉与先秦两汉文学的融会贯通》；福建师范大学文学院张善文先生指导的2005届博士研究生马新钦的论文《焦氏易林作者版本考》；福建师范大学文学院张善文先生和郭丹先生指导的2005届硕士研

---

① 黎子耀：《周易秘义》，浙江古籍出版社1989年版。

② 由于这些论文大多尚未公开出版，其相关信息主要采自http：//www.cnki.net/index.htm中的硕士博士学位论文库。

究生汤太祥的论文《〈易林〉援引〈左传〉典语考》；北京师范大学2008届博士研究生刘志平的论文《〈焦氏易林〉的历史学考察》。另外，笔者在2003年硕士研究生毕业之际在魏耕原先生指导下完成学位论文《焦氏易林四言诗研究》，2006年在张新科教授指导下完成的博士学位论文《盖事虽〈易〉，其辞则诗——〈焦氏易林〉文学研究》。值得一提的是，中国人民大学李炳海先生指导的2014届博士研究生田胜利的论文《〈焦氏易林〉研究——汉代易学与文学关系透视》以及其所发表的几篇论文，与笔者的论文多有交叉，可谓所见略同。这只是就笔者所见到的以《焦氏易林》为题的学位论文，其他学人在学位论文部分章节中涉及《焦氏易林》的当还有一些，兹不列举。

此外，对于《焦氏易林》文献的运用，王力先生和周祖谟先生在研究音韵方面的著作中也引用了《焦氏易林》。①

纵观《焦氏易林》成书以后的传播和接受情况，一开始大家都是把它当作占卜之书看待和使用的，即使在隋唐以前有吸收其文辞者，也多是在数术之类的书中加以运用。随着它的影响的逐步扩大，人们不仅仅关注它的占卜价值，在唐代就已经有人开始注意到它文辞的优美，到了宋代，人们开始探讨它的易学问题，它的文辞之美更进一步为大家所认识。明代是《焦氏易林》接受史上的一个分水岭，人们正式认可了它的文学价值。随着社会的进步以及文学观念的变化，近代学人对《焦氏易林》文学价值的发掘越来越深入，它的影响也会随着社会的发展而逐步扩大。可是，很少有文学史来关注《焦氏易林》，尤其是比较权威的文学史，更应该给《焦氏易林》确立一种比较客观的地位。

第二节 《焦氏易林》之文学史地位

《焦氏易林》的文学价值不容置疑，但是要给它在文学史上进行一种比较客观的定位却不是一件容易的事。因此，我们必须将《焦氏易林》

---

① 详见王力《汉语音韵史》卷上第二章《汉代音系》，中国社会科学出版社1985年版，第105—109页；周祖谟《周祖谟学术论著自选集》卷四《魏晋宋时期诗文韵部研究》，北京师范大学出版社1993年版，第197页。

第五章 《焦氏易林》之影响及其文学史地位 317

置于汉代文学乃至整个中国文学史中,并宏观、综合地考察其价值,才能评价《焦氏易林》之文学史地位。

一 《焦氏易林》与乐府、辞赋及志怪传奇

在汉代文学中,《焦氏易林》与乐府诗歌的关系是最为密切的。《焦氏易林》和乐府诗歌基本上都属于民间诗歌的范畴,闻一多先生在有关论著当中也持这种观点(见前文),它们在语体色彩以及选材方面都有很多相似的地方。应该说《焦氏易林》接受了民间乐府的影响,尤其接受了乐府诗歌所具有的"感于哀乐,缘事而发"的现实主义写作精神。就诗歌形式方面来说,汉乐府创造了一种三言诗的形式,这种三言体成熟于唐山夫人的《房中歌》。焦赣受到这种形式的影响,在《焦氏易林》中也创作了几首三言的林辞,如:

> 阳低头,阴仰首。水为凶,伤我宝。进不利,难生子。
> 　　　　　　　　　　　　　　　　　　　　　(《乾》之《渐》)
> 火虽炽,在吾后。寇虽多,在吾右。身安吉,不危殆。
> 　　　　　　　　　　　　　　　　　　　　　(《大有》之《需》)
> 登昆仑,入天门。过糟丘,宿玉泉。开惠观,见仁君。
> 　　　　　　　　　　　　　　　　　　　　　(《比》之《姤》)
> 已动死,连商子。扬砂石,狐狢扰。军鼓振,吏士苦。
> 　　　　　　　　　　　　　　　　　　　　　(《剥》之《渐》)
> 播天舞,光地乳。神所守,乐无咎。
> 　　　　　　　　　　　　　　　　　　　　　(《剥》之《兑》)
> 车虽驾,两绁绝。马奔出,双轮脱。行不至,道遇害。
> 　　　　　　　　　　　　　　　　　　　　　(《同人》之《贲》)
> 羽动角,甘雨续。草木茂,年岁熟。
> 　　　　　　　　　　　　　　　　　　　　　(《节》之《明夷》)
> 居华颠,观浮云。风不摇,雨不濡。心平安,无咎忧。
> 　　　　　　　　　　　　　　　　　　　　　(《既济》之《贲》)

《焦氏易林》中的这些三言诗,有的语言典雅,类似《安世房中歌》,有

的语言质朴,类似民间乐府,在表情达意方面已经具有相当的艺术感染力。

《焦氏易林》中的大量寓言诗以动植物为描写对象,多有类似乐府者,此点在《焦氏易林》之寓言诗中已论;《焦氏易林》游仙诗与乐府之游仙诗在思想及某些语句方面也有相似者。除此之外,《焦氏易林》的某些立意和语句亦有类似乐府者,兹列举数例如下:

(1) 白鸟衔饵,鸣呼其子。斡枝张翅,来从其母。伯仲季叔,元贺举手。

(《小畜》之《小畜》)

蜨蝶之遨游东园,奈何卒逢三月养子燕。接我苜蓿间,持之我入紫深宫中,行缠之传欂栌间。雀来燕,燕子见衔哺来,摇头鼓翼何轩奴轩。

(《蜨蝶行》)

(2) 龟厌河海,陆行不止。自令枯槁,失其都市。忧悔为咎,亦无及已。

(《泰》之《节》)

鳅虾去海,藏于枯里。街巷偏陿,不得自在。南北极远,渴饿成疾。

(《谦》之《明夷》)

枯鱼过河泣,何时悔复及。作书与魴鱮,相教慎出入。

(《枯鱼过河泣》)

(3) 龙马上山,绝无水泉。喉焦唇干,舌不能言。

(《乾》之《讼》)

龙入天关,经历九山。登高上下,道里险难。日晏不食,绝无甘酸。

(《噬嗑》之《师》)

戴日精光,骖驾六龙。禄命彻天,封为燕王。

(《乾》之《否》)

来日大难,口燥唇干。今日相乐,皆当喜欢。经历名山,芝草翩翩。……淮南八公,要道不烦。参驾六龙,游戏云端。

(《善哉行》)

(4) 视夜无明，不利远乡。闭门塞牖，福为我母。

(《大畜》之《涣》)

乱曰：抱时无衣，襦复无里。闭门塞牖，舍孤儿到市。

(《妇病行》)

(5) 当年早寡，独立孤居。鸡鸣犬吠，无敢问诸。我生不遇，独离寒苦。

(《随》之《既济》)

从今以往，勿复相思，相思与君绝。鸡鸣狗吠。兄嫂当知之。

(《有所思》)

(6) 隐隐填填，火烧山根。

(《兑》之《困》)

疾雨盈河，辟历下臻，洪水浩浩滔厥天。铿走良隆愧，隐隐阗阗。国将亡兮丧厥年。

(《辟历引》)

(7) 河伯大呼：津不得渡！船空无人，往来亦难。

(《屯》之《大有》)

公无渡河，公竟渡河。堕河而死，当奈公何。

(《公无渡河》)

(8) 五乌六鸥，相对蹲跂。礼让不兴，虞芮争讼。

(《大壮》之《归妹》)

相逢狭路间，道隘不容车。不知何年少，夹毂问君家。

(《相逢行》)

以上列举，第（1）（2）（7）（8）条立意命篇相同或相似，如第（8）条《焦氏易林》所写，简直就是一首动物间的《相逢行》。其他加着重号者，属于语词相同或相近者，均堪比较。可以推测，二者应当有相互影响的关系。

汉乐府多是民间的诗歌，反映出民间文学创作的繁荣。在民间乐府的基础上逐渐产生了五言诗，文人沿用了这种形式，于是后来出现了五言的成熟之作《古诗十九首》。在乐府诗和《古诗十九首》两者之间，出现的是《焦氏易林》。《易林》既有民间诗歌的精华，又有文人加工创作的结晶，可以看作民间诗向文人诗歌过渡的一种形式。在《焦氏易林》中，已经出现了宇宙意识和生命意识，比如它对天地、阴阳、时序的诸多描述，它对时光流逝的感叹以及对个体命运的关注，都已经出现了个体意识的萌芽和觉醒，这无疑为《古诗十九首》中主体意识的高度自觉做了铺垫。

《焦氏易林》与辞赋也有一定的关系，它和诗体赋及俗赋最为接近，诗体赋和俗赋多咏物之作，语多俳谐，且和《易林》咏物、寓言之作可堪比较，比如《神乌赋》与《焦氏易林》。

《焦氏易林》之中亦有叙述怪异之事者，其中至少有三首在志怪小说或传奇中出现：

（1）二女宝珠，误郑大夫。交父无礼，自为作笑。

（《噬嗑》之《困》）

此事《列仙传》中有载；

（2）白鹤衔珠，夜室反明。怀我德音，身受光荣。

（《谦》之《泰》）

此事《搜神记》中有相近的白鹤衔珠报恩的故事；

（3）南山大玃，盗我媚妾。怯不敢逐，退然独宿。

（《坤》之《剥》）

此事后来在唐传奇《补江总白猿传》中被演绎。

二 《焦氏易林》之思想及史料价值

胡适先生说："《易林》这部书，本来只是一部卜卦的繇辞，等于后世的神庙签诗。它本身并没有思想史料的价值。"① 可是《焦氏易林》丰富的内容,不能说就没有一点思想价值。事实上,《易林》作为一部"知周乎万物"的书,其思想价值是显而易见的。

《易林》有其"思想史料的价值",而非如胡适先生所说。《易林》作为演《易》之书,它是西汉易学的产物,并且是《易》之别传的产物,它保存了先秦自西汉的一些失传的易学,一如尚秉和先生所言,西汉易学全赖《易林》保存,尤其是象数之学,何况刘大钧先生又称易学中的图书之学出自西汉焦、京,而尚秉和先生又考证出《易林》亦用先天卦位呢?另外,《易林》中大量以灾异言政的诗(见前文),可以有助于我们理解汉代"天人感应"的哲学思想及经学中"经世致用"的思想;并且,《易林》中关于神仙服食的诗,可以为我们考察西汉思想及道教产生前的一些民间信仰状况提供许多难得的史料。最后,《易林》中的哲理诗、寓言诗,正是其思想价值的体现,它们无一不闪烁着思想智慧的火花。

至于《易林》的史料价值,更是显而易见。如其中所写西汉王朝与外邦及少数民族交往之事,"安息康居,异国穹庐。非吾习俗,使我心忧"(《蒙》之《屯》)、"区脱康居,慕仁入朝。湛露之欢,三爵毕恩,复归旧庐"(《讼》之《恒》)、"同本异叶,乐仁尚德。东邻慕义,来兴吾国"(《谦》之《履》)、"毡裘氎国,文礼不饬。跨马控弦,伐我都邑"(《豫》之《需》)、"骄胡犬形,造恶作凶。无所能成,还自灭身"(《明夷》之《大壮》)等,写安息国、日本等与西汉政府交往及匈奴骚扰中原事,加之其他对匈奴的描写,都有一定的史料价值。

《易林》中除有大量描写农业的诗(见前文)外,还有一些写工商业的诗,如"江河淮海,天之都市。商人受福,国家饶有"(《渐》之《涣》)、"大都之居,无物不具。抱布贸丝,所求必得"(《解》之《乾》)、"日中为市,各持所有。交易资贿,函珠怀宝,心悦欢喜"(《丰》之《贲》)等,可以帮助我们认识西汉的商业经济发展状况,亦有史料价值。

此外,《易林》中关于西汉民俗的记录,如"姬姜既欢,二姓为婚。

---

① 胡适:《易林断归崔篆的判决书》,《历史语言研究所集刊》第20卷,江苏古籍出版社1999年版,第25页。

霜降合好，西施在前"（《夬》之《复》）、"刚柔相呼，二姓为家。霜降既同，惠我以仁"（《中孚》之《坎》）等，便表明西汉同姓不婚，且结婚多在霜降前后；又如"桃夭少华，婚悦宜家。君子乐胥，长久止居"（《困》之《观》）、"春草繁荣，长女宜夫。受福多年，世有封禄"（《观》之《恒》）等，说明汉代又沿袭古制，春季亦多嫁娶。又如"旦生夕死，名曰婴鬼，不可得祀"（《涣》之《大过》），可以看出早在西汉便有夭折之人不得进其祖坟受祀的风俗。又如"老狐屈尾，东西为鬼。病我长女，哭涕屈指。或西或东，大华易诱"（《睽》之《升》）、"呼精灵来，魄生无忧。疾病愈瘳，解我患愁"（《损》之《渐》）等，可知西汉风行狐祟为病、求巫治病的习俗。另外，像"伤寒热温，下至黄泉"（《赛》之《否》）、"针头刺手，百病瘳愈。抑按扪灸，死人复起"（《萃》之《节》）等，可供研究西汉医学之用。

总之，《易林》有很丰富的思想史料价值，正如当代学者唐明邦所言："《易林》的文学艺术价值，钱锺书、闻一多已有研究，近来它成为易学研究热点之一，角度不唯象数，已从自然、社会、政治、经济、艺术、思想、文化、军事、外交等方面研究，成为'反映西汉社会风貌的一面镜子'。"（王赣、牛力达著，《大衍新解·序》）由此亦可见《易林》价值之丰富。

三 《焦氏易林》之文学艺术价值

《易林》的文学艺术价值表现在如下几方面：

第一，《易林》的现实主义精神与手法，上承《诗经》"饥者歌其食，劳者歌其事"的现实主义传统，又旁汲汉乐府"感于哀乐，缘事而发"的精神，对西汉社会的各个方面，几乎是暴露地描写，并突破汉代儒家诗教"温柔敦厚"的束缚，真实地抒发内心的喜怒哀乐，是反映西汉社会生活的一部重要作品。《易林》的这种现实主义使它的悲剧性格外加强，从而为它增加了一种沉郁之美。

第二，《易林》在艺术手法方面，集兴象之大成，更重要的是，它在立象尽意方面体现出很强的自觉性，这种有意为文的意识，似乎也表明了文学自觉的萌芽。在立象方面，《易林》能创造性地设新象、奇象、怪象，往往出人意表，又不失诗趣，与说理相得益彰，在这方面，钱锺书先生所论,可参看。由此也表明《易林》在这方面成就卓越,使后世作品无法望其项背。尤其值得一提的是,《易林》在使抽象的情感具体化方面,独树一帜,很有创造性,如"坐席未温,忧来叩门。逾墙北走,兵交我后,脱于虎口"(《大过》之《遯》)、"凋叶被霜,独敝不伤。驾入喜门,与福为婚"(《颐》之《小过》)等,一写忧,一写喜,均用拟人手法,使忧喜有形有声,可感可触,至于像"忧来搔足""贫鬼守门"一类,亦可看作化抽象为具象的典范。

第三,在语言方面,《易林》语言风格淡雅,清新俏丽,自然峭古,活泼生动,文不加饰,而自然感人,且语多当时白话,通俗易懂,这可能是为使其在小传统内流传使然。它的语言艺术直可视为俗文学的典范,但遗憾的是没有一部民间文学史、俗文学史或白语文学史提及《易林》,就连著《白话文学史》的胡适先生,也在《易林》这个问题上变得目光迟钝了。在他的《判决书》中,虽然认为《易林》中"这些繇辞往往有很美的句子,读起来颇像民间的歌谣,朴素中流露着自然的俏丽","这四千多首繇辞里,至少有一百多首可以当作清新俏丽的小诗读,其文学的趣味比司马相如、冯衍、班固、崔骃的长赋要高明得多多"[1],但他的《白话文学史》既从汉代写起,却将《易林》排斥在外,不能不说明他对《易林》的文学价值局部肯定,整体否定的观点。

《焦氏易林》还显示出很高超的语言技巧,在整体上呈现出简辣朴淳的艺术风格,开炼字炼句炼意的先河,此点钟惺、钱锺书已论甚多,前文亦有引及,不复述。不仅如此,《易林》的语言多是经过老百姓锤炼过的,因此它还呈现出老辣、生狠等特点。所以《易林》可称得上白话文学的典范之作,是汲取民间语言技巧的硕果。许学夷《诗源辩体》三《汉魏总论》二五条云:"古诗赋惟《三百篇》、《楚辞》未有定韵可考,汉魏两晋则自有古韵。"[2] 而尚秉和及杨慎又云《易林》用韵,直同周秦,故《易林》可为研究古韵及当时的白话口语提供语言方面的实录。

《易林》的这种语言风格,是和它作为占卜之书的性质分不开的。在

---

[1] 胡适:《易林断归崔篆的判决书》,《历史语言研究所集刊》第 20 卷,江苏古籍出版社 1999 年版,第 25 页。

[2] 许学夷:《诗源辩体》,人民文学出版社 1987 年版,第 51 页。

占卜的时候,需要为求占的人口述繇辞,如果文辞过于艰涩,就会影响占卜的进行,况且很多求占之人都是一些下层的百姓。有人因为《易林》质朴的语言色彩而否定其文学价值,如吕书宝先生就说:"至于被后人称道的《焦氏易林》的四言哲理诗形式(思想价值姑且不论)……而从《易林》某些句子用词的俗气看,倒是可以跟后代的《奇门遁甲》配伍。"①"像西汉焦延寿的《易林》……行文不雅不俗且不说,为凑字重复概念物象的现象还非常严重,而且在章法上形同顺口溜,表面看形式整齐却很难引发人们的美感。"② 其实诗文的雅俗不在文辞而在意,如果意雅,即使俚语入诗也一样精彩。至于说《易林》凑字重复物象,实则不然,《易林》的这种语言形式恰好是汉代语言发展的明确体现,随着语言的发展,汉代的双音节词大量出现,《易林》及时捕捉了这种语言现象,将之写进诗歌当中,这应该是一件值得肯定的事情。

另外,萧涤非先生在《汉魏六朝乐府文学史》中谈到南朝乐府吴声歌时说其"有一大特点,为从来诗歌所罕见者,即隐字谐声之'双关语'也"③。此种现象《易林》似早有,如"逾江求橘,并得大栗。烹羊食肉,饮酒歌笑"(《履》之《大过》),以橘为吉,栗为利,羊为祥;又如"鲤鲔鲋虾,积福多馀。资所有无,富我邦家"(《损》之《乾》),以鱼为馀;又如"北山有枣,使叔寿考。东岭有栗,宜得贾市。陆梁雌雉,所至利喜"(《艮》之《师》),似以枣为考,以栗为利,以雉为吉。此当与汉民族心理、思维习惯有关。

第四,《易林》的抒情方式有两种,第一种为直抒胸臆,毫不掩饰,如"作此哀诗,以告孔忧"(《大有》之《贲》)、"不见所得,使我心惑"(《临》之《艮》)等,此类当从《诗》之风及汉民间乐府借鉴而来,是民间文学的常见方式。第二种是不动声色地叙事、写景,而将情感暗含于叙事与写景之中,一切景语皆情语,叙事方式凸显感情,此当是承《诗》含蓄婉曲的一面,亦文人创作的无意流露。后一种深沉的抒情方式,实在就是后世所言"意境"的粗略体现,而以叙事方式来抒情,又与现代叙

---

① 吕书宝:《满眼风物入卜书》,民族出版社2005年版,第17页。
② 同上书,第317页。
③ 萧涤非:《汉魏六朝乐府文学史》,人民文学出版社1984年版,第207页。

事理论有某些关联。后一种抒情方式如:"十里望烟,涣散四分。形容灭亡,终不见君"(《豫》之《观》),此写焦急、遗憾、失望、痛苦之情,而纯以景象来交代;又如"雀行求食,出门见鹞。颠蹶上下,几无所处"(《大有》之《萃》),写一弱小的生命,体现作者的怜悯、同情之心,而纯以叙事暗示。与此相关联,《易林》的诗歌结构方式也很独特,一般先用比兴,继之叙事或抒情,最后多接结论性的语辞,或抒情,或议论,或断以吉凶,如"春桃生花,季女宜家。受福且多,在师中吉,男为邦君"(《师》之《坤》)、"江南多螟,螫我手足。冤繁诘屈,痛彻心腹"(《师》之《无妄》)等。此与占筮的实用性有关,亦是对《周易》爻辞结构的继承与发展,这一点对后世诗歌的结构方式有很大影响。

第五,在诗歌题材方面,《易林》贡献最大,它将诗歌的题材无限地扩大,由本书第三章即可看出,它的内容题材包罗万象,旁及经史子集、天文地理、气象历法、君吏兵卒、士农工商、老幼病残、三教九流、医巫囚盗、酒徒泼妇、鬼魅狐妖、飞禽走兽、草木虫鱼、神仙龙王、民俗历史、边地风情,真可谓林林总总,蔚为大观,且在诗体类型方面,大量创作寓言诗、哲理诗、咏史诗,在咏物诗、游仙诗方面,亦有自觉的实践,为后世诗歌类型的丰富发展做出了贡献。

最后,《易林》在用典方面,亦能避熟用生,大而化之,表现出很强的语言操作能力,如化用《诗经》的句意(见前文),如"出车入鱼"的精简化用典及"三奸成虎,曾母投杼"的连续用典,都为后人学习提供了操作的模式。

另外,《易林》诗歌在押韵方面继承发展了《诗经》的形式,既有句句押韵者,也有隔句押韵者,又有中间换韵者。其诗多为四言四句,兼有三句、五句、六句、八句者,最多不超过八句。其中尚有少量三言诗。在四言诗歌史上,它已经基本脱离了《诗经》的束缚,借鉴了民间的语言艺术,改变了传统四言诗追求雅正的习气。

综上所述,《易林》的思想艺术价值是多方面的,我们再补充闻一多先生关于"作者个人的贡献"的看法:"观察力——精深。/同情心——博大。/《周易》无此境界。《太玄》更堕魔窟。"[①]

[①] 《闻一多全集》第 10 卷,湖北人民出版社 1993 年版,第 63—64 页。

四 《焦氏易林》之文学史地位

通过以上的分析和总结，至少可以得出这样的结论：作为汉代文学中的一部特殊著作，《焦氏易林》在诗歌方面的成就是不容忽视的。正是有了《焦氏易林》的出现，才标志着汉代诗坛的文人创作并不寂寥，这将改变人们对汉代诗坛格局的看法。由于《焦氏易林》吸收了《诗经》四言的典雅形式和民间乐府的语言风格，并且在写作精神方面受两者现实主义的影响，诗歌的题材无限拓展，内容异常丰富，从而实现了四言诗的革命性转换，基本摆脱了一般文人四言诗受《诗经》束缚的局面。而且，在汉代诗坛，它是作为由民间诗到文人诗的过渡形式而出现的。由于它和汉乐府之间的密切关系，使它无论在风格方面还是在题材内容方面，都可以和汉乐府进行比较，二者相互补充，相互印证，在某种程度上弥补了西汉乐府诗歌过少的不足。

《焦氏易林》的思想、内容和风格与整个西汉文学的大体走势相吻合，它理应成为西汉文学花园中的一束奇葩。并且，按照闻一多先生的看法，《焦氏易林》可以和《史记》并驾齐驱。

《焦氏易林》多以当时口语入诗，然而韵味隽永，是我国俗文学中不可多得的佳作。

《焦氏易林》对后世诗歌多有启发，这正如闻一多先生所说："《易林》——唐宋诗的滥觞。"闻一多先生在《易林琼枝》后面摘录了唐宋诗人化用《易林》的许多句子以证明其观点，另外在仇兆鳌注解的杜诗当中曾经说明有十八处源于《焦氏易林》，本书第四章第一节中也曾列举一些唐宋人化用《易林》的诗句，这些都可以为闻一多先生的观点提供佐证。另外，在《宋诗选注》中，钱锺书先生对唐庚《春归》"无计驱愁得，还推到酒边"的注解里面提到这种用法乃是受《焦氏易林》影响，并提到受此影响者有十几人之多。[①] 更为重要的是，《焦氏易林》的写实与通俗风格、怪奇险新、精警老辣、生狠、不避俚俗、以丑为美的文辞，以及散文化、议论为诗、才学为诗、平淡化、大量用典、专注于细小事物的描写并上升为哲理的一系列做法，实在是开了唐宋诗的先河。

---

① 参见钱锺书《宋诗选注》，生活·读书·新知三联书店 2002 年版，第 152—153 页。

第 六 章

《焦氏易林》与后世签诗
——兼谈文学史的写法及对《焦氏易林》之类作品的重视

《焦氏易林》被看作文学中的诗歌，是在被创作之后很多年才发生的。而且，即使我们把它当作文学作品来接受，它也是一种另类意义的文学。和《焦氏易林》一样，为占卜而生，但不乏文学审美性的另外一种语言形式——签诗，至今还未进入文学研究者的苑围，哪怕是民间文学或俗文学的苑围。目前对签诗的研究，也多是存在于社会学、人类学、民俗学或宗教学的领域。借助对《焦氏易林》的研究，笔者发现签诗其实还存在一种文学性解读。

第一节 从《焦氏易林》到签诗

抽签这种常见的占卜活动由来已久，并且流传的地域非常广阔。抽签之所以被社会大众所选择，是因为它的形式简便，判断结果快捷，有时又应验如神。再加上很多抽签活动都是在庙宇等宗教场所进行，更为这种占卜形式增添了几分神秘色彩。除了抽签的形式简便，其实还有一个特点促使了它的流行，那就是写在灵签上面或签谱上面的断语，这些断语可以称之为签语。因为它基本都是用整齐的韵语写成，类似于文人把玩的诗歌，所以我们也可以称之为签诗。签诗的语言琅琅上口，有很多都通俗易懂，且判断的指向性明确，很能迎合普通大众的口味，所以在民间社会流传甚广。考察签诗的历史，会发现《焦氏易林》是签诗形成出现的重要影响因素。

一 《焦氏易林》与签诗之形式

《焦氏易林》一书，其功用和形式与后世神庙抽签用的签诗非常相似。关于这一点，古人已经有所论述，如元代的钱义方在《周易图说》卷上认为：

> 愚按：一卦变六十四卦，自汉儒焦贡始发其义，然焦贡所作《易林》之书，每卦之变为六十四辞以断之，如神庙签语相似，是每卦真有六十四卦，而实为四千九十六卦，于圣人卦变分合往复之妙，懵然不识也。可笑甚矣。

钱义方对《焦氏易林》的卦变很不以为然，但是说它"每卦之变为六十四辞以断之，如神庙签语相似"，确是客观事实。清代毛奇龄在《春秋占筮书》卷一也认为：

> 大抵作筮词法或散或韵，总任揲筮者临占撰造之语，非旧有成文如是也。焦赣见他传有全用韵者，疑为成文，因造《易林》一书，预为韵词，一如神祠之筊经以待人来占，则可笑甚矣。若郭璞亦自造龟卜繇辞，名曰《辞林》，则皆其自记己卜之事，与筮辞同。

毛奇龄认为《焦氏易林》中的韵文卜辞，就像后世"神祠之筊经"。筊经就是掷筊这种占卜方式在占卜之后需要查阅的占卜结果，一般都是整齐的韵文。至于《焦氏易林》和后世签语为何要用这种整齐的韵语形式，宋人项安世在《项氏家说》卷七"用韵语"条中有这样一段论述：

> 焦氏之《易林》，东方朔、管辂射覆之辞，及今之签词、课词，皆韵语也。……盖欲其分明浏亮，便于人主之听也。

这说明，占卜所用的判断之辞使用整齐的韵语形式，目的是为了"便于人主之听也"。占卜面对的受众，一般都是文化修养不高的社会底层人士，如果断辞过于简洁文雅，就不易被人领会接受。更重要的是，求占者很多时候是需要记住这些占卜之辞作为以后行动的指南。适应这两个特点的断辞形式，自然非整齐韵语莫属。所以《焦氏易林》和后世签诗乃至一些民间占卜术士随口说出的断语，都是整齐的韵语。

作为占卜之辞的后世签语，和《焦氏易林》一样，是可以被看作诗的。正如钱锺书先生在《管锥编》增订卷《焦氏易林》一章所说："占卜之词不害为诗，正如诗篇可当卜词用。《坚瓠秘集》卷五《签诀》记'射洪陆使君庙以杜少陵诗为签，亦验'即是一例。"[①] 从《坚瓠秘集》所载可知，有的神庙用杜甫的诗歌作为灵签上的断辞，竟然也能应验被人接受。可见，签语和诗歌之间在语言形式及解读方面，有一些相通之处。因此，我们把灵签上或签谱的断辞，称为签诗，以标明它和诗歌之间的微妙联系。

二 签诗之起源

在中国数以百计的占卜形式中，影响最大的恐怕要算灵签了（或称"求签""抽签""占签""运签""神签""圣签""签诗"等），民间广泛流传"跨进庙门两件事，烧香求签问心事"，真实地反映了千百年来灵签在百姓的宗教信仰中占据的重要地位。

灵签作为占卜术中的一种，其基本特点是以诗歌为载体、以竹签为占具来占卜吉凶。从所能见到的文献来看，灵签的历史悠久，大约产生在唐代中后期。但灵签究竟始于何时或由何人发明，在发生学意义上这是一个很难明确回答的问题，有学者认为灵签占卜始于晋代的郭璞[②]，但文献依据不足，值得商榷。古代文人轻视甚至鄙视俗文化，唐代之前的文献未见到有关灵签的任何记载，宋代以后的一些文献才开始有些零星的记载。被用于抽签占卜的灵签是中国古代占卜术逐渐趋向世俗化，占卜方法趋向简易化的产物。灵签出现后，其主流继续沿着通俗明了的方向演化，宋代的一些灵签就有了注解、断语等，明清时期又增加了典故、传说故事、释义、占验、上中下判语等内容，并且出现根据百姓占卜需要而分门别类的

---

① 钱锺书：《管锥编》第五册，中华书局1986年版，第43页。
② 卫绍生：《中国古代占卜术》，中州古籍出版社1991年版，第47页。

签谱。由于灵签简便易行,逐渐成为中国影响最大的占卜形式之一。灵签的演变从一个侧面反映了唐宋以来中国宗教信仰的世俗化的历史进程。

关于求签记载,现在所能看到的最早的文献是宋代释文莹的《玉壶清话》,该书卷三云:

> 卢多逊相生曹南,方幼,其父携就云阳道观小学,时与群儿诵书,废坛上有古签一筒,竞为抽取为戏。时多逊尚未识字,得一签,归示其父,词曰:"身出中书堂,须因天水白。登仙五十二,终为蓬莱客。"父见颇喜,以为吉签,留签于家。迨后作相。及其败也,始因遣堂吏赵白,阴与秦王廷美连谋,事暴,遂南窜,年五十二卒于朱崖。签中之语,一字不差。

卢多逊乃后周显德初进士,宋太宗时任中书侍郎平章事,其幼年当在后晋,而彼时废坛上已有古签筒,可知晚唐五代时期就已经有了抽签占卜的形式。此外,南宋著名道士白玉蟾在《许真君传》中也写道:

> 真君飞升之后,里人与真君之族孙简,就其地立祠,以所遗诗一百二十首写竹简之上,载之巨筒,令人探取,以决休咎,名曰圣签。①

这里的"真君",指的是江西南吕人许逊,生于赤乌二年(239),年轻时以举孝廉出任旌阳令,故又被称为"许旌阳",是道教供奉的仙人之一。若白玉蟾记载属实,则灵签始于西晋时期。但是,诸多文献均未记载许真君创作一百二十首诗歌或签诗的事情,所以对白玉蟾的记载只能存疑。但是结合史料,签诗体系的完备当在宋代建立以后,且宋代求签之俗在各地庙宇道观已很盛行。如钱大昕《十架斋养新录》"签诗"云:

> 今神庙皆有签诗,占者以决休咎,其来久矣。《祠山事要》云:

---

① 白玉蟾:《修真十书玉隆集》卷三四《续真君传》,《正统道藏》第 7 册,台湾艺文印书馆 1977 年版,第 5643 页。

"祠山签语一百二十八首。绍兴十一年，郡人勇枢经从毗陵之无锡，遥见山巅有祠宇甚丽，指问路人，云张王庙。勇因致敬，得此签语。已而下山，回顾即无所有。既归，写置祠山。此祠山张王之签也。"《老学庵笔记》云：遣僧则肇乞签于射洪白崖陆使君祠。使君以杜诗为签，得"全家隐鹿门"之篇。此射洪神之签也。皆在南宋初。周密《癸辛杂识》载"太学忠文庙祠银瓶娘子，其签文与天竺一同。"①

此外，陆游《老学庵笔记》也记载："西山十二真君各有诗，多训戒语，后人取为签，以占吉凶，极验。"② 由此可见宋代灵签之流行。

但是，在正式的灵签占卜出现之前，它还有一个源头，这就是龟策卜筮。抽签的目的是占卜未来的吉凶，这种心理诉求古今中外从未间断。中国古代最早的占卜方法中后来影响最大的就是卜筮。卜用龟甲或骨，筮用筹策或蓍草。龟卜在操作过程中比较麻烦，要选龟、取甲、钻龟和烧灼，然后才能凭借兆纹判断吉凶，且其判断有一定的随意性，一般掌握在专业的巫卜手中，远不能满足一般大众的需要。但是，从《左传》和《国语》记载的龟卜案例来看，当时龟卜断语也有较为整齐的韵语形式，如《左传》所载懿氏之占："凤皇于飞，和鸣锵锵。有妫之后，将育于姜。"这和后来的签诗没多大区别，只是占卜方式不同而已。龟卜和筮占曾经并存，但似乎筮占更便于操作，且判断结果的规定性要比龟卜增强了许多。根据《易传》记载的大衍筮法，用五十根蓍草进行演算成卦占卜是个相当繁琐的过程，而且成卦之后，还要根据变爻来判断吉凶，有时变爻不止一个，且变爻之辞的吉凶相互矛盾，这时就给判断造成一定困难，更不用说一般人读不懂晦涩艰深的卦辞爻辞了。所以，无论是龟卜还是筮占，都不利于一般的民众操作来占卜吉凶。这就需要占卜方法的简便化和判断之辞的通俗化。

西汉时期，焦赣将《周易》的六十四卦根据变卦的原理，每一卦都

---

① 钱大昕：《十架斋养新录》，江苏古籍出版社2000年版，第417页。
② 陆游：《老学庵笔记》卷二，《影印文渊阁四库全书》第865册，台湾商务印书馆1983年版，第13页。

变为包括自身在内的六十四卦，自撰繇辞，就形成了四千零九十六卦的《焦氏易林》。《焦氏易林》的出现，是占卜方法简化和通俗化的产物，其卦辞多为四言韵语，且多用当时白话，通俗易懂，与后世签诗更为接近，如其《乾》之《睽》繇辞曰："阳旱炎炎，伤害禾谷。稺人无食，耕夫叹息。"但是，《易林》的占卜方法不得而知，不知是用大衍筮法的蓍草还是用后来江湖术士六爻卦的金钱法。然而不管用何种方法，只要得出一卦，即可按图索骥，根据书上通俗易懂的林辞来判断吉凶，甚是方便实用。至东晋时期，有僧人名法味者，传出《灵棋经》一书，《道藏》《四库全书》《四部丛刊》和《丛书集成初编》均有收录，敦煌文献中也有残卷。据余嘉锡先生《四库全书总目提要辨正》考证，乃东晋法味道人所作。其占卜方法是将十二枚棋子分为四组，分别刻上、中、下三字，把十二枚棋子一次抛掷，根据棋子上面的上、中、下来确定卦象，然后根据卦象查阅卦辞以预测吉凶，即唐代李远在《灵棋经序》中所说的："以十二棋子三分之，上中下各四，一掷而成卦，即考书披辞，尽得其理。"比如其第一卦：

  一上一中一下，大通卦，升腾之象。
  纯阳得令，乾天西北。
  象曰：从小至大，无有颠沛；自下升高，遂至富豪；宜出远行，不利伏韬。①

说明这一卦抛掷出的棋子只有三枚字面朝上的，分别是一个上，一个中和一个下，这个卦象就是"大通卦"，寓意是"升腾"，"纯阳得令，乾天西北"，很明显是模仿《周易》。《灵棋经》中一百二十五卦都分别归属于《周易》中的八卦之一，这一点似乎是受到了京房易学八宫卦的影响。其中的"象曰"相当于《周易》的卦爻辞，是判断吉凶的主要依据，也基本等同于后世的签诗。《灵棋经》一百二十五卦的"象曰"之辞均为四言韵语，或四句或六句或八句不等，古雅可观。也许是这些卦辞太难懂，所以像后世签诗一样，出现了很多对其注释的文辞，犹如后世的解签。如四

---

① 《四库全书》子部七、术数类四《灵棋经》。

库本和丛书集成本的每一卦后面都有"颜曰""何曰""陈曰"和"刘曰"等内容，分别为晋代颜幼明、刘宋时期何承天、元代陈师凯和明代刘伯温注解，每卦末尾有"诗曰"一首或数首，为四言、五言、七言或长短句，对吉凶起到一种暗示说明作用，更是类似于签诗一类，其作者不明。由《焦氏易林》到《灵棋经》，占卜的方法日趋简化，吉凶的判断更加明朗，越来越接近于后世的灵签。清代纪昀便指出：

> 古以龟卜，孔子系《易》，极言蓍德，而龟渐废。《火珠林》始以钱代蓍，然犹烦六掷，《灵棋经》始一掷成卦，然犹烦排列。至神祠之签，则一掣而得，更简易矣。①

关于灵签与《灵棋经》的密切关系，容肇祖先生早在1928年于《占卜的源流》一文中就曾明确指出："签诗的内容，远祖《周易》《易林》，而却是近仿《灵棋经》。"② 这话大抵不错，但是在《灵棋经》之后，不是一下子就演变为抽签与签诗的形式。在敦煌文书中，有些占卜类的卷子很明显是沿着《灵棋经》的路子发展的，方法更为便捷，吉凶判断的指向性更明确。

敦煌卷子占卜文书与灵签发展有关者有这么几种。一是《李老君周易十二钱卜法》，主要保存在 S.813、S.1468、S.3724、S.5686 和 S.11415 等卷子中，该法用十二枚钱币一次抛出，根据正反面来确定卦象，类似于《灵棋经》。这种卜法根据钱币的正反面组合，一共十三卦，套用了《周易》的八卦之名，其实和《周易》没什么关系，其内容有"月忌"、"日忌"、占病、什么为怪、祟在何处等。同《灵棋经》相比，它更为简便，只有十三卦，而且结论很明确，一般大众就能看明白。此外，还有一种卜法，用三十四枚算子分成三份，分别除以四，三份的余数分别以上、中、下排列，根据组合的数字得出一卦。此法共有十六卦，有八个卦名取《周易》八卦之名，其余八个卦以历史传说中的人物命名，

---

① 纪昀：《阅微草堂笔记》卷6《滦阳消夏录六》，巴蜀书社1995年版，第115页。
② 容肇祖：《占卜的源流》，文载国立中央研究院历史语言研究所《集刊》，第一本第一分册，1928年，后收入顾颉刚《古史辩》第三册上编。

如"周公卦""孔子卦""屈原卦""桀纣卦""越王卦""子推卦""赤松卦"和"太公卦"等。这种卜法在敦煌卷子中有两种名称,一种是"周公卜法",另一种是"管公明卜法",其实二者是相同的卜法和内容。管公明就是三国时期著名的占卜术士管辂,可知这种卜法产生的时间最早不过三国时期。称之为"周公卜法",不过是传说中周公曾参与《周易》的编撰,所以托名于他。记载这类卜法的敦煌卷子有 P. 3398、P. 3868、P. 4778、散 0678 和 ДХ02375V 五种。此种卜法也很像《灵棋经》,卦辞也是四言韵语,琅琅上口,如"周公卦"曰:

凤飞高台,奋翼徘徊。病者自差,祸去福来。所求皆得,横入钱财。行人即至,宅舍无灾。此卦大吉。

其前两句"凤飞高台,奋翼徘徊"类似于《周易》的象,起到象征暗示的作用,接下来的"病者自差,祸去福来。所求皆得,横入钱财。行人即至,宅舍无灾"是常见卜问内容的吉凶,最后的"此卦大吉"是一卦的根本定性,犹如后世灵签中的大吉、上上、中、下下等吉凶界定。所以,这种卜法的卦辞无论是结构还是内容方面,已经和后世签诗没什么区别。另有一种卜法,记载于 P. 3083 和 ДХ00946,类似陶宗仪《南村辍耕录》中记载的"九天玄女课",乃是随手取一把草或者算筹,任意分为两份,分别除以三,左手的余数为上,竖着放,右手的余数为下,横着放,根据横竖的不同数字得出一卦。其卦辞也基本为四言韵语,如两竖两横之卦:

此老君之卦,吉兆也。瑞应必至,官禄自来。求官得获,经纪得财。行人即至,病者无哀。所求并吉,求官职遂。见大官喜。吉。

其内容包括官禄仕途、疾病、行人、财运等,和前面的《管公明卜法》相似。其实,敦煌占卜文书中最接近后世灵签的,还是 S. 2578 记载的《孔子马头卜法》。此卜法将九枚三寸长的算子放在一个竹筒里,算子上分别写上一至九的数字,竹筒有孔,摇动竹筒,使一个算子掉出来,根据上面的数字来判断吉凶。如该卷子第一条:

占己身及家口平［安］不：

一算平安大吉；二算亦大吉；三算身平安忧小口；四身吉男厄；五身吉妻凶；六平安大吉；七算平安有信；八算平安；九算大吉。

此法将常见的占卜事项都一一列出，使用起来很方便。而且，更为重要的是，每次掉出一个算子，和后世抽签基本一致，更何况后世有的竹签上只标明卦名或签的序号，也是抽出之后再查找签文。敦煌卷子一般都抄写于唐五代时期，因此，我们有理由认为，灵签占卜在当时就基本形成了，正如明代顾仲恭在《竹签传》中所说："然则神前设签起于唐世也。"[①] 所以到宋代出现成熟的灵签占卜系统，也是自然而然的发展趋势了。

从以上分析，我们可以大致勾勒出签诗产生、发展的阶段：《焦氏易林》（西汉）——《灵棋经》（东晋）——敦煌卷子《李老君周易十二钱卜法》《周公卜法》《管公明卜法》（唐五代）——《孔子马头卜法》（唐五代）——成熟签诗（宋）。在这个发展线索中，《焦氏易林》是源头，而且，一直到唐五代的敦煌卷子，这些类似于签诗的断语都是《焦氏易林》所采用的四言韵语形式。其中处于转折点的《灵棋经》，受《焦氏易林》的影响很大。所以，后世签诗的鼻祖应该是《焦氏易林》，签诗和《焦氏易林》之间关系密切。

三 签诗与《焦氏易林》的语言形式

灵签的"签"过去写作"籤"，从字形看，它和"谶"应该来自同一声旁。《四库全书总目提要》说："谶者，诡为隐语，预决吉凶。"谶主要是口头传播，所以从"言"，签和谶的性质一样，也是"诡为隐语，预决吉凶"，只不过是刻在竹签上传播的，所以从"竹"。"预决吉凶"是灵签的目的，其方式则是"诡为隐语"。所以，灵签的特殊语言形式也是其赖以存在的文化因素之一。

灵签语言的主要特点是隐喻和象征，所以一般的百姓很难看得懂，故

---

① 赵翼：《陔余丛考》卷三三"神前设签"，《续修四库全书》第1152册，上海古籍出版社2003年版，第3页。

而需要解签,需要灵签的通俗化。"隐语",也就是隐晦的语言,只有这样,签诗才有神秘性和解释的多义性,而隐晦的方式则多为象征、寓言、用典与暗示手法,间有比喻、谐音、借代等。这些手段其实就是《周易》中的易象思维。而运用象思维正是《焦氏易林》的一大特色,所以尚秉和先生说《焦氏易林》"集象学之大成",钱锺书先生称赞《焦氏易林》"工于拟象"。

签诗语言的隐晦,正如李亦园先生所说:"由于签诗内容较多模棱两可的含义并用诗的形式表现出来,所以对知识分子来说,就形成对签诗内容把玩推敲的风气,有时变成是一种艺术的活动,而不完全是占卜的举动了。至于对非知识分子而言,他们依赖认识文字的人代为解释签诗的内容,因此,他们对签诗占得结果的信任,已不仅是对神的信心,而是同时把对文字及知识分子的尊敬加添进去了。"① 签诗语言的"模棱两可"和《周易》的卦爻辞基本相同,这就为解签者留足了进退自如的释读空间。在另一本书中,李亦园先生表达了相似的看法:"签诗不仅用文字表达,而且加上了较通俗的形式,因此其解释可以因象征意涵的不同而有很大的变化,知识分子也就经常一卜再卜以领会、体悟其义,到此他们甚至忘了占卜的本义,而是在把玩文字艺术了。"② 这里他明确指出了签诗文字艺术的"象征意涵",而且,占卜吉凶的判断活动在解读签诗过程中,成了一种泛文学审美的活动。

签诗语言的隐晦,我们可以从具体签诗中体会一二。如《正统道藏》中的《洪恩灵济真君灵签》第四签:"蛮触相伤万事虚,彼仁礼义却还初。邹阳系狱沉消息,谁上缇萦女子书。"其中用了《庄子》中的"蛮触相争"和《史记》中邹阳受诬陷系狱以及"缇萦救父"的典故,这些典故其实都等同于《周易》中的卦象,通过象征的作用对签诗的吉凶进行了暗示。由于蛮触相争的虚幻和荒诞以及邹阳系狱和缇萦之父入狱的冤屈性,加之没有像缇萦这样的人来上书申冤,所以其凶的结果便可以想见了,故此签为"下"签。再比如其第五签为"闲步前途慢着鞭,好将舟楫度平川。一轮明月今宵满,万里云衢万里天。"其前两句叙事,后两句

---

① 李亦园:《信仰与文化·说占卜》,台北巨流图书公司1997年版,第339页。
② 李亦园:《文化与修养》,广西师范大学出版社2004年版,第204页。

写景，写景叙事之中，又渗透着某种轻快自信和踌躇满志的心情，即使在诗歌艺术方面，也是情景事理交融的好句子，尤其最后两句，通过圆月和"万里天"两个独特意象的暗示和象征，前途光明远大的含义便可以推出，所以此签为"上、大吉"。因此，签诗的语言和内容其实是以易学中的象学思维为基础的。本书第三章分析《焦氏易林》的用象艺术，已就诸如寓言、游仙、咏史、咏物等用象方式做了分析，后世签诗正是运用这些方式来实现语言的隐晦含蓄与意旨丰富。

至于有些灵签中有天干地支和数字的配合，多是故弄玄虚，眩人耳目。就笔者所接触到的灵签，它们其实没有什么规律和深意，与河图洛书不符，这主要是因为灵签的制作者未必有高深的易学修养。

签诗的形式和诗歌密切相关，"诗无达诂"，因此，签也可以自由地阐释其吉凶。关于灵签依托诗歌艺术，前人已论之甚多，如清代褚人获《坚瓠秘集》说：

> 今人辄呼丑诗为签诀，不知古人多有以诗占者。西山十二真君诗，语多训戒，后人取为签，以占吉凶，极验。又射洪陆使君庙，以杜少陵诗为签，亦验。今陈烈帝签诀，乃是绝妙古诗。盖诗以言志，古之作者，多寓意风规，故言皆足为蓍蔡，如彼嘲风雪弄花草者，真是构无用为用耳，于占验奚当？①

由此可见，古代灵签，多有直接取用古诗为签语者，但并不妨碍吉凶的应验。

为了追求意旨的丰富以应对不同的占卜情况，签诗的语言采用用典、寓言、象征、比喻、谐音等手法的做法，均可在《焦氏易林》中找到影子。这是因为，它们最初被创作的目的是相同的。

但是，将《焦氏易林》和后世一些签诗对比后会发现，它们在语言形式方面也有一些不同。

首先，句式的发展演变。《焦氏易林》多为四言韵语，且多四言四

---

① 褚人获：《坚瓠秘集》卷五《签诀》，《笔记小说大观》第 15 册，江苏广陵古籍刻印社 1983 年版，第 525 页。

句。后世签诗出现了四言、五言、七言等多种形式，但仍多采用四句式。四言形式的签诗，如《道藏》第三十二册所载《扶天广圣如意灵签》，其第一首为上上签，签诗曰：

  乾德之建，元亨利贞。君子体焉，陈纪立经。

其第五首为下下签，签诗曰：

  东园桃李，红白其华。风雨凌之，萎绝泥沙。

五言形式的签诗，如《道藏》第三十二册所载《玄真灵应宝签》，其子时第一"风云庆会"上上签曰：

  喜遇升平日，加官诰命封。前程无限好，仙女跨飞龙。

其子时二十一"望信两失"下下签曰：

  无情恨食言，风险又无船。日暗应迷路，烟云遮碧天。

七言形式的签诗如《道藏》第三十二册所载《洪恩灵济真君灵签》，其第一签"上吉"，签诗曰：

  龙韬豹略韫奇谋，若遇明时即献筹。世道风波多勇猛，好从静处细沉浮。

其第三签"中"，签诗曰：

  青帝权当正届时，深红浅绿映花枝。上林一夜西风起，天际行人知未知？

其第四签"下"，签诗曰：

蛮触相伤万事虚，彼仁礼义却还初。邹阳系狱沉消息，谁上缇萦女子书？

从四言向五言、七言的发展变化可知，签诗的语言形式与中国诗歌语言形式的发展基本一致。而且，有的签诗还会自觉借鉴文人诗的形式，化用其中的语句和典故。

其次，语言的雅俗变化。《焦氏易林》的语言古奥雅淡，简洁凝练，深文急响，笔力高超，而且用典丰富，出入经史。所以代表着签诗语言高雅的源头。在后来的签诗中，由于操此术者多为社会底层人士，偶有落魄文人的介入，所作签诗就会文辞可观一些。一旦这些签诗出自粗通文墨的社会大众之手，语言便鄙俗不经起来。纵观签诗语言发展的轨迹，它采取的是越来越通俗甚至庸俗的大众化取向。这当然和灵签的受众文化修养高低有关。如陕北榆林佳县白云山白云观中的《文王签》，根据《易经》六十四卦的名字，重新编撰了押韵的签诗断辞，可以用抽签的形式，也可以用抛掷铜钱的形式占卜，其第一签"乾为天，困龙得水，上上签"：

困龙得水好运交，不由喜气上眉梢，一切谋事皆如意，往后时运渐渐高。蟠龙久困在渊中，一日升腾起半空，往来飞腾能变化，从今有祸不成凶。

大吉之课。无不欢乐，上人见喜，诸事不错，诉讼和吉，病人痊愈，功名有成，求谋大吉。

语言通俗易懂，但文采不备。又如台湾台北市艋舺龙山寺的《观世音灵签》，其第十一首上上签"刘先生入赘东吴"：

欲求好事真非常，争奈姻亲只暂忙。毕竟到头成好事，贵人接引贵人乡。

这样的签诗语言，稍有文化者即可明白含义，非常通俗。

最后，吉凶的指向性越来越明确。最初的时候，"易无达占"，用

《易经》占卜的每一卦都可以有多种吉凶的解释。到了《焦氏易林》采用四言韵语的形式作为占断之辞,就开始具备"诗无达诂"的品格,使之更具备文学艺术的审美趣味。但是,越到后来的签诗,其语义就越发单薄明显,经常是所列事项清晰,吉凶分明,如前文所引《文王签》。再如《关帝灵签》的第一签"大吉·甲甲·汉高祖入关,十八学士登瀛洲",签诗曰:

> 巍巍独步向云间,玉殿千官第一班。富贵荣华天付汝,福如东海寿如山。
> 断曰:功名遂,福禄全,讼得理,病即痊,桑麻熟,婚姻联,孕生子,行人还。

这一首签诗将富贵福寿均交代清晰,吉凶立判。况且其后面所附的"断曰",更是将占问的不同事项一一列举,并附以吉凶成败,吉凶指向更加直接。

签诗尽管在语言形式方面存在各种差异,或雅或俗,或直或隐,但从前面所引签诗可知,它们中的一些作品是可以被视为诗歌的。即使是语言俚俗直白的签诗,从民间文学或俗文学的角度来审视,也具有一定的研究价值。

总之,签诗作为一种复合型文体,值得我们去发掘其中的文学、社会学、人类学、民俗学和宗教学等诸多方面的价值和意义,尤其是文学方面,更需加强。

第二节 文学史的写法及《焦氏易林》之类作品的重视

通过对《焦氏易林》的研究,可以得出以下结论:

其一,《焦氏易林》作为小传统内流行的文学作品,它应在文学史中占有一席之地。对于《焦氏易林》的研究可以解释许多汉代诗歌方面的问题与现象。

其二,《焦氏易林》确为西汉焦赣所著,它不仅与正史记载相符,而且与焦氏的易学思想及西汉的学术思想背景相一致。

其三，从《焦氏易林》对兴象系统的自觉而富有创造性的运用、对《诗经》现实主义的继承与发展以及自觉性地大量创作哲理诗来看，《易林》堪称继《诗经》之后四言诗的又一座丰碑。

其四，《焦氏易林》有着丰富的思想史料价值，其文学艺术价值亦十分突出，如语言风格、炼字炼意、奇巧拟象等，均可使其立于文学史而不过。它对后世文学的影响也是深远的，是"唐宋诗的滥觞"。

本书选择非主流的《焦氏易林》进行文学研究，并不是一种创见。事实上，对于那些曾经存在于我们视域之外的文学的研究，早在民国时期就已经开始了。比如像胡适先生的《白话文学史》、郑振铎先生的《中国俗文学史》、朱自清先生的《中国歌谣》等，都对传统意义上的主流文学之外的作品进行了研究。再后来像吴同瑞、王文宝、段宝林等编著的《中国俗文学概论》以及关于少数民族文学、宗教文学的研究著作，都是沿着这个路子来走的。这种研究和我们以往的通行的文学史相互弥补，似乎就可以较为完整地来描述我们"总体的文学史"了。

在西方的史学界，近几十年来出现了一股新的史学思潮，这就是法国年鉴学派，或者叫做"新史学"，它的出现拓宽了历史研究的视野，对西方的史学产生了重大的影响。以往的旧史学一般只研究政治、军事和经济等重大问题，所使用的材料一般都是正史、档案等官方文献，而且强调上层阶级的思想意识和历史人物、事件。年鉴学派历史学家的研究对象却几乎囊括了人类生活的方方面面，他们所研究的思想、观念和信仰也不再仅仅局限于圣哲的言论、大家的经典著作，而是把目光投向了更为广阔的视野，开始研究更加广泛的、社会各阶层的人们的共同信仰、思维习惯和文化结构，其中便包括葛兆光先生所谓的一般人的信仰世界。这些新的研究领域，被称作"精神世界""历史心理学""群体表象学""下层文化"等[1]。由于研究对象和研究理念的变化，年鉴学派所使用的材料也发生了变化，他们"不仅依据书面文献的正史，而且代之以多元的史料基础，这些史料包括了各种书写材料：如图像材料、考古发现，甚至口头资

---

[1] [美]欧伟达：《中国民众思想史论》，中央民族大学出版社1995年版，第11页。

料"①。这样的一种研究，对于我们理解某一时段的事物无疑是较为全面的。这种研究方法的更新，改变了以往历史教科书仅仅是年代数字加上几个重大事件和重要人物的枯燥形式，带给我们的仿佛是历史的重演而不再是一本记载流水账的账簿。可是，"实际上，法国年鉴学派现在对中国，尤其是中国大陆，有一些影响，但影响还不是很大"②。在历史研究领域如此，在文学研究领域就更不用说了。

事实上，文学史作为专门史之一种，它本属于史学的范畴，可年鉴学派对我们文学史编撰的影响却更微弱，这不能不令人深思。而在西方，受年鉴学派的影响，20世纪80年代的文学批评界便兴起了一股"新历史主义"的思潮，其代表人物葛林伯雷提出了"走向文化诗学"的目标，从而将文学文本的概念拓展为文化文本，这种方法和年鉴学派提出的"总体的历史"是一致的。比如对通俗文学的研究，便牵涉方方面面的问题，绝对不是以往单纯的文学研究方法所能胜任的，所以葛兆光先生就说："大家都知道，通俗文学研究在中国一般是在文学系，实际上，对通俗文学最好的研究往往是在历史学领域里面。"③ 这就是说，对于民间文学文本的研究需要一种全新的、全面的、整体的视角来观照，需要借鉴年鉴学派的研究方法。《焦氏易林》虽然不是严格意义上的通俗文学文本，但是从其作者身份和文本的形式和性质来看，它无疑具有通俗文学的性质。所以在文学研究领域研究这样一种文本，就是一种研究目光的转移。

在整个汉代文学中，也许一些人认为《焦氏易林》是非常微不足道的。我们谈到汉代文学，想到的一般都是汉赋、汉乐府、《古诗十九首》和《史记》《汉书》这样的史传散文，要么就是再加上几首零星的文人诗。这些文学作品无疑都从某个方面表现了时代的精神和社会生活，代表了当时的文学成就。但是，我一直认为，在中国古代文学的传统中，就反映社会生活面的广度、深度和真实程度来说，当势的文人不如落魄的文人，御用的文人不如带有叛逆精神的文人，而文人士大夫文学又不如民间

---

① 葛兆光：《思想史研究课堂讲录：视野、角度与方法》，生活·读书·新知三联书店2005年版，第38—39页。
② 同上书，第22页。
③ 同上书，第24页。

文学或俗文学。所以，郑振铎先生就说："胡适之先生说道：'中国文学史上何尝没有代表时代的文学？但我们不应向那'古文传统史'里去寻。应该向那旁行斜出的'不肖'文学里去寻。因为不肖古人，所以能代表当世。(《白话文学史》引子，第四页)这话是很对的。讲述俗文学史的时候，随时都可以发生这样的见解。'因为不肖古人，所以能代表当世。'有三五篇作品，往往是比之千百部的诗集、文集更足以看出时代的精神和社会的生活来的。他们是比之无量数的诗集、文集，更有生命力的。我们读了一部不相干的诗集或文集，往往一无印象，一无所得，在那里什么也没有，只是白纸印着黑字而已。但许多俗文学的作品，却总可以给我们些东西。他们产生于大众之中，为大众而写作，表现着中国过去最大多数的人民的痛苦和呼吁，欢愉和烦闷，恋爱的享受和离别的愁叹，生活压迫的反响，以及对于政治黑暗的抗争；他们表现着另一个社会，另一种人生，另一方面的中国，和正统文学，贵族文学，为帝王所养活着的许多文人学士们所写作的东西里所表现的不同。只有在这里，才能看出真正的中国人民的发展、生活和情绪。中国妇女们的心情，也只有在这里才能大胆的、称心的、不伪饰的倾吐着。"①《焦氏易林》便正是这样一种特殊的文学文本，正因为如此，作为特殊民间文学文本的《焦氏易林》和汉代的其他文学作品相比，它所凸显出来的时代特色更加明显和多元。所以，对它的研究也就具有了多重意义。

通过对《焦氏易林》的研究，我认为研究文学绝不可以忽视非主流的作家和作品。我们在研究文学的时候，往往只注意一些大家的作品，尤其是一些文人的作品，而对于一些民间的作品却不太重视。事实上，文学起源于民间，中国文学的任何一种文体最早都来源于民间，之后才回到文人的手中被模仿加工，在技法和语言方面到达一种精致化。这种说法当然不是我个人的看法，早在郑振铎先生的《中国俗文学史》中，郑先生就表达了这样的意思："许多正统文学的文体原都是由'俗文学'升格而来的。……当民间发生了一种新的文体时，学士大夫们其初是完全忽视的，是鄙夷不屑一读的。但渐渐的，有勇气的文人学士们采取这种新鲜的新文体作为自己的创作的形式了，渐渐的这种新的新文体得了大多数的文人学

---

① 郑振铎：《中国俗文学史》，商务印书馆2005年版，第14页。

士们的支持了。渐渐的这种的新文体升格而成为王家贵族的东西了。至此,而它们渐渐地远离了民间,而成为正统文学的一体了。……所以,在许多今日被目为正统文学的作品或文体里,其初有许多原是民间的东西,被升格了的,故我们说,中国文学史的中心是'俗文学',这话是并不过分的。"① 所以,不考察一些民间的文学形式,一些文学史中的问题是无法弄清楚的。比如说汉简《神乌赋》的出现,使我们容易搞清楚何以敦煌文学中有俗赋的出现,而学者研究的结果表明,赋这种文体并不是西汉文人的首创专利,它也是一开始从民间兴起的,最早可以上溯到《诗经》中的赋法和荀子的《赋篇》,《诗经》和《荀子》与赋相关的东西,据有关学者的研究,都是和民间文艺密切相关的。因此,对于小传统之间流行的作品,我们一定要给予重视。而且,我们说,文学作为一种艺术活动,它也不可能只是文人大家的专利,广大百姓也是可以参与其中的,文人有文人的文学,百姓有百姓的文学,如果一个人的作品不能够和社会上的大多数人发生联系,那么这样的文学我想是没有生命力的,它充其量也只不过是一种学者研究的案头摆设而已。所以,我一直觉得,文学只有和社会发生关系才有意义,从这个层面上说,民间的文学虽然有时候显得粗糙一些,但由于和普通大众的生活密切相关,所以就能保持一种鲜活的生命力。可是,由于一般的大众没有受过文学训练,他们在开始的时候也不会有意地进行文学创作,所以,一些由文字组成的东西并不是以文学的面目出现的,而大都带有一定的实用色彩。这就需要我们有一个文学发现的眼光,而这种眼光的培养,需要我们改变对文学的看法以拓展文学的视野。它牵涉文学观的问题。程千帆先生和他的弟子程章灿合著的《程氏汉语文学通史》里面,就收录了别的文学史所没有的材料,比如像八股文,还有一些游戏文字。像这样的东西,有人会认为不应该是文学史要写的,但是程千帆先生有他自己的想法,他说:"也许有人会觉得,这些游戏文字在文学史上不占有重要性。照我的看法,这个重要性在不同角度会得出不同的结论。比如说对联,它对于民间的风俗,从过年贴红对联起,过寿、结婚,到名胜古迹,非常普遍。它事实上就是小骈文。骈文里头'落霞与孤鹜齐飞,秋水共长天一色'就是很好的对联,它是从骈文中分

---

① 郑振铎:《中国俗文学史》,商务印书馆 2005 年版,第 2 页。

化出来的。从这个意义上说,它就很重要。……但总不能把'联圣'和曹雪芹、吴敬梓相提并论。……如果我们认为文学史不仅仅是文士手上的工具,也包括老百姓的话,那么就应该把这些文学样式的地位提高一下。这就是一个观念的问题。……所以,如何理解文学样式的社会化,在文学史的写作中要考虑到。"① 这事实上就提出了一个文学史的写法问题。近年来重写文学史的呼声很高,为了更加全面真实地反映文学发展的历史,我们必须要关注那些以前被忽略的东西,尤其是像《焦氏易林》之类在小传统中流传的作品。

如果把我们通常理解的文学称为"本位文学",那么,那些曾经在我们视域之外自生自灭的文字或口头形式的作品便是一种"异文学",若干年来,这些作品是作为"异端"而存在的。我们习惯于欣赏那些"本位文学",因为只有这样的文学形式和内容才是我们能够接受的,也只有这样的文学才符合我们的审美习惯,而那些以"异端"的姿态出现的作品一直是作为"他者"而存在的。在西方的学科之中,把"异文化"或"他者"作为主要研究对象的是人类学。西方的人类学家认为,人类学就是通过研究异族文化和异地文化、把这种异的文化作为"他者"来观照,从而创造一面能够引起本文化反省的镜子。② 虽然这种研究方法最初带有西方中心主义和文化歧视的倾向,但是作为一种最接近于整体地、跨学科式地研究对象和观察对象的学科,它的诸多研究方法无疑可以嫁接到文学研究中来。将人类学的方法应用到文学研究,便产生了文学人类学。之所以要提出文学人类学这一概念,叶舒宪先生说:"我个人之所以对'文学人类学'的提法感兴趣,主要是想借助于文化人类学的宽广视野来拓展我们文学研究者鼠目寸光的专业领地,从更具有整合性的文化总体中获得重新审视文学现象的新契机。"③ 以往的文学研究又是怎样一种局面呢?过去我们把文学单纯当作文学来研究,只强调其独立自足的特性一面,这当然有其合理的一面。但由此而导致的偏执使我们对文学的认识产生盲点,从人类学的观点出发恰好可以纠正这种短视与盲视:

---

① 程千帆:《桑榆忆往》,上海古籍出版社 2000 年版,第 64—65 页。
② 王铭铭:《社区的历程》,天津人民出版社 1997 年版,第 16 页。
③ 叶舒宪:《文学与人类学》,社会科学文献出版社 2003 年版,第 157 页。

整体观的意义在于寻求格式塔或对社会的全景观照，这要求把文化视为各个组成部分在功能上相互联系的统一体。虽然人类学家也会从事非常专门化的研究，如民间故事，但是他们知道除非他们从总体上掌握了全部生活，否则文化的这一方面是无法得到透彻理解的。①

人类学研究的是关于"异"的文化，本书的研究对象《焦氏易林》同传统意义上的文学文本相比较而言也是一种"异味"十足的"异文化"，用传统的文学眼光来观照是难以理解的。因此，研究这样一个特殊的民间文本，确实是一种冒险。我希望通过这种"异"的研究，来获取一些对于文学的新的认识。并且希望通过对《焦氏易林》的研究，来呼吁大家重视那些"异"文学的作品，并且尝试着用一些不同于传统文学研究方法的视角来观照它们，因为这是研究此类作品所必需的。由于受到某些限制，本书在研究《焦氏易林》的过程中，对于人类学的方法也只是应用了一点点，这不能不说是一种遗憾。

　　最后，我引用葛兆光先生《中国思想史·导论》中的一句话来说明本书的研究意义："思想与学术，有时是一种少数精英知识分子操练的场地，它常常是悬浮在社会与生活的上面的，真正的思想，也许要说是真正在生活与社会支配人们对宇宙的解释的那些知识与思想，它并不全在精英和经典中。"② 文学也是这样，来源于民间的文学往往更有强盛的生命力并对社会的大多数施加影响。《焦氏易林》便正是民间诗歌的精华，它也理应为我们的文学史家所关注。本书的研究目的重在将文学研究转换一下视角，提醒人们去重视与社会大多数人的生存息息相关的所谓小传统的文学。尤其在进入21世纪以后，新的文学形式如网络文学、微博体文学和微信段子等大量产生，如果我们还固守旧的传统模式的眼光与研究方法，就不能对文学作品与文学现象做出准确的把握和解读。

---

① 叶舒宪：《文学与人类学》，社会科学文献出版社2003年版，第158页。
② 葛兆光：《中国思想史·导论》，复旦大学出版社2001年版，第11—12页。

参考文献

一 著作

焦赣：《焦氏易林》，四库全书本、丛书集成本、道藏本、四部丛刊本。

丁晏：《易林释文》，丛书集成续编本。

翟云升：《焦氏易林校略》，续修四库全书本，第1055册，上海古籍出版社2002年版。

尚秉和：《焦氏易诂》，中华书局1991年版。

尚秉和：《焦氏易林注》，中国书店1990年版。

邓球柏：《白话焦氏易林》，岳麓书社1996年版。

刘黎明：《焦氏易林校注》，巴蜀书社2011年版。

芮执俭：《易林注译》，敦煌文艺出版社2001年版。

尚秉和著，张善文校理：《尚氏易学存稿校理》，中国大百科全书出版社2005年版。

费秉勋主编：《白话易林》，三秦出版社1990年版。

钱明世：《易林通说》，华夏出版社1990年版。

王赣、牛力达：《大衍新解》，济南出版社1992年版。

陈良运：《焦氏易林诗学阐释》，百花洲文艺出版社2000年版。

李昊：《焦氏易林研究》，巴蜀书社2012年版。

周振甫：《周易译注》，中华书局1991年版。

黎子耀：《周易秘义》，浙江古籍出版社1989年版。

朱伯崑：《易学哲学史》，北京大学出版社1986年版。

徐志锐：《宋明易学概论》，辽宁古籍出版社1997年版。

杭辛斋：《学易笔谈·读易杂识》，辽宁教育出版社1997年版。

张涛：《秦汉易学思想研究》，中华书局2005年版。

李镜池：《周易探源》，中华书局 1978 年版。

黄玉顺：《易经古歌考释》，巴蜀书社 1995 年版。

林忠军：《象数易学发展史》，齐鲁书社 1994 年版。

潘雨廷：《读易提要》，上海古籍出版社 2003 年版。

邓立光：《象数易镜原》，巴蜀书社 1993 年版。

马国翰：《玉函山房辑佚书》经编《易》类《归藏》，清光绪九年长沙嫏嬛馆刊本。

郭璞：《易洞林》，马国翰《玉函山房辑佚书》，清光绪九年长沙嫏嬛馆刊本。

朱震：《汉上易传》，四库全书本。

林至：《易裨传》，四库全书本。

李心傅：《丙子学易编》，四库全书本。

朱鉴：《朱文公易说》，四库全书本。

赵汝楳：《易雅》，四库全书本。

胡方平：《易学启蒙通释》，四库全书本。

丁易东：《周易象义》，四库全书本。

冯椅：《厚斋易学》，四库全书本。

杨亿：《武夷新集》，四库全书本。

胡一桂：《周易启蒙翼传》，四库全书本。

董真卿：《周易会通》，四库全书本。

陈应润：《周易爻变易缊》，四库全书本。

钱义方：《周易图说》，四库全书本。

熊过：《周易象旨决录》，四库全书本。

季本：《易学四同》，四库全书本。

胡居仁：《易像钞》，四库全书本。

韩邦奇：《易占经纬》，四库全书存目丛书本。

乔中和：《大易通变》，四库全书存目丛书本。

方时化：《周易颂》，四库全书本。

卢翰：《篴易》，四库全书本。

惠栋：《易汉学》，四库全书本。

王宏撰：《周易筮述》，四库全书本。

王弘：《周易筮述》，四库全书本。

胡煦：《周易函书约存》，四库全书本。

江永：《河洛精蕴》，学苑出版社 2004 年版。

黄宗炎：《图学辩惑》，四库全书本。

潘咸：《易著图说》，四库全书本。

魏荔彤：《大易通解》，四库全书本。

钱澄之：《田间易学》，四库全书本。

惠士奇：《惠氏易说》，四库全书本。

程迥：《周易章句外编》，四库全书本。

李零：《死生有命富贵在天——周易的自然哲学》，生活·读书·新知三联书店 2013 年版。

毛奇龄：《春秋占筮书》，四库全书本。

东方朔：《灵棋经》，丛书集成初编本。

赵益：《古典术数文献述论稿》，中华书局 2005 年版。

钟惺、谭元春：《古诗归》，四库全书存目丛书本。

钟惺、谭元春：《古诗归》，湖北人民出版社校点本 1985 年版。

钟嵘著，周振甫译注：《诗品译注》，中华书局 1998 年版。

杨伯峻：《论语译注》，中华书局 1980 年版。

杨伯峻：《孟子译注》，中会书局 2000 年版。

黄汝成：《日知录集释》，上海古籍出版社 1985 年版。

王质：《诗总闻》，四库全书本。

杨简：《慈湖诗传》，四库全书本。

薛季宣：《浪语集》，四库全书本。

司马光：《潜虚》，丛书集成初编本。

朱朝瑛：《读诗略记》，四库全书本。

朱睦㮮：《五经稽疑》，四库全书本。

方以智：《通雅》，四库全书本。

陈耀文：《天中记》，四库全书本。

杨慎：《古音略例》，四库全书本。

彭大翼：《山堂肆考》，四库全书本。

胡文学编：《甬上耆旧诗》，四库全书本。

陈启源：《毛诗稽古编》，四库全书本。

姜炳璋：《诗序补义》，四库全书本。

毛奇龄：《毛诗写官记》，四库全书本。

顾镇：《虞东学诗》，四库全书本。

宋祁：《宋景文笔记》，四库全书本。

冯班：《钝吟杂録》，丛书集成初编本。

冯惟讷：《古诗纪》，四库全书本。

冯舒：《诗纪匡谬》，四库全书本。

许学夷：《诗源辩体》，人民文学出版社1987年版。

洪迈：《容斋续笔》，上海古籍出版社1978年版。

徐师曾著，罗根泽校点：《文体明辨序说》，人民文学出版社1962年版。

陈子龙：《湘真阁稿》，辽宁教育出版社2001年版。

王世贞：《艺苑卮言》，丁福保主编《历代诗话续编》，中华书局1983年版。

毛先舒：《诗辩坻》，郭绍虞编《清诗话续编》，上海古籍出版社1983年版。

费锡璜：《汉诗总说》，王夫之等撰《清诗话》，上海古籍出版社1999年版。

陆佃：《埤雅》，四库全书本。

罗愿：《尔雅翼》，四库全书本。

罗泌：《路史》，四库全书本。

龚颐正：《芥隐笔记》，四库全书本。

叶廷珪：《海録碎事》，四库全书本。

无名氏：《锦绣万花谷》，四库全书本。

王应麟：《玉海》，四库全书本。

窦苹：《酒谱》，四库全书本。

姚宽：《西溪丛语》，四库全书本。

无名氏：《分门古今类事》，四库全书本。

虞世南编：《北堂书钞》，四库全书本。

徐坚编：《初学记》，中华书局1962年版。

董诰等纂修：《全唐文》，中华书局1983年影印本。

李昉等编：《太平御览》，中华书局影印本1960年版。
吴淑：《事类赋》，四库全书本。
吴棫：《韵补》，四库全书本。
严可均编：《先唐文》，中华书局1991年版。
陈乔枞：《三家诗遗说考》，续修四库全书本。
王先谦：《三家诗诗义集疏》，中华书局1987年版。
张君房著，李永晟点校：《云笈七签》，中华书局2003年版。
吴文治主编：《明诗话全编》，江苏古籍出版社1997年版。
［日］安香居士、中村璋八辑：《纬书集成》，河北人民出版社1994年版。
纪昀等编撰：《四库全书总目》，中华书局1965年版。
余嘉锡：《四库提要辨证》，中华书局1980年版。
段成式：《酉阳杂俎》，四库全书本。
徐居仁编：《集千家注分类杜工部诗》，四部丛刊本。
郭知达编注：《九家集注杜诗》，四库全书本。
晁公武：《郡斋读书志》，四库全书本。
尤袤：《遂初堂书目》，四库全书本。
陈振孙：《直斋书录解题》，四库全书本。
杨慎：《升庵集》，四库全书本。
于慎行：《榖山笔麈》，中华书局2003年版。
杨慎：《丹铅余录》，四库全书本。
焦袁熹：《此木轩四书说》，四库全书本。
顾炎武：《音学五书》，四库全书本。
王念孙：《广雅疏证》，四库全书本。
欧阳询编：《艺文类聚》，上海古籍出版社1982年版。
汪灏等撰：《御定佩文斋广群芳谱》，四库全书本。
张英等撰：《御定渊鉴类函》，四库全书本。
姚察、姚思廉：《梁书》，中华书局校点本1973年版。
李延寿：《北史》，中华书局校点本1974年版。
房玄龄：《晋书》，中华书局校点本1974年版。
沈约：《宋书》，中华书局校点本1974年版。
司马迁：《史记》，上海古籍出版社1997年版。

班固：《汉书》，中华书局 1962 年版。

范晔：《后汉书》，中华书局 1965 年版。

杨伯峻：《春秋左传注》，中华书局 1990 年版。

刘珍等著，吴树平校注：《东观汉记》，中华书局 2008 年版。

魏征等：《隋书》，中华书局校点本 1975 年版。

刘昫：《旧唐书》，中华书局校点本 1975 年版。

欧阳修等：《新唐书》，中华书局校点本 1975 年版。

脱脱等：《宋史》，中华书局校点本 1975 年版。

萧统：《昭明文选》，中州古籍出版社 1985 年版。

李慈铭：《越缦堂读书记》，辽宁教育出版社 2001 年版。

许学夷：《诗源辨体》，人民文学出版社 1987 年版。

刘勰著，周振甫今译：《文心雕龙今译》，中华书局 1986 年版。

胡应麟：《诗薮》，中华书局 1962 年版。

章学诚著，叶瑛校注：《文史通义校注》，中华书局 1985 年版。

马端临：《文献通考》，华东师范大学出版社 1983 年版。

皮锡瑞：《经学通论》，中华书局 1954 年版。

皮锡瑞：《经学历史》，中华书局 1959 年版。

程俊英、蒋见元：《诗经注析》，中华书局 1991 年版。

陈子展：《诗三百篇解题》，复旦大学出版社 2001 年版。

陈子展：《诗经直解》，复旦大学出版社 1983 年版。

陈鼓应：《老子注译及评介》，中华书局 1984 年版。

陈鼓应：《庄子今注今译》，中华书局 1983 年版。

［日］本田成之：《中国经学史》，上海书店 2001 年版。

葛兆光：《中国思想史》第一卷，复旦大学出版社 2001 年版。

逯钦立：《先秦汉魏晋南北朝诗》（上），中华书局 1983 年版。

卢央：《京房评传》，南京大学出版社 1998 年版。

张峰屹：《西汉文学思想史》，南开大学出版社 2001 年版。

钱锺书：《管锥编》，中华书局 1986 年版。

钱锺书：《谈艺录》，中华书局 1984 年版。

张文江：《管锥编解读》，上海古籍出版社 2000 年版。

闻一多：《闻一多全集》，湖北人民出版社 1993 年版。

褚斌杰等编：《先秦文学史》，人民文学出版社 1998 年版。
胡适：《白话文学史》，百花文艺出版社 2002 年版。
季广茂：《隐喻视野中的诗性传统》，高等教育出版社 1998 年版。
赵沛霖：《兴的起源》，中国社会科学出版社 1987 年版。
梁道礼：《古代文论的现代阐释》，陕西师范大学出版社 1997 年版。
叶舒宪：《诗经的文化阐释》，湖北人民出版社 1994 年版。
陈撄宁：《道教与养生》，华文出版社 2000 年版。
蔡守湘：《中国浪漫主义文学史》，武汉出版社 1999 年版。
李泽厚：《美学论集》，上海文艺出版社 1987 年版。
公木：《先秦寓言概论》，齐鲁出版社 1984 年版。
黑格尔：《美学》第二卷，商务印书馆 1979 年版。
陈蒲清：《中国古代寓言史》，湖南教育出版社 1983 年版。
萧涤非：《汉魏六朝乐府文学史》，人民文学出版社 1984 年版。
赵义山等编：《中国分体文学史·诗歌卷》，上海古籍出版社 2001 年版。
郑振铎：《中国俗文学史》，商务印书馆 2005 年版。
袁行霈：《中国文学史》，高等教育出版社 1999 年版。
陈顺智：《东晋玄言诗派研究》，武汉大学出版社 2003 年版。
连镇标：《郭璞研究》，上海三联书店 2002 年版。
叶舒宪：《文学与人类学》，社会科学文献出版社 2003 年版。
程千帆：《桑榆忆往》，上海古籍出版社 2000 年版。
蒋寅：《金陵生小语》，广西师范大学出版社 2004 年版。
陈桐生：《〈孔子诗论〉研究》，中华书局 2004 年版。
于茀：《金石简帛诗经研究》，北京大学出版社 2004 年版。
黄怀信：《上海博物馆藏战国楚竹书〈诗论〉解义》，社会科学文献出版社 2004 年版。
汪祚民：《诗经文学阐释史》，人民出版社 2005 年版。
赵敏俐：《周汉诗歌综论》，学苑出版社 2002 年版。
余冠英：《汉魏六朝诗论丛》，上海古典文学出版社 1956 年版。
傅庚生：《乐府诗史·序》，青海人民出版社 1985 年版。
任寅虎：《中国古代的婚姻》，商务印书馆 1996 年版。
王梵志著，项楚校注：《王梵志诗校注》，上海古籍出版社 1991 年版。

徐复观：《两汉思想史》，华东师范大学出版社 2004 年版。

郑临川记录，徐希平整理：《笳吹弦诵传薪录——闻一多、罗庸论中国古典文学》，上海古籍出版社 2002 年版。

吕思勉：《秦汉史》，世纪出版集团/上海古籍出版社 2005 年版。

刘师培：《刘师培中古文学论集》，中国社会科学出版社 1997 年版。

张善文：《洁净精微之玄思——周易学说启示录》，上海三联书店 2003 年版。

［美］欧伟达：《中国民众思想史论》，中央民族大学出版社 1995 年版。

葛兆光：《思想史研究课堂讲录：视野、角度与方法》，生活·读书·新知三联书店 2005 年版。

王铭铭：《社区的历程》，天津人民出版社 1997 年版。

钱志熙：《汉魏乐府的音乐与诗》，大象出版社 2000 年版。

钱志熙：《唐前生命观和文学生命主题》，东方出版社 1997 年版。

陶水平：《船山诗学研究》，中国社会科学出版社 2001 年版。

吕书宝：《满眼风物入卜书》，民族出版社 2005 年版。

张伯伟：《朝鲜时代书目丛刊》，中华书局 2004 年版。

李汝珍：《镜花缘》，上海古籍出版社 2005 年版。

无名氏：《易林集联》，1917 年上海扫叶山房本。

徐珂：《易林分类集联》，商务印书馆 1927 年版。

王力：《汉语音韵史》，中国社会科学出版社 1985 年版。

周祖谟：《周祖谟学术论著自选集》，北京师范大学出版社 1993 年版。

吴恭亨著，喻岳衡点校：《对联话》，岳麓书社 1984 年版。

李筌著，张文才、王陇译注：《太白阴经全解》，岳麓书社 2004 年版。

苏舆：《春秋繁露义证》，中华书局 1992 年版。

瞿昙悉达：《开元占经》，九州出版社 2012 年版。

张闻玉：《古代天文历法讲座》，广西师范大学出版社 2008 年版。

李零：《兰台万卷——读〈汉书·艺文志〉》，生活·读书·新知三联书店 2011 年版。

王子今：《睡虎地秦简日书甲种疏证》，湖北教育出版社 2003 年版。

张新科：《文化视野中的汉代文学》，中国社会科学出版社 2006 年版。

二 论文

周凤武:《〈孔子诗论〉新释文及注解》,《上博馆藏战国楚竹书研究》,上海书店出版社2002年版。

周立升:《焦赣易学研究》,刘大钧主编:《大易集成》,上海古籍出版社2004年版。

胡适:《易林断归崔篆的判决书》,《历史语言研究所集刊》第20卷上册,江苏古籍出版社1999年版。

容肇祖:《占卜的源流》,《历史语言研究所集刊》第一本第一分,江苏古籍出版社1999年版。

余永梁:《易卦爻辞的时代及其作者》,《历史语言研究所集刊》第一本第一分,江苏古籍出版社1999年版。

汪春泓:《从铜镜铭文蠡测汉代诗学》,《文学遗产》2004年第3期。

裘锡圭:《神乌赋初探》,《文物》1997年第1期。

刘毓庆:《〈诗经〉鸟类兴象与上古鸟占巫术》,《文艺研究》2001年第3期。

三 学位论文

杜志国:《焦氏易林研究》,硕士学位论文,四川大学,2002年。

李昊:《〈焦氏易林〉词汇研究》,硕士学位论文,四川大学,2003年。

李绍萍:《论〈焦氏易林〉与先秦两汉文学的融会贯通》,硕士学位论文,福建师范大学,2004年。

马新钦:《焦氏易林作者版本考》,博士学位论文,福建师范大学,2005年。

汤太祥:《〈易林〉援引〈左传〉典语考》,硕士学位论文,福建师范大学,2005年。

后　记

　　本书中的一部分，最早是我2003年的硕士毕业论文。
　　当时我跟随魏耕原教授攻读硕士学位，主要研究先秦两汉魏晋南北朝文学。魏先生是我大学时的古代文学老师，当年负责为我们讲授的内容，也正好是先秦两汉魏晋南北朝文学。魏先生讲授的《诗经》《史记》和陶诗，都给我留下了深刻的印象。我还记得大学二年级时写了两篇作业，一篇探讨"郑声淫"，一篇探讨司马迁"究天人之际"的思想渊源，都被魏先生所赞许。这更加激发了不敏但却好古的我对古代文学的兴趣。大学毕业的时候，我的毕业论文也是魏耕原老师指导的。当时我年轻无知，好高骛远，喜做迂阔高远之思，善发奇异怪诞之论，就写了一篇论述占卜巫术的占卜过程与文学创作过程相似性的论文。当年，魏先生对这篇论文也没说什么。毕业答辩的时候，这篇论文还被评为中文系优秀毕业论文。但是，在答辩结束的时候，魏老师告诉我，以后写论文可以这样写，也许容易发表，但是做学问不要这样空疏。我当时不以为然，只是觉得那样做很好玩，而且还可以运用自己所读到的一些西方理论。
　　大学毕业的当年，我被保送读研，导师又是魏耕原先生。在学习过程中，魏老师知道我喜欢易学文化，就建议我毕业论文做《焦氏易林》研究。尽管在大学三年级的时候，我就在学校食堂附近的学生书店买过一本西北大学费秉勋先生主编的《白话易林》，而且告诉一个同学说这是好书，怂恿他也买了一本，但是当时也只是觉得这本书用来算卦挺好玩儿，方便实用，卦辞还文绉绉的有意思。所以，对于魏老师的建议，我一开始只是口头答应下来。后来，我在文学院的资料室读到陈良运先生的《焦氏易林诗学阐释》一书，觉得《焦氏易林》这本书确实值得从文学角度好好研究一下。研究《焦氏易林》的文学问题，正好可以兼顾我的文学兴趣和易学兴趣，同时也能满足我的好奇心。

在作硕士毕业论文的时候，我阅读了一些不同版本的《焦氏易林》，如四库本、四部丛刊本和丛书集成本，后来把又尚秉和先生民国二十一年刊刻的《焦氏易林注》全部打印出来。通过阅读，我觉得《焦氏易林》是部大书，内容非常丰富，不是一天两天就能研究清楚的。当时毕业论文写了七八万字，题目定为《〈焦氏易林〉四言诗研究》。

硕士研究生毕业后，我又师从张新科教授攻读博士学位，仍然是学习先秦两汉魏晋南北朝文学。张老师治学严谨，主要从事史传文学研究。在确定博士论文选题时，我告诉张老师，想继续做《焦氏易林》研究。张老师对待学术研究很宽容，同意了我的选题，并且安排了几个专家教授做开题的讨论。在论文的写作过程中，我曾于2005年冬天去福建师范大学拜访陈良运先生和张善文先生，请教有关《焦氏易林》的一些问题。在陈良运先生家里，陈先生对我的选题及《焦氏易林》诗歌的分类表示肯定，并赠送大作《中国诗学体系论》。张善文老师也将自己校理的《尚氏易学存稿校理》送我一套，为我论文写作中查阅核对《焦氏易林》原文提供了很多方便。值得一提的是，我后来得知自己的博士论文盲审曾被送到陈良运先生那里，先生给了好评。我当时曾有一个想法，一旦论文出版，就请陈良运先生赐序，但不意先生却于2008年作古，令人不胜慨叹！在此，对两位先生表示感谢。

在我博士研究生毕业后，留校在陕西师范大学文学院任教，一直从事古代文学的教学与科研工作，同时也一直留意自己感兴趣的易学和术数问题。由于全国所有的高校都要用项目和课题考核教师，所以我也开始申报相关项目。通过锲而不舍的努力，在2009年，我获得"教育部人文社会科学研究西部和边疆地区青年基金项目"（项目批号：09XJC751003）的资助，开始在博士论文基础上对《焦氏易林》进行更为多维的研究。第二年，我又获得国家社科基金青年项目（"思想史视野下的民间术数信仰研究"，项目批号：10CZS004）的资助，对《焦氏易林》中相关的术数问题就多了几分关注，做了一些前人没做的工作。这些研究成果，就是呈现在诸位面前的这本书。

本书主要对《焦氏易林》的文学方面进行研究，也涉及了一些易学和术数问题，目的无非是为了更客观、多维地呈现《焦氏易林》这一特殊文本的形态。尽管本书耗时多年，但我自己并不太满意。因为，《焦氏易林》远非本书所呈现的那么简单。所以，这注定是一本会令我以后"悔其少作"的书。尽管当初我在报考大学录取志愿的时候，因为喜欢文学而选报了中文专业，但却一不留神而误入学术研究的"江湖"，从此开始操作一套与文学创作不同的话语混天度日。时至今日，每当想到这一点，我心中还是隐痛不已。当然，文学的形态已经今非昔比，文学在大众生活中的地位也远不是90年代那样神圣崇高。而我自己，对于所谓的文学研究，也开始有些逆反的抵触。在我看来，文学作品就是供人欣赏把玩的，人们由于各自的生活阅历和教育背景不同，从文学作品中各取所需，领悟和获取的东西也不同。这些，本不应该受到文学研究者的左右，自己的阅读体验也不该受到所谓专家学者的强奸。所以，我很赞同顾随先生的文学作品的作用在于感发这一高论。一部文学作品的价值，要么是感发读者，使读它的人得到某种体验或感悟；要么是作为范本被喜欢文学创作的人所模仿；要么是作为别的研究文本而存在，如研究其中的语言而成为语料文本，研究其中的思想而成为思想史的文本，研究其中的历史人物或事件而成为史料文本……而唯独属于文学的东西，则似乎不必研究和言说，因为但凡读它的人，都会有自己的感受。每个人的阅读体验都是无法彼此替代的，而且也是很难改变的。所以，一些美妙的作品可能一开始会被读者"读懂"，而一旦被研究者搞得面目狰狞，读者根据一些专家的看法，竟然读不懂了。因此，这本书的所谓文学阐释，也只是我自己的一些体验而已。

如今做学术研究是个体力活，要不停地在写论文——发论文、报课题——做课题的循环中忙碌。在这个学术刊物版面和项目课题成为稀有资源的时代，每个靠学术研究吃饭的人都疲于奔命。我虽然没有奢望进入学术史的野心，但我坚信历史一定会记住这个"八仙过海，各显神通"的"学术时代"。当"著书只为稻粱谋"成为一种风气，读书人的一点尊严其实已经斯文扫地。

在我写作硕士论文期间，大学同学严舒黎从武汉大学寄来所需的资料，王作良师兄也协助查阅相关资料。虽是旧恩，其实难忘。

感谢我的硕士研究生导师魏耕原先生，感谢我的博士研究生导师张新科先生。没有他们的教导，我不可能走上学术研究这条路。感谢同事曹胜高教授，他在百忙之中为我联系出版事宜，省去了我很多不知应对的麻烦。感谢我的母校陕西师范大学，学校的出版基金资助为我分担了一大部分出版费用。感谢我的单位陕西师范大学文学院，是单位为我补足了出版费用的差额。最需要感谢的是我的家人，没有他们的支持，我无法进行研究工作，这本书的书稿可能还在沉睡之中。此外，还要感谢中国社会科学出版社的张林老师，她为本书的出版付出了辛勤的劳动。

最后，用一首三年前写的打油诗作结，来概括我工作十余年来复杂的体验和感悟：

十年风雨几飘摇，
一梦长安寤未朝。
但取青山看溪水，
北斗指南路迢迢。

刘银昌
2015 年底写于终南山下隐机斋